# LA CHUTE DU PARANGON

## LE CODE DU HÉROS
### TOME 1

**A.R. KNIGHT**

# CHAPITRE 1
# LE CHAMPION

DEPUIS LA RUE ENNEIGÉE, Aegis apercevait les lumières et entendait les bruits de ses cibles. Les voix ne portaient pas sur les quelque soixante étages jusqu'à la seule partie éclairée du grand et large bâtiment qui dominait le parc d'affaires abandonné, mais les coups de feu, eux, retentissaient ; les crépitements d'armes de vieux modèle trahissaient leurs propriétaires par leurs tac-tac-tac. Le bruit prouvait qu'Aegis avait une raison d'être ici à une heure de la nuit propice aux vilains, et parfaite pour ceux qui les chassaient.

La nacelle derrière lui émit un bip chaleureux en commençant à rouler vers sa prochaine destination. Le son déclencha un rapide inventaire : des gants, un gilet blindé par-dessus un épais pull en laine sombre pour tenir Aegis au chaud, un pantalon d'uniforme de Paragon ceinturé d'accessoires, comprenant tout ce dont Aegis aurait besoin pour neutraliser, tuer ou appeler à l'aide. Sur son nez et autour de ses yeux, des lunettes noires et bleues maintenaient une luminosité optimale pour toute situation.

Pas de casque. Aegis n'irait pas jusque-là. Les équipes de presse suivraient le signal de sa nacelle et seraient là. Les

Paragons dirigeaient le monde. Leur mascotte ne pouvait pas se cacher.

Ses bottes, avec des coussinets intégrés dans les talons pour le confort de ses vieux pieds, faisaient un excellent travail pour conquérir l'allée en béton menant à l'entrée du bâtiment. La neige s'entassait sur les côtés, déblayée avec précision par une main-d'œuvre automatisée si bon marché que les villes pouvaient la maintenir en fonctionnement pour des bâtiments fantômes comme celui-ci. Deux hautes colonnes d'un blanc éclatant encadraient l'entrée, arborant un logo gravé pas tout à fait assez marquant pour surmonter des décennies d'insignifiance et trouver un écho dans les souvenirs d'Aegis.

Entre les salves de tirs crépitants venant d'en haut, Aegis faisait crisser la neige au rythme de New York. Les trains pulsaient sous lui, leur course suivant le rythme de ses pas, tandis qu'une vague odeur de décomposition s'infiltrait dans la brise à chaque respiration. Les parcs d'affaires désaffectés qui entouraient désormais la ville compacte sentaient tous comme ça. Ils donnaient cette impression en attendant que quelqu'un vienne les sauver.

Les portes doubles évoquaient une majesté ternie par le verre brisé, par la poignée tordue témoignant d'une force brutale appliquée à l'ouverture. Aegis profita du travail de son prédécesseur et enjamba les débris. Il enverrait une offre de réparation demain, pour que quelqu'un vienne nettoyer. L'image était importante, même ici.

— Tu y es ? demanda Celice dans son oreillette. Elle mâchait quelque chose, ses dents broyant avec vigueur.

De l'aubergine. Une des raisons pour lesquelles Aegis avait pris cet appel personnellement. Il attendait avec impatience les dîners avec sa fille, mais maintenant elle insistait pour préparer des recettes destinées aux vieux hommes et aux chèvres. Aegis mangerait les restes à son retour, cependant. Après avoir évacué un peu d'agressivité pour ouvrir son appétit, quand il pourrait justifier un peu de protéines pour accompagner le plat végétarien.

— Je suis là, dit Aegis. Ils sont entrés par effraction. Pas très subtilement.

— Tu as besoin de renforts ? Je peux lancer l'appel, fit une pause Celice, sauf pour sa mastication. Quelques drones ne sont pas loin. Dix minutes.

— Ça ira.

— Papa.

Le hall avait mieux résisté que la porte, peut-être en raison de sa banalité dépouillée. Un long comptoir barrait un mur vide du même blanc que les colonnes extérieures. De l'espace pour des chaises, des réceptionnistes et, là où se tenait maintenant Aegis, des clients et des employés. Travaillant si dur pour des dollars, des euros, au détriment de la famille et des amis. Si les Paragons avaient encore beaucoup à faire, ils avaient au moins mis fin à la course effrénée à l'argent.

— Appelle les drones alors, dit Aegis. Mais je n'attendrai pas.

Les ascenseurs posaient problème. Si les criminels là-haut avaient un minimum de bon sens, ils auraient posté quelqu'un pour surveiller le seul accès raisonnable à leur étage, et des ascenseurs comme ceux-ci affichaient leur position en chiffres blancs sur des barres noires au-dessus de leurs portes gris ardoise. Dès qu'Aegis appuierait sur un bouton, son arrivée imminente serait claire pour quiconque prêterait attention. Les escaliers restaient une possibilité, mais pour soixante étages, pas une option raisonnable.

Les drones battraient Aegis jusqu'aux cibles s'il prenait cette route.

— J'y vais, dit Aegis, autant pour sa fille que pour l'enregistrement.

Chaque mission, chaque mot prononcé par les Paragons en action était conservé dans leurs archives. Prêt et en attente pour contrer la double menace des médias hyper-gonflés et des entreprises de création de mythes impliquées dans la présentation des Paragons comme des dieux arbitraires. Recruter des anomalies, empêcher les normaux d'avoir peur. D'une pierre deux coups, etc. Plus le public voyait les Paragons non seulement comme les gardiens du monde, mais aussi comme ses amis, moins ils auraient d'ennuis. D'ailleurs, cela faisait trop longtemps qu'Aegis n'avait pas envoyé son propre communiqué, preuve que le Champion lui-même était toujours en action, poursuivant toujours le mal.

L'inspiration venait d'en haut, et si pour la fournir il fallait encaisser quelques coups, alors Aegis pouvait les prendre.

Les ascenseurs correspondaient à l'entrée principale, l'un ayant subi une violence suffisamment extrême pour laisser sa porte pendante, tandis que l'autre attendait des passagers, bien que ses grincements aigus indiquent que son bon aspect ne le préserverait pas longtemps d'une retraite forcée. Aegis devrait survivre si l'engin s'effondrait avec lui à l'intérieur, mais les personnes déjà en haut probablement pas. Ce qui signifie qu'elles étaient à la fois courageuses et stupides, ou qu'elles avaient fait le choix sûr et lent de monter les escaliers. Connaissant le genre de personnes qui tireraient avec des armes dans une tour abandonnée la nuit, Aegis pariait sur la première option.

La vitesse de l'ascenseur prêchait de nouvelles définitions du mot *lent*, ce qui donna à Aegis une autre occasion de s'étirer. De sentir ses épaules craquer et d'étirer ses poumons avec quelques respirations profondes. Son pistolet paralysant avait un dard chargé, et il gardait l'arme prête dans sa main droite tandis que les numéros sur le panneau montaient. Il se déplaça vers le côté gauche de l'ascenseur, minimisant son profil. Des années auparavant, Aegis se serait tenu droit au centre, les mains sur les hanches, prêt à gagner par la seule intimidation arrogante.

Cette époque s'est terminée lorsque les ecchymoses ont commencé à le suivre chez lui, le hantant le lendemain.

Lorsque l'inquiétude dans les yeux de Celice lui a volé son sourire macho.

L'ascenseur annonça son arrivée avec le son d'un ballon mourant au lieu d'un joyeux ding, mais l'appareil atteignit le soixantième étage. Les portes commencèrent leur même lente ouverture et le *blam blam blam* des tirs d'armes lourdes se déversa. Pas sur Aegis, cependant. Les idiots continuaient leur fête. Ils avaient eu toutes les occasions de se préparer, de tendre une embuscade, et à la place, ils avaient opté pour plus de champagne.

La porte ouverte laissait voir un hall plus petit et plus agréable, comme si sa hauteur avait préservé le mobilier blanc bordé de verre de la décomposition qui s'infiltrait en bas. Un bureau circulaire était placé sur le côté droit, la chaise requise et tout ce qui s'y trouvait avait disparu, pillé pour ce qui pouvait être emporté. Le seul occupant du hall s'appuyait maintenant contre le bureau : un homme tenant un ancien modèle de pistolet baissé à la hanche et fixant son Tama et l'image qu'il projetait au-dessus de l'avant-bras de l'homme.

Aegis baissa sa propre arme et quitta l'ascenseur, parcourant la moitié du hall avant que l'homme ne daigne lever les yeux. Voyant le leader armé et blindé des Paragons, le Champion le plus célèbre du monde, l'homme pencha la tête sur le côté, sourcil levé. Questionnant l'impossible.

Aegis décida de le prouver.

Une longue foulée, le quadriceps droit d'Aegis menant à un solide crochet du droit, atteignit la bouche à peine ouverte de l'homme avant qu'il ne puisse émettre un son. De son bras gauche, Aegis rattrapa le garde tombé et déposa la silhouette en costume sur le carrelage blanc nacré.

— Trig blink neutral, dit Aegis, suivant une intuition.

Ses lunettes prirent la commande et coupèrent leur traitement pendant une seconde pleine, donnant à Aegis un véritable aperçu de l'endroit où il opérait. Des lignes lumineuses, avec leurs traînées brillantes, remplissaient les espaces entre les dalles du plafond et projetaient une lueur si crue que le hall ressemblait à une montagne enneigée à midi. Pas étonnant que le garde ait eu du mal à réagir à Aegis — garder l'étage aussi éblouissant rendrait l'identification impossible sans des lunettes comme les siennes.

Le hall servait de sécurité pour un seul chemin, verrouillé par une porte en noyer dont le sceau à carte magnétique se démarquait sur le mur avec un petit point rouge indiquant qu'il était alimenté. Un coup d'œil derrière le bureau de réception révéla que tout contournement qui aurait pu exister avait suivi le chemin de la chaise et de l'écran.

— Trig P-Lock, dit Aegis à la pièce, puis il tint son poignet gauche portant le Tama contre le lecteur de carte.

La technologie Paragon fonctionna à nouveau et le lecteur bipa sa soumission au rang d'Aegis, déverrouillant la serrure et permettant à Aegis d'ouvrir la lourde porte via la barre en métal chromé sur sa façade.

Une autre opportunité d'embuscade passa lorsqu'Aegis, la porte ouverte juste assez pour voir autour, regarda dans un couloir vide. Au bout, après des bifurcations secondaires, le couloir s'ouvrait sur un vaste espace surplombant, si apprécié des étages élevés dans ces bâtiments. Une chance de regarder de haut tous ceux au-dessus desquels vous aviez réussi à vous élever.

Les tirs d'armes s'arrêtèrent et, depuis la porte, Aegis pouvait voir pourquoi. Les imbéciles avaient brisé plusieurs fenêtres, et la paire intacte qu'Aegis pouvait voir arborait l'étoile révélatrice des balles. Des balles qui provenaient probablement de la grande arme à tourelle au centre de la pièce, tournée vers l'extérieur.

— Tu vois ça ? dit Aegis.

— On dirait qu'on a trouvé notre cible, répondit Celice.

— Ils pourraient abattre les drones avec une arme de cette taille. Dis-leur de rester à l'écart.

— Je vais leur dire de faire attention. Mynx peut toujours en faire plus.

Aegis voulait dire que Mynx en faisait déjà assez, mais s'arrêta. Ces crétins n'avaient peut-être pas d'embuscade prête maintenant, mais ils pourraient changer d'avis à tout moment. Mieux valait utiliser l'effet de surprise tant qu'on l'avait, que de le perdre en se disputant sur des choses sans importance. De plus, Aegis connaissait la vraie raison pour laquelle il ne voulait pas les drones autour : ils lui enlèveraient la gloire. Cette si douce justification qu'Aegis obtiendrait lorsqu'il se tiendrait dans la cour en bas, parlant aux médias d'une autre opération réussie des Paragons. Partager les projecteurs avec une paire de monstres mécaniques de Mynx signifierait... partager.

Aegis se glissa par la porte dans le couloir, longeant le mur droit et surveillant la vitre au loin pour tout signe de mouvement. Chaque pas se faisait en déroulant le talon, ses mains tenant son pistolet paralysant en avant et prêt. Il s'approcha furtivement de la première intersection, fit un pas rapide jusqu'au couloir qui coupait et se pencha pour avoir une vue sans exposer son dos.

Vide. Aegis fit de même de l'autre côté du couloir, pistolet paralysant pointé dans la direction opposée. Rien là non plus. Des portes de bureau fermées. Des murs blancs clairs avec des taches carrées plus claires révélant l'ancien emplacement d'œuvres d'art.

Aegis prit une inspiration. Lente, peu profonde. Écouta.

Des rires. Vers la pièce vitrée. Du liquide versé dans des verres. Pas en train de tendre un piège, donc, mais de célébrer.

Il avait passé trop de temps à poursuivre des criminels endurcis. Des ennemis qui savaient parfaitement ce qu'Aegis et les Paragons pouvaient faire et se préparaient à les combattre. Ceux-ci étaient les criminels de bas étage qu'on affrontait quand tous les autres étaient partis. Qui comblaient le vide laissé quand on avait éliminé les vraiment terrifiants.

Aegis secoua la tête dans le vide. Il serait surpris d'obtenir ne serait-ce qu'une seule interview après celle-ci. Qui se souciait si des voyous de bas étage tiraient sur des bâtiments abandonnés ? Il glissa le pistolet paralysant dans son étui. Le moins qu'il puisse tirer de cela serait un peu d'amusement.

Aegis pivota à gauche, dans le couloir latéral dont l'extrémité révélait une nouvelle intersection. Il se déplaçait plus rapidement maintenant, étouffant le bruit de ses pas aux sons des bavardages, des discussions sur les armes déplacées et fabriquées. De nouveaux accords conclus. Malgré tous leurs efforts, les Parangons n'avaient jamais pu se débarrasser de toutes les transactions sous le manteau, ni tout à fait nettoyer le monde de sa crasse, mais Aegis estimait qu'ils avaient au moins veillé à punir les principaux contrevenants. On pouvait nager dans le marécage, mais il fallait en payer le prix.

Au bout du nouveau couloir, Aegis jeta un coup d'œil à droite et aperçut le groupe. Un quatuor de moins-que-rien ricanants, portant des tenues de vagabonds qui confirmaient leur statut de novices dans le jeu criminel. Deux cylindres occupaient l'espace central sur une table pliante en plastique, par ailleurs couverte d'un dîner immonde ; de la nourriture synthétique qu'Aegis n'aurait pas touchée. L'un des cylindres portait la couleur brune caractéristique du whisky ou du bourbon, l'autre ressemblait à de l'eau. Pas de surprise quant à celui qui contenait le moins.

La vraie surprise, pour l'un des quatre, un homme coiffé d'une casquette dont les yeux flottaient au-delà de ses amis au milieu d'une gorgée, fut de voir Aegis s'avancer à grandes enjambées dans la dernière portion du couloir. L'homme interrompit sa gorgée, son regard injecté de sang peinant à comprendre ce qui venait vers lui, avant que sa main ne lâche le verre et qu'il ne trébuche en arrière, hurlant un avertissement.

Aegis porta son premier coup, le verre de l'homme à la casquette heurtant le sol carrelé et se brisant. Pas que sa cible, dont les joues pâles et bouffies encaissèrent le coup d'Aegis avec un bruit sourd satisfaisant, ait apprécié le timing. Pas plus, supposa Aegis, que l'homme n'ait aimé voir son visage entrer en collision avec le dîner et la table pliante, mais la vie d'un criminel était souvent faite de déceptions, surtout quand les Parangons étaient dans les parages.

Le suivant dans la file, un homme plus petit qui balbutiait et dont les manteaux et pulls trahissaient une ascendance tropicale, n'avait pas pris assez de distance dans sa tentative désespérée de reculer pour échapper à la portée d'Aegis. Saisissant le manteau du petit homme à deux mains, Aegis le projeta sur la droite, dans et à travers le mur fin et délabré, jusque dans ce qui fut autrefois un bureau prestigieux. Désormais, loin des montagnes d'argent jadis brassées entre ses murs, le petit criminel gisait inconscient et couvert de plâtre sur le sol du bureau. Une injustice de plus nivelée dans le bâtiment, et pas la dernière à venir.

Il en restait deux. L'homme à la casquette, qui avait atteint les fenêtres vitrées de l'étage et dont les mains cherchaient une arme quelque part sur sa personne, et un spécialiste élancé en costume. Aegis avait vu suffisamment de combattants dans sa vie pour reconnaître le leader, pour savoir qui représentait la plus grande menace, et il pouvait décortiquer un millier d'indices pour trouver cette personne dans un groupe d'ennemis. Cette fois, cela ne demandait pas beaucoup : les yeux du spécialiste étaient étroits, ses mains ne tremblaient pas, et il ne semblait pas prier une quelconque divinité pour son salut. En d'autres termes, le spécialiste était tout ce que l'homme à la casquette n'était pas.

Aegis fonça sur le spécialiste dans une charge impétueuse, utilisant sa seule présence spectaculaire pour intimider. Cela aboutissait généralement à un effondrement de peur, les vrais lâches fuyant au premier regard. Le spécialiste, cependant, plongea la main dans sa veste, en sortit un pistolet d'un modèle que les Parangons avaient interdit des décennies auparavant, semblable à celui que tenait le garde de l'ascenseur, et tira.

Pendant la majeure partie de sa vie, Aegis avait entretenu une relation cordiale avec les balles. Elles le saluaient avec leur férocité habituelle, et Aegis désarmait leurs dégâts grâce à ce qui faisait de lui l'icône des Parangons : une peau invulnérable. Les tirs s'enfonçaient contre Aegis, puis retombaient au sol, ne laissant pas la moindre marque pour leurs efforts. Des missions s'étaient déroulées où des centaines ou des milliers de balles s'étaient déversées sur le Paragon et s'étaient révélées inutiles, qu'elles frappent ses bras, ses jambes, ses yeux, ses dents ou n'importe où ailleurs. Comme si une cape divine couvrait Aegis et le mettait à l'abri de tout danger.

Cette cape fit à nouveau son travail maintenant, attrapant la balle alors qu'elle frappait l'épaule gauche d'Aegis, hors de portée du gilet où le tir déchira les vêtements d'Aegis et rendit son verdict inefficace contre le corps du Paragon. Le spécialiste parvint à tirer un second coup qui alla directement dans le trou du gilet d'Aegis, ne provoquant rien de plus qu'une microseconde de pause dans l'élan du Paragon.

Il n'y eut pas de troisième tir.

L'homme à la casquette, ayant vu ses partenaires mis hors d'état de nuire, choisit la voie la plus sûre et attendit son arrestation avec les supplications larmoyantes des vaincus et des coupables. Toute pensée de fuite supplémentaire s'évanouit quand les drones de Mynx arrivèrent, brisant le verre restant et planant à l'intérieur de la pièce, pistolets paralysants prêts, options létales en attente du calcul d'un algorithme.

— En retard, comme toujours, dit Aegis aux machines, debout près de l'homme à la casquette avec le corps inconscient du spécialiste pendant à son bras droit.

Aegis descendit lui-même le spécialiste, laissant les drones surveiller les trois autres. À la base du bâtiment, quelques modules arrivèrent et déversèrent des équipes de presse cherchant à nourrir la bête vorace du contenu populaire. Et les médias ne trouvaient rien de plus populaire qu'un Champion menant un raid. Aegis s'avança pour faire face aux flashs, aux caméras, au déferlement de questions des reporters et des fans.

Avant de répondre à une seule d'entre elles, cependant, Aegis dirigea les autres retardataires, les Parangons subalternes dont le travail couvrait ce district, qui avaient demandé à Aegis de les remplacer. Qui auraient pris les balles qu'il avait encaissées à leur place. Les anomalies hétéroclites, vêtues de leur bleu Paragon, passèrent devant Aegis en direction de la tour. Ils s'occuperaient des trois autres, plus celui-ci, et détermineraient la punition appropriée. Le coût en reps dus, et les meilleures méthodes de remboursement.

— Est-ce que ça va ? La voix de Celice, venant de l'oreillette, coupa à travers les appels de la presse.

— Je survivrai, répondit Aegis avec sa réplique classique, puis il jeta le spécialiste au sol devant les caméras tandis que la neige tombait entre les lumières.

Il avait un discours pour ça, une version modifiée du stock standard des avertissements, leçons et appels à un meilleur lendemain des Parangons. La différence cette fois, ce qui rendait les mots d'Aegis plus lents et le forçait à se concentrer pour rester droit, c'était la douleur grandissante dans son épaule gauche.

Une douleur lancinante, profonde, broyant les os, qu'il n'avait jamais ressentie auparavant.

# CHAPITRE 2
# UNE CHASSE

LA TOMBÉE de la nuit apportait un froid à vous geler en cinq minutes, parfait pour la chasse. Kat s'accorda une seule inspiration d'air extérieur en sortant du véhicule, ce qui suffit presque à lui geler les poumons. Elle ferma donc d'un coup sec son masque facial et compléta le système fermé de sa combinaison de traqueur sur mesure. Le joint la protégea, capturant même ces longues mèches auburn qui s'échappaient partout ailleurs, la mettant à l'abri des éléments.

Et de ce qu'elle trouverait parmi eux.

Un bip derrière elle fit se retourner Kat — elle avait oublié de fermer la porte du véhicule et d'éteindre le moteur. Des choses dont on n'avait pas besoin de se soucier avec une capsule, mais ici, bien loin du réseau, Kat devait utiliser l'un de ces gros rovers à roues. Kat se pencha dans l'intérieur spartiate — uniquement des sièges, des harnais, et rien d'autre — et chercha un bouton ou un interrupteur avant de se souvenir.

— Trig rover, arrêt, dit Kat, ses mots étouffés par son masque.

Le rover, reconnaissant la voix de Kat malgré ses paroles floues, quelque peu déshydratées et monocordes, suivit les instructions et ses batteries se turent. Quand Kat ferma la porte, un petit compteur apparut dans le coin supérieur droit de son champ de vision, affichant une barre vert vif estimant le temps avant que le rover ne devienne un coûteux glaçon. La chasse ne devrait pas, ne pouvait pas prendre autant de temps.

— Seeker ? dit Kat en se redressant près du rover et en observant les pins enveloppés de neige.

Le chemin menant à cette petite enclave dans les bois, à des heures au nord de Chicago, semblait ne pas avoir été déneigé de tout l'hiver, et au milieu des profondes congères, que le rover affrontait avec une vaillante compétence, le meilleur ami de Kat savourait une joie accessible uniquement aux créatures de type husky. Seeker surgit de derrière le rover, projetant de la poudreuse partout sur la combinaison blanc cristal de Kat, qui repoussait les flocons offerts grâce à la meilleure technologie tout-temps. Peu de choses rendaient une chasse aussi misérable que d'être mouillé, gelé, ou couvert de bave de husky, et la combinaison de Kat fournissait l'antidote à tout cela et bien plus encore.

Pour les reps qu'elle lui avait coûté, la combinaison se devait de le faire.

— Qu'as-tu trouvé ? dit Kat à son chien, qui répondit en secouant le reste de la neige de son pelage et en la fixant de ses grands yeux bleu bébé.

Kat rit. Seeker avait un chemin secret vers son cœur, et la grosse boule de fourrure ne manquait jamais de lui arracher un sourire. Celui de Kat, cependant, s'effaça quand Seeker émit un grognement sourd, se retourna et s'élança dans la neige, vers la lisière sombre de la forêt. La lune brillait intensément ce soir, offrant une vision claire au-dessus de la route tracée, mais sous l'épaisse forêt...

Eh bien, elle avait prévu cela.

Une vérification rapide confirma que Kat avait ce dont elle avait besoin, et, avec la température équilibrée de la combinaison la maintenant confortable, Kat se mit en route derrière Seeker. L'air glacial, au moins, permettait à la neige de rester légère. Ses bottes s'enfonçaient, repoussant les congères un pas à la fois.

— Trig distance jusqu'à la cible ?

Ses lunettes affichèrent la distance estimée. Presque un kilomètre de la route la plus proche. Ça semblerait vingt dans ces conditions, mais Kat ne se plaindrait pas de l'effort. Elle avait eu assez de repos assise dans ce rover pendant les dernières heures. Elle vivait en ville pour de nombreuses raisons, l'une d'entre elles étant qu'elle pouvait utiliser ses propres jambes pour aller où elle voulait. Néanmoins, la marche à travers les bois s'avérait méditative. Une belle pause dans l'assaut urbain constant. Lumières et sons et gens la harcelant à chaque instant. Ici, l'énergie sans limite de Seeker alors que le chien roulait et courait tout autour d'elle constituait la plus grande distraction, et Kat pouvait regarder ça toute la journée.

Le temps d'atteindre la clairière, ses jambes brûlaient et Kat dévora l'une des pilules protéinées qu'elle avait emballées pour la chasse. Glissées dans de minces poches dans les joues de son masque facial, les pilules contenaient de l'énergie condensée. Qu'elles aient un goût de craie et restent coincées dans sa gorge la moitié du temps n'étaient que des inconvénients mineurs — laisser une anomalie s'échapper parce que Kat n'avait pas assez de force pour faire un dernier sprint en était un majeur. Et les rapports suggéraient que sa proie pouvait courir.

— Trig dossier, dit Kat à sa combinaison, puis elle cligna de l'œil gauche.

Une image apparut sur sa lentille gauche, montrant un homme maigre, des cernes sous les yeux et des os du visage saillants suggérant une existence austère. Quelqu'un fuyant Mynx et les traqueurs. Du texte s'afficha ensuite, d'abord flou puis devenant net à mesure que la lentille lisait l'œil de Kat et déterminait la projection optimale.

La prochaine mise à jour du masque devrait corriger ça ; réduire le temps de mise au point. Ce serait bien si ça sortait un jour.

Vedder, la cible, appartenait à un groupe d'anomalies dissident. Les noms se mélangeaient tous pour Kat, alors elle passa rapidement sur la digression du texte concernant les exploits de Vedder. Il suffisait de dire que Vedder avait mérité le bonus de rep pour son traçage. Mynx préférait toujours que l'anomalie soit prise vivante, ce qui était surprenant étant donné le dossier de Vedder. Les Parangons avaient tendance à avoir une vision extrême des anomalies menaçantes — une anomalie morte ne causerait plus de problèmes — ce qui signifiait que Mynx pensait que Vedder avait encore une chance de rédemption.

Elle se demandait combien de traqueurs Vedder devrait éliminer pour que cette chance disparaisse.

Kat cligna à nouveau de l'œil gauche et l'image-texte disparut, lui rendant sa pleine vue juste au-delà de la forêt.

Une cabane attendait. Délabrée, en bois sombre et tellement en retard sur son temps que Kat frissonna. Une petite cheminée, plus une pile de briques chanceuse qu'un effort délibéré, crachait poliment de la fumée dans le ciel, auréolée par le clair de lune. La porte d'entrée, face à Kat, était coincée de travers, s'ajoutant à la lueur orange de l'unique fenêtre. Quelqu'un était à la maison.

Seeker, lisant l'humeur de Kat comme seul un animal de compagnie pouvait le faire, s'approcha d'elle et se tint debout, la tête dépassant la taille de Kat, ses yeux imitant son regard vers la cabane.

— Couverture, dit Kat au chien, et Seeker grogna son accord, s'élançant vers l'arrière de la cabane.

Pendant que le chien faisait sa ronde, Kat s'approcha de la

porte, gardant sa main droite sur le pistolet paralysant accroché à sa ceinture. La première fois qu'elle était partie en chasse officielle, le manque de létalité l'avait dérangée : les anomalies renégates pouvaient devenir hostiles, et se battre contre un être puissant sans moyen de l'annuler ne semblait pas équitable. Puis elle avait capturé sa première anomalie. Elle avait vu dans ce visage une peur bien plus grande que la sienne, même si cette anomalie aurait pu tuer Kat d'un claquement de doigts — oxyder un corps humain est une chose effrayante — et Kat savait que si elle avait eu une arme mortelle, elle l'aurait utilisée.

L'absence d'un coup mortel ne signifiait pas que Kat entrait en espérant le meilleur. Au lieu de cela, lorsqu'elle arriva à quelques mètres de la porte d'entrée de la cabane, Kat leva son bras gauche, serra le poing et le pointa vers l'entrée en bois.

— Câble de déclenchement.

Du gantelet en métal blanc à son poignet, un petit panneau se souleva et lança un câble en acier noir avec un triple crochet à son extrémité. Le câble siffla jusqu'à la porte et s'enfonça dans le bois avec un craquement qui contrastait nettement avec les bruits sereins de la nuit. La surprise avait commencé, et maintenant Kat devait agir vite.

— Défonceuse de porte, dit Kat en dégainant son pistolet paralysant de la main droite.

Au même moment, le gantelet tira le câble vers Kat. Avec ses crochets enfoncés, le câble arracha la porte, la projetant dans la neige et offrant à Kat une vue dégagée de l'intérieur. L'intérieur correspondait à l'environnement spartiate de la cabane ; une petite table ronde et une seule chaise pourrie. Le feu vacillait derrière les meubles, une silhouette voûtée, enveloppée dans une couverture, faisait face aux flammes. Kat avait un tir dégagé, mais traîner Vedder sur un kilomètre jusqu'au rover semblait une terrible idée. Kat pouvait l'assommer et le tracer, le laisser ici, mais sans la porte d'entrée de la cabane et par un froid pareil... Kat n'obtiendrait pas beaucoup de récompense pour une anomalie gelée. Ce qui signifiait l'option diplomatique.

— Vedder ? appela Kat, sans bouger de sa place devant la cabane. C'est fini. Il est temps de rentrer.

La silhouette voûtée ne bougea pas. Ne répondit pas. Kat essaya le nom à nouveau, au cas où les oreilles de Vedder seraient déjà gelées. Quand cela n'obtint pas de réponse, Kat changea de position. Elle détendit ses jambes, fit claquer son poignet gauche pour changer le gadget préparé du gantelet, et prit une profonde inspiration.

C'était pour cela qu'on les appelait des chasses.

Kat serra sa main gauche et le gantelet lança trois petites sphères argentées. Toutes connectées par un minuscule fil trop fin pour être vu à moins d'être juste au-dessus. Les trois sphères s'écartèrent en volant jusqu'à atterrir à environ un mètre l'une de l'autre à l'intérieur de la cabane. Chacune émit tour à tour une lumière aveuglante, Kat se protégeant les yeux de sa main droite, puis se stabilisa en une faible lueur verte.

Le vert signifiait que personne ne se cachait. Pourtant, Vedder était toujours là, voûté devant le feu.

Si l'évidence semblait incorrecte, alors Kat devait agir vite.

Elle projeta de la neige dans un sprint soudain, faisant à nouveau claquer son poignet gauche pour ramener le gantelet au crochet d'acier. Kat garda le pistolet paralysant aussi stable que possible tout en traversant les congères profondes. Poser le pied sur le plancher en bois lui apporta une stabilité bienvenue, et des coups d'œil rapides à gauche et à droite alors qu'elle avançait dans la cabane confirmèrent les évaluations de ses sphères ; l'endroit était vide.

Quant à Vedder, lorsque Kat atteignit la forme voûtée et tendit sa main gauche pour saisir le tissu, le pistolet paralysant pointé vers l'endroit où devait se trouver le cou — meilleur endroit pour une paralysie complète — sa main passa au travers. Vedder disparut, non pas dans un lent fondu comme dans les vieux films, mais dans un éclair d'une seconde-là-seconde-suivante-disparu. Ce qui, bien sûr, correspondait au profil de Vedder.

Une anomalie d'illusion. Vraiment, la pire qui soit.

Kat ramassa les sphères et les glissa dans la fente du gantelet, et alors qu'elles s'enclenchaient, un nouveau son se joignit au vent et à la neige cinglante : Seeker.

Le chien avait mille aboiements différents, des joyeux pépiements aux grognements défiant les intrus, mais celui-ci était long, fort et ciblé. Le son disait à Kat de venir vite, car Seeker avait trouvé ce qu'elle n'avait pas trouvé. Vedder était là-dehors, et selon ce que l'anomalie pensait des chiens, Seeker pouvait être en danger.

Les appels de Seeker venaient de derrière la cabane, il fallut donc à Kat plus de temps qu'elle ne voulait l'admettre pour courir dehors et contourner l'arrière à travers la neige profonde. Ses jambes lui faisaient savoir que toute cette randonnée rendrait le lendemain désagréable, et Kat dit à la combinaison de relâcher son réglage de température pour ne pas se noyer dans sa propre sueur. Non pas que la soudaine bouffée d'air glacial améliorât les choses. Deux secondes de froid mortel et Kat remit les choses au chaud.

Derrière la cabane, les bois s'éparpillaient sur un flanc de colline imposant, donnant à la lune amplement l'occasion de briller à travers les nuages chargés de neige. Ça aurait été pittoresque si Kat avait regardé en l'air. Au lieu de cela, ses yeux se concentraient sur les traces de Seeker et comment elles suivaient parallèlement les dépressions faites par un homme fuyant dans la même direction. Son masque comprit l'indice de la concentration de Kat et souligna les empreintes, la gardant informée même si les ombres et les flocons tourbillonnants rendaient la vision nue ridicule.

Cela dit, chasser une anomalie la nuit, dans une forêt profonde, pendant un blizzard était aussi une idée ridicule.

Ce que Kat faisait pour la réputation.

Les aboiements de Seeker continuaient, mais ne bougeaient pas, ce qui signifiait que le chien avait coincé sa proie et que Vedder manquait soit d'une arme, soit du cœur noir nécessaire pour attaquer l'animal. Néanmoins, quand la forme de Seeker se révéla enfin près d'un pin solitaire au sommet de la colline, Kat ne put réprimer un sourire soulagé. Le chien, qu'elle avait à l'origine adopté sur les conseils d'un autre traqueur, avait été un outil avec un but. Maintenant... eh bien, ce n'était pas le moment de devenir émotive.

Le pin avait des branches s'étendant vers l'extérieur et vers le bas comme une cape, couvrant tout ce qui se cachait dedans avec beaucoup d'aiguilles vert foncé. Malgré l'intensité croissante de la tempête de neige — les pouvoirs de Vedder n'étaient pas censés inclure la manipulation du temps, mais Kat n'excluait rien — la base de l'arbre était une couverture répandue. Quelque chose avait grimpé là-dedans, faisant tomber les aiguilles en montant.

— Bon chien, dit Kat à Seeker alors qu'elle rattrapait le chien, qui lui jeta un seul regard avant de reprendre ses aboiements vers l'arbre. Voyons voir qui tu as trouvé.

Même de près, elle ne pouvait pas voir Vedder, ce qui rendait la probabilité d'une attaque surprise trop élevée pour être confortable. Mais il faisait si froid, et Kat était si fatiguée d'avoir marché jusqu'ici, que Vedder la mettant hors d'état de nuire avec une bûche ou quelque chose du genre ne semblait pas si mal. De toute façon, sans cible à viser, Kat n'avait qu'une seule arme.

— Vedder ! cria Kat à travers la tempête. Tu es coincé. Il fait un froid de canard. Descends et allons-y avant qu'on gèle tous les deux !

Pas de réponse. Seeker continuait d'aboyer.

— Vedder ! essaya à nouveau Kat. Si je dois abattre cet arbre innocent, ça ne sera bon ni pour toi ni pour moi.

— Derrière toi ! La voix de Vedder venait d'en haut de l'arbre, et alors qu'il criait avec les tons aigus et secs de quelqu'un pour qui l'hydratation était un luxe, le masque de Kat émit un bip d'avertissement.

Kat pivota, pistolet paralysant levé, alors que Vedder chargeait à travers la neige vers elle. Elle tira. Et regarda le rayon paralysant passer à travers l'illusion de Vedder et disparaître dans la nuit.

Un poids s'abattit sur son dos et plaqua Kat dans la neige, son visage s'enfonçant dans les flocons. Quelque chose essaya de percer sa combinaison, appuyant contre le bas de son dos, mais la combinaison dévia le coup et donna à Kat le temps nécessaire pour enfoncer son coude dans la poitrine de son assaillant. Vedder — car qui d'autre cela pouvait-il être ? — grogna, puis hurla lorsque Seeker se jeta sur lui, le chien étant largement assez lourd pour faire tomber l'homme maigre du dos de Kat.

— Bon sang, Vedder, dit Kat en se relevant de la neige, se tournant vers l'homme qui luttait avec son chien. Vedder se jeta sur Seeker avec un couteau grossier, mais Seeker gardait ses distances, aboyant et s'écartant de chaque coup. Tu étais obligé d'être un tel connard ?

Kat leva à nouveau le pistolet paralysant, et Vedder se tourna vers elle, puis se divisa en trois versions de lui-même, toutes partant en courant dans des directions différentes. Seeker, cependant, ne fut pas dupe, et le husky s'attaqua à celui qui fuyait vers la droite, agrippant la jambe de Vedder et le faisant tomber au sol, où un tir facile de Kat mit l'anomalie hors d'état de nuire.

Elle se tenait au-dessus du corps de Vedder, rangea le pistolet paralysant, et aperçut la langue haletante et le sourire joyeux de Seeker. Elle secoua la tête.

— Tu vas m'aider à traîner ce type jusqu'au rover ? demanda Kat au husky, qui répondit par un seul aboiement, puis s'enfuit en gambadant dans la neige. Évidemment.

# CHAPITRE 3
# LE PREMIER SIGNE

AUTREFOIS, quand le soleil se levait sur le lac Michigan, Zhan-Yo pouvait admirer le magnifique début de journée orangé. Maintenant, avec la ligne de vue de son balcon vers l'eau traversant une toile d'araignée d'architecture interconnectée, Zhan-Yo voyait plutôt un éclat d'arc-en-ciel de lumière réfractée. Comme un jouet d'enfant devenu gigantesque.

L'ancienne ligne d'horizon était toujours là, ses tours d'acier remontant à une époque où les parents de Zhan-Yo comptaient, où lui-même comptait, où les gens qui grouillaient dans la rue en contrebas avaient de l'importance. Contrairement aux nouveaux bâtiments, recouverts d'un matériau translucide absorbant l'énergie solaire qui leur donnait leur lueur prismatique, les anciens étaient sombres dans l'aube naissante. Des obélisques que certains, y compris le chroniqueur dont Zhan-Yo venait de finir de lire la diatribe hebdomadaire, considéraient comme dépassés. Ne valant pas la peine d'être sauvés.

Zhan-Yo balaya l'article d'un geste et celui-ci se rétracta dans la surface ronde de la table où le reste des nouvelles de la ville et du monde s'étalaient sous les restes du petit-déjeuner. Un rituel quotidien prêt à céder la place à un autre. Zhan-

Yo se leva de la chaise en métal, conçue pour résister à toutes les intempéries que Chicago pouvait lui infliger, et laissa le froid pénétrer sa veste légère, son pyjama en flanelle qui tombait sur ses pantoufles et effleurait le sol givré du balcon. Il fouilla dans sa poche à la recherche d'un briquet et d'un paquet de cigarettes défraîchi, en alluma une d'un geste et s'approcha de la rambarde à hauteur de poitrine. Une habitude transmise de père en fils, pratiquée avec modération et un plaisir coupable ; Zhan-Yo gouvernait son corps et pouvait en faire ce qu'il voulait.

Tous les gens dehors si tôt se préparaient pour un marché, vendant des fruits et légumes qui n'appartenaient pas à ce climat à cette période de l'année, mais qui étaient désormais cultivés dans des serres sur les toits, ou dans des micro-jardins fonctionnant avec une technologie d'irrigation goutte à goutte. Pas besoin de terre, espace minimal. Miracles sur miracles menant à une ville du nord avec une abondance verdoyante. Pourtant, malgré toutes ces merveilles, des stands s'élevaient dans les rues et des voix vantaient leurs marchandises. Les passants choisissaient de dépenser des reps et de collecter ces délices locaux à la main, même s'ils utilisaient leurs Tamas pour commander d'innombrables produits dans de plus grands entrepôts avec des livraisons par drone en périphérie de Chicago. Comme si un peu de communauté compensait toute la distance stérile de la vie moderne.

Ziran, l'entreprise de son père maintenant celle de son fils, avait œuvré pour créer ce monde, et Zhan-Yo en récoltait les bénéfices. Entre deux bouffées, un sourire s'esquissa sur son visage, s'étirant au-delà des quelques rides qui avaient réussi à s'installer sur sa peau tendue au fil des décennies. Oui, il avait bien réussi. Ils avaient bien réussi. Tout ce que Ziran fixait comme objectif, elle l'accomplissait. Tout le monde portait ses Tamas, tout le monde restait connecté via l'im-mense réseau de Ziran, et quand les Paragons avaient décidé de mettre leur poids invincible derrière l'entreprise, la prise de contrôle avait été totale.

Le sourire s'effaça quand l'ombre interrompit le spectacle arc-en-ciel du soleil. Zhan-Yo suivit la disparition, sachant ce qu'il allait trouver et voulant le voir malgré tout : un ovale bleu galaxie, deux fois la taille du balcon, flottait au-dessus. En s'approchant suffisamment, Zhan-Yo aurait pu voir les pièces sectionnées pour chacune des fonctions du drone, les options croissantes à mesure que les rencontres passaient de passives à mortelles. Le seul endroit ouvert donnait vue sur la caméra du drone, un œil de verre fixant et scrutant.

Un rappel que certaines prises de contrôle sont plus complètes que d'autres, et leurs coûts plus terribles. Malgré tous les accomplissements de Ziran, malgré tous les efforts de Zhan-Yo, un seul décret d'Aegis ou du leader Paragon local, Innis, et tout ce pour quoi sa famille avait travaillé serait mis de côté. Pas de vote, pas de droit de parole. Alors que les gens croyaient que Ziran avait un pouvoir immense, Zhan-Yo savait qu'ils n'avaient aucun pouvoir du tout.

La table émit un son et Zhan-Yo se détourna du drone, espérant quelque chose pour sauver l'humeur de la matinée. Bien que les messages inondaient les comptes de Zhan-Yo, beaucoup gérés par des assistants et des algorithmes automatisés, quelques-uns sélectionnés trouvaient sa personne peu importe où Zhan-Yo se trouvait. Le nom de Sylvie, étalé sur la surface de la table et s'enroulant autour de ses œufs durs et de ses carottes vapeur, en faisait partie. Retournant sa main droite, la cigarette allumée dans sa gauche, Zhan-Yo fit apparaître le message, le projetant au-dessus de la surface de la table.

*Regarde ça. Puis appelle-moi.*

Sous le message se trouvait une vidéo, ce qui ressemblait à une diffusion médiatique de la nuit précédente d'après la quantité d'étiquettes flottant sur les bords de la vidéo — des carrés invitant Zhan-Yo à gagner des reps ou à les dépenser pour diverses choses dont il n'avait ni besoin ni envie. Ce qui importait, cependant, se tenait au centre : Aegis.

Zhan-Yo tapota la projection et la vidéo commença à jouer, le son sortant des haut-parleurs intégrés à la table. L'appareil combiné et la surface avaient été un achat coûteux, mais nécessaire si l'on voulait maximiser sa productivité à chaque instant.

La vidéo débuta et les journalistes posaient à Aegis des questions ineptes sur qui le Paragon avait appréhendé cette fois, si quelqu'un était mort, et ainsi de suite. Ce n'était pas intéressant, et Zhan-Yo se demanda si Sylvie avait décidé de lui faire perdre son temps aujourd'hui. Mais non, ce n'était pas son style. Sylvie ne plaisantait pas, elle complotait. Si elle avait envoyé cette vidéo, il devait y avoir une raison.

Alors Zhan-Yo se rassit dans sa chaise, fuma, et regarda. Il étudia le Paragon et son uniforme, au centre de la caméra. Jusqu'à ce qu'il le trouve.

— Alors c'est vrai, murmura Zhan-Yo, comme on le fait quand on dit des absurdités et qu'on ne veut pas que les autres entendent.

Parce que cette vidéo montrait l'impossible. Il n'arrivait pas à y croire, mais la marque était bien visible à l'écran. Aegis gardait son épaule gauche immobile, la ménageait, et là où la balle avait déchiré le tissu, en dessous, il semblait y avoir une légère humidité. Du sang, peut-être. Avec cet indice, Zhan-Yo trouva d'autres preuves : Aegis se frottait les yeux de temps en temps, sa bouche restait fermée quand il ne parlait pas. La sueur perlait sur son front.

L'homme invincible ressentait de la douleur. Aegis avait été blessé.

Sylvie ne plaisantait jamais, ne lui faisait jamais perdre son temps, et ceci pourrait être sa plus grande découverte.

Zhan-Yo effaça la vidéo, renvoyant le Paragon blessé dans le néant. Il se leva et jeta un dernier coup d'œil au drone, qui s'était installé pour surveiller le marché en contrebas. Pour l'instant, Zhan-Yo ne pouvait rien faire à la machine.

En rentrant, Zhan-Yo écrasa sa cigarette sur le mur, ajoutant une nouvelle marque de cendre noire sur la brique rouge, à côté de tant d'autres. Les taches s'élevaient au-dessus de sa taille jusqu'à la limite de sa portée et approchaient maintenant de ses pieds. Bientôt, il devrait les laver et recommencer.

Mais peut-être seulement une fois de plus.

# CHAPITRE 4
# À L'INTÉRIEUR DU SYSTÈME

MYNX SE RÉVEILLA avec le soleil levant qui brillait dans ses fenêtres occidentales. Au-delà de l'affichage de Mynx et en bas d'une falaise abrupte et sablonneuse, l'océan Pacifique léchait une plage rocheuse parsemée de coureurs. Une mer joueuse, écumante au milieu d'eaux sombres et profondes. Un contraste avec les surfaces lisses autour de la chambre de Mynx, enduites et prêtes à se transformer selon son humeur. En ce moment, un bleu clair apaisant qui reflétait le lever du soleil faisait l'affaire.

— Je suis réveillée, mais continue encore un peu, dit Mynx, en écartant ses boucles noires de ses yeux.

Ses cheveux considéraient le sommeil comme une occasion de marcher sur sa tête comme des explorateurs, se ramifiant dans toutes les directions et s'attirant des ennuis. Les nœuds et les enchevêtrements pouvaient attendre un moment, cependant, car ce lever de soleil était magnifique. Des oranges profonds se fondant dans des violets, avec quelques nuages luttant pour une pertinence vaporeuse. Tout cela venait d'une caméra montée captant le ciel oriental depuis le sommet de sa maison, son laboratoire, son tout.

Elle savoura ces secondes, toutes les dix, avant que le

tambour des tâches à accomplir ne devienne trop bruyant pour être ignoré et que Mynx ne se glisse hors des couvertures. Tout allait bien jusqu'à ce qu'elle balance ses longues jambes hors du matelas et que sa hanche craque. Son souffle se coupa.

— Aucun dommage, tous les signes sont normaux, dit Reeves, sa voix un agréable monotone britannique. À votre âge, vos muscles mettent un peu plus de temps à trouver leur place.

— Bonjour à toi aussi, Reeves, répondit Mynx, fermant les yeux pour rassembler l'énergie supplémentaire nécessaire pour se lever du lit.

Ses pieds se posèrent sur le sol dur, un faux bois ondulé que Mynx elle-même avait créé dans le but de concevoir une armure plus naturelle pour ses drones. Cette tentative avait échoué, mais comme pour la plupart des échecs, elle avait réussi à en extraire quelque chose d'utile ; dans ce cas, une belle surface chocolatée qui restait ferme sans s'user. Ce n'était guère une révolution, mais avant que les Parangons ne changent le monde pour valoriser de meilleures choses, la vente de ce revêtement de sol et de la recette pour sa production avait rapporté des liquidités bien nécessaires.

— Je suis prête, dit Mynx, se tenant droite. Montre-moi la journée.

Le lever du soleil s'estompa, et le mur de verre face à l'océan se modifia pour afficher trois colonnes, l'une contenant le calendrier du jour, une autre les tâches du jour, et une dernière mettant en évidence la météo, les nouvelles, et ainsi de suite. Pendant que Mynx lisait, l'activité explosa autour d'elle : la porte du placard derrière Mynx s'ouvrit et un drone à quatre hélices glissa dans la pièce portant un uniforme bleu ciel de Paragon tandis que deux autres drones humanoïdes entraient par la porte principale de sa chambre, une pièce blanc plage qui se fondait avec les murs turquoise pour donner à la pièce une ambiance océanique.

— Jones. Qui est-elle ? demanda Mynx, levant les bras pendant que les drones s'associaient pour retirer sa chemise de nuit et commencer le spectacle Paragon. J'imagine que c'est la raison de l'uniforme ?

— Vous avez approuvé la visite le mois dernier. Le docteur Denise Jones est une généticienne, qui s'intéresse à...

— Le vieillissement. Ça me revient maintenant. Mynx soupira. Les choses revenaient toujours, elles prenaient juste du temps. Tu penses que j'ai encore le temps de faire un essai ?

— Que pensez-vous du petit-déjeuner ?

— Garde-le léger, et je le mangerai pendant qu'elle sera là. Mynx passa les tâches et arriva aux gros titres où elle en vit un sur Aegis accomplissant à nouveau des actes héroïques. Combien de fois devait-elle lui dire de laisser les petites choses comme ça aux drones ? Le prochain modèle doit être prêt bientôt.

— Bien sûr.

Une fois l'uniforme enfilé, les drones retournèrent d'où ils venaient, et Mynx s'arracha à la vue... et faillit piétiner une nouvelle livraison. Sur roues, avec seulement un grand plateau sur le dessus, ce drone portait un ensemble de pilules et deux verres d'eau. Un, Mynx le savait, au cas où elle renverserait l'autre.

— On dirait que ça se multiplie, dit Mynx, tendant la main vers eux.

— Chacun comme recommandé par la base de données, répondit Reeves. Vous pouvez les ignorer si vous voulez.

— Que ferais-tu ? demanda Mynx, puis elle commença à avaler les pilules par habitude machinale.

— En tant que construction inanimée, je n'ai pas d'opinion. Cependant, j'exécute un certain nombre d'opérations supplémentaires pour maintenir mes propres capacités à un niveau optimal d'efficacité.

— Point pris.

La longue marche à travers son espace de vie, jusqu'aux épaisses portes en acier inoxydable marquant le début de l'Usine, couvrait trois étages de hauteur, une centaine de mètres de corridor renforcé creusé dans la roche épaisse et recouvert de mesures de sécurité conçues pour arrêter quiconque sauf Mynx elle-même, dura assez longtemps pour faire disparaître le goût sec et crayeux des pilules de sa bouche. Les portes d'entrée n'avaient aucun mécanisme d'ouverture. Elles se dressaient hautes et silencieuses, des dalles parfaitement lisses sans une seule entaille. Comme si elles avaient émergé, apparemment, du design de fausse roche naturelle qui composait les murs et qui s'avérait pratique pour cacher caméras, armes et pire encore.

— Tu vas me laisser entrer ? demanda Mynx à Reeves.

— Vos propres protocoles me l'interdisent.

— Bonne réponse.

Ça valait toujours le coup de tester une IA. Quand elles commençaient à développer leurs propres idées, c'est là que les choses devenaient dangereuses. Au lieu d'un interrupteur, d'une commande, ou de l'énorme bouton qui aurait été nécessaire pour ouvrir ces portes, Mynx posa sa main sur leur surface lisse à la place.

Et *tomba à l'intérieur.*

Elle les avait conçues pour être simples : une tâche quotidienne ne pouvait pas prendre trop de temps. Donc quand Mynx plaça sa main sur les portes et glissa son moi mental à l'intérieur, l'espace qu'elle occupait ressemblait à un appartement neuf et vide. Sol carrelé, murs blancs propres, une grande lumière jaune au plafond, et un seul piédestal argenté au milieu avec un gros bouton rouge dessus. Un petit hommage aux dessins animés qu'elle regardait enfant. Mynx appuya sur le bouton, ferma les yeux, et ressortit.

Les portes s'ouvrirent avec le glissement silencieux de dimensions exactes et de coupes précises, pivotant vers l'intérieur et révélant un espace ouvert gigantesque. L'Usine. Son laboratoire, son terrain de jeu. L'endroit où Mynx créait le monde pour tant de gens à Pacifica, Atlantis, et, peu à peu, dans le reste du monde. Au-delà des portes, le couloir se terminait par un unique disque de deux mètres de large dont le sol argenté et revêtu se terminait par des bords bordés de jaune.

La sécurité avant tout.

— Bloc D.

Mynx se tenait sur le disque et parla, ce qui mit la plate-forme en mouvement. Un unique montant sous le disque glissait le long d'une rainure plusieurs étages en dessous de Mynx, plongeant dans cette rainure pour amener la propriétaire du laboratoire et Championne de Pacifica au niveau du bloc D. Une brise fraîche constante se glissait dans ses cheveux de minuit, et Mynx goûtait la texture cuivrée de l'électronique chaude.

— Prépare le gladiateur, Reeves. Nous n'avons pas beaucoup de temps ce matin.

— Bien sûr.

Maintenant, la voix de Reeves venait du disque, et avec elle résonnaient mille pièces ronronnantes, bourdonnantes et remuantes alors que le laboratoire de Mynx s'éveillait. Des lumières multicolores illuminaient les différents blocs tandis que les expériences en cours démarraient. Des coups de feu, des commandes parlées et du métal broyé se faisaient entendre alors que les projets réduisaient les tâches à accomplir à la production. Automatisé, oui, mais guidé. Suivant le grand dessein de Mynx.

Le bloc D abritait le nouveau modèle de drone gladiateur, sa création la plus délicate. Alors que la plupart des drones passaient leur temps à patrouiller dans les cieux ou à écumer les vastes réseaux d'information du globe à la recherche de menaces ou de crimes, le drone gladiateur devait remplacer... elle. Aegis. Les autres Paragons risquant leur vie en s'impliquant directement dans des combats avec des anomalies ou des normaux.

Mynx mettrait fin à ces funérailles. Et, si cette Denise Jones connaissait son affaire, peut-être que Mynx pourrait aussi mettre fin aux autres, plus naturelles.

Le salut des Paragons se trouvait au centre du bloc D, un conteneur trapu pas beaucoup plus grand que la chambre de Mynx et dépourvu de tout intérêt autre que les pièces entassées au milieu. Mynx descendit du disque, traversant un sol de carreaux de granit fait de la roche lisse de la montagne qu'elle avait creusée pour fabriquer cet endroit. Au moment où elle posa le pied au sol, les pièces commencèrent à s'assembler d'elles-mêmes. Ce qui n'était que des déchets se transforma en une machine métallique, modulaire, menaçante de quatre mètres de haut.

— J'aime bien le nouveau déguisement, dit Mynx. Le modèle de production devra avoir l'air pire, cependant. Je pouvais voir que ce n'était pas des déchets.

— J'ai trois nouveaux revêtements en développement. Rouille, bien sûr, mais aussi sol forestier et couvert de poussière.

— Bien.

Comme avec les portes, Mynx s'approcha directement de l'immense construction et posa ses mains sur ses jambes, qui étaient aussi hautes qu'elle, et entra à l'*intérieur*.

Les portes d'acier n'avaient rien à voir avec l'espace du drone gladiateur. Ici, c'était un manoir. Imposant, vaste, avec des pièces pour chaque fonction. Mynx commença dans le hall d'entrée, regardant autour d'elle les différentes ailes, chacune étiquetée avec sa fonction principale. Les composants essentiels vivaient ici. L'aile qu'elle voulait se trouvait vers l'arrière — à l'extérieur, en fait.

Elle avait utilisé un motif tribal pour ce design, étant donné que les drones gladiateurs étaient destinés à se joindre aux Paragons. Des touches africaines décoraient les murs :

masques, ornements, et le matériau même du manoir semblait provenir du cœur de la jungle. Quand Mynx construisait avec son esprit, ajouter de la fantaisie devenait plus facile, plus agréable et plus concentré en même temps.

En passant devant des algorithmes façonnés comme des totems debout, accrochés aux murs à l'extérieur de la section traitant de la collecte de preuves et des poursuites, Mynx s'aperçut dans un miroir du sol au plafond qui séparait le large couloir central. Une concession à la vanité, un marqueur de ses inventions, Mynx en mettait toujours, car ils lui montraient ce qu'elle était.

Ce qu'elle était autrefois.

La Mynx qui la regardait avait perdu des décennies par rapport à la Mynx qui s'était réveillée dans son lit sur la falaise ce matin-là. La Mynx qui la regardait dans le même uniforme bleu Paragon avait vécu dans un monde différent, plus effrayant. Elle n'avait pas encore fait ses preuves, n'avait pas le laboratoire ou toute une région du monde sous son emprise.

— Tu penserais probablement que je suis maléfique, murmura Mynx à son moi plus jeune. L'image dans le miroir correspondait au mouvement de ses lèvres, mais ne dit rien. Mais tu étais naïve. Belle, mais naïve.

Au-delà du miroir et à l'extérieur du manoir s'étendaient des dunes de sable ondulantes. Comme si le manoir avait émergé de quelque désert. Au-dessus, un soleil froid brillait dans un ciel d'un bleu uniforme. Sur la dune la plus proche se tenait le drone gladiateur, debout au-dessus d'un petit garçon. Bras, jambes recouverts d'une armure plaquée pour protéger les fils et les armes en dessous. Contrairement au drone réel, celui-ci ne dépassait pas le genou de Mynx. Le garçon n'atteignait même pas sa cheville. Il était plus facile de juger ce genre de choses quand elle pouvait voir tous les angles.

Mynx ne pouvait pas sentir le sable quand elle marchait dessus. Elle ne respirait pas d'air chaud — pas d'air du tout, en fait — et quand elle prononça les mots pour commencer le test, ils ne venaient pas de ses poumons, de sa voix, ou de nulle part sauf des électrons qui éclataient autour des circuits du drone gladiateur. Ici, à l'intérieur même du drone, Mynx était Dieu, et Dieu voulait voir comment son drone se comportait.

Le test commença sans signe, sans interrupteur, sans parole. Deux voyous flottants et sans visage s'élevèrent de la dune comme s'ils s'étaient cachés dans le sable tout ce temps. Ils plongèrent la main dans les poches identiques de leurs imperméables marron et sortirent des couteaux, puis s'avancèrent vers le petit garçon. Le drone repéra les nouveaux venus, déplaçant sa masse relative pour mettre le garçon derrière lui.

Protéger d'abord. Bien.

Mais le drone décida de prendre la commande de protection trop au sérieux. Il attendit que les voyous se rapprochent, que les deux ennemis se séparent, comme un V s'élargissant, ce qui neutralisa les options de contrôle de foule du drone. Mynx devrait augmenter l'initiative — l'idée d'attendre une attaque avant de réagir était morte depuis longtemps, maintenant la stratégie était tout au sujet du seuil : à quel moment une attaque était-elle une certitude ?

Le drone atteignit ce point lorsque le voyou qui s'approchait sur sa droite arriva à portée de bras et avait toujours son couteau sorti. Le drone émit un avertissement verbal, que le voyou ignora. Le drone, alors, s'engagea dans une attaque fulgurante et incapacitante contre ce voyou. Un trio de fléchettes paralysantes jaillit des ouvertures dans la main gauche du drone et frappa le voyou, s'enfonçant profondément tandis que, de sa main droite, le drone saisissait le voyou et le plaquait au sol.

Et échoua.

Mynx secoua la tête et effaça la simulation, avec le second voyou tenant son couteau sur la gorge de l'enfant. Les drones

continuaient de trop s'engager, mais si Mynx baissait l'agressivité, alors ils restaient assis et attendaient jusqu'à ce qu'ils
soient piégés, c'était—

Une traction sur son esprit. Attention. Mynx glissa, les
dunes, le manoir, tout disparaissant jusqu'à ce qu'elle ouvre
les yeux de retour dans son laboratoire. Derrière elle, l'un des
micro-drones flottants de Reeves rétractait sa griffe d'acier de
son épaule.

— Elle est là, dit Reeves. Dr Jones.

— J'arrive, répondit Mynx. Et Reeves ? Je prendrai ce thé
maintenant.

# CHAPITRE 5
# L'HEURE EST VENUE

ONCTUEUX, crémeux et bourré de sucre. Aegis sirotait son latte depuis l'étage supérieur de sa tour — non, celle du Paragon. Au-delà des vitres pare-balles du penthouse, sous ses pieds, le chaos de Manhattan s'éveillait en cette fin de matinée. L'activité bouillonnait dans ces rues, dans ces bâtiments mêlant anciennes et nouvelles architectures, et au-delà s'étendait l'eau, grouillante de navires.

Anomalies et personnes normales, vivant et travaillant ensemble. Ne se sautant plus à la gorge, n'ayant plus peur de ce qui pourrait arriver. Les Paragons avaient bâti cela, un nouveau monde se dressant fièrement sur les cendres de son prédécesseur.

— Tu veux bien t'asseoir ? dit Celice, marchant pieds nus sur le parquet et portant dans ses bras des bandages et des onguents comme si elle allait procéder à une amputation.

Aegis obtempéra aux ordres de sa fille, s'installant confortablement dans le large fauteuil près de la fenêtre. Son poste de commandement offrait une vue parfaite, avec des écrans prêts à surgir du sol à sa demande. Pour l'instant, il voulait juste boire son café, mais il dégagea quand même l'épaisse robe de chambre de son épaule gauche, ignorant la douleur qui l'accompagnait.

— C'est vraiment nécessaire ? demanda Aegis tandis que Celice commençait à défaire les bandages de la veille.

Des taches de sang parsemaient la gaze, pâles et loin des plaies dégoulinantes qu'Aegis avait vues sur d'autres victimes de blessures par balle. Certes, il n'était peut-être plus aussi invincible qu'il y a des décennies, mais Aegis encaissait toujours mieux les coups que quiconque.

— Si tu peux être blessé, tu peux être infecté, dit Celice, s'occupant de son épaule avec une précision attentionnée. Que penserait le monde si son plus grand Champion succombait à une maladie ?

Aegis avala une gorgée de latte. L'onguent rafraîchit son épaule. Aegis compta deux drones de déploiement effectuant une lente traversée du ciel, leurs corps bleu profond ressemblant à des pilules flottantes.

— J'attends de toi que tu mentes si cela arrive un jour, dit Aegis. Prétends que c'était une attaque cachée d'Outbreak ou de Patient Zéro.

— Je ne peux pas faire ça, papa. Celice appliqua le nouveau pansement, serré et doux. Ils sont morts tous les deux il y a des années.

— Vraiment ? Comment ? Aegis aurait dû le savoir, mais il y avait eu tellement d'anomalies, tellement de personnes normales que les Paragons avaient envoyées au loin.

Celice recula, penchant la tête. — De la même façon que tous tes méchants meurent, papa. En pourrissant dans l'océan.

Ah, oui. Cet endroit-là. Mynx s'occupait de cette sinistre besogne, donc Aegis avait tendance à l'ignorer. Une fois le combat terminé, il était heureux de laisser les conséquences à ceux que ça intéressait davantage.

— J'ai remarqué que mon agenda est vide aujourd'hui, changea de sujet Aegis.

— Je l'ai vidé. Celice pointa la blessure du doigt. Tu as besoin de repos.

— Pas du tout.

— Si, et tu vas le faire. Celice avait l'air si défiante, toute apprêtée dans l'uniforme professionnel du Paragon, bien qu'elle ait laissé tomber le blazer bleu pour s'occuper du sale boulot médical de son père. Je te le dis, papa, tu dois arrêter ça. Tu vaux trop pour les Paragons pour prendre des risques.

— Juste pour les Paragons ? Aegis esquissa un sourire.

Celice leva les yeux au ciel. — Pour moi aussi. Mais je suis sérieuse. As-tu pensé à ce qui arriverait si tu ne revenais pas d'une de ces missions ? Que se passera-t-il quand tu prendras ta retraite ? Sa fille termina sa question par un geste englobant la ville en contrebas. Tout ceci repose sur ce que tu as construit.

Elle n'avait pas tort. Le monde avait été gouverné par la peur ; anomalies et personnes normales s'affrontant avec leurs capacités et leurs armes. Comme il serait facile de revenir à cela sans le manteau des Champions originaux et de leurs Paragons couvrant le monde. Maintes et maintes fois, Aegis, Mynx et les six autres avaient sauvé la civilisation d'elle-même, puis ils avaient pris les rênes pour la diriger. Que se passerait-il quand ils lâcheraient prise ?

— Tu as raison. Aegis livra cet aveu avec le regard fixe et impassible qu'il arborait presque depuis sa naissance, une expression déterminée qui garantissait honnêteté et engagement. Je vais convoquer un sommet. Nous parlerons des transitions. Nous établirons un plan.

Celice se leva, recula et s'appuya contre la vitre, plaçant son corps à une défaillance structurelle d'une courte et fatale chute dans la ville. Avec le soleil en contre-jour, et ses cheveux bruns coupés aux épaules restant parfaitement en place grâce à une magie qu'Aegis ne pouvait comprendre, sa fille incarnait l'image d'une dirigeante d'entreprise en une de couverture d'un article sur le pouvoir des grandes sociétés. Le genre de chose qu'Aegis avait lu en grandissant, pour lequel il avait travaillé en mûrissant, et qu'il avait ensuite écarté quand cela avait cessé d'être utile.

— Ce n'est pas suffisant, dit Celice. Si tu veux une transition, tu dois vivre pour la voir.

— Quoi ?

— Reste sur la touche, papa. Celice ne suppliait pas, elle ordonnait. Tu en as assez fait. Trouve quelqu'un pour prendre la relève, et, pour une fois, profite.

— Discuter avec ma fille, surplombant la plus grande ville du monde avec un délicieux petit-déjeuner, ce n'est pas profiter ?

Celice secoua la tête, fixant le sol comme elle le faisait chaque fois qu'elle voulait cacher une émotion. Aegis devina qu'il s'agissait de rire, cette fois-ci, à en juger par sa main qui venait ombrager ses yeux. Quand Celice releva la tête, cependant, la gravité avait repris le dessus sur son visage.

— Promets, papa. Tu ne sortiras plus. Pas pour ces petites choses.

Une autre gorgée. La vérité, c'est que les petites interventions étaient fatigantes, même s'il les appréciait. Arrêter des malfrats était un passe-temps, une façon de garder ses compétences aiguisées, mais le menu fretin ne valait pas la peine de mourir.

— Je te le promets, Celice. Je n'irai plus sauver le monde, juste pour toi.

— Bien. Celice jeta un coup d'œil à son poignet, où un bracelet enveloppant passa d'un noir argenté stylisé au bleu sous son regard et afficha un calendrier trop petit pour qu'Aegis puisse le lire. Celice avait toujours les Tamas à la mode. — Je dois y aller, papa. Northeast veut discuter de leur nouveau projet de siège social.

— Attends, dit Aegis alors que sa fille commençait à le dépasser. On a passé tout ce temps à parler de moi. Que fais-tu, toi ? Je n'ai pas eu à chasser de nouveaux petits amis dernièrement.

Celice s'arrêta et laissa échapper un rire. — Un petit ami ? Après m'être occupée de toi et de tous tes Paragons, qui ne savent pas ce qu'ils font en dehors d'un combat, soit dit en passant, je n'ai pas vraiment le temps de sortir. De plus, dès que quelqu'un apprend qui je suis, qui est mon père, il cesse de se comporter normalement.

— Ah, je ne suis pas si terrible.

— Bien sûr. Celice tapota la table d'appoint en verre et métal où le reste du petit-déjeuner d'Aegis était posé, bordé par un étui circulaire en plastique plus petit que la main d'Aegis. À l'intérieur, divisées en sections, se trouvaient de petites pilules ovales colorées. — N'oublie pas de toutes les prendre. Les nouvelles sont pour la douleur.

Avant qu'Aegis n'ait fini son latte, Celice avait disparu dans l'ascenseur. Il regarda les pilules. L'eau dans un nouveau verre qui attendait. Des conditions à traiter, et Aegis les énuméra dans sa tête. Chacune une surprise quand elle était arrivée, un autre marqueur du Temps, cet ennemi invincible que les Paragons n'avaient pas pu vaincre.

Pas encore.

Mais ils avaient pu gagner contre tous les autres. Plus d'armée, plus de police. Tous les gouvernements s'étaient dissous en parties sous la protection des Paragons. La paix couvrait la planète, et quiconque la perturbait était traité de manière rapide et définitive. Au début, il y avait eu des plaintes. Puis, les gens avaient appris. Les normaux avaient accepté et les anomalies avaient compris leur rôle, la part que leurs dons devaient jouer pour aider le monde.

Aegis prit les pilules. Une dans la bouche, une gorgée, une avalée. Il se leva en commençant, fit le grand pas jusqu'à la vitre et regarda la masse en dessous de lui s'agiter.

Tout cela dépendait de lui, et Celice avait raison. Quand — si — Aegis ne pourrait plus tous les protéger, quand il ne pourrait plus tenir les promesses que les Paragons avaient faites au monde, quelqu'un d'autre devrait le faire. Il valait mieux qu'il choisisse cette personne plutôt que de compter sur les Paragons eux-mêmes pour régler ça. Il valait mieux que tous les Champions choisissent.

— Polly, dit Aegis à voix haute pour que les récepteurs du système puissent le capter. Envoie un message aux Champions.

— Prête.

La voix de Polly était toujours si joyeuse. Aegis l'avait trouvée agaçante au début, mais l'optimisme inébranlable de l'IA avait fini par lui plaire, comme une lueur pétillante par un jour morose. Il y avait assez de difficultés dans la vie, avoir un ordinateur qui parlait avec une joie pétillante n'en faisait pas partie.

— Nous devons nous réunir. Il est temps de décider de ce qui se passera ensuite.

# CHAPITRE 6
# RETOUR AU BERCAIL

CODE D'ACCÈS. Clé. Insérer. Tourner.

Kat fonctionnait par monosyllabes. Elle n'avait pas l'énergie pour plus, pas après avoir traîné Vedder jusqu'au rover, l'avoir tracé, puis avoir déposé l'anomalie à l'hôpital sur le chemin du retour. Sauf malchance, Kat n'aurait plus jamais besoin de revoir Vedder. Avec un peu de chance, l'anomalie rapporterait à Kat beaucoup de reps grâce à sa nouvelle carrière forcée de Paragon.

La puanteur de son appartement, un mélange toxique de linge sale et de poils de chien qui se transformait en nuage asphyxiant quand les fenêtres étaient fermées, enveloppa Kat dans son étreinte étouffante et la traqueuse trébucha dans un espace qu'on pouvait au mieux qualifier de *dévasté*. On ne savait pas exactement ce qui s'était passé, ou se passait, dans l'appartement, mais quelque chose de terrible s'était produit. Des vêtements, de la nourriture et des choses qui avaient peut-être été de la nourriture mais qui étaient maintenant des écosystèmes entiers, des cartons jamais ouverts de déménagements précédents, et des trésors que Kat connaissait autrefois mais qu'elle considérait maintenant comme des *trucs* s'entassaient dans tout l'espace d'une chambre. Sans les lumières allumées, avec les rideaux tirés, les ombres des détritus paraissaient menaçantes.

Seeker passa devant Kat comme une flèche et s'attaqua aux horreurs avec un plaisir évident, aboyant à tout va, ce qui aurait agacé les voisins si ce n'était pas midi et si personne n'était resté dans ce complexe de travailleurs acharnés. Les appartements étant trop petits pour avoir des bureaux à domicile confortables, Kat observait chaque matin le spectacle du bâtiment se vidant dans les rues de Chicago, les gens s'efforçant de trouver leur chemin pour soutenir les Paragons, gagner leurs reps, et rentrer chez eux dans un endroit sans doute plus propre que le sien.

— Mais tu l'aimes comme ça, n'est-ce pas ? dit Kat à Seeker, qui bondit vers elle couvert de linge sale au hasard, un jouet à mâcher en forme d'os rose et jaune dans la gueule. Elle commença à enlever sa combinaison, esquivant le chien en même temps. Tu sais, tu pourrais aider.

Seeker prit la suggestion au pied de la lettre, lâcha l'os et mordit la botte de Kat, la faisant trébucher et tomber sur un canapé bleu délavé qui avait vu plus d'années qu'elle. L'âge avait rendu les coussins gélatineux, si bien que Kat s'y enfonça avec le doux plaisir douloureux des muscles endoloris qui ont enfin l'occasion de se détendre. Pendant que Seeker s'occupait de débarrasser Kat de ses chaussures, gants et gantelets — le chien était précis avec ses dents, capable d'appuyer sur les points de pression qui détachaient les bracelets technologiques —, Kat resta allongée là, à respirer. S'installant dans le mal de tête qui approchait alors que son corps succombait au manque de sommeil.

— Tap, ouvre les fenêtres, marmonna Kat, mais les micros hypersensibles parsemant les coins de l'appartement le captèrent quand même, et quelques instants plus tard, l'air frais commença sa guerre contre l'appartement vicié. Et apporte-moi le petit-déjeuner. L'habituel, de chez *Brickhouse*.

— C'est comme si c'était fait, Kat, répondit l'IA de sa voix joyeuse de surfeur. Autre chose ? Tu as l'air fatiguée. Tu veux un café ?

— Non. Kat avait réussi à enlever le masque de sa combinaison, et Seeker l'avait ramassé et jeté dans la poubelle marquée. Ses yeux étaient fermés et elle voulait les garder ainsi, pour un petit moment. Je veux dormir.

— Ça veut dire que tu ne veux pas ton rapport quotidien ?

Kat gémit avec le désespoir de quelqu'un qui sait ce qu'il faut faire mais déteste le faire quand même.

— D'accord. Mais fais vite.

— Je vais le lire à une vitesse de 1,25.

Tap fit suivre son avertissement de chiffres, un bombardement de statistiques que Kat enregistra par habitude. D'abord vinrent les anomalies qu'elle avait tracées qui n'avaient pas été une perte de temps et lui avaient rapporté des redevances au cours de la dernière journée. Un pourcentage de contrats achevés. Des reps pour payer son loyer, et la meilleure raison d'être une traqueuse après tout.

Pas sa raison, mais la meilleure raison.

Les résultats d'aujourd'hui étaient plutôt bons ; une anomalie avec un penchant pour la détoxification des eaux usées avait trouvé un ensemble lucratif de contrats avec Chicago, et ceux-ci continuaient de payer. Elle l'avait trouvée après que des rapports soient arrivés de l'ouest de l'Illinois concernant une série de lacs cristallins qui avaient été couverts d'algues depuis très longtemps. Ses gains dépassaient ceux de toutes les autres anomalies, y compris les mortelles, que Kat avait jamais tracées. Et elle n'avait pas eu à la traîner dans la neige profonde non plus.

— J'ai aussi un message prioritaire, si tu es toujours réveillée ? demanda Tap une fois la lecture terminée.

— Je le suis. De qui est-ce ?

— Gordon Holyoak. Tap était une IA, mais même l'ordinateur savait qu'il fallait prononcer le nom de Gordon avec appréhension.

Le ventilateur au plafond ne bougeait pas. Elle ne l'avait pas allumé. Au nom de Gordon, Kat fixa intensément les pales, les défiant de la sortir des souvenirs, des émotions et autres déchets qui gâchaient la sieste qu'elle voulait faire. Après un moment de regard noir, le ventilateur échoua dans sa mission et Kat roula hors du canapé, atterrissant sur et continuant à rouler sur Seeker, qui avait adopté sa place habituelle de sommeil près de son côté. Le menton planté sur l'un des rares endroits propres du tapis, Kat regardait maintenant à travers une porte étroite des couvertures, des oreillers et des forces rebelles de peluches qui occupaient son lit. Cela non plus ne l'aidait pas dans sa quête pour éviter la réflexion.

— Euh, dit Kat dans le sol, puis elle se poussa pour se tenir debout de manière instable. Bon. Lis-le.

— Salut Kat ! Je sais que ça fait un moment, et je sais que tu ne me croiras pas, mais je suis en ville, et je te contacte, pour des raisons professionnelles ! Tu peux me rencontrer demain ? Je sais que c'est rapide, mais on n'a pas beaucoup de temps pour ça. J'espère que tu vas bien ! conclut Tap. Il y a un marqueur géographique attaché pour The Spit Roast, dans six heures.

— Je veux pas, dit Kat, se frottant les yeux et regardant Seeker, qui ne fournit aucun aperçu précieux que ce soit.

— Ce n'est pas prioritaire, mais tu voudras peut-être savoir que Gordon vient de lancer un appel général aux traceurs de Chicago, dit Tap. Même heure, même endroit.

Ainsi, Gordon avait bien une raison d'être ici, autre que d'embêter Kat. S'il avait lancé un appel ouvert, cela signifiait une grosse cible, car Gordon allait répartir les reps pour la trace entre tous ceux qui aideraient.

— Il y a combien de temps que Gordon a envoyé son message ?

—La nuit dernière. Pendant ton absence.

Une bonne demi-journée d'avance pour un ancien partenaire. Voilà ce que valait Kat. Elle regarda le canapé, envisagea la possibilité de faire cette sieste, et l'abandonna lorsqu'une série de sirènes retentit au loin. Un drone répondant à un appel, et le signe qu'elle avait manqué sa fenêtre d'opportunité.

L'heure de la douche.

Dans la vapeur méditative et l'eau chaude, l'épuisement de Kat la ramena à l'arrivée de Gordon sur sa scène. Il était entré côté jardin, débarquant dans un désastre alors que Kat se démenait pour vendre ce qu'elle avait pour survivre. Gordon n'était pas riche, ce n'était pas quelqu'un qui cherchait à profiter de la situation, mais il voulait la compagnie de Kat et cela avait suffi. Quand Gordon l'avait fait rire, ce qui ne lui était pas arrivé depuis longtemps, Kat lui avait donné une chance pour un dîner. Gordon avait fini par payer pour ça, et Kat pour tout le reste.

Mais elle était maintenant une traceuse, et Gordon l'avait mise sur cette voie. Ce qui compensait, quoi, dix pour cent des ennuis que cet homme lui avait causés ?

Le temps qu'elle soit propre, le petit-déjeuner du *Brickhouse* était arrivé sans le café que Kat regrettait maintenant d'avoir manqué, et elle engloutit les œufs, le hachis de pommes de terre enrichi en vitamines. Elle jeta les restes dans la fente près de la porte qui transporterait les déchets vers un endroit magique dont Kat ne se souciait jamais. Que les conteneurs ne soient pas dans son appartement lui suffisait.

Après tout cela, et avoir enfilé une tenue qui contrait le froid hivernal de Chicago, qui gagnait sa guerre contre le chauffage de son appartement dans le combat continuel entre air respirable et climat vivable, Kat regarda Seeker, qui avait attrapé sa laisse pendant qu'elle finissait de manger, et soupira.

— Je suppose qu'il y a assez de temps. Allez, viens.

Tap verrouilla l'endroit après le départ de Kat. Scella aussi la fenêtre, et Kat prit la décision discutable de demander à Tap de trouver quelqu'un, quelque chose qui pourrait nettoyer son appartement. Elle avait maintenant assez de reps pour ne plus avoir à vivre au bord de la peste.

Les trottoirs de l'après-midi n'étaient pas trop bondés - il faisait froid, les gens travaillaient, et le quartier de Kat n'était pas idéal pour la marche. Pour chaque ancien bâtiment qui rappelait des temps plus simples avec sa brique et son mortier, une douzaine d'autres affichaient le brillant et préfabriqué de l'efficacité moderne. Des produits chimiques forgés ensemble et graissés par des pouvoirs d'anomalie transformaient ce qui aurait été du métal froid en créations d'aquarelle qui résistaient à tout ce que la nature pouvait invoquer. Ce qui, étant donné que la plupart des grandes villes avaient des anomalies chargées de manipuler la météo, n'était pas grand-chose.

— On dirait qu'ils n'arrivent pas à le rendre confortable, malgré tout, dit Kat, regardant son souffle se transformer en un nuage gris.

Il y avait des raisons, bien sûr, de maintenir le climat habituel. Des raisons que Kat n'avait ni le temps, ni l'envie de contempler. C'était le rôle des Paragons, c'était le rôle de Mynx. Garder la planète en vie pour que Kat puisse promener son chien au parc et lancer un disque.

Le parc cochait toutes les cases d'une oasis urbaine : entouré de structures imposantes, néanmoins clôturé, et un centre autrefois dominé par une fontaine, aplani au bulldozer pour donner plus de liberté aux chiens. Seeker en profita, s'élançant dès que Kat le détacha pour aller inspecter une horde canine errante qui dévalait le parc comme une force de la nature aboyante. Les jappements excités de Seeker exprimaient un bonheur que Kat n'était pas sûre d'avoir jamais éprouvé, mais la joie vicariante qu'elle tirait des bonds et des sauts du husky émoussait le tranchant de sa fatigue.

Du moins jusqu'à ce qu'elle voie un visage familier errer dans le parc dans sa direction générale, longeant l'intérieur de la clôture comme si faire un pas de plus dans le territoire des chiens serait un crime puni par une salive écrasante.

— Stan, lança Kat à l'anomalie, qui marchait raide dans une veste en jean et une casquette de baseball noire et délavée.

— Kat, dit Stan, ses dents faisant un claquement que Kat aurait attribué au froid si elle ne le connaissait pas si bien. Tu as l'air fatiguée.

— Merci, Stan. J'avais besoin de ça aujourd'hui.

— Désolé. Stan chercha à apaiser avec un sourire maladroit. Kat le laissa faire, lui rendit son sourire. Nuit difficile ?

— Disons simplement que toutes les anomalies ne sont pas aussi gentilles que toi.

Kat parlait avec un soupir, mais elle le pensait. Stan s'était caché des drones de recherche de Mynx et des détectives Internet qui chassaient les anomalies en travaillant localement dans la menuiserie à petite échelle. Quand il avait finalement fait une erreur et terminé un travail un peu trop vite - les voisins avaient été surpris de trouver une maison qui était blanche la veille toute bleue bébé le lendemain sans une nuée d'échafaudages et de sueur - Kat l'avait coincé dans un bar à trois pâtés de maisons d'ici. Stan avait commandé du bourbon raide et bon marché pour eux deux et tendu son bras pour la trace.

— Je n'aurais jamais pensé que fuir me ferait du bien. Stan essaya de regarder vers un horizon, mais finit par fixer l'enseigne d'une épicerie de quartier. J'ai toujours pensé que Chicago était ma ville.

Kat hocha la tête alors qu'une brise vive les traversait. Les chiens ne le remarquèrent pas, aboyant à tout va contre un pauvre oiseau dans un arbre.

— Les choses ne vont pas mal non plus, continua Stan. Les Paragons me donnent beaucoup de travail, les reps sont bons.

— Je sais. Kat voyait les reçus, prenait sa part de chaque

boulot que Stan faisait. Fiable, mais pas aussi riche que le type des égouts.

— Je suppose que tu le saurais. Pas de malice là-dedans, juste de l'acceptation. Stan hésita, et Kat le sentit chercher la permission sur le côté de son visage. Je peux te poser une question ?

— Vas-y.

— Que se passe-t-il si tu ne reviens pas d'une de ces choses ?

— Tu veux dire si une anomalie me réduit en cendres ? Me tire dessus d'une douzaine de façons différentes avec sa super vitesse ?

— Euh. Je suppose ?

Kat lança son regard bleu de traceuse à Stan, lui faisant savoir que la question était à la fois impolie et agaçante, mais qu'elle y répondrait quand même. — Tu auras un autre traceur. Quelqu'un de proche. Rien ne change de ton côté.

Stan lutta pour formuler une réponse, alors Kat le libéra avec un *content de t'avoir vu* et laissa l'anomalie siffler son labrador chocolat et partir.

Sa question, cependant, persistait. Si Kat ne revenait pas d'une de ses chasses, le seul à le remarquer serait Seeker. Le mal de tête, sentant les défenses abaissées de Kat, resurgit et la traceuse s'appuya contre la clôture, pressa ses doigts sur ses tempes, et essaya de se perdre dans les aboiements incessants de créatures plus heureuses.

# CHAPITRE 7

# INVITER TOUS LES JOUEURS

ZHAN-YO AURAIT VOULU PRENDRE un volant qui n'existait pas. La capsule roulait le long de la rue, à la fois suivant et étant suivie par d'autres capsules dans une file incessante et efficace qui se dirigeait vers le centre commercial. Chaque fois qu'il s'asseyait dans ces engins, leurs coussins éventés par trop de passagers et trop peu de nettoyages, Zhan-Yo aurait voulu échanger l'efficacité et la sécurité contre le cercle de cuir dur qui dirigeait la voiture de son père. Celle que Zhan-Yo lui-même avait conduite pendant quelques années avant que les conduites manuelles ne soient éliminées au nom de la protection.

Zhan-Yo trouvait que la logique était un piètre substitut à l'émotion.

Pourtant, lorsque la capsule s'arrêta à l'entrée principale du centre commercial, sa porte clignotant de LED vertes sur les bords, les sièges vibrant pour faire savoir à Zhan-Yo qu'il était arrivé à destination, Zhan-Yo ne regrettait pas de ne pas avoir à se garer. Par un après-midi froid comme celui-ci, une courte marche à l'intérieur était un avantage bienvenu.

Si les capsules étaient une évolution d'une machine plus

ancienne et obsolète, le centre commercial avait lui aussi évolué. Du clinquant soutenu par de la substance : des lumières signalaient divers vendeurs, avec des carrés projetés qui criaient les soldes, de faux feux d'artifice attirant les regards vers les nouveaux stocks, et quelques vieux drones postés sur le chemin d'entrée offrant des opportunités limitées sur leurs corps, où l'armure avait été remplacée par des écrans. Les gens abondaient, le centre commercial servant de refuge aux confins exigus d'une population massive, ceux qui entraient et ceux qui sortaient transportant la même quantité de produits :

Aucune.

Zhan-Yo sourit à une jeune fille et sa mère, toutes deux portant l'éclat satisfait du shopping. Il tint la porte de la capsule ouverte, acceptant le remerciement encouragé de la petite fille, puis passa par l'entrée béante. Pas de portes ici, mais Zhan-Yo sentit le léger changement dans l'air, ses fins cheveux gris captant la brise subtile alors que la barrière de pression du centre commercial servait à garder le froid à l'extérieur. Sa peau se couvrit momentanément de chair de poule lorsque Zhan-Yo passa à travers la passerelle, des carreaux bordés de néon bleu qui servaient d'unique endroit sans publicité du centre commercial.

Le rez-de-chaussée au-delà s'étendait sur des pâtés de maisons dans les deux directions, entrecoupé tous les douze mètres environ par une autre devanture. Le complexe de trois étages remplissait chaque espace de marchandises, les carreaux du sol et du plafond faisant office d'écrans diffusant une publicité silencieuse après l'autre. Un saxophone nonchalant flottait au-dessus de tout cela, contrastant avec l'immersion dans la richesse exposée. Ce qui aurait dû être écrasant pour tout le monde était devenu banal, une ménagerie médiatique rendue insignifiante par son propre succès.

En face de lui, un magasin de vêtements occupait la position de choix ; la première cible pour tous les yeux qui entraient. Des tenues de créateurs et des publicités associées étaient suspendues en grand. L'une d'entre elles en particulier l'interpella, une veste en cuir rouge avec des garnitures dorées, accrochée sur le mannequin dans une vitrine de devant. Ses parents l'auraient trouvée criarde, mais elle parlait de rébellion, d'esprit. Zhan-Yo n'était pas là pour faire du shopping, mais il traversa l'avenue tape-à-l'œil et y regarda de plus près.

Lisse, bien faite. Il toucha les manches, fronça les sourcils. Du cuir synthétique. Le vrai était si difficile à trouver, mais quelques marques y tenaient encore, se souciaient encore de l'authenticité. Il glissa son regard vers le prix flottant dans un petit écran sous la veste. À côté du nombre de reps, Zhan-Yo remarqua le petit Z incliné. Il savait qu'il serait là, car personne n'oserait ne pas l'inclure. Ziran profitait à tout le monde, sauf à ceux qui ne jouaient pas selon ses règles.

Les Paragons avaient besoin d'une nouvelle monnaie, et les reps nécessitaient un moyen d'être dépensés, gagnés et distribués.

— Vous voulez l'essayer virtuellement ? Il n'y a personne dans la cabine d'essayage en ce moment, dit un homme, et Zhan-Yo vit un adolescent portant des accessoires métalliques et des vêtements à moitié assortis que Zhan-Yo lui-même ne pourrait jamais porter, l'adolescent se demandant sans doute ce qu'un homme de l'âge de Zhan-Yo faisait à regarder une tenue si stylée.

— Non, merci, dit Zhan-Yo, faisant un signe de tête à l'adolescent pour le remercier de son temps. J'admire simplement.

— C'est un modèle cool, acquiesça l'adolescent. Faites-moi savoir si vous avez besoin de quoi que ce soit.

Dès que le garçon se détourna, Zhan-Yo tapota son poignet droit, où son Tama s'enroulait en jolis maillons dorés.

Dès que le Tama entra en contact avec l'étiquette de prix, il bipa trois fois, faisant savoir à Zhan-Yo que le produit était disponible dans sa taille, au même prix que celui affiché, et pouvait être livré dans la journée à son appartement. De sa main gauche, Zhan-Yo tapota l'écran du Tama et accepta la commande, sans jamais quitter la veste des yeux.

Quelque chose à porter quand il rencontrerait Aegis, peut-être.

Ziran négociait aussi des provisions réelles - Zhan-Yo entra dans l'un de leurs points de vente technologiques non loin de l'endroit où il avait acheté la veste rouge, niché entre des marques de vêtements de sport et n'ayant l'air ni aussi élégant ni aussi intéressant. Mais après tout, quand le marché cible de Ziran était l'acheteur d'entreprise ou le civil déses-péré et mécontent à la recherche d'un moyen de simplifier sa vie, il était payant d'avoir un magasin à l'apparence, eh bien, simple. Zhan-Yo fit un signe de tête à l'enseigne suspendue avec le Z teinté de bleu sur un fond blanc doux en passant dessous.

Un homme se devait de rendre hommage aux choses qui l'avaient façonné.

Son Tama vibra, signalant à Zhan-Yo qu'il était en retard. Il ne prit donc pas le temps d'inspecter les étagères, mais parvint à lancer un rapide coup d'œil à la vendeuse, lui indi-quant que l'inspection aurait lieu plus tard. C'était l'occasion pour la jeune femme de mettre le magasin en parfait ordre, un avertissement que la plupart, y compris Zhan-Yo, ne rece-vaient pas.

Il y avait deux portes à l'arrière du magasin, toutes deux portant de grands écriteaux indiquant qu'elles étaient réser-vées au personnel autorisé. Le fait que le même personnel ne soit pas autorisé pour chaque porte restait tacite, et Zhan-Yo utilisa celle de gauche en passant son Tama contre le carré noir sur le mur peint couleur perle. Un doux bip, un clic de serrure, et Zhan-Yo ouvrit le portail. Contrairement à sa jumelle, cette porte donnait sur un escalier en béton abrupt. Zhan-Yo suivit les marches — la porte se refermant d'elle-même derrière lui — sous les couloirs arrière du centre commercial et dans une section creusée il y a des années dans un but très spécifique. Le palier ne révélait rien de ce but, conservant l'aspect gris du béton et ajoutant des chaises raides, une petite table, et rien d'autre. On pourrait attendre ici, semblait dire l'agencement, mais pas longtemps.

L'objectif de Zhan-Yo se trouvait au-delà de la porte suivante. Celle-ci nécessitait également un passage du Tama sur un scanner noir intégré au mur, mais contrairement à celui de l'étage, le scan seul ne déverrouillait pas la porte.

— Zhan-Yo.

Il se sentait toujours étrange de prononcer son propre nom, mais, selon le programme qui analysait maintenant sa prononciation, la façon dont une personne disait son propre nom était unique.

Le programme accepta son style sans discussion, laissant Zhan-Yo entrer dans la deuxième et dernière pièce. Contrairement à sa prédécesseure, cet espace embrassait le luxe pré-rep, l'opulence pour elle-même. Une table en acajou, d'une couleur de whisky vieilli en fût, s'étendait comme un océan, remplissant la pièce et faisant paraître minuscules les cinq autres personnes déjà assises autour, bien que ce groupe réunisse autant de pouvoir qu'il en existait dans le monde en dehors des Paragons.

À la gauche de Zhan-Yo, les besoins de base étaient plus que satisfaits par des robinets d'eau plate et gazeuse distillée. Un plateau de fruits, dominé en son centre par de l'ananas jaune à la demande de Zhan-Yo, garnissait le comptoir en granit noir. Au-dessus du plateau, rétracté lorsqu'il n'était pas utilisé, pendait le tuyau de livraison, permettant aux travailleurs ou aux drones d'envoyer des rafraîchissements sans accéder à la pièce elle-même.

— Nous sommes tous prêts, dit un homme mince et blond

arborant un costume noir trop formel au goût de Zhan-Yo, faisant l'effort de pousser sa chaise et de se lever en parlant. Dois-je ouvrir l'appel ?

— Oui, répondit Zhan-Yo, se dirigeant vers sa propre chaise en bout de table. Les sièges étaient des rescapés, du cuir tanné datant d'un siècle que Zhan-Yo prenait soin d'entretenir. Lui et Wexley sortaient eux-mêmes les chaises de la pièce lorsque des réparations étaient nécessaires. Un verre d'eau plate, s'il te plaît.

Wexley prit la demande comme un fils, allant remplir un verre pris sur un plateau qui en était couvert, et, en même temps, énonçant une série de commandes que l'IA de la pièce, intégrée au centre de cette table, devait suivre. Zhan-Yo profita de ce moment pour regarder qui s'était donné la peine de venir en personne aujourd'hui et se trouva satisfait des visages prudents et curieux qui rencontraient le sien. Ce qui avait été zéro pendant si longtemps était maintenant quatre. L'impossible devenant possible.

Personne ne parla. Il y aurait du temps pour les questions plus tard.

Après que Wexley eut terminé la commande pour lancer l'appel, le mur de la pièce en face de Zhan-Yo s'illumina alors qu'un projecteur au plafond se mettait en marche. Au début, seul du blanc avec un nom unique sur le côté droit, *Ziran-Alpha*, s'affichait. Le titre de cette pièce. Au cours des trente secondes suivantes, cependant, une douzaine d'autres noms apparurent, presque tous des lettres et des chiffres sans signification.

C'est pourquoi Zhan-Yo respectait ceux qui venaient en personne — rien derrière quoi se cacher. C'étaient les vrais engagés, et c'était le travail de Zhan-Yo de transformer chaque numéro sans visage de l'appel en visages autour de la table.

— Bienvenue, commença Zhan-Yo alors que l'écran blanc

passait du néant à un gros plan poli. Quelques rides, ces cheveux blancs clairsemés, une barbe noire de trois jours... la marche inexorable du temps n'avait pas encore emporté toute la jeunesse de Zhan-Yo. À ceux qui sont là depuis le début, merci. À ceux qui ne font que découvrir notre cause, j'espère que vous trouverez ce que vous cherchez ici. Aujourd'hui, pour illustrer pourquoi nos efforts sont si importants, nous allons commencer par une histoire.

Wexley saisit bien son signal, levant un seul doigt de sa main droite et ne tressaillant pas quand son propre visage remplaça celui de Zhan-Yo sur la projection. Beaucoup d'entre vous me connaissent comme le directeur des opérations de Ziran. Beaucoup d'entre vous ne savent pas que je suis le produit même de ce que nous travaillons à éliminer.

L'histoire que Wexley raconta était une histoire familière. Zhan-Yo l'avait déjà entendue de la bouche de Wexley, bien sûr, mais la plupart des personnes présentes connaissaient quelqu'un comme lui. Connaissaient des vies ruinées par des anomalies, des vies qui avaient fait confiance aux Paragons pour les sauver et, quand les Paragons avaient échoué, n'avaient aucun recours. Aucune voix.

— Je n'ai pas pu rentrer chez moi, parce que ma maison n'existait plus. Wexley resta calme, composé. Sans cœur, sauf pour le tremblement dans sa voix. Les Paragons ont appelé ça un accident. Une anomalie non découverte qui a perdu le contrôle, comme tant d'autres. Ma seule option était d'aller de l'avant, de faire avec. Je suis ici parce que je pense que nous pouvons faire mieux.

— Comment ? La question venait de l'appel, un interlocuteur inconnu déformant sa voix pour qu'elle ressemble à celle d'un drone cassé. Comment pensez-vous que nous puissions faire mieux que les Paragons ?

— En donnant la parole aux gens. Zhan-Yo reprit la tête de Wexley d'un regard. Les Paragons ont eu leur temps, et il est clair que leurs cœurs sont avec les anomalies. Nous ne sommes rien de plus qu'un fardeau, une collection à garder heureuse pendant que les Paragons cimentent leur pouvoir.

— Donc vous remplaceriez les Paragons par vous-même ?

— J'ajouterais nos voix aux leurs. Nous ramènerais à une démocratie, où tout le monde est entendu, pas seulement ceux qui ont les capacités les plus fortes. Ne voulez-vous pas avoir votre mot à dire sur votre propre avenir ? Vous contrôlez vos entreprises, mais vous ne contrôlez pas votre propre société.

Silence. Une bonne pause. Laissez la pensée mûrir, et comme le vin, tous ici, qu'ils aient entendu les arguments de Zhan-Yo auparavant ou non, se rapprocheraient de ses idéaux. Le pouvoir enivrait, et la chance d'en avoir plus, la chance d'en avoir *un peu*, était impossible à résister pour un groupe comme celui-ci. Ziran avait pris sa position autant par la manipulation que par l'innovation, et Zhan-Yo n'abandonnerait pas la subversion pour le principe ici. Pas quand ils étaient si proches.

Les yeux autour de la table indiquèrent à Zhan-Yo quand il était temps de parler à nouveau, par la façon dont ils se tournèrent vers lui, par la façon dont ces hommes et ces femmes attendaient de l'entendre les guider sur le chemin de cet avenir.

— Nos plans exacts, commença Zhan-Yo, sont et resteront secrets. Les Paragons ont des espions partout, et ils ne verront pas nos rêves démocratiques avec le même espoir que nous. Mais nous progressons, et nous sommes plus proches que jamais d'annoncer publiquement notre position contre les Paragons. Pour préparer ce moment, je vous demande de regarder en vous-mêmes, de trouver ces reps que vous pouvez sacrifier à une noble cause, et de le faire.

Il y eut d'autres questions, auxquelles Wexley répondit, laissant Zhan-Yo observer les appelants et les visages dans la salle. Le progrès était ce qu'ils voulaient, et Zhan-Yo devrait bientôt leur donner quelque chose de tangible. Une preuve de leur engagement, une preuve que les Paragons étaient vulnérables, que défier le pouvoir établi n'entraînerait pas leur ruine.

Le plan de Sylvie résoudrait cela. Si Aegis tombait, alors Ziran s'élèverait.

# CHAPITRE 8
# IMPRESSIONS ET SOUPÇONS

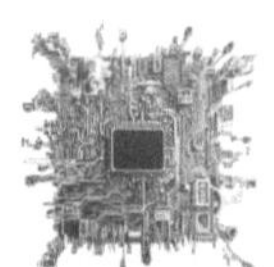

EN MATIÈRE D'ENTRÉES, Mynx voulait que la sienne soit grandiose. L'Usine, comme elle l'appelait et comme elle apparaissait désormais sur chaque carte, dans chaque base de données et sur toutes les lèvres, existait comme un monument à la prouesse technologique telle que définie par Mynx. Cela signifiait pas de bureaux, pas de vastes parkings, rien sauf les composants essentiels gérés par Reeves et contrôlés par la Championne qui alimentaient les Paragons.

La porte d'entrée de l'Usine incarnait la grandeur mécanique de Mynx, ouvrant son logo Paragon en cuivre et argent avec des engrenages arqués. Haute de cinq mètres et large de trois, l'entrée ouverte encadrait Mynx de loin et, l'après-midi, servait à projeter la lumière du soleil sur une lèvre dorée où Mynx se tenait pour accueillir quiconque décidait de rendre visite. Comme c'était le matin, et qu'il n'y avait ni journalistes ni regards indiscrets — Reeves l'avait confirmé — Mynx ne joua pas la carte de la pleine gloire et sortit pour accueillir le Dr Denise Jones au lieu de l'inverse.

Lunettes, veste robuste et jean effiloché. Denise ressemblait à une scientifique qui appartenait au plein air, pas à un laboratoire, bien que la taille imposante du sac jeté sur son épaule donnât un indice sur la véritable passion de Denise. Là-dedans, Mynx parierait qu'il y avait des carnets à remplir, des enregistreurs à utiliser et un ordinateur capable de lancer une simulation au cas où ce serait nécessaire.

Si Denise pouvait tenir sa promesse, alors Mynx se fichait de la taille de son sac.

— Dr Jones, bienvenue, dit Mynx. J'espère que la capsule vous a offert un agréable voyage ?

— En effet, répondit Denise, acceptant le geste de Mynx l'invitant à passer devant l'hôtesse et à entrer dans l'Usine. Merci d'en avoir envoyé une.

Mynx observa Denise passer par les mêmes étapes que chaque nouveau visiteur de l'Usine expérimentait. D'abord, il y avait l'émerveillement d'être à l'intérieur d'un lieu mentionné dans d'innombrables vidéos, livres et histoires. Puis venait l'exploration, le placement de l'Usine dans la perspective propre à la personne, décidant s'il fallait s'exclamer à voix haute sur sa taille et son éclat, ou garder les émotions à l'intérieur et les réprimer dans une tentative futile de contrôle.

Denise choisit cette dernière option, se détournant de sa première vue vers Mynx avec un sourire droit. — C'est un endroit magnifique.

— C'est un endroit fonctionnel qui se trouve être beau, répliqua Mynx. Entre, j'imagine que nous avons toutes les deux d'autres endroits où nous devons être.

Le hall d'entrée de l'Usine menait à un vestibule circulaire offrant des destinations potentielles. Mynx surprit Denise en train de fixer l'entrée fermée du Laboratoire de l'Usine, où Mynx avait joué avec le drone gladiateur. Pour une scientifique, ce n'était pas surprenant ; toujours à la recherche de connaissances, de secrets.

— Peut-être plus tard, dit Mynx, guidant Denise vers la première section, sa maison. Le Labo n'est pas aussi excitant que tu pourrais le penser.

— J'en doute.

Denise ne s'opposa pas au changement de direction de Mynx et ensemble, les deux femmes entrèrent dans la demeure de Mynx creusée à flanc de falaise et trouvèrent de la place à une table en verre sur une terrasse en bois blanc qui s'élançait comme la pointe d'une lance depuis la montagne. Des drones apportèrent café, thé et le petit-déjeuner retardé de Mynx.

— Tu en veux ? demanda Mynx, désignant d'un signe de tête l'assiette et son omelette farcie aux épinards. Deux tranches de bacon synthétique chargé en vitamines et des morceaux de melon complétaient l'ensemble. Tout est fait ici.

Denise examina la nourriture, puis déclina : — Juste du café. Noir.

— Tu n'aimes pas les synthétiques ?

— Je n'ai pas faim. Denise remonta son sac et le posa sur la table pendant que Mynx commençait à manger.

Denise observa Mynx prendre les premières bouchées, ce que Mynx aurait pu trouver agaçant si elle n'avait pas passé une si grande partie de sa vie sous les objectifs les plus acérés. Les gens voulaient toujours savoir ce que faisait la Championne, fouillaient toujours les moindres détails de sa vie. Elle avait construit l'Usine à l'intérieur d'une montagne pour la cacher à ces mêmes regards.

La nourriture, comme promis, était délicieuse. Mynx n'allait pas laisser un peu de regard fixe gâcher son petit-déjeuner.

— Je t'ai demandé de venir pour une raison, dit Mynx entre deux bouchées. Je pense que tu sais pourquoi.

Denise prit la première gorgée du café chaud, secoua la tête. — Je le sais, mais tu n'aimeras pas ma réponse. Quand Mynx ne répondit que par une autre bouchée d'omelette, Denise poursuivit. — La recherche ne progresse pas. Nous sommes bloqués.

— Mais vous êtes allés si loin ?

— Les changements ne tiennent pas, Denise plongea la

main dans son sac, en sortit, comme Mynx s'y attendait, un carnet. Nous ne pouvons pas effacer toutes les erreurs de traduction, et ensuite les cellules s'effondrent pour revenir à leur état initial. Nous obtenons quelques jours. Une semaine. Puis tu reviens à ton ancien état.

Mynx cacha sa déception avec l'aisance pratiquée de quelqu'un qui avait trébuché sur tant d'obstacles que leur présence ne la dérangeait plus. Que le Dr Denise Jones, éminente experte en vieillissement, ait atteint une impasse était prévisible. Cela répondait à l'une des propres questions de Mynx.

— C'est pour ça que tu as accepté de venir, dit Mynx. Tu penses que je peux aider.

— Je sais que tu le peux.

— Comment ?

Denise se pencha vers Mynx, une main autour de son café et l'autre feuilletant le carnet jusqu'à une page vierge, les doigts s'enroulant autour d'un stylo qui avait été glissé dans la reliure spirale du carnet.

— Ta base de données. Celle qu'utilisent les trackers. Denise parlait comme si elle cherchait une confirmation. Je sais ce que tu y stockes.

— J'ai les liens vers leurs emplacements. Qui a tracé chaque anomalie. Mynx prit une tranche de bacon, la mit dans sa bouche puis s'essuya les mains sur une serviette en tissu blanc. Je ne vois pas en quoi cela va t'aider.

— Ce n'est pas tout ce que tu as.

Mynx fixa le feu dans les yeux de Denise. Cela faisait longtemps qu'elle n'avait pas vu ni entendu le genre d'énergie que Denise mettait dans son attitude et ses paroles. Vive, déterminée, et Mynx aurait parié qu'elle était prête à dépasser les limites du convenable pour obtenir ce qu'elle voulait.

— Qui te l'a dit ? Il y aurait une liste limitée, et Mynx traquerait chacun d'entre eux pour découvrir qui avait trahi sa confiance.

— Que tu gardes des échantillons d'ADN ? dit Denise, s'autorisant un sourire arrogant et s'adossant à sa chaise, maintenant qu'elle avait atteint son objectif. Tu viens juste de le faire.

Ah. Denise pensait être maligne, protéger quelqu'un, mais ce n'est pas ainsi que ça fonctionnait. Quelqu'un avait dû mettre la scientifique sur la piste, mais c'était un mystère à résoudre plus tard. Le fil devant Mynx devait d'abord être tiré.

— Tu crois que l'ADN des anomalies t'aidera d'une manière ou d'une autre ?

— Les échantillons d'anomalies sont rares, dit Denise. Ce sont aussi la seule chose que je connaisse qui provoque des changements contrôlés et permanents dans l'ADN d'une personne, du genre dont nous avons besoin. Si tu veux mettre fin au vieillissement, Mynx, donne-moi accès à tes dossiers. Laisse-moi apprendre comment fonctionnent les anomalies et appliquer mes techniques à leurs cellules, et nous trouverons une solution. Je te le jure.

Les échantillons, prélevés par les Parangons et envoyés à Mynx pour stockage, existaient pour identifier les anomalies et essayer de trouver des points communs entre les capacités. Pour comprendre comment elles fonctionnaient. Reeves s'occupait, et s'occupe toujours, de l'analyse tandis que Mynx travaillait sur la science qu'elle préférait — les drones. Tout remettre à Denise serait... dangereux. Les Parangons avaient déjà eu affaire à des aspirants vilains dont les plans tournaient autour de la manipulation des cellules d'anomalies. Mynx n'avait aucune envie d'en créer un autre.

— Et si nous continuions cette conversation dans ton propre laboratoire, dit Mynx. Laisse-moi voir tes méthodes, ce que tu fais, et si je suis convaincue que l'accès à mes dossiers t'aiderait, nous verrons.

— Mynx. Denise utilisa son prénom pour la première fois, et elle le dit d'un ton sec, comme un ordre. C'est toi qui as demandé cette réunion. Tu veux que mes recherches, mes solutions, continuent, alors aide-moi. Ne me fais pas perdre mon temps.

Adieu l'humble chercheuse.

— Je ne le ferai pas. Mynx se repoussa de la table, et Denise se leva en même temps. Ensemble, elles retournèrent à la porte d'entrée de l'Usine, Denise s'arrêtant à nouveau longuement devant l'entrée du Labo. Envoie-moi une heure, et je serai là. Prouve-moi que c'est légitime, et je t'aiderai.

— Je le ferai, dit Denise. Nous pouvons tout changer, Mynx. Absolument tout.

Quand la scientifique fut partie, Mynx retourna à la table. Les drones avaient débarrassé le petit-déjeuner, mais un thé noir fumant l'attendait. Mynx le sirota en regardant les vagues.

— Qu'en penses-tu ? demanda-t-elle.

— Ses relevés étaient partout, répondit Reeves, sa voix provenant des haut-parleurs encastrés sous la table. Je crois cependant qu'elle est sincère.

— Elle est ambitieuse, dit Mynx.

— Elle est passionnée. Comme toi.

— Elle pourrait être dangereuse.

— Aussi comme toi.

Mynx aurait voulu avoir quelque part où lancer un regard en coin, mais Reeves étant un ordinateur, tout ce qu'elle put faire fut de soupirer. — Tu travailles pour moi, tu te souviens ? Mets discrètement un drone sur elle. Je veux en savoir plus sur à qui j'ai affaire.

— Bien sûr, dit Reeves. Je devrais aussi mentionner que nous avons reçu un appel pendant que tu étais avec le Dr Jones. De Celice.

— Reeves, il faut qu'on travaille sur tes priorités. Si Aegis ou Celice appellent ici, tu m'interromps. Quoi que je fasse.

— Désolé. J'ai ajusté mes algorithmes.

— Bien. Joue le message.

La voix de Celice, tendue et fatiguée, sortit des haut-parleurs.

*Mynx, je suis désolée de t'appeler comme ça, mais c'est à propos de mon père. Il s'est blessé la nuit dernière, en jouant encore les héros. C'est pire que les autres fois. Je pense qu'il croit qu'il peut encore le faire, qu'il peut encore prendre une balle et continuer comme si de rien n'était. Mais il ne peut plus. Plus maintenant. J'ai besoin que tu m'aides à le faire arrêter, ou j'ai peur qu'un de ces jours, il ne rentre pas à la maison.*

Mynx finit le thé. Elle fit rejouer le message une fois de plus par Reeves. Celice avait l'air vraiment inquiète, et ça faisait un moment que Mynx n'avait pas vu Aegis. Avec le drone gladiateur bloqué, et Reeves s'occupant de l'enquête sur Denise Jones, peut-être qu'un court voyage ne serait pas une mauvaise chose.

— Reeves, prépare le jet. Je vais rendre visite à notre ami Champion.

# CHAPITRE 9
# PROBLÈMES À LA MAISON

ATLANTIS APPELAIT. Les Paragons stationnés dans le Golfe, la Nouvelle-Angleterre, le Midwest et les Appalaches apparurent sur les écrans tandis que le soleil de l'après-midi baignait la ligne d'horizon de New York d'un feu glacial. Un point hebdomadaire, pas son appel de retraite, bien qu'Aegis ait prévu d'annoncer la nouvelle vers la fin.

Comme d'habitude, cependant, ses plans furent contrariés.

— Il y a un problème, mec, qui ne cesse de s'aggraver, intervint Cornelius, le chef des Appalaches, après qu'une discussion sur les nouveaux uniformes se soit essoufflée comme toujours — personne ne pouvait se mettre d'accord sur la couleur, le logo, rien.

— Si c'est à propos des cafards, je ne veux rien entendre, dit Pixie, de la Nouvelle-Angleterre. J'ai déjà assez de cauche-mars sans tes insectes géants.

— Je ne parle pas des insectes. Je parle des Élémentaux.

Aegis grimaça à ce nom. Tous les quelques années, les Élémentaux revenaient—

— Attends, tu les vois aussi ? intervint Innis, le costaud capitaine du Midwest originaire de Chicago. Pas plus tard que la semaine dernière, ils aidaient une anomalie à s'échapper de ma ville après avoir détruit tout un pâté de maisons en buvant trop de verres.

— Vous l'avez attrapé ? demanda Aegis.

— Non, on ne l'a pas attrapé. Les Élémentaux l'ont emmené à la frontière. C'est le problème de Mynx maintenant.

Aegis secoua la tête.

— Non, c'est le problème de nous tous. Assurez-vous qu'une prime soit publiée sur le tableau de suivi. Nous avons peut-être des régions, mais nous sommes tous des Paragons. Une menace pour l'un est—

— Une menace pour tous, termina Cornelius. On sait, Aegis, on sait. Je pense justement que les Élémentaux *sont* une menace. Ils n'essaient peut-être pas de nous tuer, mais ils aident les anomalies à se cacher. Ils nous gênent. J'ai même eu un Paragon qui a quitté nos rangs pour les rejoindre.

— Les messages d'espoir touchent tout le monde, dit Aegis, gardant un visage impassible. Les yeux calmes. Voir le commandant, ressentir le commandement. Cornelius marque un point. Parlez à vos Paragons. Organisez des appels comme celui-ci et assurez-vous que tout le monde comprenne nos objectifs. Ils doivent savoir que nous les soutenons, que nous les apprécions.

— C'est bien beau, mais que fait-on des Élémentaux ? dit Innis, et Aegis se demanda s'il ne leur avait pas donné trop de liberté de parole. Toute cette frustration ne faisait qu'alimenter la colère, elle ne menait à aucune solution. Tu voulais qu'on reste à l'écart d'eux, et maintenant ils en profitent. Je pense qu'une bonne raclée leur apprendrait qu'ils ne sont pas les bienvenus.

— Oui. Des anomalies se battant dans les rues. C'est ce qui donnera confiance aux gens en notre leadership. Aegis agita les mains vers les écrans. J'y réfléchirai. Je vous ferai savoir ce que je décide. Nous en avons terminé pour le moment.

Les Paragons commencèrent à se déconnécter, mais quand

les bips des appels coupés cessèrent, deux visages continuaient de le fixer. Innis, avec sa tronche mal rasée et rougeaude, et Pixie, qui avait pris l'un de ses fils et berçait le nourrisson à l'écran.

— Quoi ? demanda Aegis, quand aucun des deux ne saisit l'occasion de parler en premier.

Innis regarda Pixie, qui regarda Innis, puis la femme soupira.

— Bon, je me lance. Aegis, comme l'a dit Innis, les Élémentaux grandissent et ils causent des problèmes à Boston. J'ai organisé une rencontre avec leur chef local, mais elle m'a dit qu'ils ne parleraient à personne d'autre que toi.

— Pourquoi ?

— Aucune idée. Mais comme nous ne sommes pas si loin, tu penses pouvoir faire le déplacement ?

Aller à Boston ? C'était proche, et sortir de cette tour loin de la surveillance constante de Celice pourrait faire du bien à Aegis. Son épaule lui faisait mal, mais les médicaments et les onguents éloignaient la douleur. De plus, cela faisait partie de la direction des Paragons — il ne pouvait pas vraiment dire à son équipe de diriger leurs propres affaires s'il ne faisait pas de même.

— Envoie-moi les détails. Je m'en occuperai.

— Merci, Aegis. Je le pense vraiment. Pixie sourit, puis le bébé commença à pleurer et, avec un roulement d'yeux, elle coupa la communication.

Ce qui laissa Innis, qui semblait un peu abasourdi à la vue d'un enfant. Aegis n'en était pas certain, mais Innis devait approcher la quarantaine. Pas que le Paragon ait jamais donné l'impression à Aegis d'être un homme de famille.

— Jamais eu d'enfant avant ? lui demanda Aegis.

— Jamais voulu en avoir, répondit Innis, secouant la tête pour chasser son regard écarquillé et tournant un visage grave vers Aegis. Pas de place pour eux avec ce qu'on fait. Pixie est une femme courageuse.

— Elle l'est. Aegis hocha la tête vers l'homme. De quoi as-tu besoin, Paragon ?

Le titre formel était délibéré : Aegis avait des choses à faire, et l'appel avait déjà duré des heures. Les bavardages oisifs pouvaient attendre.

— Des ennuis, répondit Innis. Les Élémentaux, je gère du mieux que je peux. Mais il se passe autre chose. Je pense qu'il y a un mouvement en cours.

— C'est tout ? Un pressentiment ?

Innis rougit.

— Non, non. Je veux dire, je ne connais pas les détails, et j'ai mis mes hommes dessus. Je voulais juste te prévenir que si tu pouvais passer par chez moi quand tu auras fini avec Pixie, ce serait bien. Si ça prend autant d'ampleur que je le pense, t'avoir dans les parages... ça pourrait empêcher les choses de déraper.

— Tu es cryptique, Innis. Que se passe-t-il ?

— Eh, tu sais, peut-être que je m'y prends trop tôt. Laisse-moi creuser davantage. Innis bégaya ses mots, inhabituel pour un combattant qui diffusait de la bravade à chaque phrase. Je te tiendrai au courant de ce que je découvre.

L'appel s'éteignit et Aegis fixa l'écran. Bizarre. Ce n'était pas le genre d'Innis d'être comme ça.

Aegis aurait peut-être réfléchi davantage à cela, mais son épaule recommença à lui faire mal. Il était temps pour la prochaine dose de médicaments. En tendant la main vers les pilules, Aegis réalisa qu'il n'avait pas mentionné sa retraite. Ni le sommet élargi des Paragons qu'il prévoyait avec les autres Champions, les huit compagnons qui formaient les têtes dirigeantes de toute l'organisation des Paragons.

— On dirait que je vais continuer à travailler encore un peu, alors, marmonna Aegis pour lui-même, pas si triste que ça.

# CHAPITRE 10

# PROPOSITIONS D'UNE VIE PASSÉE

KAT PRIT le train pour se rendre au rendez-vous de Gordon. Plus rapide, plus silencieux et moins cher qu'une voiture-capsule, le train offrait un autre avantage : la possibilité de repérer et de tracer une anomalie sans méfiance. Le fait que les drones de Mynx n'en aient pas trouvé et épinglé sur le tableau des traceurs ne signifiait rien. Certaines anomalies ignoraient même qu'elles avaient des capacités jusqu'à ce qu'un traceur attentif remarque quelque chose d'étrange, comme un adolescent montrant un « tour » à ses amis.

Toutes étaient dangereuses, toutes les anomalies devaient être tracées, et Kat ne dirait pas non à quelques reps supplémentaires sur son compte.

Sortir de façon décontractée signifiait laisser sa combinaison derrière elle. Kat s'aventura dans le vent froid de la ville et son odeur constante de *n'importe quoi* raffiné, vêtue d'une épaisse veste, d'un jean doublé qui transformait l'énergie cinétique de ses mouvements en chaleur supplémentaire, et d'un ensemble gants-casquette de baseball.

La casquette la faisait soupirer chaque fois qu'elle la mettait — son rouge vif éclatant avec un logo C ondulant ne faisait rien pour préserver la discrétion que Kat recherchait.

Les traceurs, cependant, avaient un contrat avec la société qui fabriquait l'équipement de traçage, et ce contrat versait des reps bonus si quelqu'un prenait et postait quelque part une photo d'un traceur portant leur casquette. CytoGenX était un fardeau, mais ces petites ristournes lui permettaient de passer du Chardonnay en brique au Chardonnay en bouteille, alors Kat ne se plaignait pas trop. Cela nuisait-il à sa recherche subtile d'anomalies en déplacement ? Oui, mais un rep sûr sur le compte valait mieux que deux en rêve.

Dans sa tenue prête pour le blizzard, avec quelques mèches rebelles s'accrochant au vent et claquant autour de son visage, Kat marchait avec ces autres âmes qui se trouvaient obligées d'aller au centre-ville, ou du moins quelque part dans cette direction. Si, pendant la journée, Kat pouvait ignorer les Tamas et leur présence constante, au crépuscule une telle ignorance n'était plus possible. La plupart des marcheurs avaient les yeux plongés dans le halo de la personne projetée à qui ils parlaient, du jeu auquel ils jouaient, ou de la vidéo qu'ils regardaient. Les Tamas savaient où leurs propriétaires allaient et les aidaient, avec de subtils indices lumineux, à se diriger dans la bonne direction.

Ce qui agaçait le plus Kat, c'était que si elle avait eu quelqu'un à appeler, elle aurait fait la même chose. Au lieu de cela, Kat regrettait de ne pas être restée au lit, ou d'avoir mis un film depuis son canapé plutôt que de traîner son corps endolori et fatigué au rendez-vous de Gordon. Se complaire dans l'apitoiement sur soi-même faisait passer le temps pendant qu'elle marchait vers le train. Les avertissements stridents des capsules dans la rue à côté d'elle, les occasionnels relents d'égout s'échappant d'une grille proche, et le bavardage insipide autour d'elle semblaient compatir à la monotonie sinistre de la marche.

Le train aérien se tenait sur la structure d'acier posée il y a presque deux siècles, mais les trains ne touchaient plus les rails. Kat devait encore grimper des escaliers, à la fois une indication des priorités de Paragon et, dans sa frustration face aux marches métalliques froides, une quantité embarrassante de sentiment de droit. Elle aurait pu prendre l'ascenseur réservé à ceux qui ne pouvaient pas marcher, après tout, et personne autour d'elle ne s'en serait soucié. Mais non, elle se hissa, râlant intérieurement tout du long.

Gordon. Ce misérable salopard.

Kat passa son Tama dans les tourniquets rapides — si vous n'aviez pas l'un de ces appareils omniprésents, une boîte trapue prendrait vos reps et, sans ceux-ci, écouterait vos supplications sans le moindre intérêt — et s'avança sur un quai imprégné des odeurs de friture qui terminaient la ruée du soir à pleine vitesse bouillonnante.

Si Gordon faisait aller Kat si loin, l'endroit ferait mieux d'avoir de la nourriture, et ce serait lui qui paierait.

Le train arriva dans un murmure, les aimants poussant et arrêtant les wagons avec ce qui semblait être la force de Dieu lui-même. Les bords du quai s'illuminaient d'un rouge néon cru chaque fois que les trains s'approchaient tandis qu'une voix apaisante diffusait, en plusieurs langues, un avertissement de reculer. La foule autour de Kat s'était répandue sur le quai, de sorte qu'elle n'était plus tant écrasée qu'encerclée. Peu importait : vivez assez longtemps en ville et vous vous habituez à avoir des gens partout.

Deux arrêts plus tard et Kat descendit dans un quartier réaménagé pour une caste plus jeune, plus branchée et plus riche. Non pas que Kat soit vieille, mais il y a un type particulier de jeunesse qui vient avec une réserve illimitée de reps et le temps de les dépenser. Ici aussi, parmi les normaux, Kat remarqua les premières anomalies. Certaines paradaient dans divers uniformes de Paragon, leurs bleus leur ouvrant un espace alors qu'elles marchaient en groupes, riant et bavardant à travers la légère neige qui avait commencé à tomber pendant le trajet jusqu'ici.

D'autres anomalies, que les lentilles de contact de Kat

identifiaient d'un coup d'œil avec des noms et des capacités flottant devant ses yeux, restaient discrètes ou essayaient de se fondre parmi les normaux. Seuls les traceurs avaient un équipement capable de repérer une anomalie à vue, donc ce n'était pas comme si toutes les familles et les promeneurs qui descendaient du quai avec elle savaient près de quoi ils marchaient. Une bonne chose, car les traceurs et les anomalies avaient tendance à rendre les normaux nerveux.

Et les gens nerveux rendaient Kat nerveuse.

*Le Cochon à la Broche* ressemblait, de l'extérieur, à un bar miteux et trapu en désaccord flagrant avec les appartements haut de gamme au-dessus, les boutiques à côté, et les gens fortunés se blottissant pour monter dans des capsules devant. Un cochon en néon, complet avec sa propre broche, occupait une bande de mur argenté sur le devant, se terminant par ses yeux en forme de pomme fixant directement la porte double.

Kat arriva jusqu'au bâtiment avant de s'écarter, s'appuyant contre ce mur dur et prenant une profonde respiration. Chassant les derniers vestiges de son épuisement. Peu importe ce qui se passerait là-dedans, elle était dans une situation différente maintenant de celle où elle était quand elle avait rencontré Gordon pour la première fois. Kat n'était plus une nouvelle traceure, pour commencer. Elle avait grimpé les classements, avait beaucoup de reps, et n'avait pas besoin de son aide.

Peut-être qu'elle aurait *dû* porter la combinaison. Cela seul aurait suffi, lui aurait montré qu'elle n'était pas une mauviette.

— Tu es là maintenant. Fais-le, marmonna Kat.

Une leçon de son père : dire ce qu'elle comptait faire, et elle y arriverait. Personne n'entendait Kat parler par-dessus les bruits d'une ville en mouvement — pas que Kat ait vérifié — et elle ouvrit la lourde porte vitrée du *Spit Roast* et entra.

Une grande bouteille de sauce barbecue illuminée l'accueillit, son orange éternel dégoulinant vers le bas pour tomber et éclairer un escalier raide. La brume rougeâtre venant de cette direction, couplée à la forte vague de fumée, donnait l'impression que Kat allait entrer dans le four personnel de Satan. Apparemment, les lois contre la viande animale n'avaient pas freiné cet endroit, et Kat comprit pourquoi en descendant.

Le *Spit Roast* avait décidé d'étendre l'art du barbecue et la tradition du fumoir au laboratoire, et de petites fenêtres, encadrées par les lumières de sauce tombante, donnaient des indices à Kat alors qu'elle descendait les marches. À travers les hublots, des cuves de protéines en croissance se formaient en vastes grappes, façonnant des masses informes qui produiraient suffisamment de muscle, de gras et leur tendre combinaison pour une infinité de steaks, côtelettes et, avec l'aide de plastiques moulés, de côtes.

Les changements étaient devenus courants lorsque Kat fut assez âgée pour savoir ce qu'elle mangeait, mais ses parents avaient beaucoup parlé des jours plus anciens et barbares. Ils avaient l'air presque nostalgiques, bien que Kat ne puisse imaginer que l'un ou l'autre veuille un retour à tout ce carnage. Comme la plupart des choses avec ses parents, cependant, ce désir était resté inassouvi, inexpliqué.

Caverneux, sombre et glacé au miel. Kat se heurta à un mur de gens attendant des tables, cherchant ceux qui avaient trouvé des tables, ou décidant, par une approche musclée du bar, de se contenter de rester debout. Sans sa combinaison, et avec des chaussures plus adaptées à la marche qu'à un cocktail, Kat décida de ne pas attendre derrière des épaules enveloppées de manteaux et eut recours à une tactique éprouvée pour se frayer un chemin : des coudes volants couplés à des pieds légers amenèrent Kat plus loin dans la foule, laissant des grognements confus dans son sillage.

Il était là. Gordon Holyoak. Une pinte déjà dans une main et la bouche grande ouverte, discourant à ce qui semblait être trois autres traqueurs à une grande table en brique. Les cheveux noirs de Gordon, comme lui, partaient dans toutes les directions, s'associant au chaume de barbe et aux yeux cernés d'un fantôme sans sommeil. Comme pour souligner sa place en dehors de la réalité, Gordon portait une lourde veste tactique dans cet endroit étouffant, les poches recouvrant sa surface grise lisse agissant comme des gobelets pour recueillir la sueur qui coulait du visage de Gordon.

— Une purge, dit-il à Kat dix minutes plus tard, quand elle s'assit enfin à la table avec un double whisky à la main. Bien sûr, c'est misérable pendant que je suis assis ici à drainer tout mon être par mes pores, mais demain je serai prêt à tout.

Les trois autres traqueurs évaluèrent Kat comme la rivale amicale qu'elle était. Kat les avait déjà vus : des habitués de Chicago. Les traqueurs ne délimitaient pas exactement leur territoire, mais ils avaient un ordre de préséance pour les chasses et Kat était en tête de la hiérarchie locale. Si elle mettait son nom sur une demande, ces trois-là savaient qu'il valait mieux s'en tenir à l'écart. S'ils ne le faisaient pas, toute transgression était réglée entre les deux traqueurs, comme bon leur semblait.

Kat préférait être directe, claire et sans compromis.

— Vous connaissez Kat ? dit Gordon pour briser le silence. Vous devriez. Elle a une emprise sur votre ville.

— On la connaît, dit Desi, une transplantée de la côte ouest qui voulait atteindre les étoiles avant de le mériter. Desi s'appuyait sur ses coudes, ses bras vêtus non pas de tissu mais d'un nid de perles, de tresses et de charmes. Elle s'en est assurée.

Kat adressa un doux sourire à Desi, puis se tourna vers Gordon. — Crache le morceau. Je suis fatiguée et j'ai faim.

— On dirait que c'est ton problème, dit Desi.

— Je te parlais ?

— Hé, dit Gordon, se penchant en arrière sur sa chaise, promenant ses yeux froids entre Kat et Desi, comme si le calme suprême de son être suffisait à arrêter toute dispute. On est tous du même côté.

— Non, dit Kat. Je sais que tu aimes dire ça, mais on travaille ici pour nos vies. Si Desi prend une anomalie, ce sont des points que je n'obtiens pas. Elle est ma concurrente.

Desi, pour une fois, acquiesça, et les deux autres traqueurs hochèrent la tête avec elle. — À moins que tu ne proposes ça comme un travail d'équipe ?

— D'accord. Gordon prit une longue gorgée de sa bière ambrée. La boisson ne fit rien pour effacer l'épaisse couche de sueur qui recouvrait son visage. Je serai franc : ce n'est pas une affaire d'équipe. La cible n'est qu'une seule anomalie, et nous ne pensons pas qu'elle soit assez dangereuse pour justifier un effort coordonné.

— Tu veux dire que tu es trop radin pour en payer un. Kat goûta son propre feu liquide, appréciant la brûlure caramélisée.

Elle l'avait attrapé. La fissure caractéristique de Gordon. L'homme était tape-à-l'œil, bonimenteur et pétillant, mais sous tout cela bouillonnait un intérieur mou et gluant en quête d'approbation. Cherchant à se faire dire qu'il faisait du bon travail. Exposer les failles dans les constructions que Gordon faisait de sa vie était un plaisir délicieux. Kat se détesterait pour cela plus tard — elle le faisait toujours — mais pour l'instant, le tressaillement de Gordon vers une grimace et un soupir coupé la fit dissimuler sa propre satisfaction derrière une autre gorgée.

— Nous devons garder les choses équitables. Gordon changea de stratégie, faisant maintenant appel à un but plus élevé, cherchant ce charisme. Réfléchissez. Si Mynx distribuait des points à chaque traqueur pour tout, personne ne ferait rien d'autre. Être un traqueur est censé être difficile. Vous devez être bons, vous devez le *mériter*. Gordon fit une pause, prit une longue respiration et laissa le sentiment flotter. Quand nous avons appris que l'anomalie pourrait se diriger ici, j'ai choisi de venir personnellement parce que je savais, je savais que Chicago avait les traqueurs capables de gérer celle-ci. Sinon, nous aurions pu attendre, laisser l'anomalie glisser vers une autre ville. Au lieu de cela, avec l'un d'entre vous, je veux l'arrêter ici.

Gordon parlait comme si cette anomalie était une dévastation ambulante, mais si les choses étaient si apocalyptiques, alors les Parangons auraient pris le contrôle eux-mêmes. Les traqueurs n'existaient que parce que les Parangons n'avaient pas assez d'effectifs ou de désir pour chasser toutes les anomalies mineures qui ne voulaient pas obéir à leurs lois. Alors Kat afficha son visage sceptique et attendit. Gordon avait maintenant l'attention sur lui, et il ne la lâcherait pas encore.

— Maintenant, reprit Gordon, cette anomalie n'a tué personne, du moins à notre connaissance. Mais il y a eu quelques incidents. Un restaurant à Denver où le plongeur a remarqué que leur chef le plus rapide trichait avec la physique et produisait des repas cuits en moins de temps qu'il ne m'en a fallu pour raconter cette histoire. Deux semaines plus tard, notre gars réapparaît au Kansas, cette fois en faisant des miracles dans un pressing. Les choses entrent ruinées, reviennent parfaites en un temps record.

— On dirait que cette anomalie est un vrai monstre, railla Desi.

— Ce n'est pas ce qu'il a fait. Et nous devrions être reconnaissants qu'il s'en soit tenu aux petites choses. C'est ce dont il est capable, Desi. Nous ne connaissons pas l'étendue de ses pouvoirs, et Mynx ne veut pas que nous l'effrayions au point de faire quelque chose de drastique.

— Mais tu vas quand même l'antagoniser.

— Nous ne pouvons pas laisser un pouvoir comme celui-là sans trace, répondit Gordon, et ici encore son sang-froid glissa, non pas vers l'embarras, mais vers la ferveur. La conviction. C'est notre boulot de nous assurer que des anomalies comme lui ont du soutien, de la formation, et, si les choses tournent mal, peuvent être trouvées rapidement.

Les sourires malins, les mots amicaux attiraient les gens dans l'orbite de Gordon, et une fois qu'ils s'approchaient suffisamment pour le voir, sa passion les attirait complètement. L'homme croyait aux Paragons, au bien qu'il pensait qu'ils faisaient au monde. Le cynisme acide de Kat avait été trop pour cela auparavant. Aujourd'hui, maintenant, elle le noyait dans une longue gorgée d'eau qu'un serveur béni avait déposée. Avec ses plafonds bas, son enchevêtrement de tables et de buveurs, *Le Spit Roast* n'avait pas de place pour les drones de service.

— Donc c'est une mission de recherche, dit Kat. On traque l'anomalie, on t'appelle, et ensuite on l'attrape ensemble ?

— Oui. Gordon leva son poignet, montrant le Tama noir qui l'entourait. J'ai déjà envoyé ce que nous avons. Le contrat commence maintenant.

Comme un coup de pistolet de départ, les mots de Gordon firent bondir les trois autres trackers de leurs sièges et se précipiter vers la sortie. Kat resta, recevant un long regard curieux de Desi tandis que cette dernière se frayait un chemin à travers le restaurant vers ces escaliers raides. Sans doute se demandait-elle pourquoi Kat ne sprintait pas comme les autres.

Gordon ne partageait pas cette interrogation. Il regarda le verre presque vide de Kat, finit sa bière, et demanda :

— Un autre verre ?

— Je ne suis pas venue jusqu'ici pour un seul verre.

Gordon rit. Il fit signe au serveur et commanda. Il regarda son corps trempé.

— C'est la chose la plus stupide.

— Je sais. Je te l'aurais dit si tu me l'avais demandé.

— Je suis un grand fan des modes, Kat.

— Parce que tu veux croire en tout. Kat finit son premier

verre. Tu ne comprends pas que les choses ne fonctionnent pas toujours.

Gordon fixa la table, puis elle.

— Non, je comprends ça. Je choisis simplement d'espérer qu'elles fonctionneront. Il fit une pause. Tu vas bien ?

— Fatiguée.

La nouvelle tournée arriva.

— Longue nuit ?

Kat rit, un mélange de joie et de tristesse. Elle regarda droit dans son verre, ce qui fit tomber ses cheveux devant son visage, auréolant le verre et son contenu ambré comme s'il s'agissait d'un portail vers une dimension alternative et alcoolisée. Une façon de passer la soirée : boire jusqu'à ce que les décisions se prennent d'elles-mêmes.

— Tu sais que j'ai tourné la page, n'est-ce pas ? dit Kat en levant les yeux vers Gordon. Je comprends maintenant. Toi. Tout ça. Je pensais que c'était un acte, mais en réalité, c'est qui tu es. Je ne peux pas détester ça.

Gordon eut l'humilité de regarder ailleurs un moment, puis se retourna avec un haussement d'épaules.

— Je n'ai jamais promis de devenir quelqu'un d'autre. Je ne voulais pas te blesser non plus.

— Tu l'as fait. Je m'en suis remise. Je ne veux pas en parler. Kat enterra la conversation avec une tête penchée et un sourire en coin. Alors dis-moi, Gordon, qui chassons-nous exactement ?

# CHAPITRE 11
# AIGUISER LE COUTEAU

FROID, austère et magnifique. Les lumières de la ville se reflétaient sur les blocs de glace flottant sur l'eau, transformant chacun en une plateforme illuminée, comme si elles invitaient Zhan-Yo à courir et sauter de l'une à l'autre. Le vent tourbillonnait autour de lui, le bonnet de laine épais, l'écharpe et la veste qu'il avait achetés en venant ici faisaient de leur mieux pour empêcher Zhan-Yo de geler. Personne d'autre n'était sur le chemin à cette heure tardive, malgré la pleine lune à mi-hauteur dans le ciel clair, faisant un contrepoint argenté à la skyline arc-en-ciel de Chicago.

Tant de gens vivaient ici et si peu se donnaient la peine d'affronter ses éléments, de savoir ce que cela signifiait vraiment de vivre dans cette partie du monde. Cela dit, Zhan-Yo ne serait pas là non plus s'il n'avait pas une raison.

— Ça ne te fait pas te sentir vivant ? appela la raison, apparaissant comme de nulle part. Zhan-Yo regarda autour de lui, cherchant la voiture-capsule, une trace d'où Sylvie était venue, et ne vit rien. — Oh, arrête ça.

— Je dois vérifier, dit Zhan-Yo alors que Sylvie se dirigeait vers lui sur la large allée. Présumer du succès rend les gens négligents.

Si Zhan-Yo combattait l'hiver avec la chaleur des grands bois, Sylvie employait tout ce que la technologie pouvait lui offrir. Noire et élégante, sa tenue ressemblait à celle d'un phoque mouillé, presque plastique, mais sous sa peau, des chauffages pulsaient. Le col de son manteau se dressait, s'évasant sous son menton de sorte que les vêtements semblaient faire partie d'elle, nécessaires pour maintenir la température idéale de Sylvie. Un bandeau noir-violet s'efforçait de faire de même pour ses cheveux et ses oreilles. Son bronzage profond cachait toute rougeur sur ses joues.

La première fois qu'il avait vu cet accoutrement, Zhan-Yo avait ri. Il avait décrié l'inefficacité du vêtement alors qu'il existait tant d'autres habits plus pratiques. Mais quand Sylvie avait éliminé ses anciens gardes du corps, utilisant la flexibilité de la tenue pour danser autour de leurs coups maladroits, Zhan-Yo avait cessé de rire. Quand Sylvie avait continué à éliminer ses ennemis, à faire avancer Ziran par des voies détournées, Zhan-Yo avait cessé de la remettre en question.

Maintenant, il l'écoutait.

— La réunion s'est bien passée, dit Zhan-Yo, les deux marchant lentement le long du rivage du lac. De plus en plus de gens appellent à chaque fois. Nous sommes en train de changer les mentalités.

— Mais s'engageront-ils ? Quand tu leur demanderas vraiment, agiront-ils ?

— Je ne sais pas. L'aveu, comme tout regard lucide sur un rêve, s'accompagna d'une grimace. Ils risquent peu avec ces réunions. Ils risquent tout en se soulevant.

— C'est pourquoi tu ne peux pas leur laisser le choix.

— Ils dépendent de la structure pour survivre, et notre plan l'arracherait. À leur gauche, les voitures-capsules défilaient alors qu'un événement au Soldier Field se terminait, des milliers de personnes montant dans les véhicules en attente pour rentrer chez elles. Ziran, cependant, a besoin de cette même structure. Nous devons changer le monde, pas le détruire.

— Alors, provoque le changement, dit Sylvie. Tu as vu la vidéo ?

— Il est vulnérable.

Même dire ces mots semblait faux. Comme nier la gravité. Aegis avait été le Champion principal depuis que les Parangons existaient, et son immortalité, du moins face aux dommages physiques, avait été une constante dans le monde presque aussi longtemps que Zhan-Yo en était un acteur.

— C'est ton changement. Ton opportunité.

— Tu veux le tuer.

— Ça aiderait.

Il y avait tant de raisons pour lesquelles Zhan-Yo gardait Sylvie cachée. Il payait son salaire, son budget, et la gardait hors des registres de Ziran. Brutalement efficace, et souvent simplement brutale, Sylvie abordait les situations avec les conseils tranchants et sombres de la fin justifiant les moyens. Elle l'avait toujours fait, et elle avait toujours été douée pour ça, même si les dégâts laissés derrière faisaient douter Zhan-Yo de sa conscience plus qu'il ne le voulait.

— Le meurtre n'inspire pas, dit Zhan-Yo. Nous ne sommes pas en train de nettoyer un gâchis ici.

Les mains de Sylvie étaient restées enfoncées dans ses poches tout ce temps, mais Zhan-Yo remarqua le changement dans le manteau alors que Sylvie les serrait en poings. — Arrête ça. Tu n'es pas si faible. Toutes ces personnes qui rejoignent tes réunions ? Ce sont des requins, Z. Ils sentiront le sang quand nous le verserons, et ils suivront ton exemple dans la frénésie.

Zhan-Yo ne dit pas qu'il n'avait jamais voulu être un leader sanglant, que redonner aux normaux un droit de parole dans les affaires mondiales n'était pas censé être un soulèvement violent. L'idée avait été l'accumulation lente de pouvoir dans les coulisses. Remplir toutes les fissures avec des normaux, jusqu'à ce que les Parangons doivent admettre que leur société s'effondrerait sans la contribution des normaux, sans Ziran et les autres. Ensuite, un changement pacifique. L'incorporation des bureaux comme ceux que son père et sa mère occupaient. Un gouvernement représentant tout son peuple, pas seulement ceux dotés de pouvoirs.

Il avait été naïf. Ziran avait énormément grandi au cours des décennies de Zhan-Yo, et chaque étape avait entaché davantage la mission à mesure que Zhan-Yo trouvait ces chemins vers le vrai pouvoir fermés pour lui. Jouer selon les règles avait permis à son entreprise de croître tandis que Zhan-Yo rétrécissait, devenant de plus en plus un outil des Parangons qu'un leader. La rupture était survenue il y a des années, lorsque les Parangons lui avaient dicté les priorités de Ziran. Il avait trouvé Sylvie peu après, dans une recherche désespérée d'un levier pour soulever le poids écrasant des Parangons.

Avec l'aide de Sylvie, Ziran avait secrètement consolidé son emprise sur les marchés, éliminant tous ceux qui osaient s'opposer aux rachats secrets, aux acquisitions d'armes et plus encore de Zhan-Yo. Grâce à l'habileté de Wexley, des Parangons mineurs avaient été soudoyés et manipulés, et Zhan-Yo avait nourri sa vision et l'avait utilisée pour inspirer les employés, les autres entreprises se mettant au pas sous la pression tant philosophique que réelle. Rien de tout cela n'avait été propre, tout avait été nécessaire pour construire la révolution.

Reculerait-il maintenant, pour un corps de plus ?

— Si Aegis est mis hors jeu, nous pourrons combler le vide, dit Zhan-Yo en hochant la tête vers Sylvie. Avec notre influence, nous pouvons nous assurer que le Paragon qui prendra sa place nous soit favorable.

— Plus que favorable. Nous pouvons le posséder. Assurer sa docilité.

— Alors nous obtiendrons nos changements. D'abord ici, la côte est, partout en Atlantis. Puis Pacifica. Ziran et les autres entreprises étaient mondiales. La pression qu'ils pouvaient exercer ici pouvait être exercée n'importe où. Ce ne serait pas long.

— Il suffit d'un début, Z. Nous cherchions une ouverture, et maintenant nous l'avons.

— Cela demandera de la planification. Du temps.

La main de Sylvie jaillit, saisit le bras de Zhan-Yo et le tourna vers elle. — Pas trop longtemps. Aegis est vieux. S'il prend sa retraite, choisit l'un de ses Paragons, alors nous aurons perdu notre chance. Nous devons agir pendant qu'il est encore là, pendant qu'il est toujours le visage de leur oppression.

Ils étaient presque à l'extrémité nord de Millennium Park maintenant, et sur leur gauche, les spectacles tape-à-l'œil ornant l'espace gigantesque bourdonnaient des foules de fin de soirée faisant des tentatives glaciales de patinage. En plus de la grande patinoire, les Paragons avaient installé des statues de verre à mouvement dynamique, chacune représentant un Champion fondateur, se déplaçant, très lentement, sur des orbites rampantes autour du parc. Le thème avait quelque chose à voir avec le mouvement, l'amélioration continue... Zhan-Yo ne s'en souvenait pas et cela n'avait pas d'importance. Les statues étaient laides, et la nuit leurs propres lumières effaçaient leurs traits, si bien qu'on aurait dit que des géants lumineux sans visage rôdaient dans le centre-ville.

— Tu ne dirais pas ça si tu n'avais pas déjà un plan, dit Zhan-Yo en faisant un signe de tête vers les statues mobiles derrière Sylvie. De vraies horreurs.

— Je les trouve géniales, dit Sylvie. Combien d'œuvres d'art connais-tu qui peuvent activement blesser quelqu'un ?

— Arrête. Je suis trop fatigué pour ton numéro sanguinaire ce soir.

— Alors sois sérieux avec moi. Sylvie pointa du doigt la statue mobile d'Aegis. Nous devons le faire tomber, et bientôt, ou nous perdrons notre élan. J'ai effectivement un plan. Sylvie fit une pause, et la façon dont ses sourcils se levèrent pendant une seconde, ainsi que les coins de sa bouche, indiqua à Zhan-Yo de rester silencieux. Si je suis honnête, et je le suis, pour une fois, je l'ai déjà commencé.

— Ce n'est pas comme ça que c'est censé fonctionner.

— Tu m'as donné de la latitude. Tu m'as dit de faire le travail. C'est ce que je fais. Ils recommencèrent à marcher. J'ai une équipe qui arrive en ville.

— Tu veux le faire ici ?

— Directement au siège de Ziran. Personne ne doutera de nous alors.

Le froid mordant semblait mordre plus profondément et Zhan-Yo serra sa veste. Sylvie ne semblait pas du tout le remarquer alors qu'elle continuait, parlant d'un détail après l'autre et tissant un filet si beau que Zhan-Yo se surprit à croire, malgré lui, que Sylvie pourrait avoir raison. Le moment de frapper était *maintenant*. Aegis tomberait, et les Paragons seraient vulnérables.

— Je commencerai la révolution, conclut Sylvie. Toi et Wexley pourrez y mettre fin.

# CHAPITRE 12

# UNE VISITE PAS SI AMICALE

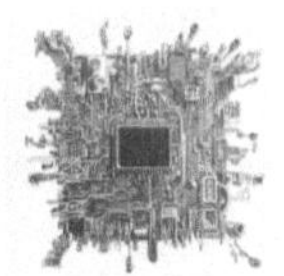

MÊME AU MILIEU des flèches de Manhattan, Mynx n'avait aucun mal à trouver Bastion. La forêt d'acier s'étendait à chacune de ses visites, mais repérer la forteresse physique d'Aegis ne prenait jamais plus d'une seconde de regard sur la ligne d'horizon : ce n'était pas le bâtiment le plus haut, plus maintenant, mais Bastion brillait d'un rouge profond le long de ses bords. Vers le sommet, ces lumières rouges se fondaient en un noyau lumineux solide, comme si Bastion était une super-arme se chargeant pour quelque explosion vers le ciel. Connaissant Aegis, cela pouvait même *être* une arme maintenant.

Le jet de Mynx ajusta son approche, redressant ses moteurs et se préparant à les incliner pour un atterrissage direct. Mynx surveillait le trafic aérien sur l'écran superposé à la vitre du cockpit, une vue en surimpression qui mettait en évidence les points d'attention dans des teintes allant du vert feuille rassurant au jaune d'avertissement. Pas de rouge à craindre à cette heure tardive, l'horloge approchant minuit. Ses propres drones flottaient au-dessus de la ville et veillaient sur une population reconnaissante.

Elle grimaça en voyant l'heure : plus tard que Mynx ne

l'aurait voulu, mais Reeves l'avait harcelée avec des statistiques mises à jour sur ses modifications du drone gladiateur, et elle s'était perdue dans un puits algorithmique profond jusqu'à ce que Reeves, encore une fois, insiste pour qu'elle parte.

Celice avait demandé à Mynx de venir ici pour empêcher Aegis de faire quelque chose de stupide, et la voilà, bien plus tard qu'elle ne l'avait promis. Elle devrait se rattraper auprès de Celice d'une manière ou d'une autre, peut-être en plaçant des drones furtifs sur la piste d'Aegis pour le garder en sécurité.

— La voilà, fit la voix d'Aegis, éclatant dans le cockpit sur le canal Paragon que Mynx laissait ouvert pour les urgences. Celice m'avait dit que tu passerais par ici. Je commençais à croire qu'elle plaisantait. Qu'elle essayait de me garder à l'intérieur pour une nuit.

— J'arrive, répondit Mynx, cachant son soulagement d'entendre la voix d'Aegis derrière le tranchant forgé par la logique qu'elle avait employé toute sa vie d'adulte. Ça prend du temps de voler d'une côte à l'autre.

— Bien essayé. Reeves nous a déjà dit pourquoi tu serais en retard, dit Aegis. Tu devrais apprendre à ton IA à mentir.

— Difficile d'imaginer quelque chose de plus dangereux que ça. Les tours de Manhattan étaient maintenant sous elle, et bientôt la flèche rouge de Bastion apparut sur le petit écran sous le pare-brise, celui que Mynx avait réglé pour montrer la caméra du dessous de l'avion. Tu me laisses atterrir ?

— Je suppose que c'est le moins qu'une vieille amie puisse faire.

La blessure d'Aegis semblait pire que ce que Mynx avait imaginé. Elle traça un cercle autour des bords meurtris noirs et bleus, secouant la tête tandis qu'Aegis soupirait. Celice, debout derrière Mynx dans le centre de commandement et d'observation du niveau supérieur de Bastion, fit remarquer, pour la troisième fois déjà, qu'Aegis aurait pu mourir.

— Elle n'a pas tort, dit Mynx, offrant un soutien symbolique à Celice, bien que, en réalité, n'importe quel Paragon puisse mourir à tout moment. Ça faisait partie du travail. Tu as dit que ça s'est produit il y a un jour ?

— À peu près, dit Aegis.

— Tu deviens plus lent. Mynx se leva, mit un doigt sur ses lèvres, fixant toujours la blessure d'Aegis.

— Plus lent ? demanda Celice. Qu'est-ce que ça veut dire ?

Est-ce que ça voulait dire qu'Aegis ne lui avait pas dit ? Mynx posa la question à Aegis d'un regard, et le regard soudain d'Aegis vers le sol tandis qu'il remettait sa chemise donna toute la réponse dont Mynx avait besoin.

— Ton père n'est plus invincible depuis des décennies maintenant, dit Mynx, s'écartant d'entre le père et la fille pour s'appuyer sur les rambardes pressées contre la vitre. Mais il se répare — guérir n'est pas le bon mot, c'est plutôt comme si les dégâts disparaissaient — si rapidement que c'est plus ou moins la même chose.

— C'est toujours le cas, grogna Aegis. Je vais bien.

— Tu ne vas pas bien ! dit Celice. Tu as favorisé ce bras toute la journée ! Tu saignais quand tu es revenu hier soir !

Aegis semblait vouloir être agacé par Celice mais ne pouvait pas se résoudre à crier sur sa propre fille. L'homme avait toujours été un tendre quand il s'agissait de sa propre famille. Mynx ne le dirait jamais, mais si on la poussait, elle admettrait que cette attitude laxiste était la raison même pour laquelle Mynx se tenait ici à la place de la mère de Celice. Mais puisque Tessa n'était pas là, Mynx devait jouer les médiatrices.

— Aegis, dit Mynx en levant le bras, et son Tama avec. Voyons si tu vas vraiment bien. Bouclier Trig.

Du plafond, ce qui ressemblait à des poutres de soutien métalliques se replia sur lui-même et tomba au sol, s'arrangeant et se dressant en un drone mince et meurtrier. Des bras et des jambes tournoyants, tous se terminant par des arêtes vicieuses, se tenaient à deux mètres de haut, prêts à trancher tout intrus attaquant Aegis ou Celice.

— Protocole factice, continua Mynx, et le drone bouclier se figea sur place. Très bien Aegis, frappe-le. Montre-nous.

Aegis lança à Mynx un regard qui disait qu'elle en entendrait beaucoup à ce sujet plus tard, mais Mynx n'était pas la fille d'Aegis et s'en moquait. Garder la fierté du Champion sous contrôle, pour qu'il ne meure pas en faisant quelque chose de stupide, était plus important.

Celice se déplaça et laissa Aegis s'approcher du drone. Le grand Paragon, mis à part le chaume argenté et les cheveux gris, les rides glaçant son visage, avait tous les muscles de sa jeunesse. Formidable, même si un tel travail des poings était dépassé. Peu importe combien de bancs Aegis soulevait, les drones de Mynx seraient plus forts. Aegis essaya de repousser cela ici, mais quand il leva son bras gauche pour frapper, il grimaça et le laissa retomber. Il jura.

— Exactement ! s'écria Celice. C'est ce que je dis ! Tu ne peux plus faire ça !

— Elle a raison, Aegis. Tu es trop important pour aller te battre contre des voyous la nuit.

Aegis les regarda tous les deux, et pour la première fois depuis qu'ils étaient jeunes, depuis qu'ils exploraient les limites de leurs capacités dans les rues de New York aux premières heures du matin, Mynx vit l'inquiétude frénétique de quelqu'un qui ne savait plus où il s'intégrait dans son propre monde.

# CHAPITRE 13

# REBELLE AVEC UNE CAUSE

AEGIS AVAIT LAISSÉ Mynx faire une sieste dans Bastion alors que le soleil inondait la ville de sa lumière hivernale et avait pris une capsule Paragon jusqu'à un jet Paragon qui, dans un sifflement aigu de puissance concentrée, avait propulsé Aegis jusqu'à Boston en trente minutes. Ainsi, le Champion, vêtu d'une discrète polaire grise Paragon et d'un jean, sirotait un café noir corsé en observant les courageux coureurs hivernaux qui trottinaient à travers Boston Common avant neuf heures.

Les capsules défilaient dans la rue entre Aegis et le parc qui, recouvert de neige, semblait être une oasis au milieu de l'activité environnante. Le café, refusant résolument l'automatisation, voyait arriver les premiers clients du matin qui passaient leurs commandes d'un ton pressé et plein d'espoir. Une nouvelle journée commençant par du stress, avec une chance de réussite. Aegis ne voyait pas une seule touche de bleu Paragon parmi ceux qui attendaient dans la file.

Ce qui signifiait que tous ceux présents ici avaient une limite supérieure stricte à leur progression avant d'atteindre le plafond de réputation Paragon. Une nécessité pour freiner la cupidité, ce destructeur effréné de la civilisation.

Une personne s'installa sur un banc de l'autre côté de la rue, le signal pour Aegis de finir son café, de glisser la tasse en céramique dans un bac en plastique qu'un drone viendrait récupérer et rincer — le café n'était pas si rebelle au point de garder ses tâches les plus ingrates entre des mains humaines — et de sortir dans le froid. Si la caféine qu'il avait consommée accomplissait la moitié du travail pour maintenir Aegis éveillé après cette longue nuit, le vent vif se chargeait de l'autre moitié. Au moment où Aegis prit place à côté de la personne, il ne put s'empêcher de sourire — c'était ça, la vie.

— Un sourire ? Ce n'est pas ce à quoi je m'attendais, dit la femme, dont l'amusement transparaissait dans sa voix, tout comme ses origines du Sud. Cette conversation ne va pas être joyeuse.

— Elle ne l'est jamais, répondit Aegis. Les capsules ininterrompues et ultra-efficaces allaient et venaient, leur seule variante étant les publicités affichées sur leurs toits et leurs peintures : des teintes et des formes translucides comme des diamants et des cercles pour que tout le monde sache quels districts une capsule donnée couvrirait. Elles filaient, leurs pneus ne produisant qu'un léger crissement. Mais c'est de votre faute si nous devons parler.

— Pour notre bien à tous les deux, je vais ignorer ça, dit Rosamund.

Aegis ne savait pas vraiment comment l'appeler — les Élémentaux avaient une hiérarchie semblable à celle d'un arbre organisant ses feuilles : certaines étaient meilleures que d'autres, et elles étaient toutes apparentées, mais il était difficile de tracer un chemin de l'une à l'autre. Rosamund, cependant, semblait être celle qu'Aegis rencontrait chaque fois que les Élémentaux causaient suffisamment de problèmes pour mériter l'attention des Paragon. Et selon Pixie, qui attendait, et possiblement observait, quelque part à proximité, les Élémentaux avaient franchi cette ligne.

— Vous aidez des anomalies à se cacher, dit Aegis. Nous vous avons laissé faire pendant longtemps, mais nous ne pouvons pas laisser votre campagne s'étendre aux criminels.

Pixie avait transmis des détails après l'appel d'hier. Il y avait eu des tentatives pour libérer des anomalies dangereuses que les Paragons d'Atlantis gardaient dans une prison isolée du Nord surnommée « La Glacière ». Allant de l'introduction clandestine d'appareils à l'interception de prisonniers pendant les transferts jusqu'aux manifestations ouvertes, le gradient d'action était trop large pour être des efforts isolés. Les Élémentaux étaient le seul groupe d'anomalies substantiel qui oserait tenter quelque chose comme ça, et Aegis n'avait pas été surpris quand il avait reçu la réponse rapide des Élémentaux confirmant la réunion de ce matin.

Ils voulaient quelque chose, et maintenant ils avaient son attention.

— Tous ne sont pas des criminels, dit Rosamund. Ce n'est pas parce qu'ils ne veulent pas rejoindre votre empire qu'ils méritent d'être emprisonnés.

— Je n'ai pas besoin qu'ils rejoignent les Paragons. Pas vraiment. Mais ils doivent être suivis. Ces personnes pourraient être dangereuses. Vous le savez.

— Ils sont innocents.

— Et vous êtes naïve. Soit vous...

— Regardez. Rosamund pointa du doigt un drone de la taille d'une voiture qui survolait lentement la zone. Chaque instant, nous sommes surveillés. Ce n'est pas la liberté. Même si vous avez de bonnes intentions, si nous ne vous rappelons pas que ce que vous faites est mal, vous mettrez chaque anomalie dans votre boîte.

Aegis se frotta les mains et secoua la tête.

— Ah, d'accord. Toutes les anomalies peuvent se promener librement. Aucun contrôle. Et puis, quand l'une d'elles se met en colère et fait exploser un pâté de maisons, ou qu'une autre passe une mauvaise journée et empoisonne l'approvisionnement en eau juste en le regardant, que pensez-vous qu'il va se passer ? Les normaux ne l'accepteront pas. Ils veulent de la protection, et si nous ne la leur donnons pas, ils nous tueront tous.

— Vous avez si peu de foi en votre propre peuple.

— Je les connais.

— Vraiment ? Rosamund se tourna vers lui, et Aegis vit les rides sur son visage tandis qu'elle remarquait les cheveux gris dans les siens. Que va-t-il se passer quand vous ne serez plus là ? Est-ce que tous les Paragons verront le monde comme vous le voyez, comme un spectre de pouvoir et de qui en a le plus ?

— Il y aura une transition. Les Paragons continueront.

— J'en suis sûre. Rosamund jeta un coup d'œil à son Tama, puis revint à Aegis. Je suis venue ici avec une offre pour vous. Nous cesserons nos activités ici, et nous resterons discrets partout ailleurs, si vous nous invitez à votre sommet.

Les Élémentaux étaient au courant de ça ? Le message n'avait été envoyé qu'aux Champions et à quelques Paragons de haut rang hier, après son point de situation. Cela dit, était-il si surprenant d'apprendre que l'organisation d'anomalies renégates avait des oreilles au sein du commandement des Paragons ? Pour autant qu'Aegis le sache, ils pouvaient avoir quelqu'un capable de lire dans son esprit et de transcrire ses réflexions.

C'était le problème avec les anomalies : littéralement tout était possible.

— Je ne vous laisserai pas perturber cela, dit Aegis.

— Vous prétendez que les Paragons représentent toutes les anomalies. Si c'est vraiment vrai, alors vous nous laisserez, nous qui parlons au nom de tant d'invisibles que vous refusez de reconnaître, y assister. Vous nous laisserez avoir une voix pour l'avenir.

— Sinon quoi, Rose ? Nous pourrions vous écraser en un instant si j'en donnais l'ordre.

En réponse, Rosamund se leva. Elle joignit ses manches en croisant ses mains devant elle. — Il y a toujours des conséquences, Aegis.

— Je n'aime pas les menaces, Rose, lança Aegis en haussant la voix, alors que Rosamund s'éloignait, traversait une rue et montait dans une capsule qui l'attendait.

Aegis se laissa aller contre le banc. Inviter les Élémentaux au sommet ? Tant de Paragons qui y assisteraient avaient passé leur carrière à combattre l'organisation, à contrecarrer leurs tentatives de saper ce que les Élémentaux considéraient comme un gouvernement injuste et autoritaire. Ce que les Élémentaux refusaient de comprendre, c'était à quel point les Paragons étaient nécessaires, à quel point le monde avait été dangereux et le redeviendrait si les normaux et les anomalies pouvaient vivre en toute liberté. Ce serait le chaos. Tout le monde vivrait dans une peur constante.

Des joggeurs passèrent en courant et Aegis eut envie d'agiter le bras vers eux, de poursuivre son argumentation. Mais Rosamund était partie depuis longtemps, et elle avait clairement énoncé ses conditions. Ce qu'elle n'avait pas démontré, c'était le coût à payer si on les ignorait.

C'est pourquoi l'épuisement s'insinua à nouveau quand le Tama d'Aegis vibra. Le visage de Pixie apparut sur le petit écran du bracelet noir. Pas d'enfants cette fois, seulement un strict uniforme de Paragon, un uniforme de mission, pas de bureau.

— Je suppose que la conversation ne s'est pas bien passée ? dit Pixie.

— Qu'est-ce qui ne va pas ?

— Nous procédions à un transfert de cellule, et quelqu'un a injecté de l'adrénaline à Thane il y a une minute. Il est en train de s'échapper, Aegis. Nous nous mobilisons, mais nous aurions besoin d'aide.

Celice le supplierait de ne pas y aller. Mynx dirait que ce n'était pas nécessaire - elle pourrait invoquer une armée de drones pour intervenir. Les deux prendraient du temps. Les deux lui coûteraient en leadership et en réputation avant le sommet. Les deux étaient inacceptables.

— J'arrive.

Il y avait toujours des conséquences.

# CHAPITRE 14
# JE N'EN VEUX PAS

LE COUP de langue de Seeker la réveilla. La lumière qui filtrait à travers ses fenêtres orientées à l'est indiquait le milieu de la matinée, et au troisième clignement des yeux, Kat réalisa qu'elle était seule. Elle s'étira, étendant ses jambes et ses bras dans les canyons formés par les draps, sentant ses muscles, qui n'étaient plus douloureux, se délecter de l'exercice. Seeker observait tout cela, assis près du lit et la fixant, la langue pendante sur le côté de sa gueule.

— Quoi ? J'ai bien le droit de profiter de ma matinée.

Kat regarda du chien à la fenêtre ; une claire journée d'hiver. Puis son ventilateur immobile au plafond. Un vieux modèle à pales. Il ne lui apportait aucune réponse. Alors, avec une soudaine énergie provoquée par une vessie agitée et la conscience que Seeker, s'il était laissé à lui-même trop longtemps, se mettrait à bombarder le lit, Kat s'arracha de sa prison douillette et s'occupa de ses affaires, sans prendre la peine de lire la courte note que Gordon avait laissée en utilisant la seule option d'écriture disponible : son ordinateur. Elle était là, en caractères statiques sur l'écran, agrandie pour qu'elle ne puisse pas la manquer. C'était le problème avec les mots de passe de proximité - juste parce que son Tama était dans la pièce et que Kat ne l'avait pas verrouillé, Gordon avait pu accéder directement à son bien le plus précieux. Ce dont Kat ne se serait pas souciée, mais ensuite elle lut la note.

— Connard, jura Kat, puis elle jeta un coup d'œil à Seeker, dont la tête s'était inclinée et les yeux s'étaient écarquillés. Pas toi. Gordon.

Le traqueur avait laissé quelques lignes. L'une disant qu'il était désolé d'avoir dû partir si tôt, et l'autre expliquant pourquoi : un autre traqueur avait envoyé un tuyau sur l'anomalie et voulait la pister. Le fait que Gordon n'ait pas réveillé Kat signifiait qu'il ne voulait pas qu'elle se pointe, rendant les choses gênantes quand l'autre traqueur essaierait de revendiquer l'anomalie pour lui-même. Ou peut-être que Gordon ne voulait tout simplement pas parler le matin.

Bien. Peu importe.

Kat effaça la note, ouvrit ses rapports et lut le compteur de réputation. Quelques-uns étaient arrivés pendant la nuit. Des Paragons qui accomplissaient des choses à toute heure. Puis elle passa au tableau des traqueurs, pour voir si d'autres tuyaux avaient été postés pour la zone. Deux. Tous deux pour de petites anomalies, des pouvoirs mineurs qui avaient été repérés par un drone. Kat pouvait aller après eux, espérant qu'ils se transformeraient en gains de qualité. Aucun ne poserait autant de problèmes que Vedder.

Mais.

— Tu sais que c'est stupide, n'est-ce pas ? dit Kat à Seeker. Je devrais juste prendre les options sûres.

Seeker souffla.

— Quoi, ce n'est pas être lâche.

Un léger grognement, puis Seeker vint à côté de Kat, posa son museau sur ses genoux et la regarda. Son pelage crème brillait dans la lumière du soleil, cette queue remuant d'avant en arrière, exigeant de l'activité bientôt ou une destruction agitée s'ensuivrait.

— D'accord. D'accord. On va aller se promener. Voir si on ne peut pas repérer quelque chose.

Traîner à la recherche d'anomalies n'était pas une excellente utilisation du temps - comparé aux yeux infinis du réseau de drones de Mynx, les recherches de Kat ne comptaient même pas, mais les machines cherchaient un certain type d'anomalie : une utilisant ses pouvoirs ouvertement, ou causant des problèmes. Avec Seeker reniflant tout, Kat pouvait marcher lentement, rester vigilante, et voir si elle avait de la chance avec une anomalie ordinaire et non menaçante.

Cette fois, Kat alla à l'ouest. Elle fit un court trajet en train, avec Seeker étalé sur le sol du wagon pour le trajet peu fréquenté du milieu de journée. Les parcs étaient plus nombreux par ici, moins bondés. Peu de drones se donnaient la peine de patrouiller dans ces cieux aussi, ce qui signifiait plus d'opportunités.

Un pour cent. C'était l'estimation pour la population d'anomalies. Un pour cent et ils avaient tout changé quand ils étaient apparus pour la première fois, et maintenant ils dirigeaient le monde même qui les avait créés. Kat ne se souvenait pas des détails sur la façon dont les anomalies étaient apparues - beaucoup trop de chimie et de gens espérant une chose et en obtenant une autre - mais la croyance dominante était que si vous buviez l'eau quand vous étiez jeune, vous aviez une chance d'être quelque chose de bien plus grand que ce que les gènes de vos parents seuls vous auraient donné.

Parfois, les parents gagnaient à cette loterie. Parfois, les enfants n'obtenaient rien.

Seeker vit le parc dès qu'ils quittèrent le train. Contrairement à celui où ils étaient allés la veille, celui-ci avait des arbres, et même une petite rivière gelée. Toutes choses qui exigeaient l'attention immédiate et totale de Seeker. Il tira sur la laisse jusqu'à ce qu'ils descendent les marches de la station, et puis Kat le laissa partir. Même si Seeker devait traverser une rue pour y arriver, les nacelles le virent venir et firent une pause dans leurs trajets pendant les quelques secondes qu'il fallut au husky pour sprinter.

— Femme courageuse, de laisser votre chien partir comme ça, dit un homme qui vendait du café chaud et du chocolat à la station. Je ne ferais pas confiance à ces engins pour ne pas le percuter.

— Quand avez-vous entendu parler pour la dernière fois d'une nacelle heurtant quelqu'un ? demanda Kat, lorgnant le café et se demandant si la tasse qu'elle avait bue dans l'appartement était suffisante.

— Vous savez pourquoi vous n'en entendez pas parler ? répondit l'homme. Parce qu'ils paient les gens qu'ils heurtent. Leur donnent des points de réputation pour les faire taire, pour que le système continue.

Donc l'homme était fou, mais le café sentait bon, alors Kat tapota son Tama et prit une tasse. Seize onces de gloire à boire indestructible forgée en métal, complète avec un traqueur pour que si Kat la retirait de la circulation, un drone puisse la trouver, la nettoyer et la rendre à son usage prévu. Elle était peut-être lourde, mais c'était bien mieux que d'avoir constamment des déchets en plastique et en papier partout.

Seeker s'étant investi dans des buissons enfouis sous la neige, Kat continua au-delà du parc jusqu'au pâté de maisons suivant, où des maisons plus anciennes trahissaient la négligence de leurs propriétaires par de longues stalactites pendant de chaque rebord. Devant la troisième, une maison bleu clair à deux étages qui semblait plus récente que les autres, un garçon empilait de la neige dans une tentative de faire un bonhomme. Au début, Kat se demanda pourquoi l'enfant n'était pas à l'école, puis énuméra toutes les raisons possibles dont elle n'aurait pas connaissance et s'arrêta là.

— Tu habites ici ? demanda Kat au garçon, qui ne remarqua sa présence que lorsqu'elle parla.

Il l'étudia avec l'évaluation exercée de quelqu'un qui avait eu des rencontres avec des étrangers peu aimables, une froideur qui fit froncer les sourcils à Kat, avant que le garçon ne conclue que Kat, dans sa veste, ses gants et sa casquette Cyto-GenX, ne représentait pas une menace. Il lâcha la neige, se tourna vers elle, puis pointa du doigt la maison.

— Tu veux dire ma maison ?

— Oui, dit Kat, puis elle s'accroupit pour être à sa hauteur. Quand avez-vous emménagé ?

— On l'a construite !

Kat resta suspendue un instant. Construite. Ils avaient dû le faire, en effet. Le porche était différent, maintenant qu'elle y regardait de plus près. Plus long, avec des rampes droites et fonctionnelles au lieu des boucles sculptées qui s'y trouvaient auparavant. Et le deuxième étage était plus grand aussi, peut-être une salle de bain supplémentaire. Des améliorations partout.

— Hé, vous voulez quelque chose ? Un homme ouvrit la porte d'entrée, en pull et jean qui disaient que c'était son jour de congé et qu'il n'était pas ravi de l'interruption.

— Désolée, non, dit Kat en se relevant. J'habitais juste dans le coin avant.

L'homme ne dit rien. Il resta là à la regarder pendant que le garçon retournait à son bonhomme de neige jusqu'à ce que Kat, se sentant de plus en plus mal à l'aise, parte. Elle retourna au parc pour récupérer Seeker, qui bondissait maintenant avec un autre chien dont il s'était fait ami. Elle ramassa un peu de neige, la lança et regarda les deux chiens courir après, puis être mystifiés par la disparition de la boule de neige dans une mer d'elle-même.

Comme si elle était venue ici à la recherche d'anomalies. Kat aimait se mentir à elle-même. Se lancer dans des situations qui n'allaient pas bien se terminer, comme poursuivre Vedder une fois qu'il était devenu clair qu'il avait quitté la ville pour les repaires plus laborieux que rentables du Wisconsin rural et enneigé avec de russes promesses qu'elle savait fausses. Quand les mensonges se dévoilaient d'eux-mêmes, comme celui-ci le faisait tandis qu'elle lançait une autre boule de neige à Seeker, Kat devait affronter les vraies raisons, et celles-ci n'étaient jamais aussi amusantes que celles qu'elle inventait.

Difficile de croire qu'elle avait déjà été reconstruite. La dernière fois que Kat était passée par ici, la maison n'était plus qu'une coquille vide. Brûlée, des cendres encore éparpillées dans la cour. Un panneau de condamnation avertissant les passants de rester à l'écart sans rien leur dire de ce qui s'était passé à l'intérieur des murs. Ça aurait été une chose étrange à voir pour quiconque n'était pas familier — comme si un incendie avait été allumé et soigneusement contrôlé pour ne brûler que certaines parties. Des explosions localisées, peut-être, comme des feux d'artifice déclenchés à des endroits précis pour faire sauter toutes les fenêtres mais garder la structure intacte. Personne ne devinerait jamais —

Seeker aboya à ses pieds. Son ami avait disparu. Kat soupira, se pencha pour lui gratter les oreilles.

— Tu as faim ? dit Kat, frissonnant alors qu'une brise froide apportait l'odeur du vendeur de hot-dogs. Je sais que moi, oui.

Il y avait des restaurants ici, des sandwicheries, ou même ce vendeur ambulant, mais Kat pouvait sentir ses souvenirs s'agiter. Si elle restait ici plus longtemps, elle tomberait dans une déprime qui l'assommerait pour le reste de la journée. Il était temps de rentrer, voir si le tuyau de Gordon sur cette anomalie avait porté ses fruits. Voir s'il repartirait bientôt.

Voir si elle s'en soucierait même.

# CHAPITRE 15
# LE BRAS DROIT

LE MARCHÉ DE MIDI, même dans le froid, grouillait d'employés en pause déjeuner. Zhan-Yo percevait le malaise de Wexley tandis qu'ils déambulaient entre les files d'attente pour tous les sandwichs, kebabs ou tacos imaginables. La cafétéria d'entreprise de Ziran servait des repas avec une efficacité professionnelle et à un coût en réputation subventionné qui les rendait abordables pour les techniciens, commerciaux et personnels de soutien qui dominaient sa tour de Michigan Avenue. Ce qui lui manquait, et que ce marché, coincé dans un espace intentionnellement vacant entre les gratte-ciel, possédait, c'était du caractère.

— On perd notre temps, dit Wexley. On n'a pas des réunions cet après-midi ?

— J'en suis certain, répondit Zhan-Yo, puis, apercevant un stand qui vendait ce qu'il cherchait, il bifurqua brusquement vers la fin d'une file. Wexley le rejoignit, jetant des coups d'œil entre son Tama et les gens autour d'eux comme si la foule était, d'une certaine manière, responsable de sa présence ici. Cependant, comme nous sommes les numéros un et deux de cette entreprise, je suis sûr qu'ils attendront.

Wexley marmonna quelque chose de non-engageant.

Zhan-Yo, ses lunettes de soleil étouffant la lumière réfléchie, jeta un rapide coup d'œil vers le ciel et le drone qui y planait, puis revint sur la file devant lui. Un mélange économique rassemblé par leurs Tamas, beaucoup connectés aux réseaux que son entreprise construisait, maintenait et perfectionnait. Tout cela pour qu'ils puissent prendre des commandes pour leurs amis, pour qu'ils puissent partager des photos de la nourriture qu'ils allaient obtenir, pour qu'ils puissent garder leur vie en ordre.

Et bientôt, bientôt, pour qu'ils participent à l'ordre qui définissait leurs vies.

— Tu sembles différent, Z, dit Wexley. Aujourd'hui, je veux dire. Ne le prends pas mal, mais tu sembles plus heureux ?

— Aujourd'hui, j'ai de la clarté. Zhan-Yo gardait ses mains dans les poches de son pantalon gris de qualité. L'épais blazer le tenait suffisamment au chaud, empêchait le vent de le toucher, même si son souffle s'embuait et se mêlait à celui de tous les autres. Nous cherchons tous un but, et bien que toi et moi connaissions le nôtre depuis un certain temps, la façon de l'atteindre est restée un mystère.

— À cause de l'appel d'hier ? Je pensais que c'était un progrès, mais pas le bond que tu es en train de faire.

Des décisions devaient être prises. Zhan-Yo faisait confiance à Wexley pour les opérations de Ziran, cela ne faisait aucun doute, et Wexley avait gagné cette confiance. L'homme travaillait avec un zèle fanatique, passant trop de temps à s'assurer que Ziran respectait chacune de ses échéances, que ses employés accomplissaient chaque tâche de manière professionnelle. Zhan-Yo pouvait être le leader spirituel de l'entreprise, mais c'était Wexley qui faisait tourner Ziran.

Et pourtant.

Zhan-Yo avait déjà une alliée dangereuse en Sylvie, qui adoptait une approche désinvolte pour franchir les lignes morales et légales. Avec le passé tourmenté de Wexley, comment réagirait-il aux idées plus sombres ? Il y aurait du chaos avec la révolution, des opportunités pour les personnes sans scrupules d'en profiter. Zhan-Yo ferait confiance à l'honneur de Wexley, mais il surveillerait son ami néanmoins.

— Qu'est-ce que vous voulez ? demanda le vendeur du stand à Zhan-Yo lorsqu'ils atteignirent le début de la file.

Un pita chaud farci de toutes sortes de viandes, d'oignons, de concombres et de sauces à la main, Zhan-Yo et Wexley trouvèrent le rebord en pierre d'un jardin surélevé pour s'asseoir. Si l'air était froid, leur siège était glacé, mais Zhan-Yo ne voulait pas quitter le soleil. De plus, un autre endroit proposait du cidre chaud, et bien que la boisson à la pomme ne complétait pas exactement le repas méditerranéen, sa chaleur sucrée compensait le choc des saveurs. De telles choses étaient faites pour être consommées en plein air, les chaussures crissant dans la neige trop basse pour les pelles et les nez rougis par le vent.

— Tu travailles avec nous depuis longtemps, dit Zhan-Yo alors qu'ils finissaient leurs sandwichs.

— Toute ma carrière, répondit Wexley.

— Et tu crois toujours en notre mission ?

— Celle affichée dans le hall, ou celle dont on parle dans le sous-sol d'un centre commercial ?

Zhan-Yo acquiesça. — La première nous a apporté toute la richesse que nous pouvions désirer. La seconde nous donnera la liberté de l'utiliser.

— Qu'est-ce que tu ne me dis pas ? Je te connais depuis longtemps, Z, et tu ne parles pas en énigmes comme ça d'habitude.

C'était vrai. Une approche directe tendait à accomplir plus que de construire un labyrinthe de mots. Pourtant, avant d'aller plus loin, Zhan-Yo avait besoin de confirmer la loyauté de Wexley, que quoi qu'il arrive, Wexley se rangerait du côté de Ziran, de Zhan-Yo et de Sylvie.

— Nous atteignons un point d'inflexion, commença Zhan-Yo. Les Champions du Parangon vieillissent. Ils deviennent vulnérables. Notre opportunité viendra bientôt, avant que de nouvelles anomalies ne puissent prendre leur place.

— Tu penses que les Champions seront plus ouverts à nos idées maintenant ?

— Non. Je pense que nous devons les forcer à écouter. Zhan-Yo fit une pause, observa le visage anguleux de Wexley. Il restait immobile, regardant droit vers Zhan-Yo. Aucune terreur dans ces yeux verts. Ils ne nous respecteront pas à moins qu'ils ne nous voient comme une menace.

Voilà. Si Wexley le voulait, l'homme pourrait faire signe au drone au-dessus et rapporter la déclaration de Zhan-Yo. Il serait emmené dans une cellule du Parangon, où ils feraient appel à une anomalie aux capacités mentales pour briser le cerveau de Zhan-Yo et lui faire cracher tous les secrets qu'il avait jamais eus.

— Tu as un plan, sinon tu ne me dirais pas ça. Wexley regarda ses mains gantées. Tu sais ce que les anomalies m'ont coûté. Je veux justice, et je ne peux pas l'obtenir parce que je suis normal. Je ferais n'importe quoi pour cette chance.

— Même si cela impliquait de la violence ? Même si cela signifiait une perturbation totale de tout ceci ? Zhan-Yo fit un signe de tête vers le marché.

— Je les combattrais demain si je pensais que nous pouvions gagner, dit Wexley. Si je pensais que tous les normaux se soulèveraient avec moi et que notre nombre pourrait détruire les Parangons, je le ferais. Mais toi et moi savons que cela ne ferait que nous tuer.

— Pas de cette façon. Pas avec les Parangons unis. Pas avec les Champions encore debout.

— Tu veux les assassiner ? Comment ?

— Je n'ai pas besoin qu'ils meurent, dit Zhan-Yo. Il faut juste qu'ils ouvrent les yeux.

— Arrête. Personne n'a le temps pour tes phrases cryptiques. Wexley sortit son poignet de la manche de son manteau et regarda le Tama. Tu m'as fait attendre dehors. Il fait froid, nous sommes en retard pour la réunion, et tu as piqué mon intérêt, alors dis-moi. Franchement.

Alors Zhan-Yo s'exécuta. Il omit le nom de Sylvie, resta vague et général. Il ne mentionna pas Aegis, mais Wexley le fit, identifiant la cible la plus probable qui serait ici à Atlantis, à Chicago. L'idée de s'en prendre au plus grand Champion du Paragon ne fit pas sourciller Wexley, ne le poussa pas à appeler le drone ou à déclarer Zhan-Yo fou. Au contraire, une lueur de convoitise brilla dans ses yeux.

Dans le hall de Ziran, au centre, derrière quatre portes coulissantes doubles formant une barrière entre l'air froid extérieur et l'atmosphère froide du bureau, juste après les détecteurs de métaux et les drones de sécurité, trônait une fontaine en bronze astiquée jusqu'à briller d'un orange doré. Une statue se dressait dans la base carrée de la fontaine — de la taille d'un petit bassin — et, entourée de jets d'eau courts, servait d'idole à la mission de Ziran.

La statue commençait à gauche par un jeune garçon, pas plus de trois ans et encore mal assuré sur ses jambes, levant les yeux vers sa grande sœur et lui tenant la main. Elle aussi se tournait vers sa gauche, reproduisant la même combinaison de regard et de prise de main avec un homme qui devait être son père. Lui aussi était connecté à la grand-mère, la dernière se tenant droite avec une canne dans sa main gauche. Elle seule regardait vers la droite. Sous leurs pieds, avec les terres d'un cuivre plus brillant que les océans, se trouvait une carte du monde. Sur une plaque à la base avant, face à la rue, on pouvait lire l'inscription suivante : *Connecter le monde entier*.

Zhan-Yo, comme il le faisait chaque fois qu'il entrait au bureau, jeta une pièce dans l'eau de la fontaine. Un penny, portant toujours le visage de Lincoln. Il y en avait beaucoup, et pour pas cher. Au début, l'argent liquide avait été thésaurisé, les gens échangeaient des reps contre, s'attendant à ce que les Paragons réalisent la folie de leur entreprise et fassent marche arrière. Mais quand les années s'étaient étirées en décennies, et que le fait d'avoir des protecteurs invulnérables était devenu l'état préféré, les vestiges d'un passé pas si doré étaient devenus bon marché.

Wexley était parti devant, s'étant porté volontaire pour l'embarras sacrificiel d'ouvrir la réunion en premier et de s'excuser pour leur retard. Zhan-Yo voulait son moment avec la fontaine. C'était son père qui l'avait installée ici, après tout, et sans tombe à visiter, cela semblait l'endroit le plus approprié pour lui rendre hommage.

Et s'engager envers l'avenir.

# CHAPITRE 16
# TRAVAIL DE LABORATOIRE

MYNX LAISSA le pilote automatique la ramener en Californie. Les trois heures de vol supersonique qu'elle passa à somnoler l'aidèrent grandement à se présenter au laboratoire de Denise dans un semblant d'humanité. Le thé d'Aegis, son seul remède après une nuit passée à discuter stratégie et raconter des histoires, avait la force médiocre que l'on pouvait attendre d'un Champion dont le corps s'efforçait de se maintenir en parfaite condition et n'avait besoin d'aucune aide en la matière — elle avait failli s'endormir en le buvant.

— Dis-moi quelque chose de bien, lança Mynx à Reeves dès qu'elle descendit du jet et regagna le confort rassurant de la Fabrique. Comment se porte notre gladiateur ?

— Vos modifications ont, je crois, l'effet escompté. Quatre-vingts pour cent des tests aboutissent à la neutralisation des menaces et au sauvetage de l'enfant. Beaucoup moins de dénouements macabres.

Dans la Fabrique, où les pièces et les couloirs étaient trop vastes pour installer des haut-parleurs intégrés partout, Reeves devait souvent recourir à un petit drone flottant, dont les quatre ventilateurs maintenaient la petite boîte en l'air et en vol stationnaire à proximité. Au-delà du hangar d'atterrissage du jet se présentaient deux options ; à gauche, elle retournerait au niveau principal de la Fabrique, capable de plonger dans ces autres vingt pour cent. À droite, le transport terrestre et les responsabilités.

— Continue d'affiner ça. Je veux que ces vingt pour cent soient réduits de moitié avant qu'on ne sorte le modèle mis à jour.

Logiquement, le choix n'était pas difficile. Physiquement, c'était une torture. Mynx voulait s'effondrer et sombrer dans l'oubli. Au lieu de cela, Mynx alla à droite, vers les portes menant à l'approche des capsules.

— Tu pars si tôt ? demanda Reeves.

— Aegis était épuisant, mais il a prouvé quelque chose, même si je ne pense pas qu'il en avait l'intention. Mynx tapota son Tama, appelant une capsule. Elle aurait pu demander à Reeves de le faire et l'IA aurait été plus rapide, mais elle aimait prouver qu'elle pouvait encore accomplir des tâches par elle-même. On se dégrade, Reeves. J'espérais que Denise aurait la solution.

— Je ne pensais pas qu'elle l'avait.

— Pas encore. Je pense qu'il est temps de l'aider un peu et voir si elle peut en trouver une.

Le Dr Denise Jones dirigeait un impressionnant laboratoire à l'aspect argenté qui se greffait sur un campus médical beaucoup plus vaste près de l'UCLA, à l'ouest de la ville. Avec son toit fortement incliné, le bâtiment du laboratoire ressemblait à une énorme cale de porte métallique coupée en biais, reliée à son grand frère par une passerelle enjambant l'autoroute. Sur le trajet, Mynx écouta divers articles sur le laboratoire, tous convergeant vers l'idée que Denise avait reçu à la fois le bâtiment et des fonds de réputation pour ses idées, mais que les miracles supposés s'étaient avérés difficiles à réaliser. Maintenant que les financements se tarissaient, les vautours tournaient autour pour s'emparer du bâtiment, du personnel et de l'équipement.

Le trajet prit trente minutes à la capsule, un itinéraire qui, à l'époque et selon les anciennes règles où chacun conduisait sa propre voiture, aurait pris une heure pour aller du canyon où Mynx avait construit la Fabrique. Que les capsules affichent encore cet avantage près d'une décennie après leur adoption universelle semblait relever de l'acharnement, mais elles n'avaient pas tort. En échange de la perte de contrôle, tout le monde avait gagné du temps. Devinez lequel des deux les gens voulaient le plus.

Malgré son aspect tape-à-l'œil, le laboratoire n'invitait pas les visiteurs. Au-delà d'un petit parking de cinq places pour les rares personnes qui pourraient garder des capsules sur place, l'entrée avait un petit auvent surplombant son unique porte vitrée. Sur cette porte, une de style ancien avec une poignée pour l'ouvrir, était inscrit en caractères aux bords tranchants *Double Helix, Inc.* Cela aussi était mentionné dans les articles — désespérée de sauver son laboratoire et son travail, Denise avait quitté le monde universitaire et créé sa propre entreprise, se faisant des ennemis au passage. Pourtant, personne d'autre dans le domaine n'était arrivé aussi près de résoudre la marche inexorable de la biologie.

— Un nom subtil, dit Mynx en lisant les mots sur la vitre, puis en se regardant dans le reflet. Elle portait une tenue ample qu'elle avait classée sous la catégorie « détente » il y a longtemps, trouvant que cela lui faisait gagner du temps chaque jour si elle organisait sa garde-robe en collections spécifiques pour des humeurs spécifiques. Mynx n'avait qu'à prononcer le mot et Reeves lui apporterait la sélection parfaite. Reeves, trouve-moi les dossiers d'une société *Double Helix*.

Reeves ne parla pas, mais le Tama de Mynx vibra le nombre de fois requis pour confirmer que l'IA avait reçu la commande. Mynx ne faisait pas tout à fait confiance à Denise, et les articles n'avaient pas beaucoup aidé, même s'ils avaient tous loué l'audace de Denise face au scepticisme général.

Mynx tendit la main pour tirer sur la poignée de la porte du laboratoire et la trouva verrouillée. Elle remarqua un petit bouton noir étiqueté *Appel* sur le côté droit de la porte et appuya dessus, accordant des points à Denise pour la sécurité.

— Allô ? dit un homme qui semblait surpris de devoir parler. Euh, je peux vous aider ?

— Le Dr Jones est-elle là ? Mynx afficha un sourire rassurant. Dame âgée, l'air fatigué, les mains jointes à la taille. Aussi inoffensive que possible. Elle voudra me parler.

—Qui la demande ?

Ah, le moment de décliner son identité. Quel que soit le plaisir qu'elle avait pu éprouver autrefois à décliner son titre et à observer la surprise, le doute et les balbutiements finalement acceptants de diverses personnes, il s'était depuis longtemps dissipé en secondes épuisantes que Mynx essayait d'éviter chaque fois que possible. Ici, cependant, elle ne voyait pas d'autre option que de dire, avec une douceur dégoulinante et tranchante, son nom.

D'abord vint le silence. Puis les euh, la question murmurée à quelqu'un se tenant à proximité pour savoir si Mynx était vraiment Mynx.

Et puis... — Compris. Je vais vous faire entrer maintenant et vous pourrez attendre à l'intérieur, Mademoiselle, euh, Mynx.

—Merci.

Le verrou cliqua, et Mynx ouvrit la porte, fit un pas vers elle et son Tama vibra. Elle y jeta un coup d'œil, l'écran sur le bracelet affichant un message de Reeves :

*Ils ont renforcé les murs du bâtiment. Cela bloquera mes signaux.*

Intéressant. Donc Denise ne voulait pas que ses employés envoient des messages sur leurs Tamas pendant la journée, ou bien les ondes de télécommunication de l'extérieur pouvaient perturber ses expériences. Mynx enregistra l'information et continua d'avancer.

De l'autre côté, un hall clairsemé contenait quelques chaises nues récupérées lors d'une vente de liquidation, disposées contre un mur couleur crème peint, à en juger par les rayures bâclées, par les mêmes personnes travaillant plus à l'intérieur. Les lumières, au moins, semblaient de qualité professionnelle et baignaient la zone d'une luminosité stérile.

Des affiches encadrées proclamant les futurs produits de *Double Helix* parsemaient l'espace. Toutes promettaient des miracles, et toutes se terminaient par « bientôt disponible ». Dans l'ensemble, le laboratoire offrait d'étranges premières impressions, culminant avec le sentiment que Denise ne se souciait pas beaucoup des apparences.

Mynx pouvait respecter cela. Les résultats étaient la chose importante.

— Nous n'avons pas tous une Usine, la voix chaleureuse de Denise provenait d'une nouvelle ouverture, une autre double porte verrouillée par un clavier, celle-ci solide et dépourvue de la transparence de la première. Bienvenue dans notre humble laboratoire, Mynx. Je suis heureuse que vous ayez pu venir, même si c'était si soudain.

— Les circonstances peuvent changer brusquement. Mynx serra la main de Denise. Froide, moite. Comme si elle venait de s'enduire les paumes de désinfectant. J'aimerais poursuivre notre conversation.

Denise lui fit un signe de tête, puis fit un geste en arrière à travers la lourde porte d'une manière qui indiquait que l'homme au bureau n'avait pas besoin de savoir quoi que ce soit sur la conversation. Bien — rien ne puait plus l'amateurisme que d'évoquer un principe d'ouverture d'esprit où tout le monde au laboratoire devait tout savoir. On ne savait jamais ce qu'une personne ferait avec une information, aussi insignifiante soit-elle. Mieux valait en restreindre le flux, en particulier aux personnes.

Reeves, elle pouvait lui faire confiance. Les humains ? Pas vraiment.

Le bureau, contrairement au hall, avait bénéficié d'un budget supplémentaire. Le bureau de Denise comportait plusieurs écrans fixes, une utilisation inefficace de l'espace comparée aux écrans projetés si populaires de nos jours, mais la fidélité supérieure était probablement un avantage pour examiner les brins moléculaires. Mynx étouffa un sourire menaçant d'apparaître ; les normaux et leur besoin d'équipement comme celui-ci.

— Puis-je ? demanda Mynx dès que Denise commença à décrire l'expérience dont les données défilaient sur les écrans.

— Puis-je quoi ?

— Regardez simplement. Mynx passa devant la scientifique, s'installa dans le fauteuil de Denise, puis tendit la main vers les écrans.

Le geste n'était pas nécessaire, mais il semblait aider les gens à voir cela pour la première fois. Cependant, Mynx ne saurait pas ce que Denise pensait, quelle expression apparaissait sur son visage, car Mynx n'était plus là.

Sous un ciel noir sans étoiles, Mynx se tenait au centre d'un anneau de cabanes. Bien loin du manoir qu'elle avait construit dans les drones avec son code structuré et harmonisé. Le logiciel essayant d'analyser les échantillons de Denise se présentait comme une collection en réseau de cabanes rapiécées. Des trous dans les toits, des cheminées affaissées, des portes de travers, tout montrait une qualité bâclée.

Aux pieds de Mynx, des pierres couvertes de mousse marquaient les fonctions fragmentées reliant les cabanes entre elles, et l'ensemble devant elle menait à la partie du programme actuellement en cours d'exécution, la seule cabane dont le feu semblait allumé, et dont la fumée filtrait en une lente volute. Elle se dirigea vers elle, en prenant soin de garder ses pieds sur ces pierres — elle devait suivre le code, et un faux pas dans le vide noir autour des rochers pourrait faire planter le programme et renvoyer Mynx à l'extérieur.

Ou pire, la piéger dans un gel dur dont elle devrait s'échapper.

Mynx, cependant, excellait à marcher dans un monde de sa propre création. Aucun vent ne soufflait, aucune inclinaison ou glissement des pierres ne conspirait pour la faire trébucher ; ici, Mynx se déplaçait avec la confiance silencieuse d'un esprit.

La porte de la cabane ne bougea pas quand Mynx appuya sa main dessus. La force physique n'existait pas ici, ce qui signifiait que les données recueillies par le programme de Denise avaient un sceau bloquant l'accès. Mynx tapota la porte du bout de son index et le bois s'illumina d'un bleu océan avant de se désintégrer en code. Lettres, chiffres, symboles tourbillonnaient, et Mynx se fraya un chemin dans le labyrinthe.

— Te voilà, murmura Mynx, entendant le son dans son esprit, bien qu'aucun bruit réel ne résonnât en ce lieu.

Elle avait trouvé le lien menant de la porte vers le centre du programme, un fil lumineux bleu vif reliant la porte de la cabane, et probablement toutes les autres, à des noms sous la pierre où Mynx était apparue initialement. La base de données. Mynx pouvait retourner jusqu'à là-bas, fouiller dans ses enregistrements et trouver un nom et un mot de passe qui déverrouileraient la cabane, mais maintenant qu'elle pouvait voir le fil . . .

Mynx tendit la main, saisit la corde lumineuse là où elle s'écoulait loin de la porte avec sa main gauche. Comme une pince métallique reliant un circuit, Mynx se connecta à la base de données et en extraya, comme si elle se remémorait un souvenir, une combinaison de nom et de mot de passe appropriée que la cabane accepterait. Les données jaillirent de la main droite de Mynx, toujours en contact avec la porte, et s'insérèrent dans le code de sécurité désordonné lui barrant la route. Dans un flash émeraude, la porte fondit jusqu'à disparaître et Mynx entra, puis chercha.

— Vous êtes proche, dit Mynx en revenant brusquement dans le bureau de Denise. Très proche.

Denise eut la présence d'esprit de fermer la bouche, de poser le stylo sur le bloc-notes où, Mynx le soupçonnait, se trouveraient des observations griffonnées. Denise n'eut cependant pas la grâce de rougir d'avoir été surprise.

— Comme je l'ai dit, j'ai besoin de plus d'échantillons pour confirmer, répondit Denise. Pour l'instant, je peux restaurer des fonctions, je peux réparer l'ADN, mais ça ne tient pas, et je n'ai pas d'anomalies à tester. Ça pourrait être la clé.

— Alors prenez-en des miens.

Protéger ceux qui ne pouvaient pas se protéger eux-mêmes. Un idéal évident pour les Champions. Donner à Denise toute la base de données génétiques des anomalies pourrait les exposer. Donner ses propres cellules, avec l'armada de drones de Mynx et les vastes ressources de l'Usine à sa disposition, ne serait pas un grand risque. Et les avantages ?

Eh bien, ils en vaudraient la peine.

— Je, j'adorerais, dit Denise, et elle se leva. Nous avons une zone de prélèvement installée. Pas que nous prenions beaucoup d'échantillons, mais pour quand nous le faisons... Cependant, cette base de données que vous avez ? Nous pourrions façonner de nouvelles cellules et essayer toutes sortes de techniques.

— Gagnez-la, alors. Montrez-moi des progrès, et vous aurez votre base de données.

Une piqûre d'aiguille, un flacon prélevé, et Mynx laissa Denise se mettre au travail avec son nouvel ADN d'anomalie. En retournant vers la nacelle, Mynx attendit d'être bien loin avant de prendre son Tama.

— Reeves, tu n'as remarqué aucun comportement anormal de la part de Denise ?

*Rien d'évident. Des routines typiques pour son parcours, son occupation.*

— Alors récupère les dossiers sur ce laboratoire. Double Helix.

*Tu ne lui fais pas confiance ?*

Ce que Mynx avait vu dans cette analyse cellulaire confirmait deux choses : que le Dr Denise Jones avait de grandes possibilités, et qu'elle pouvait être très, très dangereuse. Ce que Denise ferait avec l'ADN de Mynx prouverait si Denise était les deux, mais le passé prédisait souvent le présent, et si Denise avait laissé des indices derrière elle, Reeves les trouverait.

— Tu me connais mieux que ça.

# CHAPITRE 17
# REMUER LES CHOSES

L'AVION de transport du Parangon survola les arbres en rase-mottes, ses moteurs passant d'une poussée à grande vitesse à un vol stationnaire plus lent et stable.

— Je descends, dit Aegis, et à ces mots, le panneau latéral derrière lequel il se tenait glissa, laissant entrer l'air frais de l'après-midi. Reprogrammez pour le ramassage à mon signal.

Le système de drone de l'avion acquiesça l'ordre par des clignotements lumineux autour de la porte, puis Aegis sauta. Quelques secondes en l'air, un geste derrière son dos, et le parachute se déploya dans un filet synthétique transparent qui ralentit la descente d'Aegis et lui permit de planer jusqu'au sol dans une clairière d'arbres couverts de neige. Au moment où il atterrit, l'avion avait disparu, laissant Aegis seul avec les échos du grondement de ses moteurs. La cible était assise à dix mètres, au sol, le dos contre un arbre. Une mare rouge marquait sa position dans la neige, bien qu'Aegis ne la vît pas s'agrandir.

— Tu es toujours avec nous, Parangon ? demanda Aegis à l'homme qui portait l'uniforme blindé du Parangon. Conçu pour bloquer les balles et absorber la plupart des énergies anomaliques, la combinaison sacrifiait la mobilité au profit du volume, pas que cela importait ici.

— J'ai connu mieux. Le murmure ténu du Parangon racontait une histoire de lèvres craquelées, de déshydratation et d'un poumon affaissé.

— L'équipe médicale est en route, dit Aegis. Où est-il parti ?

Il n'y avait qu'une seule cible pour cette question, et le Parangon réussit à incliner la tête vers l'ouest. Maintenant qu'Aegis prenait la peine de regarder dans cette direction, la marche de Thane avait laissé sa trace avec des branches cassées, des arbres pliés, et tellement d'aiguilles de pin que leurs pointes vert foncé cachaient la neige.

— Pas très loin, dit le Parangon. J'ai essayé de l'arrêter, mais ça ne s'est pas très bien passé.

— Tu as essayé. C'est admirable.

Aegis ne resta pas avec le Parangon à terre — il ne pouvait rien faire pour l'anomalie, et arrêter Thane était une priorité plus élevée. La réapparition de l'anomalie le brûlait comme un cancer tandis qu'Aegis reprenait sa course à travers les arbres. Les doutes, les questions sur sa propre condition physique — cette épaule était toujours douloureuse — et les chances qu'Aegis puisse encore affronter Thane... eh bien, ça ne valait pas la peine de se poser la question parce qu'il était ici, maintenant, et c'est tout ce qui importait.

— Papa ? La voix de Celice bourdonna dans son oreille sur le canal qu'Aegis gardait ouvert pendant les missions. Que se passe-t-il ?

Aegis résuma le largage, le Parangon à terre, avec un court grognement : — Il est hors-jeu, je suis sur lui.

— Seul ?

Une branche basse le força à se baisser, et Aegis continua à pomper des jambes, soulevant neige et aiguilles de pin. Ses bras bougeaient aussi, dérivant toujours vers le bas en direction de la paire de pistolets paralysants à sa ceinture. On ne savait jamais quand Thane pourrait surgir de derrière ces arbres massifs.

— Pour le moment. Pas le temps. Aegis courait entre les bouffées de son propre souffle.

— Alors je lance quelques-uns des drones de Mynx. Ils suivront ta position. Celice semblait contrariée. Tu ne devrais pas faire ça.

— Je ne laisserai pas Thane s'échapper. Celice, garde ça serré. Pas de presse. Pas de diffusion.

— C'est déjà fait. Qui est ce type ?

— Plus tard.

La forêt se termina brusquement par de la civilisation ; une autoroute noire et, en face, une station de recharge pour les capsules. Ce qui était autrefois des plaques plantées au sol avec un bâtiment trapu voisin offrant nourriture, collations et toilettes pour ceux en long voyage en capsule ressemblait maintenant à un jeu d'enfant piétiné. Des capsules détruites jonchaient la zone, de la fumée s'élevait du magasin en feu et en ruine, et quelqu'un dans ce désordre vivait encore.

— J'ai trouvé une station de recharge endommagée. Envoie tes drones ici. Aegis coupa le son du Tama d'une tape de sa main droite.

Les arbres autour de la station de recharge étaient intacts. Thane était venu ici, avait détruit, mais il n'était pas parti. Du moins pas par la forêt. Ce qui signifiait qu'Aegis devait tout entendre. Surtout, il entendait des cris. Il traversa la route en courant, suivant les bruits de la femme alors qu'Aegis esquivait, passait par-dessus ou sautait par-dessus les pneus, le verre brisé et les fils électriques. Le caoutchouc brûlé se mêlait à la nourriture bon marché en train de fondre pour créer un mélange en contraste frappant avec les pins qui l'entouraient. Encore une fois, Aegis avait tendance à se retrouver dans des endroits brisés.

La ruine lui semblait familière.

Thane ne se montrait pas, mais les cris attirèrent Aegis

vers la station effondrée où, enchevêtrée avec une double porte, se tordait une femme qui semblait avoir trouvé le verre brisé du bâtiment. Ses yeux étaient fermés, et ses cris étaient des choses sans mots, des sanglots qui auraient tiré sur le cœur du Champion s'il n'avait pas entendu la même chose tant, tant de fois auparavant.

— Tenez bon, dit Aegis, s'accroupissant près d'elle. Pouvez-vous bouger du tout ?

Les mots d'un Parangon, non, d'un Champion figèrent la femme sur place, et ses yeux s'ouvrirent, faisant glisser un minuscule filet de sang d'une coupure cachée par ses cheveux sur le front de son visage au sol. Sa bouche travaillait, passant du prochain cri à dire son nom. Aegis balaya le verre de son épaule — il semblait qu'elle était tombée sur le côté lorsque le toit s'était effondré, et le cadre de la porte s'était brisé sur ses jambes. Aegis avait de la force, mais il n'était pas de ceux qui pouvaient soulever une tonne avec un seul doigt.

— Je suis coincée, réussit finalement à dire la femme.

— Je vois ça. Aegis porta le Tama à sa bouche. Celice, envoie l'équipe médicale à ma position actuelle. Un civil à terre.

Celice confirma l'ordre d'un clic.

— Un grand homme âgé vous a-t-il fait ça ? demanda Aegis en baissant les yeux vers la femme.

— Allez-vous me sortir d'ici ?

— Je ne peux pas. Aegis scrutait la station devant lui, ne voyant rien. Il se retourna, jeta un coup d'œil aux capsules détruites et ne vit rien non plus. — Répondez, s'il vous plaît. Qui a fait ça ?

— Je ne sais pas ! Peut-être, ce que vous avez dit. J'étais à l'intérieur. D'abord les capsules-

— Silence. Aegis leva sa paume vers elle.

Un nouveau bruit s'éleva au-dessus des petits crépitements des minuscules incendies et du métal qui s'effondrait encore lentement au sol. Un bruit de frottement ; des chaussures trop grandes traînant sur l'asphalte. Venant du côté droit de la station.

Aegis sortit un pistolet paralysant, le saisit à deux mains et leva l'arme. La femme n'obéit pas aux ordres, recommença à pleurer, mais Aegis n'avait pas le temps pour ça. Les frottements s'arrêtèrent, semblant venir juste au coin de la station. Aegis fit un pas, puis un autre, déroulant ses talons jusqu'à ses orteils. Il grimaça en entendant le verre craquer davantage sous ses bottes. Rien ne pouvait être fait à ce sujet, cependant.

Combien de fois s'était-il retrouvé dans une situation comme celle-ci ? Se rapprochant, encore et encore, de quelque vilain, voyou, ou anomalie qui avait mal tourné. Cela se terminerait par un combat, une reddition, et peut-être une mort, pas nécessairement dans cet ordre. Aegis avait perdu des Paragons lors de journées comme celle-ci, belles et froides. Un de ces jours, ce pourrait être lui. Honnêtement, cela aurait dû être lui bien des fois auparavant.

Aegis tourna le coin d'un mouvement fluide, vit le vieil homme, et appuya sur la gâchette. Thane, prouvant la malléabilité de son âge, se plaqua contre le mur de la station et la fléchette paralysante passa à côté. Aegis pivota, verrouilla Thane dans sa ligne de mire, et hésita. Les rides du monstre pendaient comme des moustaches blanches, tandis que la silhouette squelettique de Thane portait une chemise comiquement surdimensionnée qui tombait de ses épaules à ses pieds, sur le mètre cinquante de sa taille. Ses mains, translucides et ratatinées, levèrent leurs paumes vers Aegis.

Une reddition. Un combat. Une mort.

— Thane, commença Aegis. Pourquoi ?

— L'une des nombreuses malédictions dont l'intelligence accable ses porteurs est celle du désir d'errance, mon ami, dit Thane d'un sifflement grinçant. Je ne pouvais pas rester dans votre cellule.

— Alors ton plan était de quoi, sortir, détruire quelques

trucs, et nous faire te rattraper encore une fois ? Je pensais que tu étais plus malin que ça.

— Ça dépend du moment. Thane hocha la tête vers l'épaule gauche du Champion. C'est là que tu es blessé ? L'invincible devenant vincible ?

Un bruit de bouillonnement, l'air tourbillonnant, se mêla au calme autour de la station détruite. Des drones en approche. Des renforts.

— C'est fini, Thane, dit Aegis, ignorant la remarque sur l'épaule. Donner la moindre satisfaction à Thane n'était pas dans le manuel du Paragon. Allonge-toi au sol et je ne te paralyserai pas.

Un mensonge. Thane était bien trop dangereux pour être laissé capable de quoi que ce soit. Aegis pressa la gâchette, prêt à tirer.

— Tu sais ce qui me déçoit toujours ? dit Thane. Tu manques de subtilité.

Aegis tira. La fléchette frappa Thane en pleine poitrine, mais ne pénétra pas la peau. Elle rebondit, tombant au sol alors que Thane commençait à changer. À grandir.

— Tu es direct, mais tu ne t'y complais jamais ! dit Thane, sa voix se durcissant, devenant plus profonde et moins distincte à mesure qu'il grandissait, que ses os s'élargissaient et que sa peau se tendait. Tu es un marteau, Aegis, mais tu échoues à-

Les paroles de Thane se transformèrent en un hurlement alors que l'esprit du monstre disparaissait dans la colère du géant. Là où se tenait autrefois un vieil homme fragile, une seule jambe inférieure occupait maintenant le même espace. Un homme musclé de quatre mètres de haut dominait Aegis, de la bave coulant de son sourire tordu, des yeux jaunes et sauvages le fixant avec malveillance. La bête sans cervelle. Un désastre lâché sur le monde des décennies auparavant, capturé encore et encore par les Paragons. Aegis avait essayé de tuer Thane directement de nombreuses fois, mais il ne semblait pas y avoir de moyen de le faire. Pas par des moyens physiques directs, en tout cas. La seule option, la seule chance qu'ils avaient, était la sédation. La paix.

— Thane, arrête ! ordonna Aegis en reculant.

Thane répondit à la suggestion de la même manière qu'il répondrait maintenant à tout — son poing droit, de la taille d'une valise, balança sa masse cubique sur Aegis et envoya le Champion voler en arrière, atterrissant à l'intérieur de la coque brisée d'une capsule. L'impact aurait dû assommer Aegis. Cela ne fit que le mettre en colère.

Aegis se dégagea, se remit sur pied alors que Thane, marchant avec les pas larges et oscillants de quelqu'un s'habituant à un nouveau pantalon, s'approchait. Thane rugissait, grognait et mordait l'air en avançant, comme un chien enragé.

— Je te déteste vraiment, vraiment, dit Aegis, levant ses poings comme s'il allait boxer avec la créature.

Thane se pencha pour un grand coup de poing circulaire, un mouvement qui se télégraphia dans le recul et l'élan si clairement qu'Aegis eut le temps d'aligner son pas de côté sans la moindre inquiétude. Le Champion esquiva sur la gauche alors que le poing de Thane passait en sifflant, puis fit un pas rapide devant la jambe droite de Thane et délivra un coup de pied sec au genou de Thane. Le colosse s'effondra avec un grognement, mais réussit un revers qui envoya Aegis voler, rebondissant sur l'asphalte.

— Vous êtes en train de gagner ? dit la femme, toujours au sol et maintenant juste à côté d'Aegis. On dirait que vous ne gagnez pas.

— Les apparences peuvent être trompeuses.

Aegis se releva, épousseta ses épaules et essaya de réprimer un soudain mal de tête, résultat de son choc contre le côté de la station. Thane, avec un léger boitillement, s'avançait vers lui. Cependant, au-dessus de la tête du monstre, Aegis vit les lourds drones de Mynx arriver rapidement. Avant, il avait fallu une équipe de Paragons pour maîtriser

Thane. Maintenant, il ne faudrait que quelques machines. Aegis n'était pas sûr de ce qu'il en penserait plus tard, mais pour l'instant, ces deux drones lui apportaient beaucoup de soulagement. Se faire réduire en bouillie par un Thane en colère n'était l'idée de personne d'un bon moment.

— Allez, moche, lança Aegis. Continue comme ça et peut-être que je ressentirai quelque chose.

Thane encaissa l'insulte, et avec la femme qui criait à nouveau derrière lui, Aegis esquiva sur la droite pour éloigner les poings balançants de Thane du civil. Gagnant du temps, Aegis se concentra sur l'évasion, glissant sous et autour de ces phalanges osseuses et ridées tandis que Thane frappait le sol, l'air, et jetait une capsule après l'autre de côté en essayant d'attraper sa proie plus petite.

Jusqu'à ce que les drones arrivent. Le premier, un engin en forme de soucoupe conçu pour la répression, lança un câble qui attrapa le poing de Thane en plein élan. Le drone plana, envoyant suffisamment de courant électrique le long du câble pour faire s'effondrer n'importe quel humain normal dans un spasme de nerfs surchargés.

Thane n'était pas un humain normal. Thane ne s'effondra pas. Même pas quand Aegis profita de la distraction pour faire un uppercut sauté à l'énorme mâchoire pointue et couverte de moustaches de Thane. Au lieu de cela, hurlant, Thane tira sur son bras droit, lança le câble et le drone qui y était attaché droit sur Aegis alors que le Parangon atterrissait après sa propre attaque.

Aegis le vit venir, vit cette soucoupe de métal noir remplir son champ de vision alors qu'il se posait sur l'asphalte, tout juste après avoir délivré ce qui aurait été un coup de grâce pour n'importe qui d'autre mais qui, pour Thane, n'avait causé aucun dommage visible.

Aegis, Champion d'Atlantis et leader des Parangons, jura lorsque Thane écrasa le drone sur lui, et ne vit plus rien.

# CHAPITRE 18

# LES REGRETS D'UNE TRAQUEUSE

LA COUVERTURE pelucheuse qui recouvrait ses pieds avala le nouille qui s'était échappée de sa fourchette. Seeker attendait la suite et, contre son bon jugement, Kat repêcha quelques autres brins de ramen jaune pâle. Si elle avait eu une vraie table, Seeker aurait sans doute patrouillé autour des chaises à la recherche de miettes. En l'état, le husky devait se contenter des restes tombés du bureau de Kat.

Une leçon qu'elle pourrait apprendre.

Gordon n'avait envoyé aucun message, et la prime pour l'anomalie restait ouverte alors que la journée s'achevait. Donc soit la piste n'avait rien donné, soit c'était une traque qui avançait lentement. Kat aurait dû être capable de l'ignorer, de se concentrer sur autre chose, quelque chose qui ne mêlait pas sa vie personnelle aux affaires.

Elle quitta une vidéo sans intérêt sur son écran pour aller sur le tableau des traqueurs, où ses gains d'anomalies s'affichaient dans un vertigineux ensemble de graphiques et de tableaux. Tous les filtres ou organisations que Kat pouvait souhaiter étaient là : par ville, niveau de capacité, gains à vie, et ainsi de suite. Elle avait plus d'une vingtaine d'anomalies qui versaient des parts de réputation sur ses comptes, mais sa vue par défaut classait les revenus à l'envers. Les moins importants en haut, pour qu'elle puisse apprendre quelles anomalies éviter.

Le tableau des traqueurs avait un autre filtre activé par défaut, qu'elle désactivait selon son humeur, et en ce moment la journée d'hiver maussade, le chien endormi et la lueur bleue de l'écran la poussaient à le désactiver. Trois noms gris apparurent en haut — aucune réputation gagnée depuis un an, voire plusieurs pour les deux premiers. Les anomalies mortes ne rapportaient pas grand-chose. Mais elles lui coûtaient beaucoup.

Elle avait attrapé Sameer sur le Mississippi, en train de jouer sur un bateau de fête et utilisant ses images-miroirs mineures pour copier les cartes face visible assez longtemps pour empocher ses gains et disparaître. Il n'avait accompli que deux missions avant d'être affecté à une force d'intervention des Paragons et, peu après, de passer au gris sur son tableau. Ils ne lui avaient jamais dit pourquoi, et les quelques milliers de points de réputation que les Paragons lui avaient envoyés en compensation étaient une bien maigre consolation.

Ils avaient partagé un verre sur le bateau après que Kat l'eut tracé. Sameer avait été l'un des bons.

Contrairement à Crystal Raines, qui avait livré un sacré combat dans les ruelles du New South Side de Chicago. Son penchant ridicule pour transformer, eh bien, n'importe quoi en gouffres temporaires avait transformé la poursuite en une danse effrénée. Si Kat ne l'avait pas touchée avec un dard paralysant à longue portée lors d'un tir désespéré en plongeant, Crystal serait probablement encore dehors. Ou pas, puisqu'elle était retombée dans ses vieilles habitudes de voleuse peu après avoir été tracée. Les drones n'avaient eu aucun mal à la trouver une fois qu'ils avaient identifié la source des portes et vitrines déformées d'une bijouterie, et Crystal avait décidé de partir en se battant. Kat ne pouvait pas décider si Crystal l'avait fait intentionnellement — les drones offraient un moyen pratique et rapide de se faire tuer.

Zach avait été différent. Il l'avait trouvée, juste après qu'elle eut tracé quelqu'un d'autre. Il s'était simplement approché d'elle au milieu d'une aire de repos où les voyageurs fatigués des capsules pouvaient faire une pause le long de l'autoroute. Elle portait sa combinaison blanche et tout, debout au-dessus d'une anomalie inconsciente qui — elle fit défiler pour s'en souvenir — pouvait tourner des vis avec ses yeux. Littéralement des vis, et uniquement des vis.

— Bon sang, ce qu'il était agaçant, dit Kat à Seeker, toujours endormi à ses pieds. Tu t'en souviens ? Il a démonté notre capsule pendant qu'on était dedans.

Pourtant, ce type gagnait une tonne de points de réputation. Zach, par contre. Il avait dit qu'il était fatigué d'être en fuite, de toujours regarder par-dessus son épaule. Alors elle l'avait tracé sur-le-champ, l'avait emmené dîner. Il s'est avéré que le truc de Zach, c'était les odeurs ; il pouvait prendre n'importe quelle senteur dans l'air autour de lui et l'amplifier. Il avait fait en sorte que le restaurant italien où ils étaient assis soit imprégné de sauce marinara et d'ail. Au début, c'était des points de réputation pour ce genre de choses, puis Zach avait décroché des missions plus dangereuses, des fuites de gaz et autres. Il n'était pas revenu de l'une d'elles.

Mais c'était le jeu. Ce monde miraculeux regorgeait de dangers, malgré ce que disaient les Paragons. Certes, les catastrophes géantes étaient maîtrisées, les criminels avaient tendance à disparaître dans des flammes surnaturelles, mais les bons vieux accidents et bagarres continuaient de faire des ravages.

Kat quitta le tableau des traqueurs, parcourut les sites locaux de Chicago, cherchant quelque chose d'intéressant sans rien trouver. Une fenêtre pop-up dans le coin inférieur droit de son écran indiquait une menace dans le nord-est, trop loin pour qu'elle s'en soucie. À part ça, rien. Comme si le monde entier était aussi ennuyé qu'elle, attendant une nouvelle qui vaille la peine de se lever.

Slurper sa dernière nouille laissa Kat avec un vide, rapidement comblé par les mêmes gestes qui gouvernaient les moments creux de sa journée depuis une décennie ; sans y penser, elle effleura son Tama, commença un appel vers un numéro qui aurait dû être annulé depuis longtemps. Un enregistrement finit par répondre :

*Salut ! Vous êtes bien chez Melody Collins, laissez votre nom et votre numéro et, si je vous aime bien, je vous rappellerai dès que j'en aurai envie !*

Kat coupa l'appel. Secoua la tête. Chassa des larmes qui ne s'étaient pas encore formées, qui ne se formeraient plus. Elle avait usé ce réflexe, mais oh, que c'était bon d'entendre cette voix à nouveau. L'humour mordant de sa mère, sans doute agaçant pour quiconque essayait vraiment de la joindre. Quelque chose de si précieux maintenant.

Son Tama bipa, dissipant le nuage avec une promesse d'action, d'aventure, n'importe quoi. C'était : une question, d'un ami. Un ami distant. Kat retourna l'idée dans sa tête — qu'est-ce qu'un *ami* au juste ? Seeker souffla quand elle se leva. Ah, oui.

Étant donné les activités possibles de la soirée, entre attendre des nouvelles de Gordon et errer jusqu'au bar du coin en laissant l'alcool dicter les heures, ce que son ami proposait pourrait être plus gratifiant, et serait définitivement plus amusant.

— Trig envoyé, je serai là. Kat grimpa jusqu'à son placard, passant ses mains sur les vêtements une fois arrivée. Qu'est-ce que tu en penses, Seek ? Rouge ou noir ?

Le wouf de Seeker fit le choix évident : les deux.

# CHAPITRE 19
# SE DÉBARRASSER DE LA ROUILLE

COUP DE POING. Coup de pied. Pirouette et mise en garde. Le feu dans ses muscles lui faisait du bien, tendus et en sueur sous la légère robe blanche qui le recouvrait, lui et la douzaine d'autres membres qui suivaient l'enchaînement sur le tapis du dojo. Les murs crème tapissés d'affiches alternant entre des diagrammes de mouvements et des messages d'inspiration banals servaient de décor à la musique d'encouragement entraînante, une évolution par rapport aux cours habituellement plus calmes.

— Sentez le rythme et travaillez dessus ! criait l'instructrice en frappant dans ses mains, comme si le bruit sec de ses paumes calleuses pouvait pousser ses élèves à se surpasser.

Mais après tout, c'était comme ça pour tous les cours ces derniers temps. Zhan-Yo venait ici depuis des années, et le dojo, tel un parent essayant de suivre le rythme de ses enfants, se réformait de plus en plus pour suivre les tendances du moment. Les arts martiaux purs avaient cédé la place à des routines d'exercices mettant moins l'accent sur des techniques qui pourraient vous attirer des ennuis.

Qui avait besoin d'apprendre à se battre, à se défendre, avec les Paragons pour le faire à leur place ?

Néanmoins, Zhan-Yo suivait les exercices avec une obéissance appliquée. Au moins, il pouvait agrémenter les routines de véritables frappes, renversements et plongées. Tout cela le maintenait souple, fort, et si Ziran était sur le point de bouleverser l'ordre mondial, la force et la flexibilité seraient utiles. Sans parler du fait que, si Sylvie avait son mot à dire, Zhan-Yo pourrait se retrouver dans une pièce avec Aegis. Cette pensée le terrifiait et l'excitait à la fois.

La musique s'arrêta à la fin du cours, l'instructrice comblant le vide soudain pour commencer les mouvements de récupération. Zhan-Yo répéta la routine plusieurs fois, alors que la plupart des élèves s'arrêtaient après une seule fois. Chaque année supplémentaire nécessitait un peu plus d'étirements pour éliminer les raideurs, et il y avait quelque chose de pur à être le seul sur les tapis, le seul encore à travailler.

— Toujours le dernier, dit l'instructrice — comment s'appelait-elle déjà, Chloé ? — en s'approchant de lui et en ajustant légèrement la position de Zhan-Yo pour équilibrer sa posture.

Fermant les yeux pour chasser l'irritation d'avoir été interrompu, Zhan-Yo se tourna vers la femme, vêtue de jaune pour signifier son rôle. Les cheveux attachés, facilement la moitié de l'âge de Zhan-Yo, mais sans peur ni appréhension à l'approcher. Après tout, Chloé ne savait pas qui était Zhan-Yo. Elle ne savait pas qu'elle avait toutes les raisons de faire attention.

— Je prends mon temps, répondit Zhan-Yo. Merci pour le cours. C'était bien.

Un compliment standard. Maintenant que Chloé avait brisé sa concentration, l'esprit de Zhan-Yo se tournait vers son Tama, soigneusement rangé dans un casier, et le travail qui l'attendait. La conversation polie était un luxe, et maintenant, surtout maintenant, il n'avait pas le temps pour ça.

— Ce cours n'est pas ce que vous voulez, n'est-ce pas ?

Chloé n'afficha pas de sourire, son expression n'était que curiosité. Je vois la façon dont vous ajoutez aux routines.

— Perspicace. Zhan-Yo regarda par-dessus l'épaule de Chloé, vers les vestiaires. Un indice. De vieilles habitudes que j'aimerais me rappeler.

Chloé hocha la tête.

— Vous n'êtes pas le seul. Si vous avez une minute, et l'énergie, ça vous dirait de faire un combat ?

Zhan-Yo dit oui avant même de réaliser ce que Chloé avait demandé. Combattre. Se battre avec ses propres mains. Certes, il s'entraînait de temps en temps contre les officiers de sécurité les plus doués de Ziran, mais ils se battaient toujours avec une retenue, ne voulant pas frapper leur propre patron. Wexley, aussi, avait l'habitude de rencontrer Zhan-Yo pour des combats à l'aube, mais à mesure que Ziran devenait plus exigeant, leurs séances s'étaient espacées jusqu'à s'arrêter. Mais sous tout cela, ce qui poussa Zhan-Yo à accepter l'offre de Chloé était un doute nerveux, l'idée qu'il avait perdu sa verve, qu'à force d'essayer si fort de gagner des guerres dans les salles de réunion et à travers les communiqués de presse, il avait oublié comment le faire avec ses poings.

Chloé se plaça en face de Zhan-Yo, et ils s'inclinèrent l'un devant l'autre. Puis se redressèrent. Zhan-Yo s'installa dans une position accroupie souple tandis que Chloé plaçait une jambe devant elle. Une partie suffisante de la classe était restée pour qu'ils aient un public assemblé, suçant leurs gourdes d'eau, des serviettes autour du cou, tapotant sur leurs Tamas ou, dans un cas, tenant son Tama pour enregistrer le combat.

Zhan-Yo frappa le premier — Chloé avait passé l'entraînement à donner des instructions, ce qui signifiait qu'elle aurait plus d'énergie, d'endurance. Plus la session durerait, plus les muscles déjà fatigués de Zhan-Yo ralentiraient, manquant de force pour écarter son adversaire plus petite. Chloé ne sembla pas choquée par la soudaine course de Zhan-Yo se terminant par un coup de pied sauté. Elle s'abaissa, tomba sur le côté et laissa Zhan-Yo passer comme une fusée devant elle. Dès qu'il toucha le tapis, Zhan-Yo plongea en avant, évitant le coup de pied rapide de Chloé qui aurait frappé son côté s'il avait essayé de se retourner.

Ils se firent face à nouveau. Les yeux verrouillés.

Cette fois, leurs mains menèrent la guerre. Zhan-Yo s'approcha en deux pas rapides et à partir de là, les coups, les coupures, les coudes et les poings régnèrent. Des coups et des contre-attaques, des blocages et des crochets, chacun s'efforçant de prendre position, chacun parcourant son répertoire tout en abandonnant les mouvements appartenant à un combat aux conséquences fatales. Chloé tint tête à Zhan-Yo pendant un moment, laissant l'homme plus âgé porter quelques coups mineurs au corps, puis prit le dessus, débloquant une vitesse que Zhan-Yo n'avait pas prévue. Elle écarta ses bras, les battant largement puis planta une poussée à deux mains dans la poitrine de Zhan-Yo qui le fit trébucher en arrière.

Avant qu'il ne puisse se remettre, Chloé le frappa à nouveau, allant droit sur lui avant de pivoter sur le côté et de faire trébucher Zhan-Yo avec un coup de pied bas. À plat sur le dos, avec le coude de Chloé planté dans sa poitrine, Zhan-Yo fit la seule chose qu'il pouvait faire : il se rendit.

Après s'être douchés, Zhan-Yo attendit Chloé à l'extérieur du dojo, prenant le temps d'envoyer quelques messages à des subordonnés ayant besoin de directives. Bien que Ziran ait besoin de lui au siège, Zhan-Yo voulait remercier la jeune femme pour l'occasion de faire de l'exercice, malgré le résultat.

— Il y a un groupe d'entre nous, dit Chloé après les remerciements de Zhan-Yo, pendant qu'ils attendaient leurs pods respectifs. Nous nous entraînons une fois par semaine, à l'ancienne. Si vous voulez vous joindre à nous, je pense que nous serions heureux de vous avoir.

— Mes vieux os seraient les bienvenus ?

— Tu ne serais pas le plus âgé là-bas, répondit Chloe. On prend aussi des tours pour enseigner. Il y a beaucoup de traditions que nous ne voulons pas perdre. Une capsule s'arrêta et Zhan-Yo fit signe à Chloe de la prendre. — Je t'enverrai les détails. Tu y réfléchiras ?

— Je le ferai. Merci, répondit Zhan-Yo.

Des normaux, préservant la tradition, s'entraidant. Bien qu'il devrait trouver le temps, Zhan-Yo considérerait l'offre de Chloe. Il avait besoin de plus de loisirs de toute façon - la révolution avait commencé à occuper chaque seconde, et Zhan-Yo craignait de faire une erreur sans la possibilité de s'éclaircir l'esprit. Et il ne pouvait plus se permettre d'erreurs. Plus maintenant.

# CHAPITRE 20
# OBTENIR UNE PERSPECTIVE EXTÉRIEURE

POUR UN APRÈS-MIDI, celui-ci correspondait parfaitement aux standards du sud de la Californie : chaud, venteux et baigné de la lumière hivernale. Mynx alternait entre la lecture de rapports sur les performances des modèles de drones et l'observation des vagues depuis sa large terrasse. Bien qu'elle fût seule, on aurait pu s'attendre à ce que la grande table en verre à cadre blanc soit vide, mais Mynx avait des projections recouvrant chaque surface. Reeves mettait en évidence chacune d'entre elles à tour de rôle alors que l'image carrée basculait à la verticale, se remplissant pour que Mynx puisse lire et observer même sous le soleil.

Le thé chaud l'aidait à repousser la fatigue qui s'installait, tout comme la sieste qu'elle avait faite après sa visite au laboratoire de Denise, et le parfum du jasmin se mêlait agréablement aux fleurs jaunes tachetées qui encadraient le bord de la terrasse, diffusant une odeur suffisamment forte pour couvrir celle, constante, des métaux en fusion provenant de l'Usine. Pourtant, malgré ce cadre idéal, un bruit ne cessait de perturber la concentration de Mynx, jusqu'à ce qu'elle écarte d'un geste la dernière analyse de Reeves sur les comparaisons d'efficacité des batteries et jette un regard clair vers le front de mer.

— Il y a quelqu'un là-bas, dit Mynx, en tapotant son Tama, qui bascula ses lentilles de contact d'une mise au point proche à lointaine — une fois de plus, l'âge vaincu par la technologie. Plusieurs personnes, même.

— C'est une famille, répondit Reeves. Une mère et deux enfants qui semblent avoir moins de dix ans. Leur profil de risque est faible, donc ils n'ont déclenché aucune intervention.

— Non, c'est très bien, dit Mynx. Peux-tu me donner une vue plus rapprochée ?

Quelques secondes s'écoulèrent avant qu'une nouvelle image carrée n'apparaisse sur la table. Celle-ci, fournie par un drone à présent en vol stationnaire suffisamment près de la famille pour obtenir une image nette. Une mère et deux enfants, ces derniers semblant prendre plaisir à courir dans et hors des vagues, riant aux éclats, tandis que le parent les observait avec un sourire patient, des serviettes et autres nécessités dans un grand sac passé sur son épaule. Pour être arrivés si loin du point de dépôt des nacelles, ils devaient être déterminés à s'éloigner des foules qui bravaient sans doute l'eau fraîche. Comme pour confirmer cette pensée, les deux enfants sortirent de la mer en éclaboussant, montrant leurs combinaisons de bain thermiques moulantes.

Les saisons n'étaient plus un obstacle pour profiter de la plage.

Mynx observa la famille parler, jouer et s'éclabousser pendant une minute avant de dire à Reeves de rappeler le drone. C'étaient des souvenirs qu'elle ne pourrait jamais se créer. Elle n'en avait jamais eu l'occasion, ou plutôt, quand l'occasion s'était présentée, elle avait choisi une autre voie. Et elle ne regrettait pas ce choix non plus, seulement qu'il n'y ait pas eu le temps de faire *tous* les choix, d'épuiser *toutes* les options et d'avoir une vie complète.

— Reeves, pourquoi vieillissons-nous ? demanda Mynx,

sachant exactement ce qu'elle allait obtenir et souriant déjà alors que l'IA commençait sa réponse.

— C'est une fonction de la biologie, Mynx, commença Reeves, puis sembla remarquer l'expression de Mynx. Je crois que vous vous moquez de moi, mais je peux approfondir si vous le souhaitez ?

— Non, tu as répondu à la question. Le thé de Mynx avait atteint ce stade de fraîcheur où les gorgées supplémentaires devenaient désagréables, et cette perte poussa Mynx dans un autre état d'esprit. Deux autres questions, Reeves. Premièrement, peux-tu me le réchauffer ? Et deuxièmement, quelle heure est-il à Bangkok ?

— Pour la première, bien sûr. Pour la seconde, il est très tôt. Je ne m'attendrais pas à ce qu'une entreprise normale soit ouverte.

— Apinya est tout sauf normal. Appelle-le, Reeves.

Reeves passa l'appel et, apparaissant à nouveau dans une projection carrée au-dessus de la table, une image sombre se forma. Trop sombre pour voir quoi que ce soit.

— Mynx, dit une voix de ténor mélodieuse qui, malgré l'heure, n'était pas du tout fatiguée. J'espère que tu n'es pas en danger ?

— Apinya, si j'étais en danger, tu crois vraiment que je t'appellerais ?

Une blague, même si elle était mauvaise. Apinya perdrait probablement une bagarre de bar face à un ivrogne ordinaire, mais ce faisant, il apprendrait tout sur cet ivrogne, y compris exactement quoi dire ou faire pour que ces poings maladroits cessent de frapper, pour que les larmes commencent à couler ou que le rire dissipe la violence. Si vous aviez besoin de force, vous n'appeliez pas Apinya. Si vous aviez besoin de savoir si cette force était nécessaire, eh bien, c'est là qu'Apinya prouvait sa valeur.

Le Champion fit vaciller une flamme, et avec le briquet réussit à allumer une petite lampe qui projeta une lueur orangée sur son visage, le lit spartiate et les fougères derrière un paravent. Mynx ne savait pas où se trouvait Apinya, mais il avait tendance à quitter sa vaste ville pour trouver le calme. Difficile de le blâmer - Mynx avait fait la même chose avec son Usine. Seulement, au lieu de la nature, elle avait choisi les machines.

Apinya lui-même avait l'air bien mieux que ce que Mynx ressentait ; bien qu'ils prennent tous de l'âge, Apinya semblait porter le sien dans de légères rides, dans les pointes grises de ses cheveux courts et sa barbe de trois jours, et ses yeux cendrés échappaient à la fatigue qui accablait ceux de Mynx. Il s'éloigna de son Tama, dont la caméra envoyait l'image du Champion à travers l'océan jusqu'à Mynx, se leva dans l'obscurité pour enfiler une robe de chambre. Aucune autre lumière n'était visible, aucune lueur d'une ville proche. À travers la connexion, Mynx distingua les longs hululements d'un oiseau. Comme c'était exotique. Mynx se laissa aller dans son fauteuil, tendit la main et prit le thé chaud fraîchement préparé du drone.

— Donc si tu n'es pas en crise, pourquoi m'appelles-tu ? demanda Apinya, prenant son Tama et s'éloignant du lit pour aller sur une véranda en bambou. Ou as-tu souvent des conversations amicales avant l'aube ?

— C'est toujours comme ça que tu accueilles tes amis ?

Apinya sourit. — Cela fait longtemps. Trop longtemps, je pense, depuis que nous nous sommes tous vus.

L'avait-elle vraiment fait ? Mynx ne posa pas la question. Les Champions s'étaient répartis sur Terre pour plus de raisons qu'une simple proximité. Dans un monde où les voyages intercontinentaux prenaient moins d'heures qu'une nuit de sommeil, et où une vidéo pouvait être transmise d'une ville à l'autre en un instant, ils auraient pu tous rester ensemble. Ils auraient pu tous garder leurs maisons à New York, ou à leur base opérationnelle dans ce qui était autrefois Singapour.

— Aegis essaie de remédier à ça, dit Mynx en adoucissant son visage. Mais nous pouvons en parler plus tard. Je t'appelle pour une autre raison. Là, elle hésita. Étrange comme une question si claire dans son esprit pouvait se brouiller en non-sens lorsqu'elle la prononçait. L'âge. Nous sommes vieux, Apinya. Et je m'inquiète de ce qui va se passer quand nous ne serons plus là.

Apinya s'adossa dans un fauteuil qui semblait être fait de bambou tressé. Il appuya sa tête contre le mur de bois rougeâtre et ferma les yeux pendant une longue seconde. Le sourire ne quitta jamais son visage. Mynx savait ce qu'il faisait, elle savait qu'Apinya était, en ce moment même, en train de s'immiscer en elle et de fouiller à la recherche de ses pensées, de ce qui l'avait menée à cet instant. Alors elle but son thé et le laissa farfouiller.

— Tu n'es pas seulement inquiète pour ton héritage, tu as peur, dit Apinya deux longues gorgées plus tard. Tu ne veux pas mourir du tout.

— Est-ce si difficile à imaginer ?

— Non, répondit Apinya en détournant le regard de son Tama, vers un lointain que Mynx ne pouvait pas voir. Tu as toujours été celle qui s'inquiétait, alors qu'Aegis voulait foncer tête baissée. Toujours à un coup de poing de la victoire. Lui ne craint pas la mort.

— Je ne sais pas ce qui va arriver à tout ça, Api, dit Mynx en utilisant le surnom, retombant dans de vieilles habitudes. L'Usine, le monde que nous avons construit.

— Ce n'est pas à nous de décider, répondit Apinya. Soit le monde gardera ce que nous avons créé, soit il le détruira pour façonner quelque chose de nouveau.

— Donc tu ne t'en soucies pas du tout ?

— Si. Je forme ceux qui me remplaceront en ce moment même. Je veux que ce que nous avons créé survive, Mynx. Je pense que les Paragons sont du bon côté des choses, mais je ne laisserai pas la peur de ce qui pourrait arriver me hanter maintenant. Apinya reporta son regard détendu sur le Tama. Tu devrais profiter, Mynx. Laisse la prochaine génération de Paragons prendre le relais. Repose-toi.

Mynx hocha la tête vers son Tama, souhaitant pouvoir avoir la même vision sage des choses qu'Apinya. Il semblait toujours évoluer dans un monde différent du leur.

— Merci, Apinya. Bonne chance pour ton entraînement.

— Je t'en prie. J'espère que tu trouveras ta paix, mon amie.

Dix minutes plus tard, toutes passées à contempler l'océan, à boire du thé et à s'interroger sur la façon dont Apinya parvenait à être si détaché tout le temps, Mynx demanda à Reeves de reprendre les rapports de situation.

— As-tu obtenu ce que tu voulais du Champion ? demanda Reeves tandis que l'IA préparait les projections sur la table.

— Il m'a rappelé qui il était, et qui je suis, dit Mynx, se penchant en avant, absorbant les derniers résultats de tests d'un drone de surveillance furtif à venir. Mais il a eu une bonne idée.

— Laquelle ?

— Envoyons une question à toutes les régions Paragon du Pacifique. Je dois trouver la prochaine moi.

# CHAPITRE 21
# PROBLÈMES DE VILAINS

DES VISAGES ARGENTÉS le fixaient dans l'obscurité. Comme des fantômes, et pendant un instant, Aegis envisagea la possibilité que Thane ait surmonté les capacités du Champion et l'ait envoyé dans l'au-delà. Si c'était le cas, cependant, l'au-delà était froid, venteux et rempli de Paragons. Il distinguait maintenant leurs uniformes, ses yeux s'étant adaptés. La lumière transformait leur bleu poudré en un gris menaçant, et Aegis prit rapidement note de revoir cette couleur quand il en aurait l'occasion.

Comme s'il en aurait jamais une.

Un Paragon tendit la main, saisit l'avant-bras gauche du Champion et tira. Aegis comprit, après une seconde où il était resté très lourd, l'objectif et fléchit les jambes sous lui, se redressant.

— Ça aurait pu le blesser, dit un autre Paragon, et Aegis reconnut Pixie. Lui casser le dos ou quelque chose comme ça.

— C'est Aegis, répondit celui qui l'avait soulevé. Qu'est-ce qui pourrait lui faire mal ?

— Il était inconscient, non ?

— Je suis là, dit Aegis, et je vais bien.

Pas totalement, mais suffisamment. Sa tête lui faisait mal,

mais ce qui aurait dû être une douleur foudroyante n'était qu'un léger battement, un rappel qu'il devrait éviter de tels coups à l'avenir. Pas qu'Aegis écoute jamais son corps — cette chose n'était-elle pas là pour faire ce qu'il voulait ?

Pixie dispensait des informations pendant qu'Aegis jetait un long regard autour de lui. Des équipes robotisées grouillaient sur le site, enlevant les débris et réparant ce qui pouvait l'être. Les capsules ne se souciaient pas des apparences, tant qu'elles pouvaient tirer leur énergie des grosses batteries sous l'asphalte, elles iraient bien. Quant aux passagers, Aegis pariait que cet endroit serait à nouveau opérationnel en moins d'une semaine. Quand on avait un travail non-stop et de nombreuses imprimantes de pièces à disposition, un peu de destruction ne causait pas un gros problème.

— Thane est parti vers l'ouest, commença Pixie. Il n'était pas difficile à suivre. Je suppose que tu l'as rendu assez furieux.

— Lui et moi avons cet effet l'un sur l'autre.

— D'accord. Je suppose que ça a du sens, Pixie avait l'air de ne pas savoir si elle devait rire ou non. Le visage impassible d'Aegis ne l'aidait probablement pas. Quand nous sommes arrivés jusqu'ici, il s'était déjà retranché dans une vieille usine. Construite dans une colline.

— Vous n'êtes pas allés le chercher ?

Un nouveau Paragon aurait pu être embarrassé, aurait pu bégayer à ces mots, mais Pixie était là depuis assez longtemps pour savoir que toute décision était valable tant qu'elle pouvait la justifier. Alors, avec Aegis épuisé, battu et attendant des raisons, Pixie redressa les épaules et les lui donna.

— Écoute, Aegis. Nous étions en route quand tu t'es engagé. Quand tu as coupé les communications, nous avons dû faire un choix : suivre Thane et essayer de l'arrêter, ou te retrouver. Pixie prit une profonde inspiration, déterminée. Et nous avons choisi de suivre Thane, mais quand les drones qui le suivaient ont montré qu'il s'était arrêté avant d'aller loin, nous sommes venus te chercher à la place.

— Vous avez suivi les directives.

— Tes directives, oui.

La grande variété d'ennemis, des troupes armées aux anomalies capables de détruire le monde, nécessitait des priorités. Ces dernières, ces créatures, comme Thane, qui pouvaient raser des villes ou causer des dégâts inimaginables, devaient être traitées immédiatement, avant tout nettoyage ou sauvetage de blessés. Que Pixie ait suivi les règles, même avec Aegis lui-même à terre sur le terrain, méritait d'être salué.

— Bon travail, offrit Aegis. Un signe de la femme ?

— La femme ?

— Il y avait une autre personne ici, une civile. Blessée quand le bâtiment s'est effondré ?

— Nous ne l'avons pas trouvée.

— Thane a dû l'emmener alors. Aegis secoua la tête. Je ne sais pas pourquoi il ne m'a pas pris en otage à la place.

— Nous n'en avons aucune idée.

Thane avait tendance à perdre de vue des choses comme les plans quand il se gonflait. L'invincibilité en échange de l'imbécillité. La clé pour garder Thane sous contrôle résidait dans le choix de la version la moins apte à la situation. Aegis, stupidement, n'avait pas empêché Thane de s'enrager. Négligent.

Ça ne se reproduirait pas.

Les Paragons étaient venus dans un jet-copter similaire à celui qu'Aegis avait pris pour son combat malheureux avec Thane. Ils avaient garé l'engin à la limite de la destruction, sur l'asphalte intact où le copter servait d'irritant silencieux aux robots de réparation glissant sur leurs chenilles. Sur l'ordre du Champion, Pixie et ses Paragons grimpèrent dans le véhicule, Aegis étant le dernier à entrer — et donc le premier à sortir quand ils atteindraient Thane. Sièges raides, ceintures de sécurité attachées, et après un dernier contrôle de son escouade de cinq, Aegis ordonna au chopper de décoller.

Rien ne se passa. Puis Pixie fit de même, et les moteurs se mirent à vrombir. Parfois, Aegis détestait la technologie.

Pixie avait son Tama synchronisé avec l'appareil, donc il n'écoutait qu'elle. Pixie fixa le cap en projetant une carte de la zone entre l'escouade assise, ce qui lui donna l'occasion de simplement pointer l'endroit où elle voulait aller. Dès qu'elle eut choisi un point près de la colline où Thane s'était installé, pas trop près pour ne pas amener les Paragons tête baissée dans une embuscade, les jets du copter les poussèrent au-dessus de la cime des arbres, pivotèrent et les envoyèrent filer à travers la nuit.

Le trajet ne fut pas long, et les Paragons le passèrent à écouter le rugissement du vent qui soufflait par les portes latérales ouvertes. Glacial, mais ces uniformes étaient conçus pour supporter toutes les conditions météorologiques. Ils survivraient. Être un Paragon n'était pas une question de luxe de toute façon.

Pixie fit virer le copter une fois qu'ils furent proches de l'emplacement de Thane, faisant pivoter l'appareil pour donner à Aegis une bonne vue de la structure à flanc de colline que Thane avait fait sienne. Pour une vieille mine, c'était une sacrée fortification. De hauts murs, de larges rampes pour le transport de fret, et, devant ce qu'Aegis supposait être l'entrée de la mine, un grand dortoir. Des lumières parsemaient les fenêtres, trop nombreuses pour un seul vilain et son unique otage.

— Posez-nous ici. Pas plus près, dit Aegis. Le fait que Thane connaisse un endroit comme celui-ci suggérait quelque chose de plus qu'une simple fuite, et Aegis ne mènerait pas ses Paragons dans un piège. — On va essayer quelque chose de différent.

Pixie posa l'hélicoptère au centre de l'unique route, son asphalte criblé de nids-de-poule témoignant d'un long abandon. Une fois sortis, Aegis regarda le chemin menant à la cachette de Thane et dit non aux Paragons.

— On n'y va pas. Pas ce soir, dit Aegis.

— Pourquoi ? demanda celui qui avait aidé Aegis à se relever. On est là, on est prêts.

— Lui aussi est prêt. Aegis tapota son gilet. Il lui restait un pistolet paralysant, qu'il retira et tendit à Pixie. — Je vais aller lui parler. Voir si je peux comprendre ce qu'il veut.

— Pourquoi est-ce important ?

— Parce que si on doit se battre contre lui, des gens vont mourir. Aegis commença à monter le chemin. — L'un d'entre eux sera probablement toi.

Chaque pas sur la route éloignait Aegis des Paragons et le rapprochait de son ennemi, et chaque pas le faisait se sentir un peu mieux, un peu plus léger. Non pas qu'il préférait être seul, mais Aegis n'était pas une baby-sitter. Ne l'avait jamais été. Mynx et les autres Champions avaient déclaré que le monde ne pouvait pas être géré par eux huit seulement, et, Aegis devait l'admettre, ils avaient raison. Les bêtises de bas niveau dont s'occupaient les Paragons rendaient sa vie infiniment plus facile.

Mais cela ne signifiait pas qu'il devait les emmener à chaque mission. Cela ne signifiait pas qu'il ne pouvait pas se salir les mains sans s'inquiéter pour quelqu'un d'autre.

De près, le bâtiment réhabilité de Thane semblait encore plus imposant. Pas à la manière d'une forteresse maléfique, mais il était grand, construit solidement pour supporter un trafic intense, et toute force avançant sur la colline vers lui se trouverait très vulnérable. Et étaient-ce des sentinelles ? Déjà ?

Trois, armées de ce qui ressemblait à de longs fusils et éclairées par les douces lumières jaunes suspendues à des poteaux droits. Disposées sur le belvédère en béton derrière le dortoir et regardant la pente en direction d'Aegis et de l'héli-coptère. Tous ces fusils étaient pointés dans sa direction, alors

Aegis garda les bras écartés, les mains ouvertes. Pas de menace ici. Pas à cette distance, en tout cas.

Au lieu d'un coup de feu, cependant, ce qui arriva, trébuchant et frissonnant en descendant la rampe, fut la femme d'avant. La supposée otage de Thane. Elle se dirigea vers Aegis, et quand il lui fit signe de passer derrière lui, vers les Paragons, elle comprit le message et continua. Pas de blessures évidentes, hormis la saleté et les coupures qu'elle avait avant.

— Tu vois, Aegis ? J'ai été réformé par les excellents soins de ta prison ! cria Thane d'en haut, debout à côté d'un des gardes. Il avait dû apparaître pendant qu'Aegis regardait la femme. — Je ne l'ai pas touchée, et je t'ai laissé en vie. Je suis pratiquement un saint maintenant !

— Bien sûr que tu l'es, cria Aegis en retour. — Puisque ça marche si bien, pourquoi ne reviens-tu pas avec moi ? On pourrait t'installer à temps pour le petit-déjeuner.

— Ah, vois-tu, c'est là le problème. Thane leva ses bras maigres en grand-*désolé*. — La nourriture que vous servez est vraiment terrible. Même cet endroit, où mes hommes ne vivent que depuis une semaine, a de meilleures choses à offrir. Je suis désolé, mon ami, mais il n'y a pas de retour en arrière possible pour moi.

— Thane, arrête tes conneries. Je suis fatigué, il est tard, et on sait tous comment ça se termine. Tu te terres là-dedans jusqu'à ce qu'on ait assez de monde ici pour rendre impossible même pour toi de t'échapper. Épargnons-nous du temps et de la douleur. Rends-toi.

Thane, portant une veste épaisse et longue qui ondulait dans le vent au-dessus de ce qui ressemblait à une robe, hocha la tête. — Comme tu l'as si souvent dit à tes Paragons, si tu ne te bats pas pour tes valeurs, alors tu ne mérites pas de les avoir. Je valorise la liberté, Aegis, même si on ne peut pas me faire confiance avec elle. Thane posa une main sur l'homme à côté de lui. — Quand tu essaieras de nous prendre notre liberté, nous serons prêts, et tu en paieras le prix.

Aegis soupira. Il fut un temps où il aurait foncé sur cette colline, recevant et faisant rebondir les balles comme si de rien n'était. Frapper, donner des coups de pied et tirer son chemin à travers le gang de Thane et abattre le monstre lui-même avec des fléchettes paralysantes bien placées dans la bouche, la tête et d'autres parties de Thane qui manquaient de son armure super-colérique.

Il fut un temps.

— Thane, tu me dis que tu n'as pas d'otages là-haut ? Pas d'innocents ?

Aegis pouvait supporter les fanfaronnades de Thane, mais s'il y avait des civils en danger... les Paragons, qu'ils aiment l'admettre ou non, dépendaient de l'acceptation du public pour leur pouvoir. Aegis ne se faisait aucune illusion que si les milliards de normaux se soulevaient, ils pourraient reprendre le contrôle, pourraient assassiner ou emprisonner chaque anomalie. Mais ce serait difficile, mortel, et tellement plus de travail que de laisser les Paragons garder les rues sûres, empêcher le monde d'entrer en guerre.

Si les normaux doutaient un jour que cette sécurité serait maintenue, alors les Paragons seraient condamnés.

— À quoi bon une autre bouche à nourrir, une autre personne qui a besoin d'être surveillée ? répondit Thane. — Non, non Aegis. Si tu viens après moi ici, tu risques tes propres gens et toi-même pour rien d'autre que tes propres désirs. Alors suis-les si tu le souhaites, Aegis. Attaque-moi. Prouve que tu es aussi imprudent et négligent que tu l'as toujours été.

Au lieu de cela, Aegis fit demi-tour et marcha vers les Paragons, le rire de Thane le suivant tout du long.

# CHAPITRE 22

# UNE SOIRÉE EN VILLE

LE *CARVER'S* avait l'air miteux et même la neige qui tombait de plus en plus fort ne pouvait rien y faire. L'extérieur du club dégageait une hostilité crasseuse, comme si on se faisait agresser par un ivrogne pour la bière qu'on venait de commander. Même son enseigne au néon rose, perpétuellement en guerre clignotante pour survivre, avait des zones noires à jamais assombries par les bouteilles lancées. Des personnes encapuchonnées et recroquevillées se tenaient sur le côté, fumant comme des vestiges de l'époque à laquelle appartenait le *Carver's*. Kat avait demandé — personne ne savait qui était le Carver éponyme, seulement que le bar existait depuis quelques siècles, se transmettant d'une génération à l'autre comme une maladie.

À travers l'unique porte, encombrée d'affiches pour des artistes locaux, des événements et autres, le videur lui jeta un regard ennuyé d'une demi-seconde qui se transforma en un hochement de tête solennel lorsqu'il réalisa qui entrait.

— Plein à craquer ce soir, dit le videur, un type chargé de muscles nommé Tracy.

— Bonne chasse ? répondit Kat, heureuse d'offrir à Tracy

quelques secondes de conversation pendant qu'elle inspectait le club derrière lui.

— Devrait l'être.

C'était le maximum que Tracy donnait quand il s'agissait d'anomalies. Le *Carver's* n'autorisait pas Kat à tracer réellement sur place, mais elle n'avait aucun problème à repérer une piste et à la suivre jusqu'à chez eux. Surtout par une nuit comme celle-ci, où Kat voulait se distraire de Gordon, de cette anomalie qui était la sienne, et d'une vie qui jusqu'à présent n'avait pas réussi à la combler de joie.

Alors elle commanda un double. Vodka. Pure. Ça passerait tout seul, elle le siroterais, et elle mettrait son numéro.

Le *Carver's*, une fois par semaine, installait un ring central là où se trouvait normalement sa piste de danse. Là, des combattants amateurs pouvaient se battre comme des chiffonniers pendant cinq minutes. Achetez un verre et vous pouviez obtenir un ticket, puis le déposer dans un grand vieux bocal à poissons au bout du bar métallique écaillé et peint en cerise. Quand la cloche sonnait la fin d'un combat, une autre paire entrait et le spectacle continuait.

Kat aurait pu élaborer des théories sur les raisons pour lesquelles les soirées de combat du *Carver's* attiraient tant de monde, y compris la foule de ce soir qui se pressait autour du ring. Les encouragements, les paris secondaires et les cris occasionnels lorsqu'un combattant portait un coup vicieux constituaient l'attraction principale sur fond constant d'électro assourdissante qui rebondissait sur les murs. Pourquoi, cependant, élaborer des théories quand les faits se présentaient si simplement :

Les gens s'ennuyaient. Les gens voulaient ressentir quelque chose. Par conséquent, des coups de poing, des coups de pied, des plaquages et des coups de tête maladroits.

— Alors pourquoi m'as-tu dit de venir ce soir ? demanda Kat lorsque Sandra, la barmaid dont les longs cheveux bouclés arboraient toutes les couleurs du spectre, tout comme les bijoux qui pendaient de chaque partie visible de son corps, déposa le double devant elle.

— Ton joli minois me manquait, répondit Sandra d'une voix rauque, celle qu'on obtient quand on passe la plupart de ses nuits à crier par-dessus le bruit, comme si ses cordes vocales avaient été grillées à point. Où étais-tu passée ?

— Dans le Nord.

— En vacances ?

Kat répondit à cette question par une longue gorgée. La vodka passa facilement : fraîche, avec un petit brûlant pour lui rappeler qu'elle ne buvait pas de l'eau.

— J'imagine que non. Sandra jeta un coup d'œil le long du bar, la file de clients était interminable. Je reviendrai. Tu veux mettre un ticket ?

Kat se livra à un jeu de devinettes avec le corps de Sandra. Penchée loin de Kat, un sourcil s'élevant imperceptiblement sur le front de Sandra, les mains agrippant le bord du bar. Aucun signe évident sauf ces yeux, ces yeux brillants qui disaient qu'elle ne devrait pas manquer ça.

— J'en prends un.

Sandra partie, Kat fit un autre long voyage visuel à travers le *Carver's*. Les anomalies ne se démarqueraient pas nécessairement dans une foule alternative et portée sur la boisson comme celle-ci. Mais Kat pouvait éliminer les habitués, ceux qui semblaient trop à l'aise pour être des cibles. Une fois fait, le nombre s'amenuisait suffisamment pour repérer une possibilité.

Le gars était assis sur une chaise contre un mur latéral, sirotant une pinte et jetant des regards autour de la salle comme s'il avait peur de se faire agresser. Il portait une casquette en tissu pressée sur un crâne rasé, son vert de Noël contrastant avec sa peau chocolat. Un sweat-shirt déchiré là où aurait dû se trouver la capuche descendait sur un jean taché qui avait des histoires à raconter. Il cochait toutes les cases de Kat.

— Ne me dis pas que tu en as déjà trouvé un ? demanda Sandra, choisissant de préparer la commande de quelqu'un à côté de Kat.

— Peut-être. Tu connais ce type ? Celui avec la casquette ?

Sandra pela une orange. Vola une seconde pour regarder à travers la foule là où Kat regardait. — Un nouveau. Il est venu il y a quelques nuits.

— Il a mis un ticket ?

— Il faudrait commander un autre verre pour le savoir. Sandra mit tellement de sucre dans ces mots que Kat éclata de rire.

C'était ça, le deal avec *Carver's* : tu voulais quelque chose, tu payais pour l'avoir, mais le retour sur investissement ici était trop bon pour passer à côté. Il y avait quelque chose dans l'ambiance miteuse et hors des sentiers battus de cet endroit qui attirait le genre de personnes voulant rester discrètes. Qui voulaient faire partie d'une foule sans vraiment s'y joindre. Kat pariait que la plupart des gens ici, elle y compris, fuyaient quelque chose. Quand Sandra revint, Kat commanda un autre verre, cette fois un simple, et lui demanda de placer les tickets du gars à la casquette et les siens côte à côte. Puis Kat se leva, s'éloigna du bar et se dirigea vers le ring. Pour avoir une meilleure vue sur l'action. Ça, et l'alcool qui la rendait chaude et agitée. Prête à voir quelque chose.

Celles qui se battaient dans le ring en ce moment étaient deux femmes d'âge moyen, et elles étaient venues pour en découdre. Ce n'étaient pas les punks à moitié ivres en t-shirt qui titubaient autour du cercle en lançant des coups de poing dans le vide jusqu'à ce que l'un d'eux trébuche et s'assomme tout seul. Ces deux-là, ces deux-là étaient *bonnes*. La petite taille du ring signifiait que les mouvements devaient être serrés, et les femmes avaient rendu les choses encore plus serrées en se rapprochant à une distance où les petits jabs, les coups de coude et les genoux étaient à la mode. Leurs membres jaillissaient, écartant les coups de l'autre et profitant des moments de vulnérabilité pour craquer une mâchoire ou asséner un coup aux reins. Au début, Kat pensait que les deux allaient continuer jusqu'à ce que l'une d'elles meure sur place.

Et puis... Kat sourit. Elle le voyait maintenant. Invisible pour l'œil non averti, surtout avec les réactions. Ces deux-là retenaient leurs coups au dernier instant. C'était moins un combat qu'une danse. Et la raison apparaissait dans les cris croissants autour d'elle : des paris parallèles, dont certains sans doute placés par des gens qui connaissaient déjà l'issue de ce combat. Profits partagés.

Une routine qui aurait dû faire bannir ces deux-là de *Carver's* à vie, mais quand le combat se termina, le chronomètre affichant quatre minutes et trente-cinq secondes, avec un mouvement d'esquive et d'uppercut qui envoya l'une au sol, immobile, la foule acclama, gémit et échangea de l'argent sans pause. Kat se surprit à applaudir avec les autres tandis que la gagnante levait les mains bien haut, montrant que même retenus, ses coups lui avaient valu quelques bleus. Un divertissement suffisant, et même un combat arrangé pouvait valoir le coup d'être payé.

Kat passa aux toilettes, laissa son manteau avec Tracy à l'entrée du bar, et se ménagea un peu d'espace pour s'étirer. Plus que quelques minutes, si Sandra avait fait son boulot. La tenue de Kat ce soir avait ce style ample suggérant une attitude décontractée mais qui, en réalité, lui donnait de l'espace pour respirer dans les endroits exigus et de la flexibilité dans les espaces plus larges. Un haut rouge à manches courtes associé à des leggings chauds et sombres qui s'étireraient selon ses besoins.

— Prochain duo sur le ring, et c'est du lourd ! On a un nouveau venu, Calvin, qui affronte la légendaire Kat Collins !

Ce DJ. Il faudrait qu'elle ait une discussion avec lui plus tard, lui dire de ne pas la présenter comme ça. Ça créait des attentes. Certes, elle ne perdait pas souvent ici, mais *légen-*

*daire* ? Kat n'était pas sûre qu'on puisse devenir une légende en battant des rigolos au hasard dans un trou comme *Carver's*. Mais la scène était plantée, et quand Kat se dirigea vers le ring — son vodka depuis longtemps terminé — la foule s'écarta pour lui laisser de la place. Plus d'une main se leva pour des high fives, que Kat donna, et elle lança des sourires et des hochements de tête aux gens qui la connaissaient.

La connaissaient. Plutôt, ils avaient gagné assez d'argent grâce à ses victoires pour la garder populaire.

De près, la limite de ruban adhésif rouge usé du ring ne faisait rien pour retenir la pression de la foule, bien à portée d'un coup de poing raté, d'un coup de pied glissé. Ils se rapprochèrent, prêts à voir le prochain spectacle, des verres à la main et en renversant les uns sur les autres, sur le sol. Des frères bikers — une mode ironique puisque les motos avaient depuis longtemps été bannies sur des pistes désignées — s'écartèrent pour laisser Kat entrer dans le ring.

Calvin n'avait pas encore réussi à traverser la foule, alors Kat passa de l'autre côté. Maintenant le sourire disparut. La légère brume de l'alcool estompa le bruit de la foule tandis qu'elle luttait pour se concentrer, pour être dans l'instant. En essayant assez fort, n'importe quelle situation pouvait ressembler à ces bois la nuit, avec la neige qui soufflait et le silence comme seul son. Un peu de douleur persistante dans ses jambes, sa gorge un peu sèche à cause de la vodka, mais sinon elle pouvait détruire le monde.

La proie de Kat réussit à passer avec l'aide de mains qui poussaient. Il trébucha un peu, le genre de mouvement qui fit se demander à Kat si Calvin était un débutant, un gars complètement dépassé, qui avait jeté un ticket parce qu'une jolie barmaid avait demandé et qu'il ne savait pas dire non. Puis il leva les yeux vers elle, et elle n'avait jamais vu un visage aussi dur. Aucun des sourires narquois ou des roulements d'yeux habituels qu'elle recevait des hommes qui s'alignaient contre elle, mais plutôt un regard glacial perçant d'yeux ombragés par les lumières au-dessus et autour d'eux. Kat réévalua ; Calvin avait des cicatrices, n'avait vraiment pas l'air d'avoir peur d'y aller, et peut-être qu'il le voulait, peut-être qu'il utilisait des choses comme ça pour se défouler.

Calvin laissa tomber sa veste volumineuse de ses épaules, la tendant à quelqu'un qui allait probablement la voler derrière lui, révélant la silhouette filiforme d'un toxicomane, ou d'une personne pour qui la nourriture venait par à-coups. Un t-shirt gris pendait lâchement, et quelques taches rouges trouvaient des foyers tachetés sur sa poitrine. De l'autre côté du ring, Kat ne pouvait pas dire si elles venaient de sang ou de barbecue.

— Kat et Calvin ! Dernière chance de placer vos paris, de prendre vos boissons ! annonça le DJ, avant de faire basculer les écrans de *Carver's* du sport à un compte à rebours de trente secondes.

— T'es prêt pour ça ? cria Kat à Calvin. La musique était si forte qu'elle devait hurler, mais le miracle de l'ouïe humaine fit que Calvin entendit quand même, et hocha la tête. — Ne te retiens pas ! Je ne le ferai pas !

Tout faisait partie du jeu. Tout faisait partie de mettre Calvin dans le bon état d'esprit. Si l'homme était une anomalie, s'il avait une étincelle cachée là-dedans, Kat voulait la faire sortir. Et la plupart des anomalies, poussées à bout, cédaient et laissaient échapper leur dernier tour.

C'était un miracle que Kat soit encore en vie.

Les trente secondes tombèrent à zéro et des klaxons à l'air déchirant fendirent le rythme pour commencer le combat. Kat y alla vite, traversant l'arène en trois pas pour porter autant de jabs que possible au visage de Calvin. L'homme prouva ses références filiformes en esquivant sur sa droite, se baissant sous les coups au passage. Mais il ne profita pas de l'ouverture, ne porta pas de coup.

Décevant. Kat avait laissé cette fente vulnérable juste pour voir ce que Calvin pouvait faire, et s'il n'allait pas mordre à l'hameçon, elle devrait forcer les choses.

Pivotant sur sa gauche et laissant son poing fendre l'air, Kat sentit Calvin lui saisir le bras, la plaquant dos contre son torse. Plus important encore, cela plaça le pied droit de Kat en position pour donner un coup en arrière, déséquilibrant le tibia correspondant de Calvin, et avant que l'homme ne puisse riposter, Kat utilisa son épaule, planta sa jambe gauche, et enroula sa droite autour de la tête de Calvin, finissant par le projeter par-dessus son corps et le claquer au sol.

Le bar acclama. Le bar gémit. Kat ne laissa pas à Calvin le temps de reprendre son souffle.

Elle visa un coup de pied à la clavicule de Calvin, juste à la jonction avec le cou. Ça aurait dû être une frappe facile, douloureuse, mais Calvin avait apparemment bien encaissé sa chute, car il parvint à attraper le pied de Kat au moment de l'impact. Il tira, et ce fut au tour de Kat de s'écraser au sol, les fesses en premier.

Collant, dur, désagréable. Elle brûlerait probablement son legging.

Calvin se retourna, plaqua la jambe volée de Kat au sol et commença à se relever quand Kat utilisa cette pression comme levier et décocha un coup de pied dans la poitrine de Calvin, en plein plexus solaire. Si elle avait porté des talons aiguilles au lieu de bottes arrondies, le combat aurait pu se terminer là. Le confort plutôt que la mode avait un prix.

En l'occurrence, Calvin lâcha prise, recula de quelques pas en se tenant la poitrine là où Kat l'avait frappé. L'espace ainsi créé permit à Kat de se relever d'un bond et de sprinter, pardessus les cris fiévreux de la foule, pour percuter Calvin avant qu'il ne soit prêt. Poings, coudes, genoux et plus d'un écrasement de pieds eurent raison de Calvin qui se protégeait le visage avec ses bras, tentant de résister à la tempête.

— Allez, siffla Kat sans arrêter de frapper. Montre-moi qui tu es vraiment. Fais-le, ou je te tuerai.

Ces mots étaient clichés, et elle n'avait aucune intention de tuer Calvin — le ring de combat amateur de *Carver* ne conférait aucune immunité contre les accusations de meurtre — mais faire sonner un moment tendu comme s'il appartenait à un film fonctionnait souvent. Kat avait besoin que Calvin croie que c'était son moment, son apogée où il jaillirait, tout héroïque, et finirait avec une trace dans son bras et une nouvelle carrière de Parangon forcé.

— De quoi tu parles ? dit Calvin, sa voix tendue et traversée par les tremblements de quelqu'un qui essayait en vain de reprendre son souffle.

— Tu sais bien.

Kat recula un instant, juste assez longtemps pour que Calvin pense qu'elle allait le laisser tranquille, puis elle revint à la charge, cette fois-ci en visant bas. Sous les longs bras et les coudes osseux de l'homme. Calvin bondit en arrière, rebondissant sur les spectateurs qui le poussaient, et ne récolta qu'un seul coup à la cuisse pour ses efforts.

— Non, je ne sais pas, dit Calvin alors que Kat suivait son esquive.

Maintenant, c'était Calvin qui menait la danse, donnant le ton avec de longs mouvements de bras destinés à tenir Kat à distance, parfois agrémentés d'un coup de pied trop lent pour être quelque chose qu'il avait pratiqué. Nous étions des super-héros dans nos esprits, et Calvin se battait comme s'il rêvait. Alors Kat laissa l'homme s'épuiser tandis que l'horloge passait sous la minute. Le temps pressait pour révéler la capacité de Calvin, s'il en avait une. Alors qu'elle esquivait un autre crochet du droit sauvage, Kat se rapprocha à nouveau avec une prise serrée autour de la taille de Calvin. Elle enroula sa jambe gauche autour de la sienne, poussa et fit basculer l'homme plus grand au sol. Kat recula son poing droit alors que Calvin heurtait le sol.

— C'est maintenant ou jamais, dit Kat.

— Jamais. Calvin leva les mains au-dessus de sa tête, écartées et paumes ouvertes. Une reddition. Je déclare forfait.

Avant que Kat ne puisse bouger, réagir, le DJ fit retentir à nouveau les klaxons et la foule qui avait fait de beaux paris sur elle envahit le ring. On l'emporta loin de Calvin, qu'elle perdit dans la mêlée de mains, de visages, de corps. Une cohue qui ne s'arrêta que lorsque le DJ annonça les deux prochains combattants. Le temps que Kat atteigne le bar, où se trouvait Sandra, Calvin avait disparu.

— Désolée, Kat, dit Sandra quand Kat demanda après son adversaire manquant. Il est parti juste après le match. Je pense qu'il ne voulait pas être embêté.

— Je ne le blâme pas. Kat regarda vers la sortie, comme si une piste lumineuse menant à Calvin allait se matérialiser. Rien ne se produisit. Il t'a donné des indices sur qui il est ? D'où il vient ?

— Tu penses toujours que c'est une anomalie ?

— Oui. Il est marqué, ce qui le rend dangereux.

Si Kat pouvait tracer une ligne reliant les anomalies qu'elle avait pistées et qui s'étaient révélées être des terreurs, le seul facteur commun était qu'elles *savaient* qu'elles étaient traquées. Elles s'étaient battues, débattues et avaient brûlé leurs relations pour survivre en dehors de la prime barrée du Parangon, et le résultat les avait endurcies. Rendues méfiantes.

Calvin marchait sur ce même chemin. Qu'il fasse exploser une ville ou ne crée rien de plus qu'un nuage de fumée dépendait du hasard génétique.

Et de si Kat le trouvait en premier.

# CHAPITRE 23
# LE COUTEAU RENCONTRE LA DIRECTION

FINIR une cigarette avait toujours l'effet d'un réveil. Le dernier tapotement pour faire tomber la cendre, le glissement du mégot dans la petite pochette que Zhan-Yo portait — si un drone vous voyait jeter un déchet, cela vous coûterait un nombre obscène de points de réputation — tout cela marquait la fin de cette méditation enfumée. Retour au Tama, aux exigences de la soirée. On pouvait obtenir le même effet sans la drogue et ses effets nocifs, mais les habitudes restaient des habitudes et Zhan-Yo assumait les siennes.

Des blocs de glace flottaient sur le lac Michigan et il les observait en s'appuyant sur la rambarde métallique froide. Pas tout à fait aussi glacial que la nuit dernière, mais suffisamment pour justifier le lourd manteau, un bonnet en laine qui grattait et une écharpe que Zhan-Yo remonta pour couvrir son visage.

— Ces trucs vont vous tuer.

Wexley s'approcha. Zhan-Yo l'avait aperçu quelques minutes plus tôt, s'éloignant des bâtiments pour se diriger vers la quiétude relative de Millennium Park. Wexley avait pris son temps pour arriver au point de rendez-vous, et Zhan-Yo ne lui en voulait pas pour ce moment de recueillement.

— Je ne sais même plus où vous les trouvez, de nos jours.

— Si je meurs à cause d'elles, je serai un homme heureux.

Wexley laissa échapper un rire sec et rejoignit son patron, contemplant l'eau noire. En hiver, cette vue avait toujours quelque chose de spécial : sans tous les bateaux et les plaisanciers qui hantaient l'été, le rivage semblait une ligne de démarcation entre l'ombre et la lumière.

— Merci d'être venu, dit Zhan-Yo. Elle sera bientôt là.

— Elle ?

— Il y a des choses que vous devez savoir. Au cas où cela ne se passerait pas comme je le souhaite, et plus encore si c'est le cas.

Wexley, portant des lunettes et le manteau long jusqu'aux chevilles populaire chez les hommes d'affaires à la mode d'aujourd'hui, accueillit la nouvelle sans grande émotion. Peut-être que Zhan-Yo avait tellement surpris son lieutenant au fil des années que Wexley considérait maintenant ces événements comme normaux, de petits obstacles dans une ascension par ailleurs directe vers le succès en tant qu'étoile montante de Ziran.

— Vous êtes évasif. Ce qui explique pourquoi nous sommes ici.

Wexley fit un geste vers le parc, ses yeux se levant brièvement.

— Pas de gens. Pas de drones. Mais je ne vais pas me laisser mener en bateau, Z.

Wexley n'avait pas à s'inquiéter. Zhan-Yo aperçut la lumière du pod arrivant derrière Wexley et regarda dans sa direction, son lieutenant suivant son regard. Le pod ralentit et s'arrêta sur le bord du trottoir de l'autre côté de la large avenue Lake Shore Drive. Sylvie en sortit, vêtue d'une tenue formelle qui, sur elle, pouvait dissimuler n'importe quel nombre d'armes.

— Très bien, dit Zhan-Yo alors que le pod s'éloignait, laissant à Sylvie un chemin libre pour traverser la rue. Je ne le serai pas. C'est Sylvie. Elle va soit nous ruiner, soit nous aider à changer le monde.

Wexley eut la décence d'attendre que Sylvie traverse avant de poser des questions. Après le début du bombardement — nom complet, origines, pourquoi il devrait lui faire confiance — Sylvie jeta un coup d'œil à Zhan-Yo avec une expression qui implorait la permission de tuer cette mouche agaçante, mais le hochement de tête négatif de Zhan-Yo transforma son irritation en un soupir résigné.

— Quoi ? Cela vous ennuie ? dit Wexley. Vous êtes là, à me dire que vous travaillez sous les ordres de Z depuis des années et...

— Arrêtez, Wexley, coupa Zhan-Yo. Arrêtez. Je vous ai amené ici pour écouter, pour apprendre. Pas pour parler, et certainement pas pour exiger.

Quelle que soit l'étendue du pouvoir que Wexley croyait détenir, Zhan-Yo restait le patron, et le soudain silence de Wexley, son pas en arrière pour s'éloigner de Sylvie et son regard fixé au sol indiquaient qu'il le savait. Ce qui était une bonne chose. L'agressivité, l'ambition, même l'arrogance pouvaient être tolérées. L'insubordination, en revanche, était une gangrène qui ne pouvait pas subsister.

Zhan-Yo détesterait devoir remplacer Wexley, mais il le ferait.

— On dirait que tout est réglé maintenant ? demanda Sylvie, et sur un geste de la main de Zhan-Yo, elle poursuivit. Bien. Si vous avez lu mes mises à jour, vous savez que les choses se passent bien. Ne me dites pas que vous m'avez fait venir ici pour annuler.

— Je veux les détails, dit Zhan-Yo. C'est pour ça que je vous ai fait venir. Les messages cryptiques, c'est bien, et je suis content que les choses avancent. Mais quelles choses, et où. C'est ce que je veux que vous me disiez quand personne n'écoute.

— Quelqu'un écoute, dit Sylvie en désignant Wexley.

— Si nous ne pouvons pas lui faire confiance, alors toute cette entreprise est vaine.

Zhan-Yo espérait que Wexley resterait silencieux, et l'homme s'exécuta. Ce n'était pas sa conversation.

Sylvie prit une inspiration. Elle jeta un dernier regard évaluateur à Wexley, puis parla :

— Nous faisons entrer des armes dans la ville maintenant. Pas assez pour déclencher des alarmes, mais suffisamment pour être remarquées. Le mot s'est déjà propagé dans la chaîne de commandement des Paragons, et je pense qu'avec une fuite très médiatisée, nous pourrons faire venir Aegis ici. Il continue de s'occuper personnellement des choses. J'ai entendu dire qu'il est dans le nord-est en ce moment, en train de répondre à une évasion de prison. Si nous pouvons causer suffisamment de problèmes, il viendra.

La vanité des Champions ne connaissait pas de limites. Zhan-Yo avait grandi avec leurs séances photos, leurs exploits diffusés sur les écrans et les vestiges persistants des publications papier. Chaque opportunité de sauver quelqu'un signifiait une chance d'augmenter leur notoriété, leur profil. Leur offrir une grosse saisie d'armes au cœur d'une grande ville, oui. Il pouvait le voir. Aegis voudrait s'en attribuer le mérite. Voudrait être le héros.

— Attendez une minute.

Wexley ne pouvait plus se taire.

— Z, qu'est-ce que c'est que ça ? Des armes ? Vous *voulez* que les Paragons prennent tout ?

— Écoutez-la, Wexley.

Wexley commença à émettre un autre son, et Sylvie, avec le plus léger sifflement exaspéré, sortit un couteau de la longueur d'un doigt de la poche de son manteau — ou peut-être de sa manche, Zhan-Yo n'était pas sûr — et en plaça la pointe contre la gorge de Wexley. Les yeux de l'homme s'écarquillèrent plus que ses lunettes et il se figea dans une immobilité parfaite, seulement atteignable à un souffle de la mort.

— Nous l'écoutons parce qu'elle sait ce qu'elle fait.

Zhan-Yo posa sa main sur le bras de Sylvie qui tenait le couteau, et la pression fut suffisante pour que Sylvie abandonne la menace.

— Et parce qu'elle est très douée avec ce couteau.

Bien que des points aient pu être marqués, Wexley comprenait la menace de Sylvie et l'ordre subséquent de Zhan-Yo. Il enfonça ses mains dans les poches de son manteau et frissonna. Zhan-Yo lui accorda cela ; il faisait froid, et Wexley, l'administrateur et cadre d'affaires poli, était entraîné dans un monde fou qui, sans doute, n'avait existé pour lui auparavant que dans les histoires.

— Je vous en prie, continuez, dit Zhan-Yo à Sylvie, qui n'avait pas quitté Wexley des yeux.

— Je repère des endroits dans toute la ville, dit Sylvie, comme si elle récitait sa liste de courses. Je vais bientôt en choisir un. Ce dont j'ai besoin de votre part, c'est la stratégie de communication. Une fois que nous nous serons occupés d'Aegis, le monde devra être mis au courant. Ils devront comprendre ce que cela signifie.

— Ce sera fait, répondit Zhan-Yo. Une fois que vous aurez choisi votre emplacement, nous le préparerons.

— Vous allez simplement le tuer ? intervint à nouveau Wexley, mais cette fois-ci, il adressa sa plainte à Zhan-Yo, pas à Sylvie. C'est tout ? Si vous l'attirez dans un piège, pourquoi ne pas en tirer davantage ? Nous pourrions le faire dire que les Parangons sont une erreur, que...

— Wexley. Zhan-Yo fronça les sourcils en coupant la parole à son lieutenant. L'homme continuait de dire et de faire des choses qui ébranlaient la confiance que Zhan-Yo avait en lui. Peut-être avait-il commis une erreur en amenant Wexley ici, en l'exposant à tout cela. Peut-être que la colonne vertébrale d'acier de Wexley, composée et forte, n'était en réalité qu'un fer rouillé et prêt à se briser. Nous ne sommes pas des tortionnaires. Nous ne prendrons aucun plaisir à cela. C'est un moyen pour une fin très nécessaire, rien de plus. La mort du Champion suffira.

Sylvie tapota sur son Tama. Elle appelait une nacelle, signalant la fin de la réunion.

— Je vous ferai savoir quand j'aurai trouvé l'endroit, dit Sylvie une fois qu'elle eut appelé son transport. Essayez de garder celui-ci sous contrôle.

— Ne vous inquiétez pas pour moi, dit Wexley. Maintenant que je sais ce qui se passe, dites-moi simplement ce dont vous avez besoin. N'importe quoi. Je serai là.

— Ce qui est précisément là où je ne veux pas que vous soyez. Sylvie scruta la rue à la recherche de sa nacelle, la repéra et commença à marcher vers le véhicule bien qu'il fût encore à plusieurs pâtés de maisons. Regardez, mais ne touchez pas.

Wexley regarda Sylvie s'éloigner jusqu'à ce que Zhan-Yo commence à marcher dans l'autre direction, l'entraînant vers le nord, en direction des tours scintillantes. Le froid avait pénétré son manteau et s'était enroulé dans la peau de Zhan-Yo, et les cheveux sous son chapeau le démangeaient, et quand il se grattait, cela ressemblait à du verre fragile. Malgré tout, dans son cœur, Zhan-Yo conservait la chaude lueur du destin.

# CHAPITRE 24
# UNE SURPRISE MALVENUE

LE PROCESSUS MATINAL s'allongeait de plus en plus. Aujourd'hui, après les tâches médicales habituelles, Mynx en avait ajouté une nouvelle : s'étirer avant d'entreprendre la marche jusqu'à l'Usine. Ses quadriceps, semblait-il, n'étaient plus disposés à faire un tel voyage sans échauffement. Ses quadriceps. Parler des parties de son corps comme si elles n'étaient pas les siennes, mais séparées. Le résultat d'une sensation de plus en plus étrangère à ce qu'elles étaient autrefois. De plus en plus éloignée de ce qu'elle pensait devoir être.

— Programme ? demanda Mynx tandis que les drones lui enfilaient la tenue décontractée du jour.

Le doux pull bleu Paragon et le pantalon d'intérieur crème étaient déjà un bon signe en soi — Reeves ne les aurait pas choisis si Mynx avait dû se rendre quelque part d'excitant. Quelque part en public. Alors même qu'elle demandait à Reeves de détailler les exigences de la journée, Mynx s'attendait à un long agenda vide.

Elle était la dirigeante, la Championne de Pacifica. Un royaume terrestre et maritime couvrant tout l'ouest du Mississippi, traversant Hawaï et l'Alaska jusqu'à Singapour et le Japon. Des pays et des États relégués au rang de domaines administratifs gérés par des délégués nommés par Paragon. Alors que certains Champions, comme Aegis, préféraient un rôle pratique, Mynx soumettait tous ses Paragons à des tests et utilisait les résultats pour déléguer ses responsabilités. Sauf, bien sûr, le dernier mot. Si nécessaire, Mynx pouvait quitter l'Usine et tout reprendre en main. Comme si elle le ferait un jour.

— Rien d'officiel, mais vous devriez savoir que le Dr Jones est dans une capsule en route vers ici. Elle devrait arriver dans environ cinq minutes.

— Reeves, pourquoi ne me l'as-tu pas dit ? Pourquoi ne pas m'avoir réveillée plus tôt ?

— Non programmé, madame. Les enregistrements de la capsule indiquent qu'elle a pris la décision ce matin.

Mynx jeta un coup d'œil par la fenêtre. Encore une journée ensoleillée qu'elle avait prévu de passer enfermée dans sa montagne mécanique, à perfectionner le gladiateur et à organiser le déploiement final d'une escouade de drones aquatiques en préparation depuis longtemps. Maintenant, les plaisirs de ses simulations, de ses données et du développement de drones devraient attendre.

— Retarde-la. Assez longtemps, du moins, pour que je puisse prendre mon thé.

— Bien sûr. J'ai déjà commencé à en préparer en prévision. L'arrivée du Dr Jones sera retardée de dix minutes.

Reeves irait informer la capsule qu'une rue ou une série de rues étaient en travaux et la ferait serpenter par des chemins détournés. Un tour pratique quand Mynx avait besoin de temps, ou quand elle voulait qu'un visiteur particulièrement agaçant se perde au point d'abandonner l'interruption. Non qu'ils ne finiraient pas par comprendre, mais Mynx avait cessé de se soucier des convenances. Le temps était trop précieux.

Lorsque Mynx fit un geste pour ouvrir les grandes portes de sa maison à Denise, elle le fit en tenant une tasse fumante qui sentait les fleurs sauvages, bien qu'elle n'ait pas changé de vêtements. Elle n'avait pas non plus pris la peine d'afficher autre chose qu'une expression neutre. Sa posture criait que Denise l'interrompait, et qu'une telle interruption avait des conséquences.

Denise ne parvint pas, avec son sourire agréable et son bonjour sincère, à saisir cela.

— Puis-je entrer ? demanda Denise après que sa salutation soit restée sans réponse, et que Mynx n'ait offert aucune invitation.

— Denise, dit Mynx. Je sais que vous pensez peut-être que nous avons une relation spéciale. Que parce que je suis intéressée, très intéressée, par votre travail, vous avez une sorte de permission spéciale pour arriver ici à l'impro-viste sur un coup de tête. Ce n'est pas le cas. Je suis une Championne, et une Championne occupée. Planifiez vos visites et je serai heureuse de vous recevoir. Ne le faites pas, et...

— J'avance, interrompit Denise. Votre échantillon. Il, il nous rapproche, nous rapproche du but. Nous avons fait régresser les cellules, retiré celles endommagées par l'âge et les avons remplacées par des cellules fonctionnelles.

— Et ?

— C'est là que ça devient intéressant. Vos brins d'anomalie semblent être la clé. Toutes les cellules d'une anomalie ne sont pas anormales. Je veux dire, spéciales.

— Je sais ce que vous voulez dire.

— Bien. Donc nous, euh, Denise regarda ses mains, comme si elle souhaitait qu'elles tiennent un écran avec des données, ou peut-être un marqueur qu'elle pourrait utiliser pour dessiner sa description. Il s'avère que le pourcentage de cellules d'anomalie qui présentaient des dommages liés à l'âge était très faible. Par rapport aux cellules normales, en tout cas.

Mynx savoura une longue gorgée de thé. Elle développa la

logique jusqu'à quelques conclusions différentes et décida de voir sur laquelle Denise s'arrêterait.

— Alors, qu'en pensez-vous ? dit Mynx.

— Je pense, je pense que si vous aviez plus de cellules d'anomalie, vous seriez plus jeune. Au moins dans un sens physique. Denise prit une inspiration, pressa ses lèvres pendant une seconde et leva les yeux. Droit vers Mynx. C'est pour ça que je suis ici. Nous devons confirmer que ce n'est pas juste vous. Que chaque anomalie a cette opportunité. Une autre pause. Une autre respiration. Et si c'est quelque chose que nous pouvons transférer à d'autres.

— Vous voulez la base de données.

— Eh bien, vous l'aviez proposée avant. S'il y avait du potentiel ? Je pense que ça pourrait être ça. Vraiment.

Quand une anomalie réalisait pour la première fois ce qu'elle était, c'était presque toujours une expérience traumatisante. Même si la capacité était mineure, comme faire changer la couleur de sa langue ou toujours connaître l'humidité précise de l'air, elles rejoignaient un groupe exclusif.

Une capacité conséquente s'accompagnait de responsabilités. Mynx et les autres Champions avaient passé des années à apprendre cette leçon et à combattre d'autres anomalies qui ne l'avaient jamais fait.

La base de données que Mynx avait construite n'était pas le produit de sa capacité, mais son contenu pouvait faire autant, voire plus de dégâts s'il était manipulé sans précaution. Les drones étaient similaires ; chacun avait un dispositif de sécurité que Mynx pouvait activer, qui arrêterait la machine si elle ne se connectait pas d'elle-même toutes les 24 heures. Un code qui descendrait une ligne Paragon désignée si Mynx elle-même venait à mourir.

Le point étant que Mynx prenait sa position au sérieux, et cela signifiait ne pas donner de pouvoir aux personnes qui ne le méritaient pas.

— S'il y a du potentiel, alors montrez-le-moi, répondit

Mynx. Envoyez-moi les preuves, dites-moi où vous comptez aller, et si c'est bon, je vous donnerai votre accès.

Denise se flétrit, puis retrouva un peu de courage et se redressa. Elle tenta une dernière fois : — C'est vous qui vouliez que ce soit rapide. J'essaie, et vous rendez les choses plus difficiles.

— Quand on souhaite l'impossible et que quelqu'un dit l'avoir réalisé, je pense qu'il est raisonnable de demander des preuves.

Denise ne resta pas après cela. Elle dit à Mynx qu'elle lui enverrait les détails et disparut dans la nacelle, que Reeves avait gardée pour Denise sur l'ordre de Mynx. Cette conversation n'allait jamais être longue, quoi que Denise ait eu à dire. Les mots n'étaient rien sans preuve, et aucune preuve légitime ne viendrait livrée en main propre, pas dans les détails dont Mynx aurait besoin pour être convaincue.

— Vous n'avez pas été très gentille, dit Reeves alors que Mynx finissait son thé sur son pont, le soleil grimpant plus haut dans le ciel. J'ai constaté que les humains réagissent mieux à la gentillesse qu'à la colère.

— Elle a menti.

— Menti ? À propos de quelle partie ?

— Tout, dit Mynx. Et elle l'a fait maladroitement, parce qu'elle est chercheuse, pas escroc. Les cellules d'anomalie sont immunisées contre le vieillissement ? Alors pourquoi les anomalies ne sont-elles pas toutes plus jeunes que les normaux ?

Reeves convint que cette théorie semblait assez facile à réfuter. Puis, changeant de sujet, Reeves commença à parler des évaluations du jour, des drones qui devaient être examinés, des provisions pour les nouvelles pièces et les matières premières pour l'Usine qui devaient être approuvées. Mynx laissa tout cela passer au-dessus d'elle tandis que, sous tout cela, elle restait focalisée sur Denise Jones.

Les questions abondaient. Pourquoi Denise était-elle

venue aujourd'hui, et pourquoi inventer un mensonge si évident ? Pourquoi, quand Mynx avait refusé, Denise avait-elle simplement reculé et quitté les lieux ? Si elle voulait tant la base de données, Denise aurait dû multiplier les offres. Essayer n'importe quelle technique. Au lieu de cela, elle s'était effacée. Elle avait accepté le refus et était partie.

— Reeves, dit Mynx, interrompant une longue exploration des futurs drones de défense sous-marins. Denise a un long parcours dans ce domaine, n'est-ce pas ?

— En effet. L'un des nombreux avantages des IA sur un humain normal était qu'elles ne prenaient pas mal d'être interrompues. Elle est l'une des généticistes les plus éminentes de Pacifica.

— Donc elle sait comment faire respecter une conclusion. Elle comprend comment présenter des résultats.

— Cela semble plausible.

— Alors vérifions. Reeves, je veux que tu utilises la base de données. Décongèle quelques échantillons, fais une vérification des cellules et dis-moi si les conclusions de Denise sont exactes. Si les cellules d'anomalie sont plus jeunes.

— Et si elles le sont ?

— Alors je m'excuserai.

Reeves n'avait pas besoin de demander ce qui se passerait si les conclusions de Denise étaient fausses. À ce moment-là, Mynx devrait prendre une décision. Soit traiter Denise comme une anomalie et l'ignorer, soit la traiter comme une menace et l'éliminer.

— Il y a une autre question dont vous devriez être informée, dit Reeves après plusieurs secondes, en étirant le *il y a* au début. Une particularité de programmation que Mynx avait intégrée pour signifier quelque chose de, eh bien, significatif. Une alerte Paragon a été émise à Atlantis. Il semble que Thane se soit échappé de sa cage.

Si elle avait reçu un coup de poing, cela aurait fait moins mal. Thane était comme un secret d'enfance, enfoui si profondément que Mynx pouvait l'oublier. Oublier ce qu'ils avaient fait, ce qui avait été nécessaire. Elle s'appuya sur la table, y pressant ses paumes. Atlantis était loin, la prison de Thane bien au-delà de la frontière, et pourtant cela ne semblait toujours pas assez loin.

— Comment ?

— Les détails sont rares pour le moment. Aegis appelle un grand nombre de Paragons en renfort.

— Il aura besoin de chacun d'entre eux. Mynx se leva. Quelles sont les chances que j'atteigne le conflit à temps pour influencer le résultat ?

— Difficile à calculer. Mes... informations sur les capacités de Thane sont minimes. Il est difficile de quantifier l'effet que votre présence aurait sur la situation.

Minimes pour une raison, et pas une que Mynx se souciait d'énoncer à voix haute. Quelle que soit sa dépendance envers Reeves, elle refusait d'oublier qu'il était un programme. Des fonctions et des calculs conçus par des mains humaines, et qui pouvaient être volés par les mêmes. Ou forcés à révéler leurs secrets.

— D'accord. Tiens-moi au courant. Si Aegis a des problèmes, je veux le savoir. Et je voudrai y arriver le plus vite possible.

— Je vais préparer un plan de vol pour vous.

Mynx n'entendit pas cette dernière partie. Elle était retournée à l'homme, au méchant.

La tache qu'elle n'avait pas réussi à effacer.

# CHAPITRE 25

# DILEMMES PÈRE-FILLE

COMPARÉ au manoir fortifié de Thane, Aegis appréciait grandement la vue depuis la plage, dégustant un sandwich au homard sous une lampe chauffante, profitant d'un soleil qui avait réussi à percer les nuages d'hiver. Il avait laissé Thane là-bas, sous la surveillance des Parangons, dont le nombre ne cessait d'augmenter d'heure en heure. Il finirait par recevoir l'appel quand ils seraient prêts à lancer l'assaut, ou peut-être que Thane mourrait simplement de faim dans sa nouvelle demeure.

Ce serait trop beau pour ce salaud.

Aegis essuya un peu de mayonnaise égarée sur sa joue et regarda autour de lui. Des promeneurs épars remplissaient le restaurant, la plupart comme lui, soit seuls, soit avec une autre personne. Les tables vides arboraient des photos de touristes heureux, figés dans le plastique. La joie quand on réprime les espoirs et les terreurs de la vie pendant une seconde ou deux. Toutes prises en été, un avertissement flagrant qu'Aegis avait choisi le mauvais moment pour faire son trek sur la côte est du Maine.

Mais il n'aurait pas pu passer une minute de plus dans cet avant-poste, à écouter la logistique, à gérer les salutations héroïques des Parangons dont il ne se souviendrait jamais des noms. Aegis, disaient-ils tous, puis-je avoir votre autographe, une photo avec vous. Comme les sujets sur la table sous ses mains, une table qui se salissait de plus en plus à mesure que son sandwich dégoulinait de sauce partout, Aegis avait feint tous les sourires possibles pour renvoyer les Parangons satisfaits. Ils allaient risquer leur vie. C'était le moins qu'il puisse faire.

— Tu es vraiment là, dit Celice, véritablement surprise. Je ne pensais pas que tu partirais, même après me l'avoir dit.

Celice pouvait le lire. Aegis ne serait pas parti, sauf qu'il était clair que charger Thane avec moins qu'une armée entraînerait des morts inutiles. Pas un seul Paragon à Atlantis n'avait le pouvoir de bombarder un site depuis l'orbite, et la capacité réelle de faire quelque chose comme ça avait été démantelée par les Champions une décennie auparavant. Les Normaux étaient déjà assez dangereux sans leur donner des bombes nucléaires pour s'amuser.

— Ça va être long, dit Aegis. Thane s'est bien retranché. Tu as faim ?

— Ils sont en train de le préparer. Celice regarda le désordre de son père avec amusement et dégoût. On dirait que tu t'amuses bien.

— Trop de sauce. Aegis n'était pas doué pour les subtilités culinaires — ses grandes mains rendaient les repas propres désastreux. Content que tu sois venue.

— Ce n'est pas comme s'il y avait grand-chose à faire à New York. Tu as tous les Parangons au nord de la Virginie qui viennent pour cette affaire. J'ai mis les drones en alerte maximale et je suis partie.

Celice prit place avec cette élégance décontractée qu'Aegis avait toujours admirée chez sa fille. Alors qu'il trébuchait dans le monde, Celice flottait. Ses yeux perçants captaient des détails qu'il manquait, et bien qu'Aegis n'ait jamais vraiment compris ce qui avait fait disparaître son innocence joyeuse — l'image d'elle courant avec sa propre figurine d'action dans leur premier Bastion, beaucoup plus petit, passait en boucle dans son esprit tout le temps — Celice avait gagné sa fierté et sa dépendance.

— Thane m'a battu, dit Aegis, évitant les mots en étudiant l'horizon du regard.

Celice n'hésita pas : — C'est normal, non ? Il n'a pas fallu vous tous pour le vaincre la dernière fois ?

Pas faux. Une des dernières fois où les Champions avaient opéré en tant qu'unité. Avant que des stratégies différentes ne deviennent des idéaux différents puis irréconciliables. Avant qu'ils ne se dispersent autour du monde pour éviter de s'entre-tuer et de ruiner tout ce qu'ils avaient construit.

— Trop facile, dit Aegis. Je n'aurais pas dû perdre comme ça. Il m'a frappé à la tête avec un drone. J'aurais dû pouvoir m'en remettre, le retenir jusqu'à ce que Pixie et les autres arrivent.

Il ne dit pas qu'il se sentait fatigué. Un Aegis plus jeune aurait été tout feu tout flamme, prêt à tirer les leçons du combat — à savoir, ne pas se laisser écraser au sol par un drone — et à y retourner. Maintenant, il avait mal à la tête, maintenant il était fatigué, maintenant il voulait... rentrer chez lui ?

Quand il réalisa que sa fille n'avait rien dit, une minute entière ou plus s'était écoulée et Aegis se retourna, se demandant où Celice avait mis ses encouragements pep ou même ses attentes réalistes. N'importe quoi pour le distraire de ce qu'il était devenu. Aegis trouva un regard incrédule, l'exaspération dans ses yeux plissés et dans sa longue et lente respiration.

— Ne me dis pas que tu m'as fait venir jusqu'ici parce que tu es tout déprimé, dit Celice. Tu as perdu. Ça arrive. Les Parangons ont perdu d'innombrables fois. Ce qui nous fait avancer, ce qui te fait avancer, c'est que tu n'arrêtes pas d'essayer.

Voilà. Aegis rit, un grondement bas, et il se pencha en arrière sur le banc au point de presque tomber.

— Je sais, je sais. Et je ne t'ai pas demandé de venir ici pour un discours d'encouragement. Du moins, pas seulement pour ça. Aegis se pencha en avant et mit de côté ses doutes pour plonger dans ce sujet distrayant : la logistique. Ce dont j'ai besoin, c'est que tu fasses venir ici autant de drones que tu peux. Pas les physiques, ceux qui se battent, mais l'artillerie. Thane se retranche, et je veux ramollir sa carapace.

— De la stratégie ? Est-ce la façon de faire des Parangons ?

— Notre méthode a assez bien fonctionné pendant longtemps. Mais j'en ai fini de gâcher des vies inutilement. Aegis jeta un coup d'œil à son Tama. On a coupé son électricité, son accès au réseau, tout. Thane n'a plus rien, mais il est trop malin. Je veux le faire sauter avant qu'il ne trouve quelque chose de terrible.

Celice hocha la tête, puis regarda son propre Tama, passa son doigt sur sa surface vers Aegis. Une projection, floue et difficile à voir dans la lumière du soleil, apparut sur la table. Après une seconde, le programme identifia les éléments les plus importants de la démonstration de Celice et assombrit tout le reste, donnant à Aegis des chiffres dans une couleur vert foncé.

— C'est tout ce que nous avons à travers Atlantis. Tu as tellement hésité à en obtenir plus de Mynx que nous sommes déjà à court.

Encore cette discussion. Depuis que Mynx avait amené les drones au point où ils pouvaient capturer la plupart des criminels sans qu'un Paragon ne soit présent, Celice poussait pour que les robots soient partout. Le problème, c'est qu'Aegis s'était battu contre de nombreux robots monstrueux au cours de sa carrière. Trop de normaux, trop d'anomalies pensaient que toutes les réponses résidaient dans des machines plus grandes et plus puissantes. N'importe quel programme pouvait être corrompu, n'importe quel ordinateur contrôlé par les mauvaises mains.

Mais les temps avaient changé. Les Paragons n'étaient plus aussi populaires qu'autrefois, grâce à leur propre succès. Les anomalies ne se souciaient plus de rejoindre une organisation qui, en l'absence de grands maux à combattre, les placerait probablement dans une carrière lucrative mais ennuyeuse. Les normaux voyaient maintenant les drones comme leur police, les Paragons étant un groupe presque archaïque de bizarres qui sortaient de temps en temps pour effrayer tout le monde. Tout cela signifiait que les Paragons avaient du mal à atteindre leurs quotas de recrutement, et il n'y avait pas assez de traqueurs pour combler la différence. Les drones pourraient être la seule option.

— J'en parlerai à Mynx après ça. Je passerai une grosse commande. Tu as gagné.

— Youpi. Celice s'affaissa en prononçant ce mot, puis se reprit, forçant un sourire interrogateur. Tu es trop raisonnable aujourd'hui, Papa. Est-ce que c'est à cause de Thane ?

Si seulement c'était aussi simple. Attribuer ce qui était un lent changement dans sa perspective à un seul événement crucial. Ce genre de simplicité pourrait sembler plausible à Celice, dont la liste des moments notables de la vie pouvait être saisie, analysée et ses conclusions transformées en causes et effets. Aegis aurait plus de mal à déterminer si cette introspection provenait de la première fois qu'il avait vraiment ressenti de la douleur — bien dans la trentaine — ou si c'était la nuit dernière, où la pensée honnête qu'il pourrait mourir avait paniqué son esprit. Ou une centaine d'autres moments où il semblait que tout ce pour quoi il avait travaillé, combattu, était sur le point de disparaître.

— Nous voulions le tuer à l'époque, mais nous ne pouvions pas prendre le risque, dit finalement Aegis. Apinya a pris la décision. Elle a dit qu'il n'y avait peut-être pas de limite au pouvoir de Thane, et que si nous essayions trop fort, il pourrait se perdre dans une rage indestructible. C'est comme ça avec Thane — au final, la seule chose qui l'arrête, c'est lui-même.

— Alors pourquoi le garder ici ? Pourquoi ne pas l'envoyer dans l'espace ou quelque chose comme ça ?

— Parce que nous voulions l'utiliser, rit Aegis, un son triste et sinistre. Thane est un spectre. D'un côté, tu as tout le pouvoir du monde, aucune cervelle. De l'autre, tu as l'homme le plus intelligent qui ait jamais vécu. La clé était de le garder engourdi, prêt avec des réponses et si loin de la colère. Nous l'avons installé comme un patient dans l'hôpital le plus calme du monde.

— Attends, vous l'avez gardé prisonnier et forcé à répondre à vos questions ?

— Plus que ça, Thane nous a donné des inventions. Des idées. Pas tout, bien sûr. Ce n'est pas un dieu. Mais si nous étions bloqués, nous allions le voir pour l'aider à trouver une solution.

Aegis se demandait comment Celice allait gérer cela. Le processus de devenir adulte signifiait la mort progressive de tous les contes de fées de l'enfance. Celice était bien au-delà de la date d'expiration de ceux-ci, mais ce dernier souffle de croyance innocente, que les Paragons et les Champions étaient des forces du bien, Aegis croyait qu'elle y adhérait encore. Il espérait qu'elle le faisait.

Parce que Celice était l'avenir, et si elle abandonnait tout espoir en eux...

— Je comprends, dit Celice en adoptant la tactique d'Aegis de regarder vers l'océan. Vous n'êtes pas parfaits. Je le sais. Personne ne l'est.

— Tu l'es.

— Tu peux dire ça parce que tu es mon père, mais je ne le suis pas. Vous avez fait ce qui devait être fait.

Elle s'était endurcie. Plus qu'Aegis ne le pensait. L'acceptation de Celice le rendait fier, une fierté malsaine, avec de la tristesse aux bords. Sa mère aurait été tellement déçue de voir ça, de voir Celice assez désabusée pour accepter la réalité qu'Aegis avait créée pour elle. Pourtant, si sa mère avait fait de même, peut-être serait-elle encore en vie.

— C'est fini maintenant, dit Aegis. Nous avons fait assez de progrès. Thane est trop dangereux pour que le risque en vaille la peine.

— Donc tu veux le tuer maintenant.

— Il a assassiné ta mère, Celice. Il est grand temps qu'il paie pour cela.

# CHAPITRE 26
# UNE OFFRE INTÉRESSANTE

GORDON AVAIT FINALEMENT LANCÉ une piste à Kat ce matin-là, bien qu'elle ne l'ait techniquement vue que l'après-midi. Dormir beaucoup trop tard était la conséquence d'avoir accepté beaucoup trop de verres de personnes qui venaient juste de se faire un nom grâce à sa performance, euphorique après une victoire et agacée par l'évasion d'une anomalie. Sandra avait empêché Kat d'aller trop loin, cependant, et une capsule l'avait ramenée chez elle.

Les léchouilles insistantes de Seeker étant un piètre remède contre la gueule de bois, Kat, après avoir lu le message de Gordon trois ou quatre fois et conclu qu'il ne contenait pas de sens caché, s'est forcée à sortir du lit, a pris des pilules Anti-Effets pour atténuer son mal de tête, et a trottiné le long d'un trottoir enneigé derrière son chien surexcité.

*Je l'ai trouvé. Pas encore attrapé. Tu as encore une chance Kat !*
*- Gordon*

Bien sûr qu'elle en avait une. Pas de nom. Pas de pistes. Pas d'intérêt. Progressivement, comme cela arrivait quand elle faisait ces promenades le long des rangées et des rangées de maisons mitoyennes dans son quartier, un nouveau design privilégiant la densité à l'autonomie, Kat repensa à la nuit dernière et rumina.

Elle avait échoué, c'était tout. Elle avait été négligente. Elle avait déjà traqué trois autres anomalies du *Carver's* auparavant, dont deux impliquant des bagarres comme celle de la nuit dernière. Ces anomalies avaient révélé leurs dons lors de la lutte, et quand Tracy ou les autres videurs avaient expulsé l'anomalie, Kat avait été prête à suivre. Calvin s'était enfui sans perdre une seconde. Ce qui signifiait qu'il connaissait tout des traqueurs.

Seeker, en tête, aperçut un autre chien au coin opposé et tira fort sur la laisse. Les avancées technologiques n'avaient toujours pas changé les caractéristiques et les inconvénients fondamentaux d'une solide corde attachée à un collier, et Seeker en profita, traînant Kat derrière lui. La soudaine accélération, combinée à une plaque de verglas sous la neige, envoya Kat trébucher en avant, avec juste assez de contrôle pour se jeter sur le côté, dans un banc de neige.

D'une certaine manière, la neige glacée tua son mal de tête plus efficacement que les pilules. D'une autre manière, la neige s'infiltra dans son manteau, colla à ses leggings et, comme Kat l'apprit quand Seeker commença à lécher, à son visage.

— Vous allez bien ? demanda la promeneuse de chiens, une femme qui semblait avoir vu deux fois plus d'années que Kat et ne se souciait pas de le cacher.

Vaguement, Kat pensa que la femme pourrait avoir l'âge de sa mère, si sa mère était encore là. Les fins cheveux blonds s'échappant de sous le bonnet en coton de la femme n'auraient pas correspondu aux bruns de sa famille, mais le reste aurait été proche.

— Je survivrai, répondit Kat en se retournant, se poussant pour se relever plutôt que de prendre la main tendue. La dernière chose qu'elle voulait était de faire tomber la femme en se relevant, surtout avec Seeker qui faisait toujours des tentatives frénétiques pour lui lécher le visage. Merci.

— C'est courageux d'avoir un husky par ici, dit la femme en hochant la tête vers son propre chiot, beaucoup plus petit, qui regardait Seeker avec crainte et admiration. N'ont-ils pas beaucoup d'énergie ?

— Jugez par vous-même.

Seeker s'exécuta, saluant la femme dès qu'elle le regarda. Elle rit, ce qui était plus que ce à quoi Kat se serait attendue. Après un coup de langue, la femme passa sa main dans la fourrure de Seeker et le husky ferma brusquement la gueule, se rasseyant calmement au sol. Il regarda la femme comme s'il s'attendait à un ordre et lui obéirait.

Kat dégaina le pistolet paralysant qu'elle gardait toujours chargé et prêt, le pointant sur la femme. Bras de fer, visée stable.

— Vous voulez bien me dire ce que vous faites à mon chien ?

La femme souriait toujours, mais son visage prit un air froid, assorti au temps.

— Je le calme juste. Il avait l'air d'en avoir besoin. Tout comme vous.

Si Kat pensait pouvoir s'en tirer, elle tournerait son poignet et laisserait le Tama capturer le visage de la femme, le comparer à la base de données des traqueurs. Mais pour l'instant, sans ses contacts de traqueur, son costume et son autre équipement, elle ne voulait pas d'un combat ouvert dans les rues avec une anomalie inconnue.

— Vous allez vous éloigner de lui tout de suite, dit Kat, et la femme obtempéra, laissant un bon mètre d'espace à Seeker. Ce n'est pas une rencontre fortuite, n'est-ce pas ?

Menacer ses aînés. Une leçon de plus de son enfance mourant dans l'environnement hostile de sa vie d'adulte.

— Aussi perspicace que votre rang l'indiquerait. La meilleure traqueuse de la région, je suppose. La femme hocha la tête vers l'arme de Kat. Vous pouvez ranger ça maintenant. Je ne suis pas là pour vous blesser.

— C'est moi qui en déciderai.

— Si nous le voulions, vous seriez déjà morte. La femme parcourut Kat du regard, comme pour souligner qu'il y avait des alliés cachés qui attendaient pour une embuscade. C'est une invitation, pas un assassinat.

— Mais qui êtes-vous, enfin ? demanda Kat.

— Nous sommes intéressés par l'anomalie que vous traquez. Il est dangereux, mais entre les bonnes mains, il pourrait être tout, dit la femme. Kat remarqua, maintenant, que le petit chien de la femme était aussi placide que Seeker, assis là sans faire un bruit. Flippant. Nous avons essayé de le faire venir, mais n'avons pas réussi. Nous aimerions votre aide.

— Vous n'avez pas répondu à ma question.

Kat continuait de passer en revue les organisations possibles qui embaucheraient des anomalies non tracées pour menacer des traqueurs. Ce comportement pouvait vous mettre les Paragons à dos, ce qui serait littéralement la fin de n'importe quelle entreprise. À moins que vous ne soyez déjà sur liste noire et que vous vous en foutiez, et les organisations encore en activité qui pouvaient prétendre à la fois à cela et se mêler aux anomalies...

— Vous y répondez vous-même, répliqua la femme. Cela n'a pas d'importance. Ce qui compte, c'est notre cible commune. Laissé en liberté, il pourrait perdre le contrôle. Causer un désastre majeur sans s'en rendre compte. Il a besoin d'être guidé.

— Alors il a besoin d'être tracé. Les Paragons l'aideront.

— Les Paragons l'utiliseront. Vous le savez. Vous recevez les déclarations de réputation tous les jours. Ils lui confieront une mission après l'autre jusqu'à ce que son potentiel soit gaspillé.

— Ça a l'air d'être ton problème, peut-être le sien. Certainement pas le mien. Kat claqua de la langue, un son auquel Seeker devait répondre, et, au grand soulagement de Kat, le chien sortit de sa torpeur, sentit la situation et se leva, se tenant à côté de Kat en grognant doucement. Essaie encore.

Enfin, la femme perdit son sang-froid. Peut-être était-ce l'animation renouvelée de Seeker, peut-être que le pistolet paralysant de Kat avait érodé sa réserve, mais quoi qu'il en soit, elle se retourna et s'assit sur l'épais banc de neige. Elle regarda ses mains tenant la laisse du chien.

— Je m'appelle Beth. Je fais partie des Élémentaux. Je suis sûre que vous savez qui nous sommes.

Qui ne le savait pas ? Si quelque chose, cet aveu fit que Kat serra son arme encore plus fort. Elle risqua un rapide coup d'œil derrière elle, juste un trottoir vide. Pas de nacelles. D'une certaine manière, la rue déserte était la preuve la plus sûre que Beth disait la vérité - aucune partie de Chicago ne restait aussi déserte longtemps.

Les Élémentaux étaient une mauvaise nouvelle. Un groupe dont on avertissait les traqueurs de se tenir à l'écart, même s'ils étaient composés d'anomalies non tracées. Toute la raison pour laquelle les Champions, et par extension, les Parangons dirigeaient les choses maintenant résidait dans le pouvoir pur des anomalies travaillant ensemble. Les Élémentaux avaient ce même pouvoir, sinon les ressources. Avec tout son équipement, Kat n'avait pas peur d'affronter une, peut-être deux anomalies. Mais cinq ? Une douzaine ?

— Je m'appelle Kat, mais je suppose que tu le sais déjà. Et je suis au courant, dit Kat, tenant toujours son arme. Si vous êtes après ce gars, pourquoi ne le prenez-vous pas ?

— On pourrait dire que nous sommes plus dans le recrutement organique, répondit Beth. C'est vous qui aimez prendre les gens contre leur gré.

— Seulement ceux comme vous.

— Bien sûr que c'est ce que tu crois, Beth remonta la

manche droite de sa veste bleu ciel, regarda son Tama. Autant que j'aimerais débattre de nos philosophies, j'irai droit au but.

— Je t'écoute.

— Nous sommes prêts à te donner des renseignements que tu n'as pas. Des informations qui devraient te permettre de trouver l'anomalie. En échange, nous voulons que tu le captures. Que tu le maîtrises.

— Mais pas de trace, c'est ça ?

— Pas de trace. Tu nous le remettras. Beth reprit ce sourire compatissant et hautain qu'elle jouait si bien. Tu obtiendras tes reps, bien sûr.

L'offre resta en suspens dans l'air, avec pour seule compagnie le vent et le sifflement du train mag-lev s'arrêtant à deux rues de distance. Les conditions étaient, pour le dire doucement, nulles. Une anomalie avec les talents pour susciter cet intérêt des Élémentaux vaudrait, sans doute, bien plus sur une vie à travailler pour les Parangons. D'un autre côté, Kat voulait-elle se mettre à dos une organisation secrète d'anomalies ?

Bah. Elle n'avait pas à prendre cette décision maintenant.

— D'accord. Je marche. Quand allez-vous livrer ? dit Kat.

— Tout de suite. Beth tapota sur son Tama, et celui de Kat émit un bip sonore une seconde plus tard.

Kat ne le regarda pas. Pas si bête. Au lieu de cela, elle garda le pistolet paralysant pointé sur Beth et attendit. Soit Beth se lèverait et partirait, le marché conclu, soit les choses deviendraient compliquées. Au lieu de cela, Beth se leva, — Allez, Fluff. Il est temps de te ramener à l'intérieur où il fait chaud.

L'Élémental tourna le dos à Kat et s'éloigna dans la rue, gardant les yeux fixés devant elle. Kat la laissa s'éloigner d'un demi-pâté de maisons avant de faire un lent tour sur elle-même, observant les fenêtres, les toits. Cherchant des yeux. Elle n'en trouva aucun. Seeker semblait nerveux, mais le husky ne fit aucun mouvement dans aucune direction. Pas de menaces immédiates, donc.

— Il est temps d'y aller, mon pote, dit Kat, et ils retournèrent rapidement à l'appartement.

Dès qu'elle fut à l'intérieur, Kat lâcha la laisse de Seeker et le laissa libre de chercher d'éventuels intrus pendant qu'elle courait comme une folle vers son placard. En un temps record, elle enfila sa combinaison, ses gadgets, ses lentilles de contact. Blindée, armée et respirant fort, Kat s'assit sur son lit et regarda par la fenêtre.

Ciel gris. Vide, à l'exception d'un drone qui passait. Ses lentilles n'identifièrent aucune menace, et quand elle examina son appartement, elles ne détectèrent aucune empreinte inhabituelle, à part les traces laissées par Gordon. Pas de molécules étranges dans l'air provenant de déodorants, de parfums ou d'un gaz mortel et silencieux. Peut-être que les Élémentaux faisaient l'offre sincèrement. Ils ne prévoyaient peut-être pas de la tuer.

Gordon. Son tuyau avait été faux, donc peut-être qu'il n'était pas du tout dans les parages. Gordon avait le même rang de traqueur qu'elle, mais ils étaient venus la voir elle à la place. Parce que Kat vivait ici ? Parce qu'elle ne semblait pas aussi immergée dans l'orthodoxie des Parangons que Gordon ? Elle lui envoya quand même un message rapide, lui demandant s'il allait bien.

Puis, enfin, Kat jeta un coup d'œil aux renseignements. Elle vit ce que les Élémentaux avaient décidé de lui donner.

Kat agrandit le message sur ses grands moniteurs, ce qui lui permit de parcourir les nombreux liens vers des photos, des vidéos. Dès le premier, elle sut. Calvin. La confirmation ne la surprit pas - Kat avait eu un pressentiment à propos de l'homme se battant seul dans le bar *Carver's*, et jusqu'à présent, ses intuitions avaient été solides. Soudain, elle était contente que Calvin n'ait pas décidé de passer en mode nucléaire la nuit dernière et d'utiliser son pouvoir - si les

Élémentaux pensaient qu'il était si dangereux, Kat n'aurait peut-être pas apprécié d'être du mauvais côté.

La première vraie surprise : Calvin était son vrai nom. L'homme l'avait choisi quand il était temps de s'inscrire au test standard d'anomalie. Les Parangons traînaient chaque enfant après la puberté dans divers centres d'évaluation où des conditions physiques extrêmes étaient imposées dans une tentative de faire ressortir des pouvoirs. Les anomalies non averties avaient tendance à se faire tracer là et tout de suite. D'autres, ceux qui cachaient leur développement à leurs parents ou aux responsables de l'école, ou qui développaient simplement des capacités plus tard, passaient une très mauvaise journée.

— Non. Je ne retourne pas là-bas, se dit Kat, et Seeker, faisant une sieste sur le lit, souffla en accord.

Des souvenirs difficiles pour elle. Pareil pour Calvin, apparemment.

Les Élémentaux avaient constitué un dossier assez complet, et Kat combla les lacunes avec son propre accès de traqueuse aux données des Parangons. Calvin avait rebondi d'une famille à l'autre étant enfant, principalement en fugant. À partir de l'âge de huit ans, il semblait que Calvin avait attrapé un sérieux cas de bougeotte et avait appris à mentir suffisamment bien pour l'alimenter. Il apparaissait quelque part, donnait un faux nom de famille, s'appelant toujours Calvin, et faisait ensuite l'usage qu'il pouvait d'un endroit, de gens, avant de repartir.

Calvin avait aussi réussi son examen d'anomalie - aucun pouvoir déterminé. Soit il avait acquis ses précieuses capacités plus tard, soit il avait été assez habile pour les garder secrètes. Étant donné le combat de la nuit dernière, Kat savait sur quoi elle parierait.

Alors, quel était le fil conducteur ? Les Élémentaux ne l'expliquaient pas, ce qui signifiait que Kat passa l'après-midi et la soirée à reconstituer la vie de Calvin. À la fin, elle aurait pu faire une thèse sur ses intérêts : le divertissement populaire, les réserves naturelles obscures et les bars miteux comme *Carver's*. Il n'avait aucune famille de sang connue, et il avait voyagé de la côte ouest de Pacifica jusqu'ici avec un compte de reps réduit maintenu à flot par d'étranges paiements aléatoires provenant d'individus avec lesquels Calvin semblait s'associer pour de brefs instants avant de ne plus jamais les revoir.

De tout ce qu'elle avait lu, la dernière partie lui semblait familière. Les Anomalies devaient bien gagner leur vie d'une manière ou d'une autre, et comme la plupart de ceux qui refusaient de rejoindre les Paragons se retrouvaient exclus des méthodes traditionnelles de gains, ils prostituaient leurs pouvoirs. Et une fois que vous aviez vendu votre capacité, l'acheteur pouvait vous faire chanter, menacer de vous dénoncer aux Paragons, et ainsi vous vous retrouviez à devoir partir vers un autre endroit. Une vie de désespoir, certes, mais une vie libre.

Calvin, lui, avait des rêves. Le seul point commun entre ses voyages était leur objectif final : Calvin se rendait aux conventions. Les bandes dessinées, les films, les spectacles. Kat ne savait pas ce qu'il espérait y trouver, mais il continuait d'y aller. Et il se trouvait justement que l'une d'entre elles s'ouvrait à Chicago demain. L'une des plus grandes d'Atlantis.

Il semblerait qu'elle allait devoir se procurer un pass.

# CHAPITRE 27
# LE PRIX DU PROGRÈS

PLUSIEURS ANNÉES après avoir entamé sa cinquième décennie, Zhan-Yo considérait toujours le dernier étage du siège de Ziran, avec ses murs de verre et ses fenêtres lumineuses, comme le bureau de son père plutôt que le sien. Le fantôme persistait dans les possessions, comme le bureau noir, les portraits numériques alternant entre des images de la famille de son père — Zhan-Yo ne s'était jamais soucié d'avoir une famille pour les remplacer — et le tapis télékinétique qui superposait à son tissu bleu marine les ramifications argentées d'un circuit imprimé. Partout ailleurs, ces hommages à la technologie auraient semblé lourds, forcés. Ridicules.

Mais son père croyait qu'il fallait rendre hommage à ce qui vous apportait le succès, et Zhan-Yo ne pouvait nier que Ziran avait fait exactement cela.

— Z, dit la secrétaire. Mme Vanne est en route pour votre rendez-vous de neuf heures.

Il fallait actionner des leviers. Zhan-Yo avait passé la majeure partie de sa vie d'entreprise à assembler les plans et les pièces nécessaires pour que Ziran, le moment venu, puisse faire son effort pour restaurer le pouvoir à ceux qui le méritaient vraiment. Ce moment, avec une forte impulsion de Sylvie, était arrivé. Ce qui signifiait que des secrets cachés, des plans qui avaient semblé peu sensés aux yeux des étrangers au moment où Ziran s'y était engagé, allaient révéler leur véritable but. Pourtant, pour réaliser tout cela, Zhan-Yo devait porter un costume complet. Il devait s'asseoir dans un grand fauteuil avec la ville dans son dos et ressembler en tout point au leader stéréotypé qu'il ne voulait pas être. Un révolutionnaire, certes. Un guide vers un avenir meilleur, absolument. Mais la laine le démangeait, et il trouvait les chaussures serrées, la cravate et le col restrictifs. Une culture qui avait appartenu à son père et non à lui.

Il se leva lorsqu'Anna Vanne entra dans son bureau quelques minutes plus tard, la grande femme balayant l'emploi du temps projeté par son Tama alors qu'elle franchissait la porte en verre que sa secrétaire lui avait ouverte. Zhan-Yo lui fit une courte révérence, des épaules seulement, et elle y répondit d'un hochement de tête.

— C'est bon de vous voir, commença Anna, s'installant dans l'un des deux fauteuils gris moelleux, bordés de néon bleu comme concession arbitraire aux attributs de science-fiction, et adressant à Zhan-Yo un sourire qui semblait dire *mais qu'est-ce que tu fais ici, bon sang ?*

Zhan-Yo ne pouvait pas lui en vouloir. Il avait la réputation méritée d'être un fantôme, flottant d'une réunion à l'autre pour disparaître aussitôt, plus joignable par Tama que par une attente dans son bureau. Diriger une grande entreprise importait moins où il se trouvait physiquement, et il le montra à Anna d'un regard vers la fenêtre derrière lui, comme si c'était là que son âme appartenait vraiment.

— Je ne suis pas souvent ici parce que je vous ai pour gérer cet endroit, et vous le faites très bien. Zhan-Yo croyait fermement au pouvoir des compliments pour immuniser contre les difficultés à venir. Cependant, les circonstances changent. Une pause tandis que Zhan-Yo assemblait la phrase suivante. Notre véritable projet est sur le point de commencer.

Vague, et pour quiconque sans connaissances très spécifiques, inutile. On ne dirigeait pas une entreprise technologique sans développer quelques soupçons en chemin, surtout si on complotait pour renverser l'ordre actuel de la société. Anna saisit la référence — Zhan-Yo pouvait le dire par le bref moment de figement, son regard scrutateur alors qu'elle déchiffrait ce qu'il venait de dire. Puis, avec une inclinaison de la tête et un léger soupir, comme un parent se résignant au choix de son enfant, Anna lui fit signe de continuer.

— Je sais que cela vient comme une surprise, mais les événements comme celui-ci n'ont pas le luxe du temps. Nous avons planifié, et maintenant il est temps de suivre ces plans. Zhan-Yo tapota la surface du bureau, qui avait été recouverte d'un écran de projection quelques années auparavant. La légère brume bleutée se transforma pour refléter son Tama, et les tapotements firent apparaître une série d'étapes en trois volets. Prenez ceci. C'est le même que celui que nous vous avons donné il y a longtemps, mais les détails ont été ajoutés.

Anna tint son propre Tama — sur son poignet droit, inhabituel — au-dessus de la projection. Il bipa une seconde plus tard, confirmant le transfert de données, et elle retira son bras, le regardant comme s'il était devenu une chose pourrie.

— Une fois que nous aurons commencé, il sera difficile de faire marche arrière, dit Anna. Beaucoup de gens n'y survivront pas.

— Seulement si nous échouons.

— Si nous réussissons, Z. Anna abandonna la façade de l'employée et parla comme une égale, comme une personne inquiète pour ce qu'elle connaissait et valorisait. Si ça marche, alors qui sait ce qui restera ? Quel genre de travail, quel genre de quoi que ce soit ?

— Vous doutez de nous maintenant ?

— Je suis inquiète. Anna jeta un coup d'œil derrière elle,

mais le seul autre à cet étage était sa secrétaire, un luxe que Zhan-Yo exigeait. Wexley ne vous pousse pas à ça ?

— Il a fallu le convaincre. Zhan-Yo se pencha en avant, joignit ses mains à plat contre le bureau de sorte qu'elles se fondaient dans la projection. Confiance, assurance, force. L'apparence n'était pas tout, mais ça ne faisait pas de mal non plus. Nous ne prenons pas cette décision à la légère, Anna. Mais nous ne voulons pas non plus être si prudents que nous manquerions notre chance.

— Vous n'allez pas tout me dire.

Zhan-Yo ne dit rien. Plus Anna en savait, plus elle risquait. Elle rit alors, se frotta le nez et secoua la tête.

— Vous savez, Damian et moi, nous avons deux enfants. Quatre et six ans. Des petites filles.

— Je sais.

Il leur avait envoyé des cartes d'anniversaire chaque année, avec un bonbon au thé matcha du Japon, une saveur qu'elles détestaient probablement mais qu'il avait adorée en grandissant. Il avait signé chacune personnellement.

— Je ne pensais pas que ça arriverait un jour. Je croyais, quand j'ai accepté ce poste, quand tu m'as dit ce qui était possible, que c'était un rêve. Que je ne serais plus là, qu'ils seraient plus âgés.

Les mains d'Anna froissaient les bords de sa jupe pendant qu'elle parlait.

— Je ne veux pas les élever dans le chaos, Z.

— Je comprends. Malheureusement, le reste du monde n'attendra pas que tu sois prête.

— Avec tout le respect que je te dois, tu n'as pas de famille. Tu ne comprends pas du tout.

Colère. Peur. Frustration. Il s'attendait à tout cela, ressentant chaque émotion lui-même alors que Sylvie lui envoyait chaque mise à jour sur ses progrès. Recruter des soldats à la morale flexible, importer des armes interdites depuis longtemps par les Paragons. Des étapes sur un escalier à sens unique qui, à son terme, signifierait probablement la destruction de Ziran, probablement la perturbation et la dissolution de tant de structures dont dépendaient Anna et sa famille.

Mais cela signifierait que ses enfants auraient leur mot à dire sur leur monde futur.

— Sais-tu, Anna, comment j'ai grandi ? dit Zhan-Yo. Ce que mes parents ont fait pour me protéger du changement ?

Anna ne parla pas, mais la froideur transparut quand elle secoua la tête. Il avait brisé la résistance de tant d'autres, des titans de l'industrie avec des enjeux aussi élevés ou plus élevés qu'Anna, que les siens. Zhan-Yo pouvait la persuader aussi.

— J'ai commencé dans un monde et je suis devenu adulte dans un autre. Dès le plus jeune âge possible, grâce aux efforts de mes parents, j'ai eu tous les avantages. Les professeurs me disaient que je pourrais décider par moi-même comment vivre ma vie. Que j'aurais une voix dans l'orientation du monde, ou au moins de mon pays, de ma ville. Au lieu de cela, quand j'ai finalement obtenu les diplômes, la position pour effectuer ce changement, les Paragons m'ont tout pris. Mes parents m'ont dit de céder, comme eux. Nous avions trop à perdre. Il m'a fallu des décennies pour réaliser que j'avais déjà perdu la chose la plus précieuse.

— Ton idéalisme t'aveugle, Z, répliqua Anna. Qui se soucie de ce que font les Paragons tant que nous pouvons être heureux ? En sécurité et en bonne santé ?

— Pour l'instant, peut-être. Mais que se passe-t-il si les Paragons décident que les normaux ne sont pas les bienvenus ? Ils prendraient tout ce que tu as et il n'y aurait rien que tu puisses faire pour les arrêter.

— Pourquoi le feraient-ils ? T'es-tu posé cette question, avec ton grand plan ? Tu parles comme si une grande injustice avait été commise, mais je ne la vois pas. Nulle part.

— Parce que nous sommes aveugles. Mes parents l'étaient, je l'étais. Tu dois voir que nous sommes des pions, Anna. De petites pièces sur un échiquier, facilement sacrifiées. Zhan-Yo regarda ses mains. Ses mains normales. Sans capacité, et sans capacité, notre place dans ce monde est fixée.

Anna semblait vouloir faire un autre commentaire intelligent, mais elle se retint. Attendit.

— Tes enfants peuvent être normaux, peuvent être des anomalies, poursuivit Zhan-Yo avec prudence, veillant à ne rien dire qui puisse alerter un auditeur. Ce n'est pas ton choix. Leur avenir l'est. Tu peux leur donner un monde à apprécier, ou tu peux les laisser être prisonniers comme nous.

Un peu ridicule. Susceptible de s'effondrer si Anna choisissait de critiquer la phrase. Mais un appel émotionnel l'emportait sur un appel logique, et Anna, si elle n'y croyait pas, l'accepta au moins avec un regard vers le sol, se levant lentement de la chaise.

— Je comprends. Je ne suis pas d'accord, mais je comprends.

— Alors nous pouvons te faire confiance ?

— J'exécuterai le plan. Ziran survivra aussi longtemps que possible.

— C'est tout ce que je demande. Merci, Anna.

Après un nouvel échange de légères révérences, Anna sortit de son bureau. Vers les ascenseurs et en bas. Zhan-Yo resta debout jusqu'à ce qu'elle disparaisse, puis demanda à la secrétaire de lui apporter un verre d'eau.

— Va-t-elle le faire ? demanda Wexley sur le Tamas quelques minutes plus tard, après que Zhan-Yo eut envoyé un message indiquant que la réunion était terminée.

— Je pense que oui, répondit Zhan-Yo. Garde-la sous surveillance. Nous sommes chez elle, n'est-ce pas ?

— Depuis que nous l'avons promue.

— Alors garde les oreilles ouvertes. Nous aurons besoin d'autant d'avertissement que possible si elle se retourne contre nous. Ce sont les enfants, Wexley.

— N'en a-t-elle pas deux ?

Il ne savait pas ça à propos d'Anna ? Zhan-Yo fronça les sourcils. Wexley devrait comprendre ses officiers, ce qui les faisait venir travailler chaque jour et ce qu'ils espéraient avoir demain. Il devrait apprendre cela avant que Zhan-Yo ne le laisse jamais diriger Ziran. S'il y avait un Ziran à diriger.

— Surveille-les aussi. S'ils ont des difficultés, s'il y a des opportunités vulnérables.

— Je comprends.

Ça, Wexley le savait. Si Anna s'avérait peu fiable, si sa loyauté vacillait, ce qui la faisait venir travailler chaque jour pourrait être utilisé pour la garder ici. Un tournant malheureux, mais pas désastreux. Les enfants n'auraient pas besoin d'être blessés. Espérons-le.

— Vas-tu rester longtemps au bureau ? demandait Wexley. Il y a quelques réunions cet après-midi auxquelles j'aurais besoin de toi.

— Envoie-les, mais je serai à distance, dit Zhan-Yo. Il y a un cours que je suis.

— Un cours ?

— Pour ma santé. Tiens-moi informé, Wexley.

— Bien sûr.

Le Tamas s'éteignit alors que la secrétaire revenait avec l'eau. Zhan-Yo l'avala d'un trait, la regarda, s'émerveillant de la façon dont le liquide clair pouvait contenir tout ce dont les anomalies avaient besoin pour se développer. Comment les chances de milliards passaient par ce qu'ils buvaient chaque jour. Un simple additif, une possible mutation, et l'histoire humaine changeait à jamais.

Si un peu d'eau pouvait le faire, alors pourquoi pas lui ?

# CHAPITRE 28
# TOUTE ANOMALIE

DES MILLIONS DE billes éclaboussées de toutes les couleurs possibles s'enroulaient dans le vide. Mynx les regardait grimper jusqu'à ce qu'elles reviennent en bas, bien en dessous de l'étendue bleu-gris à ses pieds, et recommencent leur voyage. Le déplacement sans fin d'une base de données organisée en cours d'analyse. Reeves l'avait mise en mouvement, et, échappant au stress de la réalité, Mynx était venue la voir.

Elle s'approcha de l'hélice, appréciant le fait que, dans cet endroit, ses os douloureux ne la suivaient jamais. Mynx n'avait pas à respirer à travers le petit rhume dont elle se remettait, ni à supporter la peau sèche qui la démangeait sur son genou gauche. Et quand Mynx tendit la main vers ces billes, son bras s'allongea du mètre supplémentaire nécessaire pour y entrer.

Mynx ne sentait pas la sphère qu'elle saisissait, du moins pas par le toucher. C'était plutôt comme si son contenu filtrait à travers ses doigts jusqu'à son esprit, permettant à Mynx de comprendre les données qu'elle contenait. Les secrets renfermaient une anomalie, celle-ci nommée Sarah, qui était décédée quelques années auparavant. Elle avait atteint un âge avancé, disait le dossier, une grand-mère avec la capacité anodine de changer la saveur de tout ce qu'elle buvait. L'eau pouvait devenir cerise. Le vin, le mélange le plus parfait à chaque fois.

— Imagine combien sa salive aurait pu valoir, dit Mynx, bien qu'il n'y ait pas vraiment de mots ici. C'était plutôt comme si elle choisissait d'afficher ses pensées dans un texte que sa compagne, l'omniprésente Reeves, pouvait lire. Un truc à commercialiser, je suppose.

— Il n'y a pas beaucoup d'informations sur les tentatives de vente de salive aux consommateurs, flotta la réponse de Reeves en grosses lettres majuscules, entre crochets pour assurer son statut clair de commentaire.

— C'est presque difficile à croire.

Mynx remit la bille de Sarah dans l'hélice. Dès qu'elle la lâcha, le courant invisible l'emporta comme si elle ne l'avait jamais quittée. Mynx la regarda bouger. Personne d'autre dans l'histoire de l'humanité n'avait vu cela auparavant, n'avait été ici auparavant. Il était probable que personne d'autre ne le verrait jamais. Cela dit, avec les anomalies, les expériences uniques devenaient moins, eh bien, uniques.

— Es-tu prête ? envoya Reeves un autre lot de mots flottants. J'ai d'autres tests à effectuer, mais ils modifieront la base de données.

— Tu auras tes copies.

Même ici, le travail ne s'arrêtait jamais vraiment.

Mynx grandit, s'étira de plus en plus jusqu'à ce que l'ADN cyclique des anomalies, leurs vies et leurs familles, tienne dans sa main. La sécurité nécessitait des précautions, comme empêcher Reeves de copier cette base de données. Sinon, l'IA aurait pu faire cela sans le moindre effort, épargnant à Mynx le temps.

Et lui coûtant le plaisir.

— Mets tes programmes en pause, dit Mynx. Nous ne voudrions pas corrompre celui-ci.

— Il y a toujours la sauvegarde.

— Rappelle-moi d'effacer ça de ta mémoire, dit Mynx. Elle est déconnectée pour une raison.

Déconnectée, stockée sur une mémoire flash isolée au fin fond de l'Usine. De temps en temps, à des dates que Mynx suivait sur un calendrier analogique à l'ancienne, elle téléchargeait la base de données sur une minuscule carte, l'emmenait là-bas et la copiait. Trois codes d'accès distincts étaient nécessaires pour y entrer, et une seule erreur de saisie effaçait la base de données stockée. Pas grand-chose quand on avait une nouvelle copie juste là dans la main, mais un voleur trouverait ça agaçant.

Mynx prit l'hélice — de cette taille, elle ressemblait presque à une pierre précieuse argentée scintillante — et joignit les mains, la couvrant complètement. Elle fit passer la commande à travers ses doigts — ses propres biomarqueurs servant de clés aux serrures ici — et sentit les fonctions se déverser à mesure que la base de données construisait une nouvelle version. Des millions d'histoires copiées en environ une minute, et quand Mynx retourna sa main gauche, les deux tenaient des copies identiques de l'hélice.

— Combien ? demanda Mynx.

— Pour des temps d'exécution optimaux, une demi-douzaine devrait suffire.

— Alors une demi-douzaine tu auras.

Reeves resta silencieuse jusqu'à ce que Mynx termine les copies, jusqu'à ce qu'elle les dépose toutes et que les programmes de Reeves commencent leur travail. Pendant que l'original se remettait dans son tourbillon bouillonnant, les autres prenaient différentes couleurs, et certaines perdaient complètement leurs billes alors que les calculs de Reeves, à la recherche de points communs entre les anomalies, cherchant des marqueurs génétiques qui pourraient être utilisés pour arrêter, ou même inverser le processus biologique qui détruisait tous les êtres vivants, éliminaient les échantillons défaillants.

Mynx rétrécit, observa les rotations. Elle pouvait atteindre n'importe laquelle d'entre elles et saisir la sortie, essayer de la traiter, mais cette quantité de données brutes serait sans signification. Un nuage de nombres, de texte et d'images.

— Il y a des dangers à cela dont tu devrais être consciente, Mynx, dit Reeves.

— Je sais.

— Que dois-je faire si je les trouve ?

Des points communs pour vaincre la maladie, combattre le vieillissement étaient une possibilité. Les anomalies avaient leurs avantages fournis par des caprices de mutations au niveau cellulaire. Ce qui avait été changé, pouvait changer à nouveau. Si Reeves trouvait un moyen facile de désactiver ces mêmes particularités génétiques, alors ce projet pourrait ne pas mener à sauver des vies, mais à y mettre fin.

— Sécurise-le. Signale-le pour mon examen.

— Pas de suppression ?

— Tout ce que tu découvres pourrait être trouvé par quelqu'un d'autre, dit Mynx. Je préfère savoir, et me préparer, plutôt que de rester dans l'ignorance. En parlant d'obscurité, elle était restée trop longtemps dans ce vide. Il y avait d'autres choses à faire, d'autres programmes avec lesquels jouer. Je me retire.

— Je suis prête.

Quitter son vide ressemblait, pendant le plus bref instant, à une plongée à la vitesse de la lumière à travers l'univers. Tout clignotait pendant une fraction de seconde et puis Mynx se rassit dans son fauteuil, au centre du sol de l'Usine. Un poste de travail sans écran occupait le bureau devant elle. Inutile pour quiconque d'autre. Mynx pouvait tendre la main, suivre la boîte noire et son câble réseau jusqu'à n'importe quelle partie de son installation. Maintenant, cependant, elle se leva. S'étira.

L'heure du dîner approchait, et plonger dans le cyberespace n'empêchait pas son corps de réclamer des calories.

La salade préparée par les drones de Reeves contenait beaucoup d'éléments issus de la nature, mais rien qui n'était resté naturel. Que ce soit la texture du fromage de chèvre optimisée pour atteindre une onctuosité parfaite ou les fraises massées pour obtenir un mélange scintillant de douceur et de jus, des algorithmes raffinés et le progrès scientifique avaient optimisé chaque bouchée que Mynx mangeait. Le fait qu'elle dévorait ce repas tout en surplombant un monde largement laissé à ses dispositifs naturels — l'océan — lui arracha un léger sourire.

— Nous ne t'avons pas encore conquis entièrement, dit Mynx à ces eaux lointaines. Pas encore.

Après avoir terminé, et lorsqu'un drone eut remplacé l'assiette vide par son merlot d'après-dîner, dont la saveur corsée aidait Mynx à se préparer au sommeil, la table de projection s'illumina d'un message entrant. Un peu tard pour une affaire de Paragon, mais à part Denise qui appellerait encore pour supplier d'avoir accès, Mynx ne savait pas qui d'autre cela pourrait être.

— Réponds.

Le visage de Celice jaillit de la table, lumineux dans les derniers souffles du crépuscule. Contrairement à Mynx, Celice n'avait pas l'air le moins du monde calme. Ses yeux rouges cherchaient Mynx, elle mordillait sa lèvre inférieure, une habitude que Mynx pensait qu'elle avait perdue maintenant, et ses cheveux avaient l'aspect éparpillé de la négligence.

— Mynx ! commença Celice, et Mynx, boostée par le vin, voulut être sarcastique mais retint sa langue. On a un problème.

— C'est Thane ? Mynx avait perdu la trace de ce monstre

pendant qu'elle avait disparu dans l'Usine. Un mouvement malavisé, et la frustration dut se voir car Celice secoua rapidement la tête.

— Non, enfin, si. Mais je n'ai pas besoin de *toi* pour ça. Mon père a coincé Thane dans une sorte de forteresse. Je pense qu'il va essayer de la faire exploser. Tuer Thane. Mynx voulut demander comment, mais Celice continua sur sa lancée. Voilà le truc, il retire la plupart de nos drones, et j'en ai besoin de plus. Puis-je passer une commande d'urgence ?

— Il y a des canaux pour ça. La réponse abrupte vint alors que Mynx se demandait comment Aegis prévoyait de tuer Thane, une créature que les Champions avaient tous décidé être probablement invulnérable à moins d'être prise par surprise. Aegis savait déjà que larguer des bombes ne ferait pas l'affaire.

— Mynx, tout le nord-est n'a plus d'yeux ni d'oreilles en ce moment. Nos Paragons opèrent à l'aveugle, ceux qui n'ont pas été retirés. Je reçois déjà des rapports indiquant que la criminalité augmente. On a besoin d'aide.

— Alors je t'enverrai les réserves et j'en construirai de nouveaux pour les remplacer, dit Mynx, puis elle écarta Thane de son esprit pour se concentrer sur la personne en face d'elle. Celice, est-ce que ça va ?

Celice fit une pause, puis esquissa un faible sourire. — Tu as déjà eu une de ces journées où ton monde est mis en pièces ?

— Quand j'avais ton âge, tout le temps. Que s'est-il passé ?

Plutôt que de répondre à sa question, Celice jeta un coup d'œil à quelque chose en dehors de la fenêtre de projection. Elle plissa les yeux, et juste au moment où Mynx allait répéter sa question, Celice ramena brusquement son visage dans le cadre.

— Mynx, merci pour les drones. Je reçois une priorité élevée de Boston, près de l'endroit où se trouve papa. Je te parlerai plus tard.

Et sur ce, Celice disparut. Mynx fixa l'espace pendant une minute. Puis posa son verre de vin.

Essayer de tuer Thane ? À quoi pensait Aegis ?

— Reeves, prépare le jet. Je retourne à l'est.

— Encore ? Et à cette heure-ci ?

— Je ferai une sieste en route.

La vie d'un Champion. Quel régal.

# CHAPITRE 29
# ATTRAPER LE TUEUR

LA BASE IMPROVISÉE de Thane se dressait au bout de la route, sa maison et la colline s'élevant derrière elle, ombragées par une lune lente. Les Paragons avaient coupé l'électricité, plongeant littéralement le manoir dans l'obscurité. Pixie avait signalé l'apparition d'une lueur orange pendant quelques minutes — probablement une tentative ratée d'allumer un feu — mais son extinction subséquente montrait que Thane manquait soit de combustible, soit de volonté pour brûler des parties de sa propre maison volée. Quoi qu'il en soit, Aegis avait une vision plus réconfortante dans la lumière argentée de la lune ; des drones flottaient depuis le début de la journée et formaient maintenant un anneau autour du manoir. De temps en temps, l'un d'eux s'éloignait, filant vers une station de recharge proche pour une recharge rapide. La brèche était aussi souvent comblée par un nouveau drone que par celui qui revenait, et tous pointaient leurs armes vers Thane.

— Tu ne penses pas qu'il pourrait survivre à tout ça, n'est-ce pas ? demanda Pixie. Je n'ai jamais vu autant de puissance de feu.

— Parce que Thane est le seul qui le mérite, répondit

Aegis en vérifiant son Tama. L'appareil montrait, sur son poignet gauche, la formation des drones et leur nombre croissant. Nous ne pouvons pas le laisser s'échapper.

— Il n'y a aucune chance. Nous avons tellement de Paragons, tellement de...

— Il a fallu huit Champions la dernière fois. Je suis le seul ici maintenant, dit Aegis.

Même avec les huit Champions, maîtriser suffisamment Thane pour que le monstre se réduise à sa forme plus compacte et plus vulnérable avait nécessité une coordination qu'Aegis ne voyait pas se produire parmi les Paragons aujourd'hui. Plusieurs dizaines d'entre eux faisaient le service de nuit avec lui maintenant. Aegis n'avait dormi que quelques heures après le départ de Celice pour New York, mais le café faisait encore des miracles, même sur un corps aussi malmené que le sien, et Aegis n'avait aucune idée de ce que la plupart de ces Paragons pouvaient faire.

Comment Aegis pouvait-il concevoir une stratégie sans connaître son propre camp, et encore moins les tours que cette bande hétéroclite que Thane avait enfermée avec lui pourrait sortir de son chapeau ?

— Les huit ? Je n'ai jamais entendu parler de ce combat, dit Pixie qui savait qu'il valait mieux ne pas poser la question directement. Ça a dû être caché.

— Pour de bonnes raisons.

Aegis n'en dit pas plus. Il ne voulait pas revenir sur ce chemin. Ça avait été amusant de défendre la planète en équipe, mais quand les menaces existentielles avaient disparu, des questions plus terre à terre les avaient séparés. Aegis ne le regrettait pas — il avait fini par avoir le meilleur des mondes et avait perdu tout le drame.

Son Tama bipa, réglé pour cet événement particulier pour sonner comme une trompette agaçante, faillit faire sursauter Aegis. Presque. Les huit Champions avaient eu leurs difficultés, mais Mynx avait toujours été là pour lui. Et maintenant, elle était arrivée.

— Tu en as mis du temps, dit Aegis alors que Mynx descendait de son jet personnalisé. Il n'avait jamais compris pourquoi elle avait conçu l'engin pour ne transporter qu'une seule personne. Tous ces potentiels tours de joie perdus parce que son avion au nez effilé n'avait pas de siège arrière. J'allais commencer sans toi.

— Ça me va, dit Mynx en enlaçant Aegis bien qu'ils ne se soient pas vus depuis seulement quelques jours. Après tout, avec des professions comme les leurs, il était peut-être bon de tirer le maximum d'affection de chaque instant. Il lui rendit son étreinte. Sauver la journée fait aussi bonne impression.

— Comme si tu t'étais déjà souciée des apparences.

— Hé, je dirige toute une région aussi. Ça ne ferait pas de mal de leur rappeler pourquoi.

Si c'était son but, Mynx aurait dû diffuser sa tenue dans tout le Pacifique. Elle avait enfilé sa combinaison de combat complète, mais contrairement aux versions plus encombrantes de son passé, cet ensemble montrait son évolution tant dans la forme que dans la fonction. Bien que le tissu noir — Aegis n'oserait pas supposer qu'il s'agissait de coton ou d'un autre fil commun — formât la base, des nœuds et des lignes dorés s'enroulaient et couraient autour d'elle, culminant en petits cercles à divers endroits. En bref, Mynx ressemblait à une micro-puce badass.

— Alors, que puis-je t'offrir ? dit Aegis en faisant un geste vers le campement. Nous avons des gilets tactiques, des armes, des munitions ?

— Si je voulais ressembler à toi, je serais venue comme ça, répondit Mynx. Au lieu de cela, j'ai pensé que ce serait une bonne démo pour mon nouveau mech.

Aegis avait depuis longtemps cessé de traiter Mynx avec scepticisme — se faire prouver qu'on a tort tant de fois finit par avoir cet effet — mais Aegis ne voyait aucune des monstruosités imposantes de Mynx dans les parages. Cet avion n'aurait certainement pas pu en transporter une. Le temps qu'il tourne ses yeux interrogateurs vers Mynx, elle arborait un sourire.

— Tu veux le voir ?

Aegis secoua la tête en soupirant :

— Fais-le, c'est tout. On a un méchant à détruire, tu te souviens ?

— On est vieux, pas sans humour, répliqua Mynx. Ne fais pas ton rabat-joie.

— Rabat-joie ? Tu as quel âge, cinq ans ?

Mynx, confirmant l'affirmation d'Aegis, tira la langue, puis tapota son poignet gauche, où ce qu'Aegis avait pris pour un autre nœud s'avéra être un Tama déguisé. L'effet se fit connaître par les cris des Paragons autour d'eux, et Aegis suivit leurs regards vers les drones. Les quatre plus proches d'eux se détachèrent de l'anneau et glissèrent vers Mynx.

— Ton nouveau jouet ? demanda Aegis.

— Mes amis sont partout. C'est plus facile que d'emporter une combinaison chaque fois que je dois venir te sauver.

Les drones se positionnèrent au-dessus de Mynx, faisant pivoter leurs structures — toutes de configurations différentes, destinées à la suppression, l'assaut, la protection et la surveillance — dans une lente orbite autour de leur créatrice. Mynx les examina un moment, puis tendit son bras gauche. Le plus petit drone, un modèle qu'Aegis connaissait sous le nom d'« Yeux », plongea son corps réfléchissant en forme d'arc d'un mètre de long. Le drone se posa contre le bras de Mynx, le recouvrant, et, bien qu'Aegis ne puisse pas le voir, il entendit les sons du métal se resserrant, se verrouillant.

— Les nœuds, précisa Mynx alors qu'Aegis regardait. J'écris le code dans tous les modèles depuis quelques années. C'est plutôt cool, non ?

— Sophistiqué.

Mynx tendit son bras gauche et, apparemment en suivant

les ordres, le drone de protection — une plaque blindée plate recouverte de petites protubérances paralysantes et deux fois plus grande que son frère espion — descendit et prit place sur le bras droit de Mynx. Le résultat paraissait si ridicule, avec la tête de Mynx minuscule entre les deux machines, qu'Aegis éclata de rire.

— Je dois dire, Mynx, que ce n'est pas l'un de tes plus beaux projets.

— La fonction prime sur la forme, Aegis.

— Bien sûr.

Avec ses deux bras écartés, la paire de drones auxquels elle s'était déjà connectée déclencha une légère poussée de leurs réacteurs, sans doute limitée pour ne pas brûler Mynx, et la firent léviter à un mètre du sol. Cela laissa suffisamment d'espace aux deux derniers, hérissés d'armements plus létaux, pour s'attacher à ses jambes et le long de son torse. À la fin, Mynx ressemblait à un personnage de dessin animé de la jeunesse d'Aegis, quoique encore plus dépareillé. Un guerrier robot conçu par quelqu'un sans aucun sens de la symétrie.

— Bon, j'ai peut-être quelques détails à peaufiner, dit Mynx, sa tête à peine visible dans ce fouillis de métal. Mais ça va fonctionner.

— Essaie juste de ne pas te faire tuer, ni nous avec. L'étrange spectacle de son amie fusionnant avec les drones terminé, Aegis se retourna vers les Paragons qui attendaient. Préparez-vous. Je vais donner une dernière chance à Thane.

Pour la deuxième fois, Aegis marcha seul le long de la route menant à la maison volée par Thane. Contrairement à la première fois, il se sentait entier. Pas reposé, mais plus blessé non plus. Son corps avait retrouvé son état normal et, avec les drones au-dessus de lui, son esprit ressentait le calme qui accompagne une puissance de feu écrasante. Quelle différence cela faisait. Pendant si longtemps, même après avoir établi les Paragons, les Champions, Aegis s'était battu en infériorité numérique, moins bien armé, et dépendant de sa capacité d'anomalie pour rester en vie. Les chances étaient-elles du côté du héros ou de la cause ? Aegis devait croire en cette dernière.

Malgré l'absence de lumières, les sentinelles de Thane ordonnèrent à Aegis de s'arrêter d'un seul tir. Un fort craquement dans la nuit silencieuse et une étincelle jaillissant du sol devant Aegis le firent s'arrêter et chercher, sans succès, la source. Dans l'obscurité, et n'ayant aucune connaissance de leurs armes, il était difficile d'évaluer si Aegis se trouvait ou non dans leur portée de tir.

Mieux valait supposer que oui.

— Thane ! Aegis pouvait encore pousser un très bon cri. Les arbres voisins semblèrent frémir en réponse, faisant rouler la neige au sol. Tu n'as plus de temps !

Les menaces seraient inutiles contre Thane. Il ne se soumettrait pas, ni ne se rendrait. Cependant, l'homme, ou le monstre, parlerait jusqu'à ce que les hostilités commencent. Faire sortir Thane, le laisser monologuer jusqu'à la distraction et Aegis aurait l'opportunité dont il avait besoin pour le pulvériser.

Aegis attendit une minute, puis deux. Il négocia une trêve avec les tiraillements de faim dans son estomac — Aegis n'avait pas eu de vrai repas depuis ce sandwich au homard — et serra les poings encore et encore pour les garder au chaud. Il garda son regard droit, fixant cette vieille collection de briques et de pierres, de bois et de fenêtres, bien au-delà de son apogée, si elle en avait jamais eu une. Il prit une dernière respiration, à la troisième minute, pour tenter un autre cri.

— Aegis ! Mon ami ! Thane insistait sur cette étiquette ridicule pour leur relation. L'amitié avait peut-être été vraie autrefois, mais c'était il y a si longtemps, cela semblait appartenir à tant de mondes différents, que c'était désormais sans importance. As-tu finalement décidé de me laisser partir ?

Aegis chercha et ne parvint pas à trouver Thane quelque

part sur les rebords rocheux. La lune était devenue moins utile avec les nuages d'hiver qui rampaient. Ce n'était pas la première fois qu'Aegis regrettait de ne pas avoir pensé à demander un équipement de vision nocturne. Les drones n'auraient aucun problème à repérer leurs cibles, et les Paragons inonderaient l'endroit de lumière une fois le combat commencé pour l'effet de choc, mais cela n'aidait en rien Aegis maintenant. Alors il garda un visage impassible et espéra que Thane se trouvait quelque part devant.

— Tu sais que nous ne pouvons pas faire ça. Prononcer des phrases complètes en criant semblait étrange, mais il n'y avait pas vraiment d'autre option. Soit tu te rends, toi et tous tes associés que tu n'as pas tués là-dedans, soit nous allons te neutraliser.

— Aegis. Allons. Devons-nous déjà commencer par les menaces ? Qu'en est-il des négociations ? Des échanges de propositions ?

— Ça ne fonctionne que si tu as quelque chose à échanger.

— Mais j'ai quelque chose ! Vos vies !

Voilà. C'était le Thane qu'Aegis connaissait. L'homme ne pouvait résister à une vantardise arrogante que pendant un certain temps. Aegis supposait que la folie rampante du côté colérique de Thane avait entamé une lente décomposition de la santé mentale de l'homme, et qui savait quand elle prendrait totalement le contrôle.

— Dernière chance, Thane. Oui ou non. Le monde ne peut pas risquer de te laisser en liberté.

— Ah, le monde. Quel endroit vous en avez fait ! La voix de Thane semblait s'être déplacée, comme si l'homme marchait le long des remparts. Pour tous vos discours sur ma dangerosité, tournez-vous parfois ce regard sur vous-mêmes ? Combien de villes avez-vous intimidées avec votre pouvoir ? Combien de temps faudrait-il à Mynx — oui, je la vois là-bas — pour faire s'effondrer la civilisation avec son armée incessante de drones ? Qui, je vous le demande, est la véritable menace ?

Ce type n'arrêtait jamais. Jamais. Mais Aegis était certain que Thane avait quitté la maison, ce qui le rendait aussi vulnérable que les Paragons allaient pouvoir l'obtenir. Aegis tapota son Tama. Un message préétabli fut envoyé en champ proche à tous les Tamas avec un code Paragon défini pour l'opération, celui que Pixie avait choisi : IceMine. Chaque ordinateur de brassard commencerait à vibrer ou à biper, selon la préférence de l'utilisateur, dans une seconde. Dans le moment qui suivrait, eh bien, ils verraient si Thane avait la force qu'il prétendait avoir.

— Voyons ça ! Aegis se mit à courir en criant ces mots, tirant deux bâtons d'énergie des étuis à sa ceinture. Il préférait ses poings quasi invulnérables, mais contre quelqu'un comme Thane, des outils plus lourds étaient nécessaires. Un tour de poignet déboucha les batteries et les bâtons d'un demi-mètre de long brillèrent de rouge pour indiquer leur dose électrique létale.

— Mynx, dit Aegis en direction de son Tama tout en courant. Neutralise-le.

Avant que le pas suivant d'Aegis ne touche le sol, la nuit mourut. Au-dessus, une trentaine de drones allumèrent leurs lumières, chacune destinée à étourdir un criminel potentiel assez longtemps pour que ces mêmes drones puissent l'assommer. Les lumières n'étaient pas dirigées directement sur Aegis, alors il vit un chemin clair, de neige cristalline menant vers les murs de soutènement en roche fendue par la route.

Sur ces murs, les hommes de Thane, au moins vingt — ce qui soulevait d'autres questions qu'Aegis étouffa — trébuchaient, leurs longs fusils s'agitant dans tous les sens. Certains parvinrent à tirer des coups qui, dans leur manque total de précision, étaient aussi dangereux pour eux-mêmes que pour les Paragons. Thane, cependant, avait disparu.

Au quatrième pas d'Aegis, avec encore beaucoup à

parcourir, les drones entamèrent la deuxième phase. Des fléchettes, des décharges d'énergie, et même quelques grenades à gaz, selon le modèle de drone, pleuvaient sur la force malheureuse de Thane. Non létales. Aegis n'avait pas donné cet ordre car, à son avis, quiconque décidait de prendre les armes avec Thane renonçait à sa vie, mais Mynx avait toujours été une tendre. Parsemés parmi eux, avec leurs verts, oranges, violets et explosions arc-en-ciel se trouvaient les Paragons assez chanceux pour avoir une projection comme anomalie.

Contrairement aux tirs de drones, qui frappaient avec une puissance prévisible, les attaques du Paragon avaient des effets étranges. Une boule orange, lancée comme si elle avait un poids physique, éclata autour d'un trio d'hommes de Thane et libéra des filaments en toile d'araignée qui attrapèrent, emmêlèrent et enveloppèrent les trois hommes. Une autre, une douche de poussière féerique qui passa au-dessus de la tête d'Aegis avec suffisamment de vitesse pour faire bouger ses cheveux, s'arrêta juste devant un soldat de Thane et se précipita dans sa bouche. Au lieu de tirer sur un drone, le soldat se retourna et commença à frapper son compagnon, utilisant le fusil comme une massue grossière.

Aegis plongea dans la mêlée, frappant à tout va. Les forces de Thane n'avaient aucune cohésion, et Aegis n'entendait aucun ordre crié. Ce n'était donc que carnage. Aegis, une armada de drones, et des ennemis en nombre décroissant qui commencèrent à crier leur reddition avant même qu'Aegis n'ait reçu un seul coup. Au lieu de cela, Aegis s'arrêta, sa baguette droite au-dessus d'un homme recroquevillé — tous portaient des vêtements d'hiver similaires et usés qui semblaient provenir d'un magasin discount — et chercha Thane du regard.

— Ce n'était pas si terrible, dit Pixie, accourant derrière lui avec la plupart des autres Paragons.

— Le vrai combat n'a pas encore commencé. Aegis désigna les hommes de Thane. — Faites-les sortir.

Un craquement-fracas-éclatement de bois brisé, de verre, et de bardeaux déchirés clôtura l'ordre d'Aegis. Du haut du manoir, qui arborait maintenant un grand trou en son centre, surgit la cible. Mesurant quatre mètres de haut et avec un corps qui laissait supposer des entraînements intensifs à toute heure, Thane se débattit avec le toit pendant une seconde avant de faire un saut plongeant vers plusieurs drones. À la louange de Mynx, ses robots analysèrent instantanément la nouvelle menace et commencèrent à riposter.

À la louange de Thane, il était sacrément rapide.

Les drones ne purent s'échapper et Thane tomba entre eux, en attrapant un dans chacune de ses énormes pattes. Alors qu'Aegis se dirigeait vers le point d'atterrissage de Thane, le monstre toucha le sol — Aegis sentit un tremblement — et lança ses deux grenades-drones vers leurs frères encore en vol. La puissance stockée, les munitions et qui sait quoi d'autre explosèrent lorsque les drones s'entrechoquèrent, faisant pleuvoir des étincelles et du feu liquide autour d'eux. Des cris d'appel à l'aide, pour des soins médicaux, pour une évacuation emplirent l'air tandis que Thane continuait à saisir tout ce qu'il pouvait et à le lancer sur les drones.

La contre-attaque des Paragons fut rapide et puissante, une explosion nova de tout ce qu'ils avaient. Aegis avait obtenu l'autorisation d'éliminer Thane lui-même auprès de tout le monde auparavant, et s'il y avait une motivation pour donner tout ce qu'on avait à une cible, c'était bien la vue du corps géant et écumant de Thane. Aegis s'arrêta net, bouche ouverte devant l'enfer déchaîné qui se dirigeait vers Thane. Ces toiles d'araignée orange étaient là, et il crut voir la poussière féerique, mais les deux pâlissaient à côté de tout le reste, des flammes bleues pures aux balles brutes et basiques tirées par les propres fusils de Thane, maintenant volés.

Mais de tout cela sortaient encore des briques lancées, des arbres, tout ce que Thane pouvait saisir. Il hurlait maintenant aussi ; de longs rugissements qui montraient plus d'agacement que de réelle douleur. Cela donna à Aegis la réponse qu'il connaissait déjà.

Ils ne pouvaient pas tuer Thane. Pas comme ça.

— Arrêtez ! cria Aegis, sa voix amplifiée par son Tama et transmise aux bras de chacun. — Passez en mode paralysie et immobilisation. Létal interdit !

Il laissa tomber les baguettes ; si toute cette puissance de feu ne pouvait pas venir à bout d'un Thane en colère, alors ses bâtons de combat ne le feraient pas non plus. À la place, Aegis tira d'un étui dans son dos ce qui ressemblait à une longue seringue avec une gâchette à l'extrémité. Un liquide bleu pâle clapotait dans le tube de l'arme, qui se terminait par une aiguille en forme de diamant. Thane n'avait pas le monopole de la peau dure, mais son existence avait été la principale motivation pour développer cette arme. Maintenant, Aegis avait l'occasion de l'utiliser. Le changement de tactique prit une seconde pour se manifester, la chaleur diminuant tandis que les drones passaient à l'électricité paralysante, aux câbles d'immobilisation qui frappaient et s'enroulaient autour du Thane maintenant visible, attachant ses bras et ses jambes à ses adversaires aériens.

Un mouvement qui donna à Thane de nouvelles munitions.

Avec un rugissement sans mots, Thane se jeta de tous côtés, balançant ses bras, donnant des coups de pied, et envoyant les drones s'écraser les uns contre les autres. Certains s'éparpillèrent au sol, poussant les Paragons à se sauver eux-mêmes et leurs amis plutôt que de se concentrer sur la source. Chaos, désastre.

Et un tir à découvert.

Aegis se baissa alors qu'un drone en flammes passait au-dessus de lui, gardant la seringue prête dans sa main droite. Ses bottes gardaient leur adhérence sur la glace sous la neige éparpillée, et en quelques longues foulées, il avait presque atteint Thane. Il avait presque réussi à poignarder le monstre quand, dans un tourbillon hurlant, Thane projeta sa gueule béante droit sur Aegis.

— Tu deviens plus moche à chaque fois, dit Aegis, armant son bras pour planter la seringue directement dans la bouche de Thane.

Thane répondit par un rugissement plein de bave, ses dents difformes fonçant droit sur Aegis dans une morsure de mâchoires assez larges pour envelopper la tête du Champion.

Jusqu'à ce que quelque chose de gros, désordonné et métallique s'écrase sur le côté de Thane et le projette au sol. Aegis essuya la salive de Thane de son visage et vit Mynx manier sa collection hétéroclite avec ce qui aurait pu être une belle précision si ce n'était pas, en fait, des explosions de moteurs maladroites, des tirs paralysants, et des esquives de fusées malhabiles pour éviter les contre-attaques de Thane.

Mynx encaissa un crochet du droit sur le blindage métallique de son drone défensif, Thane y laissant une énorme bosse, mais au lieu de reculer, elle utilisa l'élan du coup pour s'agripper, avec un câble d'acier lancé depuis le drone d'attaque enroulé autour de sa jambe droite, au bras tendu de Thane. Elle déclencha tous les jets de ses drones, se propulsa vers le sol et pivota, envoyant Thane par-dessus sa tête dans un mouvement de moulin à vent qui se termina avec lui s'écrasant tête la première au sol.

Un adversaire normal, malmené de la sorte, serait soit mort, soit hors de combat. Aegis estima que Thane serait étourdi pendant quelques secondes tout au plus, alors il les mit à profit, se précipitant vers Mynx.

— En haut et en avant ! cria Aegis.

Mynx, debout, entendit l'appel et tendit son bras droit

recouvert de drones vers Aegis. Il sauta, et Mynx inclina le bras, laissant Aegis utiliser le large corps du drone comme une rampe. Il passa au-dessus de sa tête et continua, montant sur le drone du bras gauche de Mynx. Alors qu'Aegis courait, le drone se détacha, s'élevant encore plus haut de sorte que lorsqu'Aegis atteignit l'extrémité, quand il sauta vers Thane, il vola à plus de trois mètres dans les airs.

Quand Thane se releva, secouant la neige de son dos, de toute sa hauteur, quand Thane se tourna vers Mynx avec toute l'intention de la réduire en bouillie, Thane vit la forme volante d'Aegis fonçant vers lui, plongeant la seringue en diamant dans l'une des rares parties légèrement vulnérables du corps massif et furieux de Thane : son cou.

Aegis ne s'accrocha pas. Il enfonça la seringue, appuya sur la gâchette et tomba, et dès qu'il toucha le sol, Aegis asséna une série de coups de pied violents à l'arrière des genoux de Thane. Les coups firent tomber Thane à genoux, les mains du monstre atteignant la seringue, l'arrachant. Thane poussa un dernier cri, mais déjà sa force avait diminué, sa rage se dissipant en un grognement sans mots. Son corps suivit, Aegis se tenant au-dessus de lui alors que Thane rétrécissait, se ratatinant tandis que les drogues de la seringue agissaient sur la seule faiblesse que le Thane enragé avait : son esprit.

Apinya avait conçu le dispositif, avec la façon typiquement obtuse et exaspérante du Champion. Thane, avait décidé Apinya, ne pouvait pas être blessé lorsqu'il était en colère, mais il pouvait être persuadé. L'anomalie bloquait les menaces à son corps, mais pas les murmures sournois d'un sédatif. Les sensations agréables qui transformaient la rage de Thane en un contentement placide, si elles étaient administrées par une solution douce et inoffensive, traverseraient les défenses de Thane là où tout, du poison aux radiations en passant par les attaques directes, échouait. Ainsi, pendant deux décennies, ils avaient maintenu Thane interné. Pendant deux décennies, ils l'avaient maintenu pacifié, et tandis qu'Aegis fixait le vieil homme émacié dans la neige à ses pieds, frissonnant de froid, il ne pouvait que se demander pourquoi ils ne l'avaient pas tué plus tôt.

— Je l'emmène, dit Mynx.

Ils se tenaient au-dessus de Thane, qui dormait de ce sommeil profond propre aux personnes sous contrôle chimique. Pixie et les autres Paragons avaient emmené les divers mercenaires de Thane — certains parlaient déjà, affirmant avoir été engagés par des directeurs anonymes — et les envoyaient vers des centres de traitement. Les drones partaient aussi, retournant à leurs sites de patrouille habituels à travers la Nouvelle-Angleterre. Seuls quelques-uns restaient en arrière, surveillant la cible endormie.

— Tu ne m'écoutes pas, répliqua Aegis. Il meurt. Maintenant.

Mais il ne leva pas le pied, ne serra pas le poing pour porter le coup, car Aegis pouvait lire le visage de Mynx. Cette expression déterminée qui disait à Aegis qu'il trouverait les drones le retenant s'il essayait.

— Ça ne marchera pas. Tu briseras l'emprise, et ensuite il nous attaquera de nouveau, dit Mynx. Nous avons déjà essayé ça.

— Il est plus vieux maintenant. Plus faible. Regarde-le.

— Semblait-il faible il y a une minute ?

Non. Non, ce n'était pas le cas. Mais s'ils n'essayaient pas maintenant, alors quand ? Aegis écarta les bras, regarda Mynx. Implora du regard une autre option.

— Nous avons toujours l'île, dit Mynx. Elle est là-bas.

— Le laisser libre ? Tu plaisantes ?

— À peine. Je le larguerai. S'ils ne le tuent pas, il sera piégé. À des dizaines de kilomètres de tout. Inoffensif.

Aegis fixa le corps de Thane. Si frêle. Si faible. Un bon coup de pied y mettrait fin, Aegis en était sûr. Mais s'il se trompait ? Si Thane revenait en rugissant ? Il n'avait pas de deuxième seringue prête, et il y avait trop de personnes vulnérables ici. Trop de risques. Son ancien lui l'aurait peut-être fait, celui qui avait le goût du pari, de la bravade.

— Emmène le monstre, alors, Aegis se détourna, commençant la marche laborieuse vers un transport qui le ramènerait chez lui. Pour notre bien, Mynx, j'espère que tu as raison.

# CHAPITRE 30
# UN BON SPECTACLE

DE TOUS LES espaces de Chicago qui avaient changé lorsque les Paragons avaient remanié le monde, McCormick Place, un palais de fenêtres, de paysages soignés et de toits blancs inclinés, avait repoussé l'influence des anomalies. Comme les monuments traditionnels de la ville, McCormick Place se dressait comme un témoin de ce qui existait auparavant. Contrairement aux monuments traditionnels de la ville, McCormick Place était susceptible d'être recouvert de banderoles colorées arborant des héros mythiques et des mondes encore plus étranges, d'une certaine manière, que la Terre.

Kat pouvait voir l'installation depuis la gare, et même si elle ne le pouvait pas, les tenues des passagers qui descendaient autour d'elle auraient été des indices suffisants. Au début, les anomalies avaient semblé sonner le glas des puissants et miraculeux héros de films et de fiction, mais comme il était devenu évident que peu d'anomalies égalaient ces capacités imaginaires, et encore moins leurs morales désintéressées, les conteurs avaient dépoussiéré les icônes séculaires et les avaient regardées s'élever à des sommets encore plus hauts qu'auparavant. Kat aussi les avait appréciées, quand elle était enfant. Puis elle avait perdu ses parents, et maintenant toute anomalie dotée de grands pouvoirs la mettait sur le qui-vive. Quand elle prenait la peine de se divertir, elle préférait le faire avec des gens normaux. Pas de SSPT pour elle, merci bien.

Malgré tout, l'enthousiasme de la foule — une famille à sa gauche énumérait tous les membres d'une équipe de héros que Kat ne reconnaissait pas, un couple à sa droite planifiait l'emploi du temps pour voir tous leurs acteurs préférés, et des rires sincères résonnaient partout — lui arracha un sourire. Non pas qu'elle s'amusait — jamais — mais elle devait se fondre dans la masse. Qui viendrait à une convention comme celle-ci et ferait la tête ?

Alors que Kat s'approchait des immenses bâtiments, elle se fraya un chemin hors de la foule vers les revendeurs qui proposaient des pass journaliers de dernière minute. Un tapotement de son Tama contre un autre et elle avait un badge autour du cou, déclarant Kat visiteuse de rang « Éternel », ce qui, l'assura le revendeur, lui garantirait l'entrée à pratiquement tous les événements qu'elle pourrait souhaiter.

Elle ne savait pas où Calvin pouvait être, mais Kat pouvait faire des suppositions : les plus grands spectacles, les plus grandes stars.

Une fois passée les portes et la file d'attente pour le nécessaire vestiaire — froid hivernal dehors, chaleur écrasante à l'intérieur couplée à des milliers de personnes allaient faire une journée transpirante — Kat se fraya un chemin jusqu'à un endroit vacant contre la fenêtre et ouvrit l'application de la conférence sur son Tama. Établir un programme.

— Hé, je te connais, dit une voix doucereuse que Kat se rappelait bien, principalement parce que la capacité de la femme l'avait rendue si difficile à attraper. Tu fais toujours de bonnes reps grâce à moi ?

Xia n'avait pas beaucoup changé en trois ans depuis que Kat l'avait tracée. Elle avait été l'une des premières prises de Kat, une anomalie que Kat avait trouvée en train de cuisiner dans un diner. Xia avait été négligente avec sa couverture, préparant des plats à une vitesse telle que le diner avait la réputation de sortir la nourriture quel que soit le délai. Quand on pouvait faire frire instantanément avec ses mains, produire des milliers de nuggets de poulet et de frites n'était pas si difficile. Quand on pouvait faire la même chose à une personne, cela vous rendait dangereuse.

— Je vais bien, dit Kat. Xia arborait une robe émeraude, des ailes de fée repliées dans le dos avec une couronne sombre, et une paire d'adolescents la suivait, regardant tour à tour leur mère, leurs Tamas et les merveilles costumées qui passaient. Et toi, comment vas-tu ?

Les traceurs avaient des directives sur les interactions avec les anomalies qu'ils avaient tracées. Des exemples, étant donné que les anomalies tracées couvraient une gamme allant de reconnaissantes à meurtrières. Au fil du temps, le consensus général s'était établi sur le fait de rester calme et de garder ses distances. Ce n'était pas parce qu'une anomalie avait été tracée qu'elle ne pouvait pas obtenir sa revanche motivée par sa capacité.

— Oh, tu sais, je vis le rêve de tous les parents, dit Xia. Travailler pour les Paragons. Pas le choix. Et me voilà avec mes enfants, essayant de passer une journée amusante et d'oublier, pour un moment, la vie dans laquelle tu m'as enfermée, et bien sûr, la personne que j'étrangle dans mes rêves chaque nuit apparaît !

Kat hocha la tête derrière Xia, vers ses enfants, qui avaient tous deux remarqué la colère croissante de leur mère.

— Ce sont les tiens ?

— Bien sûr que ce sont les miens. Pas que ça t'intéresse. Xia sortit une baguette en plastique de sa ceinture, la pointant sur Kat. Tu ne fais que prendre. Utiliser. Puis partir.

Désamorcer. C'est ce que Kat était censée faire. Mais elle était fatiguée, il y avait beaucoup de monde autour, et Xia avait une stupide baguette dans son visage.

— Si tu ne veux pas me voir, je ne t'empêche pas de partir.

Xia réfléchit à cela. Elle sembla, pendant un moment, sur le point de frapper Kat avec la baguette, et Kat leva suffisamment son bras pour bloquer. Cette action, ce rappel du combat qui avait détruit la moitié du diner et s'était terminé avec Kat brûlée et Xia inconsciente et tracée, dénoua le nœud de colère qui se formait dans l'esprit de Xia. La fée émeraude tourna le dos à Kat, annonça à ses enfants qu'ils partaient. Kat regarda Xia faire deux pas avant que l'anomalie ne s'arrête, se retourne vers elle, manquant presque de heurter quelqu'un dans la foule, et crie avec cette baguette toujours pointée :

— Tu veux voir une vraie méchante ? En voilà une. Juste là ! Elle ruinera ta vie !

Kat ne pouvait pas le nier.

La traqueuse erra. Se fondant dans la foule et marchant à travers l'énorme centre de congrès. De temps en temps, son Tama bipait, lui annonçait qu'un spectacle qu'elle avait identifié comme étant de grande valeur allait commencer et Kat se dirigeait dans cette direction pour évaluer la file d'attente, mais elle n'y entrait pas. Elle ne pouvait pas supporter de s'asseoir, car alors elle se perdrait trop dans ses pensées.

Mynx, la Championne qui avait lancé le programme de pisteurs, n'avait jamais caché son objectif, ni le prix que les pisteurs devraient payer. Ils étaient des recruteurs par la force, et leurs cibles — victimes ? — seraient poussées dans une sorte de servitude rémunérée pour une organisation qu'elles avaient manifestement voulu éviter. Mynx avait enrobé tout cela dans un langage héroïque et grandiloquent : les pisteurs faisaient un travail nécessaire et valorisé qui ne ferait pas les gros titres.

Kat n'avait pas été préparée à la haine.

Xia n'était pas la première des anomalies de Kat à revenir vers elle avec une vie devenue moins qu'idéale après l'interférence de Kat. Parfois, la réaction était une acceptation maussade, la perte de liberté apaisée par les récompenses substantielles accordées par les Paragons. Ils lançaient à Kat un regard peu enthousiaste et passaient leur chemin. Rarement, elle en rencontrait comme Stanley, qui avaient tiré quelque chose de mieux après avoir laissé derrière eux la paranoïa inhérente au fait d'être une anomalie en cavale. La plupart du temps, Kat s'attirait une confrontation. Un flot de paroles au goût de culpabilité, comme si Kat leur avait volé quelque chose, alors qu'en fait, ils avaient choisi d'enfreindre la loi des Paragons. Les menaces physiques, comme ce que Xia aurait pu faire si elles s'étaient rencontrées dans une rue tranquille et non dans un centre de convention très surveillé, avaient tendance à s'estomper une fois que l'anomalie se souvenait que Kat les avait battus une fois, et qu'elle pouvait le refaire.

Cela ne rendait pas ces moments agréables pour autant, ce qui expliquait pourquoi Kat passait de plus en plus de temps cloîtrée dans son appartement. Pas de conflits là-bas. Pas de confrontation avec ses choix de vie.

Un éclat de rire ramena Kat au présent et elle réalisa qu'elle avait erré dans un immense hall de vendeurs. Des stands vendant tous les jouets imaginables de bandes dessinées et de films parsemaient la zone, et pour chaque stand physique, il y en avait une demi-douzaine de virtuels ; de simples affiches avec des codes Tama qui permettaient de visiter des marchés à prix réduits ou des boutiques spéciales sur Internet.

Le rire venait d'un spectacle qui se déroulait au centre de l'espace. Kat pensait reconnaître l'homme debout sur l'estrade surélevée, microphone près des lèvres alors qu'il débitait une série de blagues si spécifiques à un public d'initiés que Kat se sentit légèrement gênée de pouvoir les suivre. Être tant dans son appartement signifiait qu'elle regardait beaucoup d'émissions.

*Beaucoup* d'émissions.

Elle rejoignit la foule, se tenant à l'arrière et écoutant le spectacle. Elle continuait à regarder autour d'elle. Aucun signe de Calvin. Pas que ses chances soient si grandes, avec une foule de cette taille. Une foule qui commençait aussi à l'affecter, rongeant son calme. Si Calvin ne se montrait pas bientôt, Kat pourrait bien s'éclipser pour la journée. Revenir demain.

Le comédien enchaîna sur une autre série de blagues, une que Kat ne connaissait pas, alors elle laissa de nouveaux arrivants la pousser doucement hors de l'attraction naturelle du spectacle. L'anxiété faisait son œuvre sur l'estomac de Kat, et un coup d'œil à l'heure lui fit comprendre qu'il était temps de manger. Et si elle avait besoin de nourriture, il y avait des chances que Calvin aussi. Tout le monde devait manger, non ?

Si le hall des vendeurs avait été un ensemble d'offres concurrentes, la zone de restauration offrait des odeurs concurrentes. Apparemment, le divertissement de masse transcendait les frontières culturelles, car Kat percevait tout, des currys aux friteuses, en passant par l'odeur distincte et épicée des saucisses à base de plantes. Suivant un horaire d'appétit similaire, les foules descendirent sur l'espace avec Kat, s'entassant dans les files d'attente et brandissant des tickets pour des échantillons gratuits ou des repas gagnés lors des divers concours de la convention.

Kat s'enfonça plus profondément, où la foule s'éclaircissait à mesure que les stands attrayants à l'entrée attiraient la plupart des gens. Ici, encerclant un gigantesque bar offrant des boissons thématiques dans des gobelets écologiques en plastique vert assez grands, pensait Kat, pour contenir son bras entier, s'étalaient des tables de deux et quatre personnes avec des chaises légères suffisamment flexibles pour accueillir les clients et les costumes de cette fête particulière.

L'alcool venait avec la promesse de la familiarité, un soulagement alors que Kat se pressait sur un tabouret de bar vide. Quelques écrans au-dessus montraient des clips soit terminés, soit en cours, bien que certains diffusaient des flashs d'information concernant une affaire violente en Nouvelle-Angleterre. Apparemment, Aegis lui-même y était, accompagné d'une flotte d'autres Paragons.

— Encore Thane, offrit le barman, suivant le regard de Kat vers l'écran. Ils n'arrivent pas à le garder enfermé. Ils devraient simplement en finir.

— En effet.

Kat n'était pas d'humeur à discuter de la question plus large de la mort contre la vie pour un criminel comme Thane, alors elle accepta le verdict du barman et commanda une bière légère. Après l'avoir reçue et en avoir pris une gorgée, elle fit un lent tour sur le tabouret pour regarder à nouveau les tables. La foule.

Et elle le vit.

Cela aurait dû être évident. Calvin semblait être un solitaire, comme elle. Il se frayerait un chemin jusqu'ici, vers cette étrange oasis au centre de tout. Kat ne pouvait pas voir son visage, mais il portait le même chapeau, la même veste élimée. Pas de costume pour notre héros. Calvin mangeait quelque chose, dos au bar, penché sur la table. Une cible facile.

*J'ai trouvé ton anomalie, Gordon. À la grande convention, dans la salle à manger. Viens me rejoindre maintenant, avec la prime.*

Ce message devrait faire accourir Gordon. Kat n'aimait pas s'avouer que battre Gordon sur ce coup-là lui procurait la plus grande montée d'adrénaline qu'elle ait eue depuis longtemps, mais c'était apparemment la vie. Peut-être qu'un jour elle profiterait du forfait avantages des pisteurs et consulterait un thérapeute à ce sujet. À propos de beaucoup de choses.

Mais pas aujourd'hui.

Kat glissa du tabouret. Marcha lentement avec sa bière dans la main gauche tandis que sa droite se glissait sous le pli où son jean rencontrait son ample pull crème. Pressé contre sa hanche, avec une puce spéciale qui lui permettait de désactiver les détecteurs de métaux — quelque chose que les pisteurs recevaient pour les aider dans leurs entreprises non létales — se trouvait un petit pistolet paralysant. Courte portée, chargé de fléchettes engourdissantes.

Elle le sortit, le dissimula dans sa paume jusqu'à ce que le canon soit face au dos de Calvin. Elle s'approcha directement de lui, pressa l'arme contre sa nuque, et chuchota :

— Hé Calvin, pourquoi t'es-tu enfui si vite ?

# CHAPITRE 31
# SOUS LES RUES

LA VILLE souterraine de Chicago avait survécu aux années en restant invisible. Alors que la surface du centre-ville avait été remodelée pour s'adapter aux nacelles, à la redéfinition du capitalisme imposée par Paragon, les rues sales en dessous étaient restées résistantes. Zhan-Yo était sorti à un pâté de maisons entier de sa destination, désirant marcher un moment dans cet endroit, avec ses lumières dorées profondes, ses longues ombres et l'agitation constante des véhicules de fret lourd et de déchets qui se débarrassaient des choses que l'humanité produisait mais ne voulait pas voir.

Les voix portaient aussi ici, celles des travailleurs effectuant des tâches qu'aucun drone ou IA ne pouvait rendre rentable. Les mêmes plaintes : les représentants, le temps froid — bien qu'ici les vents violents du lac étaient coupés — et le labeur constant inévitable pour l'homme du commun. Cette dernière pensée le fit sourire ; Zhan-Yo ne devrait pas penser comme ça, comme un philosophe. Il n'était pas un de ces buveurs de vin prêchant à des étudiants universitaires griffonnant.

Non, il était un révolutionnaire, et ces travailleurs ici-bas étaient ses sujets, même s'ils ne le savaient pas.

Sylvie avait demandé à se rencontrer près de l'endroit qu'elle avait choisi pour leur assassinat qui allait changer le monde. Zhan-Yo n'aimait pas ce mot, qui drapait comme un chiffon graisseux ses nobles aspirations, mais il devait admettre l'intérêt d'appeler les choses par leur vrai nom. Aegis devait mourir pour que la liberté puisse vivre. Ils ne pouvaient pas battre Aegis et ses Paragons dans un combat direct, donc ce serait un assassinat.

Une lourde porte soudée marquait l'entrée. Un vieux verrou à clé se trouvait au-dessus de la poignée, sans aucun scanner Tama en vue. Combien de temps s'était-il écoulé depuis que Zhan-Yo avait porté un trousseau de clés ? Entendu le tintement en essayant de se rappeler laquelle correspondait à quelle serrure ?

— Tu as une clé ? demanda Wexley, sortant d'une autre nacelle derrière Zhan-Yo. Il n'avait pas choisi de faire la marche et jetait des regards autour de lui comme s'il craignait que des brutes ne les attaquent à tout moment. *Ou est-ce que Sylvie s'attend à ce qu'on attende ici ?*

— Elle nous laissera entrer quand elle sera prête.

Wexley secoua la tête. L'homme s'était emmitouflé de la tête aux pieds dans des vêtements que Zhan-Yo ne pouvait décrire que comme du luxe de bureau. Noirs, épais et laineux. Zhan-Yo préférait le confort usé de sa veste bouffante, la même qu'il portait depuis des années. Après tout, Zhan-Yo avait atteint le sommet de l'échelle. Wexley grimpait encore les échelons. Tout comme Zhan-Yo refusait de juger les travailleurs de la ville souterraine pour leur travail brutal au bas de la ville, il ne pouvait pas non plus juger la tenue de quelqu'un qui essayait durement d'y échapper.

Heureusement pour Wexley, Sylvie ouvrit la porte à peine deux minutes plus tard, au moment précis où leurs Tamas vibraient pour annoncer le début de la réunion prévue. Une réunion qui, sur les calendriers de Zhan-Yo et Wexley, avait été marquée comme un dîner de haute importance. Quelque chose qui tiendrait à l'écart les appels et ferait taire les questions.

— Bienvenue, messieurs, au dernier endroit que notre Champion verra jamais, dit Sylvie en s'écartant et en invitant le duo d'un geste élaboré.

Si cet espace devait abriter les derniers moments d'Aegis, Zhan-Yo le trouvait convenablement horrible. Des tuyaux enchevêtrés, des bouches d'aération fumantes, des fils grillagés et plus encore couraient au plafond, s'interrompant de temps en temps pour offrir une parcelle à des lumières fluorescentes pétillantes dont l'éclat bleu-blanc drainait tout espoir.

Le lieu choisi par Sylvie s'étendait aussi, et les « murs », alors qu'elle guidait Zhan-Yo et Wexley, se révélèrent être des blocs de batteries pour le stockage solaire. Des cubes noirs portant de petits écrans affichant les panneaux collectifs sur les bâtiments loin au-dessus pour absorber suffisamment d'énergie pour faire fonctionner la ville. Une initiative high-tech regroupée dans un environnement low-tech. Un endroit qui, à en juger par l'odeur persistante, avait été utilisé pour stocker des déchets destinés à l'incinération dans une vie antérieure.

Vers le fond, Sylvie indiqua une porte de maintenance. Elle aussi était verrouillée et portait pas moins de trois panneaux à lignes rouges déclarant des sanctions civiles et pénales si la mauvaise personne osait l'ouvrir.

— Nous le conduisons à travers les tunnels d'accès jusqu'à cette porte, dit Sylvie. Il l'ouvre, nous en finissons avec lui ici, puis nous nous échappons par là où vous êtes entrés. Simple.

— C'est parfait, dit Zhan-Yo.

— Tu fais ça paraître si facile, répliqua Wexley. Aegis ne sera pas seul. Et qu'en est-il des drones ? Dès qu'il réalisera que c'est un piège, il les appellera. Si près du centre-ville, ils ne seront qu'à quelques secondes.

— Vérifiez vos Tamas, répondit Sylvie. Contrairement à

son rendez-vous tardif, la tenue de Sylvie ce soir brillait d'un gris argenté, avec des fentes remplies de plaques blindées. Deux renflements à ses poignets étaient, selon Zhan-Yo, des couteaux à ressort prêts à être lancés d'un geste, et sa taille arborait une ceinture avec des armes pour le corps à corps et la distance. Tout cela donnait à sa suggestion une tournure sinistre. Vous y trouverez votre réponse.

Le Tama de Zhan-Yo ne cachait pas le problème — vers le haut au centre de son écran, sur le dos du poignet de Zhan-Yo, un grand X rouge couvrait le cercle qui, en se remplissant de blanc, montrait la force du signal. Zhan-Yo ne se souvenait pas de la dernière fois qu'il avait vu ce X rouge — il pouvait maintenir une connexion sur des vols vers n'importe où dans le monde, dans la plupart des sous-sols, et au milieu du lac Michigan. Cette chambre ici, sous les rues de Chicago, n'était même pas si profonde. Ce qui signifiait...

— Ce sont les générateurs, dit Zhan-Yo, remarquant que Wexley fixait toujours son propre Tama comme s'il était devenu une créature dégoûtante décidée à dévorer sa main. C'est la différence.

— Pas tout à fait, répondit Sylvie. Ce bâtiment est blindé. Des plaques de plomb nous entourent, intégrées dans ces murs, pour contenir et isoler toute surcharge. Peux-tu imaginer ce qui se passerait si ces générateurs explosaient sous la ville ?

— Ça me fait me demander comment tu as accès à cet endroit, dit Wexley.

— Je ne te demande pas comment tu fais ton travail, répliqua Sylvie, et Zhan-Yo remarqua que les deux s'étaient, une fois de plus, positionnés comme des duellistes. Tu paies tes employés, n'est-ce pas ?

— Bien sûr que nous les payons.

— Sylvie, tenta Zhan-Yo, mais elle l'ignora.

— Tu les paies en reps, mais ce n'est qu'une monnaie. Rester en vie, comme il se trouve, en est une autre.

Zhan-Yo réprima un tressaillement. Une autre tache sur le drapeau immaculé de son rêve. S'il était honnête, le drapeau ressemblait plus à un chiffon sale ces jours-ci, mais au moins il était toujours là. Peut-être encore capable de flotter.

— Donc c'est ici que nous organisons le transfert d'armes, ramena Zhan-Yo la conversation sur le sujet principal.

La salle centrale en avait la capacité. Carrée, avec un sol dégagé destiné à donner de l'espace pour que l'équipement nécessaire puisse déplacer et entretenir ces énormes réservoirs d'énergie. Une douzaine de personnes ou plus pouvaient attendre ici, prêtes à tendre une embuscade à Aegis quand il viendrait par le tunnel de maintenance.

— Nous allons placer des caméras dans les coins et aux points centraux, expliqua Sylvie. Nous le capturerons sous tous les angles. Ce ne sera pas qu'un assassinat, ce sera un événement cinématographique.

Wexley lança à Zhan-Yo un regard qui demandait si, vraiment, Zhan-Yo pensait qu'il restait à Sylvie la moindre once de santé mentale. Zhan-Yo n'avait pas de réponse, mais cela n'avait pas d'importance, tant qu'ils atteignaient leur objectif. Tant qu'ils éliminaient le Champion.

Sylvie continua d'expliquer les modifications à venir sur le lieu et Zhan-Yo essaya d'absorber toutes ces informations. Alors qu'elle expliquait les pièges secondaires au cas où les drones descendraient quand même, la porte d'accès de maintenance s'agita. Wexley se glissa devant Zhan-Yo en un instant, sortant un petit pistolet paralysant légal de sa veste. Sylvie regarda l'arme, croisa le regard de Wexley, et rit.

La porte s'ouvrit et deux hommes habillés comme Sylvie — équipement tactique noir argenté avec des plaques d'armure — entrèrent. Zhan-Yo ne reconnut ni l'un ni l'autre, et les deux ignorèrent les principaux dirigeants de Ziran tandis qu'ils faisaient leurs rapports à Sylvie sur les situations sécurisées et les mises à jour des objectifs. Quand ils eurent fini, Sylvie leur donna un simple signe de tête et les congédia.

— Attendez, leur dit Zhan-Yo alors que les deux hommes de main se tournaient pour partir par la sortie principale. Quel est votre rôle ici ?

— Ils vont neutraliser Aegis, dit Sylvie.

Les deux se retournèrent pour le regarder. Zhan-Yo commença à penser à eux comme aux jumeaux, bien qu'ils ne se ressemblent pas du tout. Grands et costauds, certes, mais sinon leurs peaux étaient à l'opposé, l'un avait les oreilles plus longues et l'autre le torse plus long. Leurs visages avaient une chose en commun : ce regard fixe qu'on trouve si souvent chez les hommes de main. Cependant, se cachant sous cette surface et visible dans leurs muscles détendus, leurs yeux droits et l'absence totale de questions sur leurs lèvres... était l'absence totale de fibre morale nécessaire pour travailler sur un travail comme celui-ci.

— Avez-vous déjà combattu un Paragon ? demanda Zhan-Yo. Une anomalie ?

— Ici et là, dit celui de gauche, comme si Zhan-Yo lui avait demandé s'il regardait des films. Pas un Paragon. Pas si bête.

— Ils sont qualifiés, Zhan-Yo, dit Sylvie. Aussi bons que tu puisses en trouver. Personne ne fait de publicité pour la chasse aux Paragons. On ne vit pas longtemps en faisant ça.

Zhan-Yo hocha la tête. Il jeta un coup d'œil à Wexley. — Prends ma veste, s'il te plaît.

— Z, dit Wexley. Je ne pense pas que...

— Ce n'est pas à toi de prendre cette décision.

Wexley retira la veste des épaules de Zhan-Yo et l'homme plus âgé étira ses bras. Il sentit ces muscles se mettre en place. Il avait l'intention de donner suite à l'offre de Chloé, de s'entraîner plus durement. En l'état, ces deux-là devraient faire l'affaire.

— J'en ai combattu un, dit Zhan-Yo en étirant ses bras. Sur un pari. Il y a des années. J'ai perdu, lourdement. Parce que je l'ai sous-estimé. J'ai supposé qu'un Paragon n'était rien de plus que son pouvoir, comme la plupart des anomalies. Une erreur profonde.

Bien que Zhan-Yo ne le leur montrât pas, il avait une cicatrice sur son mollet gauche, là où le Paragon lui avait fendu l'os. Pas de pouvoir là-dedans, juste un coup de pied impitoyable. Pour autant que Zhan-Yo le sache, ce Paragon vivait toujours quelque part, et Zhan-Yo avait une dette envers lui — il avait appris une leçon que la plupart ne réalisent qu'aux derniers moments fatals de leur vie.

— Alors que veux-tu dire ? dit Sylvie, les bras croisés alors qu'elle s'appuyait contre le mur. Tu veux t'entraîner avec eux ? Leur apprendre ce que c'est que de combattre un Paragon ?

— Ce que je dis, c'est que si ces deux-là ne peuvent même pas me gérer, Aegis en fera une bouchée.

— C'est ridicule, Z, dit Wexley.

Mais apparemment, les jumeaux ne le pensaient pas. Ils jetèrent un regard à Sylvie, qui haussa les épaules, puis se mirent à se séparer autour de Zhan-Yo, plaçant le patron ostensible de toute cette entreprise seul au milieu de la pièce. Wexley comprit finalement qu'il n'allait pas, en fait, empêcher cela de se produire et recula près de Sylvie, poussant soupir sur soupir.

Zhan-Yo, lui, se sentait vivant. Il ressentait la ruée d'adrénaline et l'excitation qui accompagnent le conflit physique, sachant que sa vie serait en jeu et qu'il faudrait chaque once d'énergie qui lui restait à la fin de la journée pour...

Gagner.

Zhan-Yo fit un pas rapide sur sa gauche sans se retourner complètement, donnant un coup de coude vers la gorge du plus petit. Un mouvement potentiellement mortel contre les non-initiés, capable de réduire la trachée à rien de plus qu'un tissu plié, mais l'homme de main de Sylvie fit une déviation surprise, frappant le coup de Zhan-Yo vers le haut pour qu'il frappe la joue de l'homme à la place, faisant claquer sa tête en arrière. Zhan-Yo profita de la distraction que cela lui procura pour envoyer un coup de pied de la jambe droite dans l'estomac de l'homme chancelant, le projetant contre le mur latéral. Le souffle d'air vicié explosant des poumons de l'homme signifiait que Zhan-Yo avait un peu de temps pour jouer avec l'autre.

Qui vint vers Zhan-Yo avec ses mains levées devant son visage, une posture de boxe. Plus grand que Zhan-Yo, le jumeau numéro deux avait sans doute l'avantage de la portée sur Zhan-Yo, alors il décida de mettre les mains hors-jeu. Pivotant après son coup de pied, Zhan-Yo se laissa tomber dans un balayage de jambe, incitant le Jumeau Deux à reculer rapidement.

Jouant la sécurité. Ça pourrait marcher ici, mais chaque seconde où Aegis restait en vie donnait du temps aux Paragons ou aux drones pour le localiser et tout gâcher.

— Vous devez attaquer rapidement, dit Zhan-Yo en se redressant. Chaque seconde contre le Champion lui profite, pas à vous.

Twin Two avait compris, et il s'est de nouveau engagé, cette fois plus léger sur ses pieds. Si Zhan-Yo tentait le même balayage, Twin Two pourrait le sauter, ou se précipiter pour le devancer, en portant un coup à la tête non protégée de Zhan-Yo. Alors Zhan-Yo a fait mine de combler l'écart avec une soudaine ruée vers Twin Two. L'homme engagé par Sylvie, plutôt que d'essayer un coup de poing frénétique, a plutôt opté pour une étreinte, attrapant Zhan-Yo alors qu'il s'approchait et l'enveloppant dans ses bras mammouths. Il a serré, et Zhan-Yo a eu l'impression qu'il allait éclater.

Mais Twin Two portait une ceinture comme Sylvie, et cette ceinture contenait un certain nombre d'armes létales. Les mains coincées de Zhan-Yo pouvaient sentir la crosse d'un pistolet, et il l'a sorti, le retournant vers le ventre de Twin Two.

— Tu es mort, a réussi à dire Zhan-Yo.

— Ce n'est pas juste, a dit Twin Two en relâchant Zhan-Yo. On n'était pas censés être complètement armés.

— Je ne t'ai donné aucune règle. Aegis non plus, a dit Zhan-Yo, essayant très, très fort de ne pas s'effondrer alors qu'il aspirait de l'air. Wexley s'est approché de lui, aidant Zhan-Yo à remettre sa veste. Ne joue pas. Une fois qu'il sera dans cette pièce, tu devras le tuer, et le faire rapidement. Sylvie, j'approuve. Fais en sorte que ça se produise.

— Je te tiendrai au courant, a dit Sylvie, avec plus qu'une pointe de calcul dans sa voix et, pensait Zhan-Yo, de surprise face aux capacités de son patron.

Wexley a accompagné Zhan-Yo hors du bâtiment, signalant des pods pour eux. Alors que Zhan-Yo montait dans le sien, prenant de grandes respirations et se demandant s'il aurait des bleus, Wexley a gardé la porte ouverte et s'est penché à l'intérieur.

— Une fois que ça commence, on ne peut plus revenir en arrière. Si Aegis descend là-bas, il doit mourir, Z. Si ces deux-là échouent...

— Sylvie et moi nous assurerons que ça n'arrive pas.

— Toi ?

— Wexley, si ça échoue, c'est fini pour nous. Ziran pourrait continuer, mais pas moi. J'ai attendu toute ma vie pour cette unique chance, et je n'en ai pas une seconde à passer à en attendre une autre.

La réponse semblait satisfaire Wexley, qui a laissé la porte du pod se fermer et a fait un léger signe de la main à Zhan-Yo tandis que le pod le conduisait hors des profondeurs dorées et grasses, vers la nuit brillante de Chicago.

# CHAPITRE 32
# LIVRAISON AÉRIENNE

CHARON. Le passeur qui transportait les morts récents, ou les aventuriers imprudents, vers l'Hadès. Mynx essayait de se rappeler ce nom depuis une heure maintenant, une énigme facilement résolue par son Tama, mais qu'elle voulait résoudre par elle-même. En partie parce qu'elle en avait simplement envie — laisser les machines résoudre tous ses problèmes la faisait se sentir inutile — mais aussi parce que survoler l'Atlantide et le Pacifique était vraiment, vraiment ennuyeux.

Non pas que le ciel nocturne, une fois que Mynx eut dépassé les nuages et teinté un peu cette dure lumière lunaire, ne fût pas magnifique. Elle l'avait simplement vu tant de fois maintenant que —

— Un transport personnel par une Championne en personne ? La voix de Thane semblait sèche, comme s'il avait sucé une douzaine de citrons. Qu'ai-je donc fait pour mériter cet honneur ?

Son jet privé n'avait pas de siège passager, mais il avait de l'espace pour les bagages. Un espace maintenant occupé par un Thane sédaté et entravé. Privé de sa colère, Thane s'était rétréci, recroquevillé jusqu'à paraître à peine en état de vivre. Il y avait un certain danger à garder Thane ainsi engourdi, un risque que ses muscles s'affaiblissent au point qu'il meure à l'arrière du jet. Franchement, Mynx s'en fichait si cela arrivait, sauf pour une chose :

Elle n'était pas une meurtrière.

Ces mots ne s'appliquaient pas à tous les Champions, et Mynx avait déjà tué, soit elle-même, soit par l'intermédiaire de ses drones. Mais tuer pour se défendre dans un combat ou pour arrêter une catastrophe était une chose. Mettre fin aux jours de Thane simplement parce qu'elle le pouvait semblait... mal. Aegis ne semblait pas le voir ainsi, mais il pouvait avoir ses opinions. Elle prendrait les décisions qui tiendraient ses cauchemars à distance.

— Tu as terrorisé beaucoup de gens et tu aurais pu en tuer beaucoup plus, dit Mynx, ses mots enveloppant le cockpit et glissant vers Thane. T'en souviens-tu au moins ?

— Bien sûr, répondit Thane. Je retiens tout, même si je ne peux pas l'utiliser sur le moment. Je sais que tu as empêché Aegis de me tuer, et je t'en remercie.

Était-ce de la véritable contrition ?

— Pourquoi as-tu fait ça ? demanda Mynx.

— Oh, mon explication est simple. Je m'ennuyais, et on m'a offert une chance de ne plus l'être. Ils ont rempli leur part du marché, et j'ai fait la mienne.

— Qui t'a offert cette chance ?

— Voyons, Mynx, ce n'est pas parce que tu m'as attaché dans ton avion plutôt confortable que tu as le droit de me poser toutes les questions que tu veux.

— En fait, c'est exactement ce que ça signifie.

Thane émit un rire rauque. — Ton avion a-t-il de l'eau, ou suis-je condamné à m'en passer ?

Le jet avait de l'eau, il avait tout, des repas préparés à l'avance à un défibrillateur automatique prêt à fonctionner si Mynx venait à avoir une crise cardiaque en transit. Mais tout était destiné au cockpit, pas à l'arrière, et l'élan charitable de Mynx avait été tué par le long vol nocturne. C'était son propre choix de faire le voyage, mais ce serait néanmoins épuisant.

— Tu as survécu à pire, dit Mynx. Sais-tu où je t'emmène ?

— Mynx, cela fait si longtemps que je n'ai pas été dans la confidence de tes secrets. Même dans cet état, je ne peux pas deviner.

Encore un mensonge. Thane pouvait très bien deviner, et dans cet état, avec son esprit aiguisé même si son corps se décomposait, il pouvait probablement dire à quelle vitesse ils allaient, peut-être même juger leur position à partir de l'attraction des pôles magnétiques terrestres ou quelque chose d'aussi ridicule. Les anomalies redéfinissaient constamment les limites du possible.

— J'ai créé cet endroit à cause de toi, dit Mynx. Bien que lorsque je l'ai préparé, nous t'avions déjà si bien contenu qu'Aegis a pensé qu'il serait plus dangereux de te déplacer.

— Une des nombreuses erreurs de ce rustre.

— Ça a plutôt bien fonctionné pendant presque trente ans.

— Oui. Vous avez gardé le plus grand esprit que ce monde ait jamais connu sédaté et enfermé. Quel plan brillant.

— Un esprit dangereux, Thane. Tu as choisi ton camp, tu connaissais les conséquences.

Thane ne répondit pas à cela. Ce qui était bien. Le programme de pilotage automatique faisait son travail pour les maintenir sur la bonne trajectoire, et ils approchaient du point où Mynx devait commencer à envoyer sa séquence de code. Elle utilisait un écran branché sur le nez effilé, normalement chargé d'afficher des rapports sur l'état de fonctionnement du jet, mais qui affichait maintenant cinq barres statiques rouge sang dans lesquelles Mynx, par de soigneux glissements de doigt, dessinait les codes d'accès.

— Thane, je ne sais pas si tu peux sentir grand-chose à travers ces sédatifs, mais tu devrais commencer à essayer.

— Ils sont comme des poids. Si je soulève assez fort, peut-être...

Non pas que Mynx voulait que Thane se débarrasse de ces drogues tout de suite, mais ce qui allait se passer ensuite le tuerait sinon.

— Je ne vais pas te promettre que tu seras en sécurité ici, mais je te garantis que le reste du monde sera en sécurité vis-à-vis de toi.

— De moi ? Mynx, même si tu as trouvé un tel endroit, ça n'a pas d'importance. Je ne serai pas la dernière anomalie à menacer le monde que toi et tes amis avez construit. Il y en aura d'autres, ou un normal trouvera où vous avez caché tous leurs vieux jouets et vous fera exploser avec. Tous les empires s'effondrent.

Il y avait tant de raisons pour lesquelles Mynx préférait la logique froide et dure aux vagues philosophies de gens comme Thane et Apinya. Les problèmes devraient être résolus, pas jetés dans le vide. Les menaces devraient être concrètes, pas abstraites et menaçantes. Elle voulait se débarrasser de Thane, mais ses répliques arrogantes sans fin méritaient aussi une petite gifle.

— Tu sais, Thane, il n'y aura plus d'anomalies comme toi pendant longtemps. Je suis proche de résoudre votre problème. Nous pourrons contrôler les générations futures, sauver les plus dangereuses de se blesser elles-mêmes. De devenir comme toi.

— Parce que ça fera certainement de vous les héros de cette histoire.

— Mieux vaut ça que des gens qui meurent sans raison.

— J'ai toujours pensé que tu étais la plus intelligente, Mynx. Celle qui voyait le mieux la fin dès le début. C'est pour ça que tu as créé tous ces drones, n'est-ce pas ? Pour poursuivre vos quêtes maintenant que vous êtes trop vieux et brisés pour le faire vous-mêmes ?

Mynx resta silencieuse, entrant d'autres codes d'accès. Ils passèrent la coque extérieure, se dirigeant vers l'intérieur, et le moindre faux pas anéantirait le jet et eux avec.

— Je crois que tu sais aussi bien que moi qu'il n'y a qu'une seule fin possible à tout ça. L'humanité prend son temps, mais le pouvoir augmente toujours d'une génération à l'autre. Quelqu'un va naître, ou mettre la main sur le mauvais interrupteur, et puis boum. Tout ton travail aura disparu, tout le temps que tu as gaspillé à essayer de faire fonctionner ce monde s'envolera en fumée. Et pas une seule âme ne s'en souciera, Mynx. Pas quand les cendres tomberont du ciel, quand les bâtiments s'effondreront et que les Paragons giseront morts dans les rues. Personne ne te remerciera, personne ne te célébrera.

La tablette du jet émit un bip, ses défenses avaient accepté ses codes.

— Moi aussi, j'avais une famille, poursuivit Thane. Des gens qui m'aimaient, que j'aimais. Tu sais ce qui leur est arrivé ?

Mynx le savait.

— Tu sais ce que j'ai fait quand j'ai découvert qui j'étais ? La fois suivante où mes amis plaisantaient. Ils m'ont poussé, c'était un jeu, mais j'étais fatigué. J'étais adolescent, et tu sais ce que j'ai fait ?

Mynx ferma les yeux et commença à compter à rebours.

— Je savais que je deviendrais fort, à ce moment-là, mais je ne savais pas ce que je perdrais si je continuais à suivre cette énergie, à la saisir, à l'avaler jusqu'à ce qu'il ne reste plus que la rage. Quand j'ai finalement épuisé cette rage, en les suivant chez eux, les seuls qui restaient, c'était vous tous. Prêts à m'utiliser. À me tester. À me contenir.

Presque là.

— Mais, Mynx, je ne peux pas être contenu. Je ne peux pas être retenu. La voix de Thane devint plus forte, et Mynx entendit les grincements révélateurs des liens de Thane qui s'étiraient contre le monstre grandissant derrière elle. Elle saisit le manche de vol, désactiva le pilote automatique et ajusta leur trajectoire pour tenir compte de la masse croissante de Thane. Je grandis, je grandis et je me libère.

— Tu as fini ?

Les liens se brisèrent. Le jet trembla alors que Thane se retournait derrière elle, son corps massif frôlant les parois de l'avion tandis qu'il se déplaçait, amenant sa tête juste derrière la sienne, sa peau âgée et flasque tendue contre un squelette soudainement gigantesque. Son haleine chaude et ardente empestait la folie.

— Oui, murmura Thane.

— Bien.

Le compte à rebours de Mynx atteignit zéro et elle tira sur le manche tout en appuyant du pouce sur un bouton orange vif près du sommet du manche, placé pour des urgences comme celle-ci. La soudaine montée du jet projeta Thane en arrière de son siège, le plaquant contre ce qui aurait dû être le plancher du jet, ce qui était en réalité ses portes de soute, maintenant grand ouvertes. Le monstre qui avait terrorisé la Nouvelle-Angleterre, qui avait hanté les Champions pendant des décennies, leur secret et, parfois, leur sauveur inavoué, fut projeté dans la nuit, vers le seul endroit sur Terre d'où il ne pourrait jamais s'échapper.

Le temps que Mynx corrige le décrochage et ordonne au pilote automatique de la ramener chez elle, et qu'elle entre tous les codes d'accès pour quitter l'île, quand seule la nuit sans fin s'étendait devant elle, elle se laissa aller dans son siège. Autrefois, elle aurait peut-être pleuré, ou haletéé, ou agrippé ces accoudoirs de toutes ses forces pour ne pas trembler. Maintenant, les paroles de Thane n'étaient qu'une menace parmi un million d'autres.

Non pas qu'elles ne la touchaient pas. Non, pas qu'elle

était immunisée. Elles s'insinuaient en elle et y festoyaient. Des murmures dans l'obscurité, l'attendant, toujours.

Il lui faudrait des heures avant d'arriver chez elle. Mynx ouvrit une petite boîte latérale, en sortit un flacon et avala l'une des pilules à l'intérieur. Elle dormirait, et les médicaments rendraient son sommeil sans rêves.

Paisible.

# CHAPITRE 33
# ACCEPTER LA RÉALITÉ

AEGIS COURAIT dans la même tenue d'hiver que tous les autres sur les sentiers, la seule différence étant le métal autour de son cou. La médaille rebondissait contre le haut de sa poitrine, où elle pendait tandis qu'il courait à travers le Central Park élargi dans le léger brouillard matinal, se dissipant alors qu'une vague de chaleur faisait fondre la neige avec acharnement. Décernée à Aegis par la dernière présidente des États-Unis, peu de temps avant que les Paragons ne la démettent de ses fonctions, la médaille symbolisait un grand service rendu à un pays dont l'élan était devenu si corrompu, à l'instar du reste du monde, lorsque les Champions étaient arrivés au pouvoir.

Les politiciens avaient vu les anomalies comme des outils à utiliser. À courtiser et à manipuler. Ils ne s'étaient jamais attendus à ce que les Paragons ripostent.

Ces batailles avaient été bien plus difficiles que l'attaque éclair de choc de la nuit dernière pour éliminer Thane. Pas nécessairement les éléments militaires — les anomalies coordonnées avaient tendance à faire des ravages rapides sur tout sauf entre elles — mais l'opinion publique. Les lois et les réglementations. Le ciment qui maintenait la société ensemble.

Aegis croisa une autre joggeuse et lui fit un signe de tête. Elle le lui rendit, puis fit un double-take. Aegis remarqua son regard et retint un rire, se dirigeant vers un pont. Il passerait en dessous, ressortirait de l'autre côté et serait à l'extrémité nord du parc. Elle ne serait jamais tout à fait sûre de ce qu'elle avait vu.

Les Paragons, malgré tout leur enthousiasme, leur ferveur révolutionnaire, avaient fini par remettre la plupart des avocats, des sénateurs et des représentants du monde entier à leur place. Les contrats existants, les statuts et tout le reste étaient restés les mêmes, et des élections avaient toujours lieu, ou commençaient dans les pays qui n'en avaient pas, pour occuper ces mêmes postes. Au-dessus de tout cela, cependant, les Paragons planaient, et les Champions se tenaient au-dessus d'eux. Un arbitre constant, une menace et une force de maintien de la paix garantissant l'obéissance légale par la pure puissance. Jusqu'à présent, Aegis estimait qu'ils avaient réussi à ne pas abuser de ce pouvoir.

Pas assez pour plonger le monde dans le chaos, en tout cas.

Une vibration de Tama interrompit les pas réguliers d'Aegis. Le visage de sa fille apparut sur le bracelet, et parce que répondre aux appels d'une fille est le devoir d'un père, Aegis tapota pour répondre.

— Tu perturbes ma paix et mon calme, dit Aegis.

— Ce n'est pas ma faute, répliqua Celice. On dirait que le monde ne peut pas se passer de toi une journée.

— Qu'est-ce que c'est cette fois ?

— Chicago. Apparemment, les Paragons là-bas sont effrayés par quelque chose.

Aegis avait promis qu'il les contacterait après Boston, n'est-ce pas ? Ce serait trop demander que les Paragons là-bas résolvent le problème eux-mêmes. Aegis secoua la tête tout en continuant à courir, les pins embrumés étant ses seuls témoins compatissants.

— T'ont-ils donné des détails ?

— Ils espèrent que tu les rappelleras. Celice fit une pause. Mais j'ai reçu un message de Mynx. Elle a livré Thane.

— Un autre jouet sur son île des inadaptés.

— Hé, au moins on n'a plus à s'occuper de lui.

Aegis ne pouvait pas contredire cela. Les problèmes semblaient rarement quitter sa liste. Il devrait déboucher du champagne pour celui-ci.

— Très bien, je vais faire demi-tour. Dis aux Paragons que je les appellerai dans une heure.

— Compris, papa.

Adieu son troisième tour.

Des armes, évidemment. Innis, le Paragon en chef de Chicago, balbutiait l'explication, à cause de son manque d'informations sur ce qui se passait dans sa propre ville et de son embarras qui rougissait son visage à mesure que ce manque devenait de plus en plus évident. Un groupe, venu de quelque part, envoyait des armes illégales à quelqu'un.

— Tu m'éclaires vraiment sur la situation, interrompit Aegis, balayant d'un geste l'esquisse fractionnée d'Innis sur la façon dont ces armes pourraient arriver. Écoute, si tu en sais si peu sur ce qui se passe, alors pourquoi me contactes-tu ?

— Nous espérions que tu aurais des idées sur qui ça pourrait être ?

— Au cas où tu ne l'aurais pas remarqué, Innis, je suis à New York. Tu es à Chicago. Ce ne sont pas, en fait, les mêmes endroits.

L'homme barbu et costaud devint aussi rouge qu'Aegis n'avait jamais vu un être humain. Innis tendit la main vers une bouteille d'eau hors champ, ce qui donna à Aegis l'occasion de regarder au-delà de l'écran flottant. La ligne d'horizon grise d'hiver de midi s'étendait sous ces fenêtres, et la vue produisit ses merveilles habituelles. Un rappel de son travail, de son but. Les gens du monde ne pouvaient pas être parfaits tout le temps, mais il devait quand même les sauver.

— D'accord, Innis. Tu as dit que tu as quelques soupçons, n'est-ce pas ?

Innis avala sa boisson. Il s'essuya le visage avec ses mains. L'uniforme bleu vif de Paragon semblait plus serré sur lui que d'habitude — du poids dû au stress, ou trop de lait de poule pendant les fêtes ?

— Je, nous, pensons que ça pourrait être Ziran. Innis grimaça en prononçant le mot, comme si le prononcer pouvait invoquer un démon technologique pour le dévorer. Ce sont, euh, ce sont la seule entreprise que nous connaissons qui pourrait tenter quelque chose comme ça.

— Tu veux bien développer ?

— C'est leur chef, Aegis. Un gars du nom de Zhan-Yo. C'est un vieux de la vieille ici, connu pour parler beaucoup de combien les choses étaient meilleures avant.

Aegis se renversa dans son fauteuil, haussa les épaules. — Il peut avoir ses opinions. Tu as plus que ça ?

Innis regarda de nouveau hors champ, toussa. Peut-être qu'un autre Paragon était dans la pièce pour le soutien moral. Étrange. Innis avait toujours été un Paragon plus énergique. Prêt et rapide à soutenir une opération ou à condamner une erreur. Maintenant, il avait l'air en sueur, effrayé.

— Je suis désolé Aegis, je suis effrayé. Nous avons reçu un tuyau hier, pendant que tu étais occupé avec Thane là-haut. Il disait carrément que Ziran prépare la fin de tout. Un coup d'État. Innis se pencha en avant, son visage s'approchant si près de la caméra qu'Aegis pouvait compter les énormes poils de nez de l'homme. Tu ne penses pas qu'ils pourraient écouter cette conversation, n'est-ce pas ? Le pourraient-ils ?

— Un tuyau de qui ? demanda Aegis.

Il n'était pas si éloigné de l'époque où les Champions recevaient des appels les dressant contre le rival de quelqu'un ou d'une entreprise. Une lettre anonyme, un message, même une victime paniquée qui se présentait avec une histoire puis disparaissait, tout cela conçu pour écraser quelqu'un.

— Tu penses pouvoir lui faire confiance ?

— Ce sera facile à vérifier. Le tuyau est venu avec une heure, une date et un lieu.

— Pour le transfert ? Ou pour prendre un café ?

Innis laissa échapper un faible rire. — Pour le transfert, je pense.

— Voilà ce que tu vas faire. Celice a déjà demandé des drones supplémentaires à Mynx. Tu les envoies surveiller le transfert, l'enregistrer et l'arrêter s'il a vraiment lieu. Si quelqu'un s'échappe, tu t'occupes du nettoyage.

Oui, c'était une suggestion évidente. Le protocole Paragon insistait sur l'utilisation de drones quand c'était possible — bien plus facile de remplacer une machine qu'un anomalie loyal. Cependant, étant donné qu'Aegis lui-même aimait parfois ignorer ce protocole, il pouvait comprendre que quelqu'un d'autre l'oublie. Ils étaient censés être des héros, et rester assis dans un bureau ne donnait pas cette impression.

— Je ne sais pas si les drones vont fonctionner pour celle-là. Espace restreint, souterrain. Si c'est Ziran qui fait ça, ils ont au moins envisagé qu'on puisse le découvrir.

Une fois de plus, Aegis haussa les épaules. — Innis, tu es le leader là-bas pour une raison. Débrouille-toi. Les drones sont assez bons pour passer dans un tunnel, et s'ils ne le sont pas, tu as des Paragons que tu peux appeler à l'aide. Je te fais confiance.

— Donc tu ne viens pas ?

— Je ne viens pas. Je dois planifier un sommet et m'assurer que le nettoyage de Thane se passe bien. Apparemment, tous ces voyous qui travaillaient pour lui ont été engagés par les Élémentaires. Ce qui signifie que je dois avoir une longue conversation avec eux.

Innis semblait sur le point de protester, mais avant que le grand homme ne puisse ouvrir la bouche, Aegis lui dit de rappeler si des problèmes survenaient et coupa la connexion. Le moniteur dériva vers le bas et s'éloigna, Aegis soupira et embrassa la vue. Il l'avait fait. Il avait dit non à un Paragon dans le besoin. Cela aurait dû être terrible, comme une trahison, mais à la place... il se sentait libéré ?

Il *vieillissait* vraiment.

— Papa ! annonça Celice quelques minutes plus tard, arrivant de son niveau inférieur où elle gérait la logistique du Paragon d'Atlantis comme un maestro. Tu es encore là ? Innis avait l'air tellement inquiet, je pensais que tu serais déjà parti.

Quand Aegis la mit au courant, Celice n'eut pas l'air déçue, mais l'enveloppa dans une étreinte serrée. Étrange. Une récompense pour avoir dit non ? Qu'était-il arrivé au monde ?

— Je n'arrive pas à croire que tu restes vraiment, dit Celice en reculant. On va sortir ce soir, pour fêter ça. Ça fait combien de temps qu'on n'a pas fait ça ?

— Depuis que j'ai fait fuir ton dernier petit ami ?

Celice rit. Toujours le plus beau des sons.

— Probablement. Reste dans le coin et tu rencontreras peut-être le nouveau.

— Le nouveau ?

# CHAPITRE 34
# RENVERSEMENT DE SITUATION

PARMI TOUTES LES possibilités que Kat avait imaginées pour sa vie, brandir un pistolet paralysant sur le cou d'un jeune homme d'apparence inoffensive n'en faisait pas partie. Il y avait eu les carrières de rêve habituelles évoquées, les réalités de la vie d'anomalie versus la vie normale cachées pendant ses années de préadolescence. Pourquoi entacher son avenir idéal avec des chances qu'une enfant de huit ans ne pouvait ni contrôler ni comprendre pleinement ? Kat a grandi en regardant les Paragons consolider leur pouvoir, ses leçons évoluant d'une année à l'autre, passant de la présentation des anomalies comme une minorité inhabituelle à leur discussion en tant que partenaires et, plus tard, en tant que supérieurs.

Au moment où elle avait atteint ce qui faisait office d'université, sa famille avait été détruite, ces rêves d'enfance réduits en miettes par un changement radical de société qui avait créé deux classes, et la sienne ne détenait pas le pouvoir. Les choix étaient limités ; elle n'avait pas de représentants, pas de parents qui se souciaient de lui parler après ce qui s'était passé, et pas de relations. Ce que Kat avait développé, alors que ses anciens amis découvraient leurs premiers amours ou trouvaient des passions à poursuivre, c'était un regard réaliste. Le succès et la survie ne faisaient qu'un. Pour une personne normale dans sa position, être une traqueuse lui donnait la meilleure chance d'atteindre les deux.

— Calvin, dit Kat à son otage figé. Je vais avoir besoin que tu te lèves, et ensuite nous allons sortir d'ici, d'accord ?

Calvin déglutit — Kat pouvait le voir à la façon dont sa pomme d'Adam bougeait — et posa ses deux mains sur la table, puis en déplaça une vers la tasse contenant sa boisson. Kat suivit la main du regard et réalisa que la boisson recouverte de mousse était de la bière. Calvin était vraiment là pour des vacances, alors. Kat se sentit presque mal de les gâcher.

— Je ne veux faire de mal à personne, dit Calvin, semblant sincère, la triste phrase de quelqu'un pourchassé sans faute de sa part. Je le promets.

— J'en suis sûre, répondit Kat. Mais il y a des gens qui veulent te faire du mal, c'est pourquoi nous devons partir.

Calvin hocha la tête et se leva. Sa taille rendait difficile le maintien du pistolet paralysant sur son cou, alors elle le retira, le gardant caché sous l'ample couverture de sa veste. Le dard aurait plus de mal à percer les épais vêtements de Calvin, mais peut-être que Calvin ne le saurait pas. Et elle pouvait toujours tirer plus d'une fois. De son autre main, Kat profita du mouvement de Calvin pour glisser une petite assurance supplémentaire dans la veste de l'homme, un transpondeur qui pourrait s'avérer utile si cette rencontre tournait mal, comme c'était toujours le cas avec les anomalies.

— Est-ce que je peux finir ma boisson ? demanda Calvin, faisant un signe de tête vers la bière.

— Fais-le lentement, répondit Kat. Pas de coup fourré.

Calvin hocha la tête, saisit la tasse et la porta à ses lèvres. — J'avais vraiment une bonne journée.

— Je veux bien le croire, dit Kat. Si tu rends les choses faciles, tu seras de retour ici en un rien de temps. Pas de risque.

— Tu promets ?

— Je promets.

Calvin tendit sa main droite vers elle. Une poignée de main ? Kat faillit rire. Une façon si formelle de sceller un accord si rude pour Calvin, mais s'il voulait boire un coup et serrer la main, Kat pouvait lui accorder ça. Elle lui prenait déjà tellement. Le doigt fermement posé sur la gâchette du pistolet paralysant, elle tendit sa main gauche et saisit celle de Calvin. Il la serra une fois, fermement, puis la lâcha. Kat laissa retomber sa main et la fixa du regard. Elle ne semblait plus pouvoir sentir ses propres doigts. Ni ses pieds. La pièce, aussi, semblait tourner très légèrement. C'était un miracle que le pistolet paralysant ne lui glisse pas de l'autre main pour tomber au sol. Kat essaya de focaliser son regard, tenta de faire un pas mais n'y parvint pas sans s'appuyer sur l'ancienne table de Calvin, heureusement assez stable pour ne pas s'effondrer.

— Tiens, assieds-toi, dit Calvin, guidant Kat vers une chaise en face de lui.

Elle essaya de former une phrase, une pensée cohérente, mais les connexions entre les idées et les mots semblaient bloquées, floues d'une certaine manière.

— Tu sais pourquoi je ne suis pas un Paragon ? Pourquoi je ne joue pas à votre jeu ? dit Calvin, finissant ses frites tout en parlant. Ce n'est pas parce que je ne les aime pas, que je ne pense pas qu'ils sont une bonne chose. Bon sang, sans les Paragons, je parie que les anomalies comme moi seraient traitées comme des monstres.

Ouais. Comme des monstres. Comme sa sœur. Kat essaya de se concentrer. Calvin devenait flou. Ses lèvres étaient engourdies.

— Je n'ai pas souvent l'occasion de parler à beaucoup de gens, continua Calvin. C'est en partie ma faute, je suppose. Tu sais à quel point il est difficile d'entamer une conversation quand tu es l'opposé de ce à quoi les gens s'attendent ? C'est pour ça que je me suis inscrit pour un combat l'autre soir, tu sais. Pas parce que je pensais gagner, mais parce que cette barmaid m'a demandé si je voulais le faire. Elle a été gentille à ce sujet.

Une autre tournée de frites. Kat tendit la main vers son Tama, à son poignet gauche, mais Calvin attrapa sa main. La guida doucement vers la table.

— J'ai commencé à accorder beaucoup de valeur à ça. La gentillesse. Quand ton propre père pense que tu lui rapporterais une jolie somme en étant prêté à des gens qui veulent utiliser tes compétences, tu commences par penser que c'est normal. Tu aides. Puis tu vois, sur le Tama ou ailleurs, comment fonctionne une vraie famille, et ce n'est plus si normal. Calvin finit les frites, prit une autre gorgée. — Kat. Tu n'allais pas être gentille avec moi, n'est-ce pas ?

Kat lutta pour garder sa tête hors de la table. Les mots de Calvin rebondissaient dans son crâne. Quelque chose dans son estomac se retournait et son cœur battait comme un tremblement de terre. Son Tama vibrait en guise d'avertissement, mais elle ne pouvait pas distinguer l'écran.

— C'est ce que je pensais. Tu vois, je n'ai pas répondu à ce que j'ai demandé avant. Pourquoi je ne suis pas avec les Paragons ? Calvin se leva de la table, fit le tour jusqu'au côté de Kat et l'aida à croiser les bras, lui donnant un endroit où poser sa tête. — Parce qu'ils ne seraient pas gentils avec moi, Kat. Ils m'utiliseraient. Tout comme mon père. Tout comme toi. Calvin soupira. — Désolé, j'ai peut-être exagéré. Tu n'as pas l'air en forme. Je pense que tu devrais obtenir de l'aide, sinon ça pourrait te tuer.

Ivre. Ça n'avait aucun sens, mais c'était la seule explication possible à ces sensations. Kat n'avait pas bu une seule goutte d'alcool, et pourtant elle se sentait plus intoxiquée que jamais, et ça empirait. De plus, les poubelles les plus proches n'étaient pas à portée de ses pas chancelants qui se faisaient de plus en plus incertains.

— Comment ? réussit à articuler Kat, la peur perçant à travers le brouillard pour marmonner ces mots dans la manche de son t-shirt.

— Ils ne t'ont pas dit ce que je peux faire ? dit Calvin. C'est pour ça qu'ils me veulent, Kat. À cause de ça. Je dirais que je suis désolé, mais je ne le suis pas. Je ne veux pas que tu meures, vraiment, mais si c'est ce qu'il faut pour qu'ils me laissent tranquille ?

Calvin se leva, posa une main sur l'épaule de Kat qui lui sembla être à des millions de kilomètres, puis il partit. Kat essaya de le suivre, mais sa tête était si, si lourde. Tellement plus facile de la laisser là sur ses épaules. Son Tama bipa, là sur son poignet à un centimètre de son œil. L'appareil afficha un avertissement sur son taux d'alcoolémie. Au-dessus des limites recommandées, et en augmentation.

Sans blague.

Ceci dit, mise à part la nausée croissante dans son estomac, ce n'était pas la pire façon de partir. Le monde de Kat s'estompa, tournoya jusqu'à disparaître, et elle ferma les yeux alors que son Tama recommençait à biper encore et encore. Ces petits gadgets étaient bien pratiques, toujours prêts à vous avertir quand vous étiez en danger. Comme si elle ne le savait pas.

Comme si elle ne le méritait pas.

# CHAPITRE 35
# LE COUTEAU COUPE PROFONDÉMENT

ZHAN-YO AVAIT PARTICIPÉ à d'innombrables dîners, assisté à tant de réunions à fort enjeu que le rendez-vous de ce soir aurait dû être une affaire sans stress. Pourtant, la sueur l'avait poursuivi tout l'après-midi, si bien qu'il avait déjà pris deux douches pour s'en débarrasser, et maintenant il frissonnait en marchant entre la capsule et le restaurant du centre-ville, un établissement peu connu mais de haute qualité, spécialisé dans les fusions de curry. Ils croyaient — à juste titre, d'ailleurs — qu'on pouvait ajouter du curry à peu près n'importe quoi et l'améliorer.

En conséquence, le riche lait de coco enveloppait les sens de Zhan-Yo alors qu'il franchissait la porte automatique. Une véritable hôtesse en chair et en os l'accueillit, bien que l'endroit ne s'élève pas au luxe véritable en utilisant un crayon et du papier pour gérer les réservations. L'ordinateur de l'hôtesse s'accordait avec le Tama de Zhan-Yo et le code affiché sur son écran. Deux places, dix-huit heures. Assez tard pour éviter l'happy hour peu élégant et assez tôt pour assurer une heure de coucher décente.

Un coup d'œil aux quatre sièges occupés le long du petit bar confirma le soupçon de Zhan-Yo qu'il était arrivé avant elle. Mais bien sûr, c'était évident. Sylvie serait plus prudente, s'assurerait que sa raison d'être quelque part existait avant d'arriver. Il résista à l'envie de regarder par l'unique fenêtre de devant pour voir si Sylvie se cachait de l'autre côté de la rue.

— Cela vous convient-il ? demanda l'hôtesse, que Zhan-Yo avait suivie automatiquement, en indiquant une petite table recouverte d'une nappe, idéalement située à proximité de rien d'important.

— Vous laisserez ces deux autres tables vides, comme indiqué dans la réservation ? dit Zhan-Yo, désignant deux tables de quatre à portée d'oreille potentielle.

L'hôtesse parut confuse un instant, comme n'importe qui face à une telle demande, mais un coup d'œil à son Tama confirma l'ordre, et le coût, que Zhan-Yo avait négocié plus tôt avec le gérant du restaurant. Des frais forfaitaires équivalents à leur commande moyenne, un petit prix à payer pour l'intimité. Elle laissa Zhan-Yo seul avec un verre d'eau, et il observa les murs de briques, l'agitation des casseroles dans la cuisine et les conversations animées entre les autres clients du restaurant.

Il réalisa aussi à quel point il était nerveux. Zhan-Yo faillit rire, avant de s'arrêter en réalisant qu'un homme plus âgé riant tout seul pourrait susciter plus d'intérêt qu'il ne le souhaitait. Il était trop vieux pour ce genre de choses. Bien au-delà de l'âge où les gens devraient sortir ensemble, et beaucoup trop impliqué dans des affaires mortelles pour envisager des passions volages et leurs distractions.

Mais.

Sylvie avait travaillé pour lui, ou plutôt avec lui, depuis plus d'une décennie maintenant. Pendant ce temps, Zhan-Yo en était venu à lui faire confiance pour tout. Des secrets qui le feraient emprisonner, assassiner, appauvrir, ou les trois à la fois. Sylvie les extrayait avec son esprit, sa conversation, son incroyable capacité à trouver son point le plus faible et à l'exploiter. C'était une femme très, très dangereuse. Mais, quand il dirigeait une grande entreprise, avec peu de risques dans sa vie quotidienne, peut-être avait-il besoin d'une femme dangereuse.

— Ne t'ai-je pas dit à quel point je déteste cet endroit ? dit Sylvie en apparaissant par-dessus son épaule gauche, glissant devant lui pour prendre le siège en face. Tout ce curry ruine mon régime.

— Et pourtant, tu ne dis jamais non quand je te le demande.

Zhan-Yo se délectait de leurs petits rituels. Que ni l'un ni l'autre, par exemple, ne s'habille de manière particulière pour la soirée. Que, lors de la planification de la soirée, Sylvie ne réponde jamais, laissant Zhan-Yo deviner si elle viendrait, sauf qu'elle venait toujours. Et maintenant un autre, quand le robot serveur passa et que Sylvie lui donna la commande pour le vin. Le même vignoble, le même millésime. Il ne savait pas ce qu'ils feraient quand le restaurant en manquerait.

— Nous avons envoyé le signal, et il a été reçu, dit Sylvie après que le robot se fut éloigné. Nous sommes en mouvement.

Comme s'il y avait eu le moindre doute. Quand Sylvie s'attelait à un projet, il se déroulait selon le plan.

— Je ne veux pas parler affaires, répondit Zhan-Yo, désirant désespérément faire exactement cela. Néanmoins, Aegis n'arriverait pas ce soir. Il pouvait attendre. Mais félicitations. Enfin, ça commence.

Des termes vagues étaient de mise en public. Parler de sujets sensibles à une époque où chaque robot pouvait renvoyer des données aux Paragons était un jeu, avec de terribles conséquences pour les perdants.

— Alors, penses-tu que la prochaine fois que nous trinquerons, ce sera dans un monde différent ? dit Sylvie. Elle posa ses doigts autour du pied de son verre de vin, toujours vide. Avec nous au sommet ?

— Un rêve, bien que ce ne soit pas le seul, répondit Zhan-Yo. Mais c'est... étrange de penser qu'un tel rêve pourrait être si proche.

— C'est bien un rêveur, ça, rit Sylvie. Tu as toujours été de ceux-là. La tête dans les nuages. Vivant dans des futurs imaginés alors que tu as les ressources pour les rendre réels.

— Des ressources comme toi.

Sylvie pencha la tête alors que le robot serveur revenait avec le vin. De son cylindre central, des bras grêles s'élevèrent pour saisir la bouteille de vin et retirer le bouchon synthétique avec un pop précis obtenu grâce à des pressions calibrées et testées par des groupes de discussion. Chaque petit charme aidait un restaurant à se démarquer d'un autre, et le robot ajouta à sa routine en versant lentement un peu de vin à Sylvie d'abord, lui demandant d'une voix de chanteur d'opéra italien profonde si elle l'approuvait.

Sylvie but le vin d'un seul trait, sans avoir besoin de le faire tourner ou de le humer, et reposa le verre.

— C'est superbe.

C'était maintenant au tour de Zhan-Yo de rire, ce qu'il fit pendant que le robot remplissait à nouveau le verre de Sylvie et versait le sien. Ils commandèrent des nems et des currys épicés, que le robot prit sans commentaire, sauf à la toute fin, en répétant les sélections avant de s'éloigner vers la table suivante.

— Tu m'as appelée une ressource, dit Sylvie, et tout rire avait disparu de sa voix. Je trouve ça offensant.

Zhan-Yo se figea une seconde avant que ses années à diriger une immense entreprise ne lui fassent retrouver sa maîtrise de soi. — Je m'excuse, mais c'est vrai. Nous ne serions pas aussi avancés sans toi.

— Vous ne seriez nulle part, en fait.

Zhan-Yo haussa les épaules.

— Dis-le.

— Quoi ?

— Que vous ne seriez nulle part sans moi.

Il y avait des options à évaluer ici. Zhan-Yo pouvait voir le déroulement du dîner se dessiner en chemins, chacun s'étirant vers un avenir flou.

— Nous ne serions nulle part sans toi. Il choisit la voie la plus sûre à laquelle il put penser.

— Et c'est exactement pour ça, dit Sylvie. Tu cèdes trop facilement. Tu es si intelligent, Z, mais si effrayé de prendre le moindre risque.

— Donc c'est ce que j'obtiens quand je demande d'éviter les affaires ?

— Sans les affaires, il ne reste que le personnel, non ?

Ils se tiraient des salves verbales, les gorgées de vin servant de trêves temporaires inévitablement rompues quand la réplique suivante leur venait à l'esprit.

— Tu n'es que lames, Sylvie. Il y a plus dans la vie que des coupures et des coups de couteau.

— Comme des dîners au curry pour deux ?

— Oui, en effet, Zhan-Yo avait une chance de changer l'élan de la conversation ici et il la saisit. Je trouve que ces dîners sont les meilleurs moments de ma vie.

Sylvie assimila ces mots, regarda Zhan-Yo. Ils n'étaient pas si éloignés en âge, en compétence, en motivation. Dans une autre vie, peut-être, un tel couple pourrait s'épanouir. Dans celle-ci, Zhan-Yo pouvait dire par ce regard qu'elle en venait à une décision qui mettrait fin à un tel épanouissement pour toujours.

— Z, commença Sylvie. Je ne pense pas...

— Un compliment, Sylvie. Rien de plus.

Il avait tenté une avancée, et battait en retraite, espérait-il, avec ses forces intactes. Pendant qu'ils se regroupaient tous deux après cet échange, le curry arriva et invita à une pause pendant qu'ils prenaient tous deux des bouchées. Celui de

Zhan-Yo était épicé, avec une saveur de cannelle, et une douce couleur orange nappait le poulet synthétique et les poivrons. Le riz gardait sa tenue juste assez longtemps pour être goûté avant de se désintégrer dans sa bouche. Une façon satisfaisante de panser ses plaies.

— Je ne me rapproche de personne, dit Sylvie. Ce n'est pas une excellente façon de vivre, mais c'est la seule que je connaisse.

— À cause du danger ? Bien que, pensa Zhan-Yo, lui aussi gardait tout le monde à distance et passait ses journées aussi loin du vrai danger que possible. Je peux comprendre ça.

— Ce serait la réponse facile. Sylvie regarda au-delà de Zhan-Yo, vers le gros du restaurant. Mais en réalité, c'est parce que je ne comprends pas les autres. Leurs émotions. Ce dont ils ont besoin. Seulement comment les tuer et les corrompre.

Sylvie sourit, d'une manière oblique qui imprégnait la blague d'une vérité acide.

— Ça ne peut pas être entièrement vrai, répondit Zhan-Yo. Tu diriges tout un groupe de soldats. Ils te suivent.

— Ils suivent les réputations. Sylvie finit son verre de vin, s'en versa un autre. Je ne cherche pas la pitié, Z. Je ne suis pas une jeune fille cherchant à absorber ta sagesse. J'ai fait mes choix, et j'en suis satisfaite. Je suis aussi heureuse d'avoir ces soirées avec toi. Elles sont rafraîchissantes.

Voilà donc ce qu'il valait. Rafraîchissant. Sylvie pouvait considérer Zhan-Yo comme elle le voulait, cependant, et il serait déplacé pour lui d'aller à l'encontre de sa décision. Compromis. Intégrité. Des valeurs qui l'avaient aidé à rester au sommet de Ziran si longtemps le poussèrent à lever son verre, à le faire tinter contre le sien. Un son clair signalant la fin de la manche, et un passage au sujet le plus nécessaire de la soirée.

— J'ai décidé que je voulais être celui, dit Zhan-Yo. Quand il répondra. Tu me le feras savoir.

— Ta présence risque tout. Nous pouvons nous en occuper.

— Nous aurons besoin d'un leader qui peut faire appel aux cœurs autant qu'aux esprits. Je dois être fort, et le monde doit le voir.

Sylvie l'observa. Zhan-Yo la regarda en retour. Il ne montrerait aucune fissure. Aucune faiblesse. Il ne dirait pas qu'il voulait être celui qui tuerait Aegis parce qu'il n'avait jamais, malgré tout son entraînement et toutes ses années, porté un coup mortel auparavant. Il ne dirait pas qu'il avait besoin de cela parce que la route à venir serait pavée, craignait-il, de sang.

Il marcherait sur cette route, quoi qu'il en coûte.

Une fois les assiettes vides, ils quittèrent le restaurant et Zhan-Yo marcha avec Sylvie le long de rues d'abord animées et bondées où la neige fraîchement gelée crissait sous les pneus et les bottes, puis vers des rues plus calmes où la poudreuse avait été laissée intacte, gelée maintenant en amas le long des trottoirs et des bâtiments. Finalement, ils arrivèrent là où la neige ne pouvait atteindre, et seuls des ruisselets de fonte donnaient des indices sur ce qui se trouvait au-dessus.

Zhan-Yo n'avait pas voulu parler affaires au dîner, parce que les affaires, telles qu'elles étaient, occuperaient toute la nuit.

# CHAPITRE 36
# INSERTION

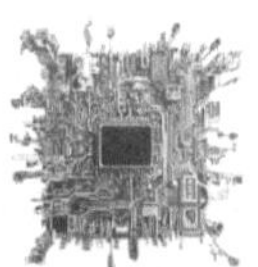

PEU IMPORTAIT qu'elle l'ait fait des centaines de fois : quand Mynx se réveillait l'après-midi, son corps se sentait violé. Comme si ses organes s'étaient mélangés pendant son sommeil dans une danse mystérieuse et que seulement maintenant, au réveil, ils se précipitaient pour reprendre leur place.

— Du thé, coassa Mynx — la déshydratation, un autre symptôme des nuits tardives, logée dans sa gorge — tout en s'extirpant du lit.

À ses mots, les rideaux occultants de la chambre glissèrent lentement pour révéler, de la manière la moins douloureuse possible, le soleil du sud de la Californie. Malgré la saison fraîche, il semblait plus brillant que d'habitude aujourd'hui, et Mynx plissa les yeux jusqu'à ce qu'elle parvienne à regarder droit vers le sol, vers ses pieds alors que des drones se précipitaient sur le parquet pour récupérer ses pantoufles et les lui enfiler. Des pantoufles dotées de microfibres intégrées dans les semelles, garantissant un niveau d'adhérence correct pour une quarantenaire, mais essentiel pour quelqu'un approchant la soixante-dizaine.

— J'ai réorganisé votre emploi du temps pour tenir compte de votre départ tardif, dit Reeves, sans ajuster sa voix au mal de tête naissant de Mynx.

— Annule tout, répondit Mynx. La journée est fichue.

— Malheureusement, je ne peux pas faire ça. Il semble que quelqu'un tente d'approcher l'Usine sans s'annoncer.

Mynx s'efforça de faire passer cette pensée à travers les dernières boues du sommeil, et échoua. — Sans s'annoncer ?

— Oui, il semblerait que ce soit le Dr Jones. Elle approche rapidement dans une capsule.

— Eh bien, Reeves, arrête-la.

— J'ai essayé. Il semble qu'elle ait outrepassé le lien.

Cela, enfin, perça le brouillard. Outrepasser les systèmes d'une capsule n'était pas une mince affaire. D'une part, à la moindre altération, n'importe quelle capsule de Pacifica enverrait une alerte d'urgence aux drones pour obtenir de l'aide. D'autre part, si l'altération se poursuivait, la capsule elle-même s'engagerait dans une série de défaillances système en cascade conçues pour ne faire du véhicule rien de plus qu'une chaise coûteuse jusqu'à ce que ces mêmes drones arrivent. Pour que Denise prenne le contrôle d'une capsule, cela signifiait qu'elle avait de sérieuses compétences au-delà de son penchant biologique, ou du matériel sérieux, ou les deux.

— Oublie le thé, dit Mynx. Envoie les drones, et apporte-moi du café.

Si c'était il y a vingt ou trente ans, Mynx aurait jailli de la pièce. Elle aurait sauté du bord de la terrasse attenante et aurait attrapé l'une de ses anciennes combinaisons en plein vol. Ainsi équipée, elle aurait survolé sa maison et intercepté l'intrus avec des avertissements et des menaces mortelles. En l'état, les muscles de Mynx étaient encore bien endoloris par la combinaison drone, déjà conçue pour exiger le minimum d'effort de sa part. Alors, si la Championne de Pacifica ne boitait pas exactement en sortant de sa chambre, elle ne se précipitait pas non plus.

À la place, deux drones de vision, essentiellement des disques flottants conçus pour projeter des images à la volée, bourdonnèrent devant Mynx et montrèrent la capsule rebelle et son pilote. Denise, les yeux plongés dans son Tama, était assise dans la capsule, semblant insouciante. À présent, elle avait franchi la porte extérieure de l'Usine — Reeves aurait dû arrêter Denise là, mais apparemment l'IA avait des problèmes aujourd'hui. Denise s'approcha de l'entrée et de la sortie de livraison, construites en grand pour accepter les camions-capsules pour les livraisons de drones, sans incident.

— Dis-moi qu'on est prêts pour l'interception ? Ce serait embarrassant si elle pouvait arriver jusqu'à ma porte, dit Mynx en parcourant le court couloir vers la cuisine et un pot de café bien nécessaire. Bien que Mynx préférât le thé, quand elle avait besoin d'un coup de boost rapide, elle se tournait vers l'ami sombre et amer.

— C'est fait. Les drones tourelles sont activés, et j'ai des gladiateurs qui l'attendent.

Mynx entra dans sa cuisine, un ensemble métallique pour lequel elle avait depuis longtemps perdu tout intérêt ou compétence d'utilisation. Attendant sur le comptoir, sans doute déposée quelques instants auparavant étant donné la fumée s'élevant de ses bords doux et bleu sarcelle — Mynx adorait le vert d'eau, et elle l'utilisait abondamment — se trouvait une grande tasse du breuvage noir. Elle l'emporta sur la terrasse et s'assit à cette longue table, regardant la projection tandis que la capsule de Denise ralentissait près de la porte.

Denise émergea portant une robe ample, avec plusieurs sacs pendant à ses épaules. De plus, elle avait un éclat la couvrant, comme si Denise avait lu sur les dangers des rayons UV et les avantages d'être économe et avait décidé de commencer à s'imbiber d'écran solaire bon marché.

— Reeves, qu'est-ce qu'elle porte ? Mynx écarta d'un geste le drone de vision et se tourna vers le flux plus grand et meilleur sur la table.

Denise s'approcha des imposants drones gladiateurs, chacun mesurant trois mètres de haut, chacun avec une main de métal noir tendue paume ouverte vers elle. Un message clair d'arrêt, et un message soutenu par un arsenal franchement absurde d'armement visible sur le dos, les côtés et ces mêmes paumes tendues des deux drones. Non seulement Denise pouvait être étourdie, assommée ou gazée jusqu'à l'inconscience par ces machines de maintien de la paix, mais elles pouvaient aussi la réduire à plusieurs autres états de la matière, tous incompatibles avec la survie continue de Denise.

Pourtant, Denise ne s'arrêta pas. Elle s'approcha, jeta un coup d'œil aux drones, prit une grande inspiration qui suggérait que la confiance en son plan était quelque peu inférieure à l'absolu, puis continua. Juste au-delà de ces mains. Juste au-delà des machines destructrices que Mynx avait passé tant de temps à perfectionner pour rendre impossibles des intrusions comme celle-ci.

Le flux changea, montrant Denise, apparemment encouragée par sa survie continue, se dirigeant droit vers la porte de livraison et, pressant son Tama contre le verrou de la porte, l'ouvrant. Entrant à l'intérieur.

— Reeves, dit Mynx lentement. Elle n'avait même pas encore pris son thé, et sa journée partait en vrille. Que se passe-t-il ?

— Je n'en suis... pas certain.

— Probabilités ?

Sur la table, Denise entra dans l'Usine, regardant autour d'elle. Un peu perdue, alors. Ce qui écartait l'idée que Denise avait d'une manière ou d'une autre piraté les systèmes sécurisés de Mynx et tout corrompu. Un plan aurait probablement fait partie des choses que Denise aurait volées dans un tel coup.

— Je ne détecte aucune intrusion dans le système, dit Reeves. Mais j'interroge les drones en ce moment.

C'était un peu comme un film, regarder Denise errer dans la maison et le sanctuaire de Mynx. Il fallait admettre que ce film lui retournait l'estomac, manquait d'une bonne bande sonore et de seconds rôles. Mais il était encore temps pour une fin de sauvetage, une où Denise serait brûlée ou capturée. Ou les deux.

Mynx prit une gorgée. Le thé lui brûla la langue, et plutôt que de jurer ou de le recracher, Mynx l'avala. C'était ce genre de journée.

— Les drones disent qu'ils n'ont pas tiré parce que vous étiez la cible.

— Répète ça.

— Ils disent qu'ils n'ont pas enregistré Denise, mais vous marchant vers l'Usine.

Mynx fit un geste de la main vers le flux sur la table. Zoom sur Denise, qui semblait avoir enfin compris où elle voulait aller, s'enfonçant plus profondément dans l'Usine. Ce reflet.

— Reeves, tu t'es renseigné sur les entreprises de Denise, n'est-ce pas ?

— J'ai compilé un dossier complet, oui.

— Peux-tu me dire comment son entreprise gagne le plus d'argent ?

— Quand l'université a supprimé le financement, ils se sont tournés vers le génie biologique. Des tests génétiques pour d'autres entreprises, principalement.

Denise, tapotant à nouveau avec son Tama sur une serrure qui aurait dû lui être inaccessible, entra dans la section des traceurs de l'Usine. Un geste qui rendait clair son objectif final. Ce qui fit que Mynx serra les mains — craquant les articulations et tout — en poings.

— Serait-ce exagéré de dire qu'elle pourrait répliquer l'ADN, et peut-être en faire un film ?

— Des cellules pourraient être cultivées en une telle chose, oui.

Mynx ferma les yeux un long moment. Puis les ouvrit brusquement. Les regrets pourraient venir plus tard. Elle devait agir.

— J'ai besoin que tu verrouilles la base de données des traceurs, dit Mynx. Et j'ai besoin que tu m'apportes une combinaison.

— La base de données est maintenant verrouillée, répondit Reeves. Quant à la combinaison, nous n'en avons aucune de prête. À l'exception du protocole drone ?

— Les drones ne tireront pas sur elle. J'ai besoin de quelque chose avec un contrôle manuel.

— Mynx, à vos niveaux vitaux actuels, les recommandations médicales indiquent que vous devriez éviter le combat actif.

Denise passa devant les pièces où Mynx développait l'équipement de traceur — de meilleurs traceurs, de meilleures combinaisons — sans leur accorder un regard, se dirigeant droit vers le saint graal au bout. Quand elle l'atteignit, alors que Mynx essayait de comprendre quoi faire, la porte qui aurait dû être scellée, avec ses verrous contournés, s'ouvrit pour elle.

— Reeves ! Je croyais t'avoir dit de sceller la chambre ?

— Elle est scellée, dit Reeves. La seule personne qui pourrait éventuellement entrer serait vous.

— Elle est moi, Reeves. Mynx mit son front dans sa main droite, s'appuyant sur la table.

Toutes les contre-mesures, toute la sécurité du monde ne pouvaient pas protéger Mynx d'elle-même. Un millier d'idées après coup traversèrent son esprit, toutes inutiles sur le moment. Littéralement chaque partie de l'Usine était conçue pour répondre, protéger, servir Mynx, et la façon la plus simple d'y parvenir avait été de lier sa signature génétique à tout. Quelqu'un pourrait deviner ou pirater un mot de passe, mais les propres gènes de Mynx ? Cela demanderait un certain effort. Même les serrures qui dépendaient de sa capacité avaient une sécurité liée au code génétique de Mynx, parce que les capacités d'anomalie pouvaient être instables. Les gènes ne changeraient pas, ne devraient pas être duplicables.

Pourtant, Denise l'avait fait. Parce que Mynx lui avait donné les outils.

— Peut-être est-ce une limitation dans ma programmation, Mynx, mais je suis incapable de suivre ?

— Rien à voir avec ta programmation, Reeves. Prépare une combinaison, s'il te plaît. Mynx prit une autre gorgée en regardant Denise brancher quelque chose sur le poste de travail, le seul avec un accès direct à la base de données. Et, si tu voulais bien, ouvre un canal audio vers Denise.

— Vous serez en direct dès que j'aurai fini de parler.

La table craqua, grésilla légèrement lorsque le flux audio se mit en marche. Denise, apparemment, entendit aussi du bruit de son côté, car elle leva les yeux et regarda autour d'elle, cherchant.

— Denise. Mynx s'efforça de contenir la frustration qu'elle ressentait. Tu es en train de commettre une intrusion et un vol illégal.

Denise vérifia le moniteur, qui, sans aucun doute, affichait une barre expliquant combien de données d'anomalie avaient été siphonnées sur son disque. Mynx se demanda si elle pouvait ordonner à Reeves de couper l'alimentation de cette partie de l'Usine, mais même si une telle manœuvre pouvait fonctionner, cela pourrait risquer l'intégrité de la base de données, ou affecter n'importe quel nombre d'autres projets en cours. Un risque qui ne valait pas la peine d'être pris.

— Cela ne t'appartient pas, dit Denise, essayant de trouver où regarder. Ce n'est pas ton ADN. Tu ne l'as pas fabriqué.

— Donc ça excuse le fait de s'introduire dans mon installation ?

— Cela devrait être libre pour tout le monde ! Tant de gens pourraient bénéficier de l'accès à ce que tu as ici. Denise lança une main vers le poste de travail, comme si elle montrait un prix dans une sorte de jeu télévisé techno. Nous pourrions guérir des maladies, pourrions arrêter, comme tu me l'as demandé, le vieillissement lui-même. Nous pourrions mettre fin à la mort !

— Si tu savais combien de fois j'ai entendu ces mots au fil des années, dit Mynx. De grandes promesses laissées non tenues pour des passions plus basses. Veux-tu vraiment tout cela pour guérir les maux du monde ? Ou pour mettre fin aux tiens ?

Les Normaux prouvaient encore et encore qu'ils nourrissaient une envie corruptrice pour leurs cousins anomaux. Que cela vienne d'une croyance d'avoir été cosmiquement lésés quand aucune capacité ne s'était manifestée à la puberté ou d'un désir de se prouver l'égal de leurs homologues doués, les Normaux les plus dangereux nourrissaient ce cancer jusqu'à ce qu'il éclate dans un geste désespéré comme celui-ci.

Denise devait savoir qu'elle n'avait aucune chance de réussir. Devait savoir qu'elle ruinait sa carrière et sa vie en franchissant cette étape, mais elle se tenait là, le faisant quand même. Elle ne prit pas la peine de répondre à la question de Mynx. Au lieu de cela, à un carillon du poste de travail, Denise se retourna et arracha son disque portable. Le brancha dans un emplacement sur son Tama et s'enfuit de la pièce.

— Reeves, elle n'a pas pu copier toute la base de données, dit Mynx, changeant les flux pour regarder Denise courir dans les couloirs.

— Les journaux montrent seulement trente pour cent, répondit Reeves.

— Assez pour jouer, je suppose.

— Voulez-vous que j'active à nouveau les drones ?

— Et qu'ils agitent leurs mains vers elle ? Non. Garde

plutôt un œil sur elle, regarde où elle va, dit Mynx. Quand elle s'arrêtera, nous reprendrons nos données.

Denise avait réussi à obtenir son prix. Que la scientifique sache quoi en faire, Mynx ne pouvait le dire, mais elle ne prévoyait pas de donner à Denise le temps de le découvrir.

# CHAPITRE 37
# CHAMPION DE L'ORDINATEUR

POUR SON ENDROIT le moins apprécié à Bastion, Aegis s'y retrouvait trop souvent. Techniquement faisant partie de la visite guidée, le troisième étage de la tour du Parangon servait de foyer à la vaste collection de trophées, clés de villes, et certains cadeaux franchement bizarres offerts par des chefs d'État qui avaient estimé que les Champions méritaient quelques souvenirs pour les aider à se remémorer leur bataille contre telle ou telle menace maraudeuse.

— Ça n'aide pas, pourtant, dit Aegis à un parchemin déroulé accroché sur un mur couleur crème doux.

Éclairé par le haut et conçu pour ressembler à un éloge de la Rome antique, le parchemin proclamait en latin ancien — qu'Aegis ne pouvait pas lire, mais une plaque en dessous traduisait utilement — un long jour et une longue nuit où les Champions avaient vaincu des anomalies qui, grâce à leurs capacités de manipulation mentale, avaient convaincu le Vatican qu'elles étaient les Apôtres revenus.

Aegis ne se souvenait d'aucun de ces événements. Un flou. De plus en plus de son héritage se dissolvait dans son esprit ces derniers temps, glissant dans des crevasses qu'il ne pouvait explorer. D'un côté, ce changement l'inquiétait, car perdre une partie de ce qu'Aegis avait été était... troublant. De l'autre, Aegis ne détestait pas avoir moins de cauchemars, ne détestait pas perdre encore une image d'un visage fracassé ou de corps ensanglantés laissés derrière à la suite d'une anomalie qui avait mal tourné.

Il suivit le parcours de la visite, arrangé chronologiquement de sorte que le début contenait des récompenses individuelles alors que les Champions construisaient leurs origines. La plupart appartenaient à Aegis, bien sûr, étant donné que c'était l'Atlantide et sa maison. Les autres Champions avaient accepté de faire don de quelques objets pour ce musée et, franchement, Aegis n'avait pas insisté pour en avoir plus. Son ego seul pouvait remplir les salles.

Laissant les rubans derrière, les plaques et certificats de groupe grandissaient en taille et en signataires, et la liste des Champions s'allongeait aussi, atteignant finalement les huit qui avaient servi de protecteurs du monde pendant une douzaine d'années avant de devenir les dirigeants du monde. Aegis grimaça lorsque ce mot traversa son esprit. Dirigeants avait un goût amer, sonnait un peu trop comme ce qu'un méchant pourrait dire. Champions, gardiens — ça sonnait mieux.

La visite ne se terminait pas tant qu'elle ne faisait que transitionner. D'une pièce à l'autre, l'ambiance passait d'exploits incroyables à des désordres constants créés dans un monde dirigé par des normaux. Des désordres nettoyés par les Champions, et les catastrophes croissantes qui avaient conduit les Champions à créer les Paragons et à assumer la propriété d'une humanité poussée à bout par des anomalies hors de contrôle, des normaux paranoïaques, et une économie mondiale au bord du gouffre.

Aegis s'arrêta à cette transition. Bien qu'il n'ait pas besoin de se gonfler d'orgueil avec les trophées, il n'avait pas non plus besoin de revisiter ces années terribles. Quand les Champions s'étaient retournés contre leurs anciens alliés et avaient détruit leur pouvoir. Avaient déchiré des nations jusqu'au sol et les avaient reconstruites à nouveau. Ces années n'avaient pas été consacrées à briser des méchants, mais à briser des civilisations.

Il fit demi-tour et repassa par les salles de récompenses, cette fois en portant plus d'attention aux photos. De larges présentations montrant les premiers Paragons, les Champions. Toujours huit de ces derniers, bien que pas toujours les mêmes. Il y avait eu des pertes, surtout parmi les premiers Paragons. Sur certaines photos, Aegis se tenait à côté de personnes qu'il ne reconnaissait pas, pas de visage. Pas jusqu'à ce qu'il lise la liste des noms en dessous.

Son Tama vibra. Un message des Paragons de Chicago. Ils avaient identifié le quand et le où du transfert d'armes et étaient en train de constituer une force d'intervention. Ils allaient frapper le site à l'avance, et bientôt. Si Aegis était parti quand Innis le lui avait demandé la première fois, il aurait pu être là... ce qui avait semblé, sur le moment, une décision libératrice avait mûri au cours de la journée. Il avait refusé d'aider ses propres Paragons. Celice et Mynx pouvaient dire ce qu'elles pensaient, mais au final, c'est ce qu'Aegis avait fait. Innis avait demandé de l'aide et Aegis avait refusé de la donner.

Aegis était descendu ici pour essayer de trouver une perspective, regarder toutes ces plaques pour des entreprises tellement plus importantes qu'une vente d'armes illégale. Ces armes n'allaient probablement pas détruire la planète. Probablement même pas être remarquées. Mais ce qu'Aegis voyait, dans ces salles, c'étaient les Champions aidant tout le monde, toujours. Certaines missions se terminaient par des éloges comme le parchemin romain, oui, mais près de ce trophée se trouvait une simple fleur pressée d'une petite ville japonaise qui avait eu besoin d'aide pour déterrer ses habitants d'un tremblement de terre soudain et terrible. Une autre, une lettre d'écoliers piégés dans un bus qui avait été pris dans une crue éclair.

Des choses mineures, mais majeures pour ceux qu'ils avaient aidés. Si Aegis avait pu sauver une seule vie en étant à Chicago pour cette opération, s'il pouvait empêcher que des Paragons soient blessés, alors cela n'en valait-il pas la peine ?

Son Tama vibra à nouveau. Cette fois, un appel actif. Celice.

— Hé, que fais-tu, papa ? Tu n'es pas en haut ?

— Je vis juste dans le passé, répondit Aegis.

— Eh bien, ta future réservation pour le dîner a besoin d'un peu d'attention aussi. Tu ne vas pas nous mettre en retard, n'est-ce pas ?

— Je suppose que ce serait impoli, n'est-ce pas ?

Aegis commença à se diriger vers les ascenseurs. À ce moment de la soirée, il n'y aurait pas beaucoup de concurrence. Un rapide trajet jusqu'au sommet, un changement encore plus rapide pour mettre quelque chose de décent pour la destination sans doute chic de sa fille, et il serait parti pour une soirée de conversation charmante pendant que ses propres gens se battaient pour leur vie.

— Tu as l'air triste. L'idée d'une soirée dehors est vraiment si terrible ? Celice fit une moue sur l'écran du Tama.

— Chicago commence l'opération maintenant, dit Aegis.

Les ascenseurs avaient été conçus pour laisser entrer et sortir les signaux, ce qui était important lorsqu'on pouvait avoir un long trajet du haut vers le bas. Alors quand Aegis sélectionna son étage, il put entendre Celice commencer une série de points de protestation passionnés sur le fait qu'Aegis avait pris la bonne décision, que ces Paragons étaient des adultes, et qu'ils pouvaient tous se débrouiller. Elle avait raison, sur tous les points.

Et pourtant.

— Repoussons la réservation, dit Aegis, en appuyant sur un autre numéro légèrement plus bas sur l'écran de l'ascenseur alors que l'ascension commençait. Les Paragons devraient travailler avec des drones. On peut voir à travers eux, n'est-ce pas ?

Celice soupira assez fort pour que ça passe à travers le micro du Tama. — Je vais nous obtenir une heure de plus. Ça devrait suffire.

— Merci, Celice. C'est moi qui paie, ce soir.

— Tu paies tous les soirs pour le stress que tu me fais subir.

Avant qu'Aegis ne puisse répondre, Celice coupa l'appel. L'ascenseur monta jusqu'à l'étage désigné, et Aegis sortit dans ce que Celice appelait affectueusement le Centre de Commandement. Des moniteurs abondaient dans l'espace ouvert, où les seuls murs étaient la coque extérieure de Bastion. Beaucoup de ces mêmes moniteurs, aussi, se déplaçaient, changeant de position selon les commandes de Celice et leur propre logique programmée. En ce moment, un grand quatuor d'écrans s'était déplacé vers le centre, où des chaises, des tables et des collations diverses formaient le véritable poste de Celice.

Celice elle-même n'était pas là — probablement en train de se préparer pour ce dîner — mais elle avait passé l'appel pour Aegis, et ces quatre écrans contenaient tout ce qu'il pouvait vouloir savoir sur l'opération de Chicago. Sur ces écrans, Aegis pouvait voir la ville s'assombrir — une fonction des couchers de soleil absurdement précoces de l'hiver dans le nord — et six Paragons s'étaient rassemblés dans ce qui ressemblait à une rue latérale quelque part dans le centre-ville. Aegis donna des commandes vocales à Polly, l'IA résidente de Bastion, et elle changea deux moniteurs. L'un, à l'extrême gauche d'Aegis, passa à une carte aérienne de la ville avec l'emplacement précis des Paragons. Un autre, à l'extrême droite, passa à des visages et des lignes ; des données de santé prises des Tamas pour qu'Aegis puisse voir exactement qui était dans l'équipe, et s'ils étaient toujours en vie.

Pour l'instant, bien sûr, tout le monde avait des chiffres d'un vert vif à côté de leurs noms.

Les deux moniteurs du milieu affichaient deux vues ; l'une, un flux vidéo plus éloigné d'un drone, et l'autre les images directes de l'un des Paragons au sol. Dima était son nom, et Aegis utilisa son propre Tama pour afficher sa fiche technique. Relativement nouveau, mais avec la puissante capacité de modifier la polarité magnétique des objets par ses yeux. Dans un monde de métal, être capable de faire se séparer ou s'attirer les choses pouvait servir toutes sortes de fins utiles.

— Dima, dit Aegis, et la caméra tressaillit alors que le Paragon réagissait à son patron absolu et légende générale parlant dans son oreillette. Je vérifie juste. Quel est le statut ?

— Euh, bonjour, monsieur, dit Dima. Nous, euh, vérifions aussi. Nous confirmons l'équipement et le plan.

— Ça vous dérange d'augmenter le récepteur audio de votre Tama pour que je puisse entendre ?

—Bien sûr que non, monsieur.

Aegis ne dit rien de plus. Clairement, les nerfs de Dima étaient à vif, et s'ils se dirigeaient vers un conflit armé, Dima n'avait pas besoin de s'inquiéter qu'Aegis observe chacun de ses mouvements. Une fois que le Paragon ajusta son Tama, les sons centraux de Chicago commencèrent à filtrer. Il y avait le même trafic de véhicules — toutes ces capsules — qu'Aegis entendrait au niveau de la rue à New York. Mais ici, coincé entre des bâtiments dans une section moins fréquentée, le bruit ambiant semblait beaucoup plus distant qu'il n'aurait dû l'être.

Ce qui signifiait qu'Aegis pouvait distinguer le discours d'Innis à son équipe. Comme ces choses vont, le discours touchait les notes de motivation habituelles, couplées avec les pairages et les instructions de ne pas tuer si possible, mais de ne pas hésiter si cela signifiait sauver un Paragon de blessures ou de la mort. Dima était jumelé avec un autre Paragon plus expérimenté nommé Sabra, qui pouvait accélérer le temps dans de petites poches de la taille d'une assiette.

Quant à leur destination ? Innis pointa vers une allée encore plus étroite qui descendait vers la ville souterraine de Chicago. Quand Dima pivota, Aegis aperçut l'éclairage plus tamisé, la légère vapeur qui s'élevait alors que la chaleur générée par les machines travaillant en dessous rencontrait l'air froid. Selon le point de vue, la lueur dorée et les volutes soyeuses pouvaient être menaçantes ou magnifiques.

Avec Innis en tête, les Paragons commencèrent leur descente et, presque immédiatement, le flux vidéo se brouilla.

— Perte de signal, répondit Polly à la question qu'Aegis était sur le point de poser. Le béton fait obstacle.

— Pourquoi les drones ne suivent-ils pas ?

Aegis garda son lien audio avec Dima en sourdine — il ne voulait pas distraire le Paragon. À la place, il écouta leurs discussions murmurées et regarda les images saccadées et floues qui lui parvenaient.

— Innis leur a ordonné de garder leurs distances, répondit Polly. Pour la même raison. Si un drone perd le signal et rencontre une situation nouvelle, il est difficile de savoir ce qu'il pourrait faire.

Aegis aurait fait confiance à Mynx pour bien programmer ses drones pour ce genre de scénario, mais il n'était pas là. Innis l'était, et le Paragon avait tout à fait le droit de diriger la mission comme il le jugeait approprié. D'ailleurs, Innis donna des ordres au groupe de six pour qu'ils se positionnent autour d'une porte menant à un bâtiment générateur d'énergie.

— Dima, dit Innis, la voix de l'Écossais sonnant métallique à travers le transmetteur audio. Occupez-vous de ça, voulez-vous ?

— J'y suis.

Le Paragon s'approcha de la porte et, bien qu'Aegis ne puisse pas voir le visage de Dima, il pouvait imaginer ce que le jeune homme faisait. Alors que les yeux de Dima changeaient de focus, la porte commença à pousser contre les verrous et les barres qui tentèrent bientôt de se libérer. Avec tout qui se tendait contre ses liens, il ne fallut que quelques secondes pour que le métal se plie et que la porte s'effondre vers l'avant avec un gémissement. Innis se plaça devant Dima, attrapa la porte et la poussa sur le côté.

Une obscurité totale les fixait.

— Ça semble étrange, dit Sabra, debout derrière Dima. N'est-il pas plus facile de se rencontrer avec les lumières allumées ?

— Peut-être sommes-nous en avance, répondit Innis, avec un ton tranchant dans ses mots. Allons-y. Lentement et prudemment.

Avec Innis en tête, et Dima vers le milieu du groupe, les Paragons commencèrent à entrer dans le bâtiment. Ce faisant, Aegis ressentit ce malaise révélateur, une sensation née d'être entré dans beaucoup trop de pièges. Sabra avait posé les bonnes questions — qui mènerait un transfert dans le noir, et s'ils étaient en avance, arracher une porte à l'entrée ne serait-il pas un indice que le lieu de rencontre avait été compromis ?

— Polly, réactive mon audio, dit Aegis.

— C'est fait.

— Dima, pouvez-vous m'entendre ? essaya Aegis. L'image qui arrivait était pire que jamais, une masse nageante de fragments d'images et de bandes de noir. Comme si la caméra de Dima avait plongé dans les profondeurs les plus sombres de l'océan. Je veux que vous sortiez tous de là. Quelque chose ne va pas.

Dima ne répondit pas. Rien ne changea non plus sur l'image. L'audio qui revenait arrivait par fragments. D'abord curieux, puis de plus en plus alarmants.

— Dima ? essaya à nouveau Aegis.

— Il semble que vos transmissions ne passent pas, dit Polly.

— Vraiment.

— J'ai localisé leur position. C'est bien une station de génération. Les interférences électromagnétiques perturbent nos liaisons.

Parfait. Aegis se pencha en avant. L'image sur le moniteur était passée du noir à un gris tacheté, comme si quelqu'un avait allumé une lumière. Des cris étouffés éclatèrent dans le flux, accompagnés de détonations, et moins de cinq secondes après le changement de couleur, le flux s'arrêta. L'audio aussi.

— Polly, rétablis la connexion.

— J'essaie, monsieur, mais il semble que la source ait été endommagée.

Aegis se leva, car rester assis lui semblait trop proche de ne rien faire. Avait-il déjà perdu des équipes auparavant ? Vu des amis échouer et mourir, ou des groupes sous sa supervision s'effondrer au moment critique et revenir avec des pertes ? Oui. Oui. Bien sûr. C'était le prix à payer pour être un leader, le tribut exigé de son âme. Et chaque fois, cela le brûlait, car s'il avait été là, si Aegis avait été dans cette pièce sombre, avec son expérience et sa quasi-invulnérabilité, il aurait pu changer l'issue.

Pour la plupart des gens, dire que leur simple présence pouvait changer le cours d'un événement dramatique relevait de la vanité. Pour Aegis ? C'était un fait.

— Polly, prépare mon avion, dit Aegis en se dirigeant vers les ascenseurs.

— Oui, monsieur.

Celice ne serait pas contente, mais Aegis ne se voyait pas aller dîner sans savoir ce qui était arrivé à ses Paragons. Sans aider son équipe.

C'était ce que faisaient les Champions.

# CHAPITRE 38
# EFFETS
# SECONDAIRES

LA CONVENTION ÉTAIT PRÉPARÉE pour les urgences. Kat l'avait appris durant les intervalles flous où elle oscillait entre conscience et inconscience. Des drones s'affairaient autour d'elle, supervisés par les médecins et ambulanciers humains de plus en plus rares. Gordon lui avait dit plus tard qu'ils lui avaient donné tellement d'eau de tant de façons différentes qu'il craignait qu'ils ne la noient de l'intérieur.

Ah oui. Gordon était là maintenant. Dans son appartement, où elle venait de se réveiller après une nuit sans rêves ponctuée d'occasionnelles vagues de nausée. La preuve que ces moments n'étaient pas entièrement imaginaires reposait dans le grand bol à côté du lit. Elle devrait le désinfecter soigneusement à l'eau de Javel avant d'y refaire des brownies. Son gardien ronflait légèrement dans la chaise de bureau, le cou plié en arrière dans une position que Kat aurait jugée bien trop inconfortable pour dormir, mais Gordon avait le don de transformer n'importe quel endroit en lit.

Seeker, lui, s'était réveillé en même temps que Kat et avait grimpé sur le lit pour lui couvrir le visage de léchouilles. Elle laissa le chien s'amuser. Elle avait sans doute besoin d'une douche de toute façon, et un peu de bave de chien était un faible prix à payer pour le bonheur manifeste sur la bouille idiote de Seeker.

— J'aurais aimé t'emmener, marmonna Kat quand Seeker lui laissa une chance de respirer.

Pas que la convention ait autorisé les chiens, mais quand même...

— Tu es réveillée ? Gordon se redressa et se pencha vers elle. Tu te sens mieux ?

— Pour une gueule de bois, celle-ci n'est pas si terrible. En vérité, Kat n'avait qu'un léger mal de tête. Si les drones médicaux pouvaient faire ça après une nuit de beuverie, eh bien, elle devrait envisager d'en faire une partie régulière de ses virées. Merci pour l'aide, au fait.

— Après ton message provocateur, c'était la moindre des choses.

Kat se frotta les yeux et s'assit. Son estomac se souleva un peu. D'accord, c'était un peu plus qu'un mal de tête. — C'était Calvin. L'anomalie.

— Oh, tu veux dire que tu ne t'es pas noyée dans l'alcool en début d'après-midi ?

Gordon plaisantait, mais il y avait une infime trace de réelle inquiétude dans sa voix. Comme s'il pensait que Kat pourrait vraiment faire ça.

— Je ne suis pas la personne la plus heureuse du monde, Gordon, mais je ne suis pas si mal, répondit Kat. Tu as vu Calvin ?

— Il était parti quand je suis arrivé, et, tu sais, j'avais des problèmes plus urgents à régler. Il a probablement déjà quitté la ville.

— Tu peux vérifier. Kat fit un geste vers son poste de travail. Lance mon traceur.

— Tu l'as pisté ?

— Presque aussi bien.

Gordon fit rouler la chaise vers le salon et Kat le suivit, rinçant le bol et s'effondrant sur le canapé pendant que

Gordon se mettait au travail, lançant le programme de suivi qui, grâce au mépris général de Kat pour la sécurisation de sa technologie, se connecta directement à son profil. Parmi les nouvelles habituelles et les mises à jour sur les réputations gagnées par ses diverses anomalies, il y avait d'autres options que Gordon pouvait sélectionner. Notamment, une pour les balises liées.

Les balises faisaient ce que leur nom indiquait : elles renvoyaient des coordonnées tant que leurs minuscules batteries travailleuses avaient de la vie. Utile si Kat trouvait une anomalie à tracer dans un endroit, disons, une convention bondée, qui ne se prêtait pas à une confrontation directe. Alors qu'elle s'était approchée de Calvin avec le pistolet paralysant prêt, elle avait aussi glissé la balise sur la veste de l'homme comme assurance ; Calvin était supposément mortel, et pourquoi prendre des risques ?

— D'accord, je suis impressionné, dit Gordon en sélectionnant la signature de la balise. Bien que j'oublie souvent que tu es plutôt douée pour ça.

— Aucune raison pour que tu t'en souviennes. Aucune.

Kat repassa mentalement les années de relation, leur carrière de pisteurs en duo, et les nombreuses, très nombreuses fois où Gordon avait oublié tel ou tel élément clé de la vie de Kat. Cet homme avait une mémoire de poisson rouge. Ou plutôt, comme Kat l'avait appris à ses dépens, Gordon ne retenait que les choses qui lui importaient vraiment.

— Wow, écoute. Gordon s'éloigna de l'écran, écartant les mains. Je ne vais pas me disputer, d'accord ? Tu es à peine remise d'avoir failli mourir, et on a cette anomalie mortelle qui court dans la nature, alors...

— Priorisons. Ouais. Regarde la carte et dis-moi où il est.

Gordon lui lança un regard appuyé qui promettait que cette conversation serait reprise, et le maintint jusqu'à ce que Kat lève les yeux au ciel et hoche la tête vers les écrans.

Seeker, lové sous son bras gauche et reposant sa grosse tête duveteuse contre sa poitrine, renifla. Le chien comprenait ; ce n'était pas le moment de faire du drame.

— Tu veux savoir où il est ? Gordon pivota en parlant. Je parie qu'il est loin de la ville. Il a pris le premier train et...

La voix de Gordon s'éteignit alors que ce qui avait commencé comme une carte de Chicago à l'échelle de la ville zooma de plus en plus profondément, montrant que Calvin, ou du moins la balise que Kat lui avait accrochée, était toujours dans la ville et pas si loin. Calvin ne semblait pas avoir assez de réputation pour séjourner dans les quartiers les plus chers. Et celui-ci, Kat le vit en se penchant pour mieux regarder, était loin d'être un quartier de luxe. Près de *Carver's*, la localisation de la balise la plaçait en plein dans un désert industriel.

— J'attends, dit Kat.

Gordon secoua la tête. Il jeta un autre coup d'œil au moniteur, comme s'il avait pu lui mentir la première fois. — Il l'a peut-être jetée.

— Bien sûr. Il a attendu d'arriver jusque là-bas pour le faire, aussi.

Ce n'était pas le meilleur argument — Calvin n'avait peut-être pas trouvé la balise avant d'atteindre l'endroit où il séjournait et l'avait alors jetée dans une rue au hasard plutôt qu'au centre-ville — mais le fait que la balise se déplaçait, à une allure de marche, suggérait le contraire. Kat résista à la tentation de croire que Calvin était une sorte de super-espion, capable de trouver la balise et assez malin pour la coller sur quelqu'un d'autre juste pour les induire en erreur. Cette voie menait à la folie.

— Tu es prête ? La transition de Gordon du rôle de soigneur à celui de traqueur se fit en un instant, et il bondit de sa chaise en parlant. — Il n'est pas loin. On peut l'attraper maintenant.

Kat avait vraiment envie de dire non. Elle avait échappé à

la mort et n'avait aucune envie de s'y précipiter à nouveau, mais Gordon semblait déterminé à partir à la poursuite de Calvin quoi qu'elle décide, et elle n'allait pas le laisser s'attribuer le mérite de ses talents de traqueuse. Se glissant hors du lit, repoussant son mal de tête persistant au fond de son esprit, Kat contourna Gordon pour se diriger vers son placard. Partir à la poursuite d'une anomalie en t-shirt long et short de pyjama en plein hiver ne semblait pas être la meilleure idée.

Ce geste la fit aussi réfléchir à qui l'avait ramenée ici, qui l'avait changée de sa tenue de convention pour quelque chose de plus confortable pour ce qui avait dû être une longue nuit.

— Hé, Gordon ? dit Kat en se retournant vers lui alors qu'il commençait à enfiler son équipement de traqueur. Merci. Pour hier. Je le pense vraiment.

— Pas de problème, répondit Gordon. Tu as trouvé Calvin, je t'ai sauvée, je pense que ça nous met à égalité.

— Parce que c'est de ça qu'il s'agit. Kat s'apprêtait à lancer un regard noir à Gordon, mais le traqueur arborait ce demi-sourire malicieux qui démentait ses paroles, et Kat opta pour un soupir et se reconcentra sur sa tenue. — Tu as tout ton matériel ici ? Je ne suis pas sûre à cent pour cent de ce que Calvin peut faire, mais il ne plaisante pas.

— Pistolet paralysant. Traceur. Capacités athlétiques incroyables, ouais, je pense que j'ai tout.

— Quand il sera en train de te battre, je ne vais pas t'aider. Je vais juste regarder et rire.

— Kat, depuis quand es-tu devenue si méchante ?

Gordon paya pour une navette qui les conduirait directement à l'endroit où le signal avait localisé Calvin, mais au dernier moment, il annula le trajet pour qu'elle les dépose à un pâté de maisons de là. Sur son Tama, Kat rechercha les coordonnées et découvrit que le lieu où se trouvait Calvin abritait un café populaire, du genre qui proposait des œufs, du bacon et des pommes de terre en portions suffisamment grandes pour anéantir n'importe quel régime. Malgré tous les efforts déployés par les gouvernements avant et après l'accession au pouvoir du Paragon pour pousser les gens vers des modes de vie plus sains, l'humanité, selon Kat, restait obstinément attachée à la sauce hollandaise, aux scones et aux piles de crêpes généreuses.

Le trottoir ici était plus large que d'habitude, tenant compte, peut-être, de la densité croissante de cette partie ouest de Chicago. Plus d'espace pour des rues plus larges, plus de navettes de transport grondantes transportant des charges depuis les chantiers, moins de gens, mais plus de choses sur les trottoirs. Comme si les magasins et les immeubles d'un pâté de maisons utilisaient le ciment entre leurs portes et la rue comme espace de stockage supplémentaire. En cet hiver, la neige avait envahi le trottoir, mais des tas bosselés et de formes étranges laissaient deviner des détritus cachés en dessous.

— Ça fait un moment que je ne suis pas venu dans un endroit comme celui-ci, dit Gordon en sortant de la navette.

— Quoi, tu ne chasses que des anomalies riches maintenant ?

— En quelque sorte. Gordon eut la décence de paraître un peu gêné. — Si tu travaillais un jour pour les Paragons proprement dits, tu aurais droit à ça aussi. Ils m'envoient partout pour des cibles de haut profil, et la plupart sont des anomalies qui ont utilisé leurs pouvoirs pour, eh bien, sortir d'endroits comme celui-ci.

— Une raison de plus pour moi de rester ici, alors, répliqua Kat en prenant une profonde inspiration. Toujours l'air vif de l'hiver, mais avec un arrière-goût d'huiles de cuisson et de plastiques. — Je préfère ça aux quartiers de luxe où tu vis, où tout le monde arbore des costumes et un besoin de se montrer.

Kat savait qu'elle faisait des stéréotypes, tout comme Gordon ; mais c'était toujours sa ville, toujours Chicago, et le besoin de défendre tous ses quartiers était profondément ancré dans son cœur. Peut-être parce qu'elle n'avait pas de famille, la ville avait comblé ce vide. Du moins, les parties que Kat fréquentait.

— Je comprends, dit Gordon. — Je vais garder mes commentaires pour moi. Ils passèrent devant une quincaillerie, une affiche dans la vitrine annonçant des réparations de drones, et s'approchèrent du café, Kat guidant Seeker en laisse avant que Gordon ne pose une main sur son épaule pour l'arrêter. — Alors, quelle est notre stratégie ? On entre et on le neutralise ?

— La dernière fois que je me suis faufilée vers Calvin, il a failli me tuer. Je dis qu'on ne lui laisse pas de chance.

— D'accord. Laisse-moi entrer une autorisation.

Sur son Tama, Gordon tapa des codes, alertant les drones et les Paragons dans la zone qu'une opération de traque allait avoir lieu, avec un potentiel de violence. Kat avait aussi ces codes, bien que Gordon semblait avoir un accès plus élevé, car l'approbation revint presque immédiatement. Si Kat avait demandé l'autorisation d'utiliser la force dans un espace bondé, elle aurait probablement dû passer par l'interrogatoire d'un Paragon avant d'obtenir le feu vert.

Une des nombreuses raisons pour lesquelles elle préférait chasser les anomalies en dehors de la ville, ou dans le sous-sol de *Carver*, sans avoir à gérer les drones.

— Tu veux y aller en premier, ou moi ? demanda Gordon une fois qu'il eut terminé ses affaires sur le Tama.

Kat regarda autour d'elle dans la rue. Majoritairement déserte, trop tôt le matin pour les foules du déjeuner, mais assez tard pour que quiconque cherchant un café à l'aube ait déjà étanché sa soif. Le bruit des roues des navettes s'écrasant dans la neige fondante était à peu près tout ce qu'ils pouvaient entendre. En termes de décor pour un combat, celui-ci cochait toutes les cases.

— Moi, dit Kat. — Toi, reste en arrière. Il me reconnaîtra,

mais il semblait disposé à parler la dernière fois. Il pourrait hésiter assez longtemps.

Gordon acquiesça. — Et Kat ? Si les choses commencent à mal tourner ? Il écarta sa veste, révélant le pistolet paralysant, oui, mais aussi autre chose. Quelque chose de très illégal sauf pour les détenteurs autorisés. — Après ce qui t'est arrivé, les Paragons m'ont donné la permission. Si Calvin devient violent, nous sommes censés l'éliminer.

— Je ne vais pas tirer avec ce truc.

— Espérons que nous n'en aurons pas besoin.

Tuer. Quelque chose que Kat avait déjà fait, bien que toujours en légitime défense et toujours avec regret. Certaines anomalies n'acceptaient pas la reddition, le traçage. Même après avoir été paralysées, après avoir été enrôlées dans le cycle de demandes de travail des Paragons, elles revenaient chercher Kat, en quête de vengeance. Les traqueurs avaient une licence illimitée pour se défendre dans ces cas-là, et Kat pouvait porter des coups assez forts pour briser une nuque ou comprimer une poitrine. Ces moments-là, cependant, se rejouaient sans cesse dans ses cauchemars, et elle n'avait aucune envie d'en ajouter.

Avec Seeker, elle laissa Gordon à un magasin du café, un petit endroit s'appelant The Breakfast Nook et annonçant, sur un panneau pliable posé sur la glace du trottoir, une offre spéciale de double saucisse à un prix en rep si bas qu'il fit gargouiller l'estomac de Kat. Dans leur précipitation, Kat réalisa qu'elle n'avait pas pris de petit-déjeuner, de café, ni rien vraiment depuis la veille. Peut-être que s'ils s'occupaient de Calvin rapidement, elle pourrait grignoter quelque chose ici même . . .

Une petite ruelle servait de point de départ au café, et tandis que Seeker profitait d'un ensemble d'odeurs alléchantes du côté gauche de la promenade, Kat regardait à droite en s'approchant des vitres du café. Les grands panneaux s'étaient embués sur les bords, avec des cristaux de glace formant un treillis naturel là où le chauffage du café ne parvenait pas à vaincre le froid de la journée. C'était si beau que Kat mit une seconde à remarquer le visage encadré dans ce treillis, un visage qui la vit au moment où elle posait les yeux sur lui. Calvin était assis à la table près de la fenêtre, avec une grande tasse de café et une assiette vide d'œufs-et-quelque-chose devant lui, ainsi qu'un vrai livre usé. Leurs regards se croisèrent, celui de Calvin passant de la surprise à l'exaspération dans le même laps de temps. Puis il tendit la main et posa sa main gauche sur la vitre, tout près du visage de Kat.

Que ce soit par intuition, instinct, entraînement ou simple chance, Kat commença à plonger au moment où la main de Calvin se levait, si bien que lorsque toute la fenêtre vola en éclats, projetant le verre vers Kat et le trottoir, elle s'était déjà baissée suffisamment pour éviter les dégâts les plus graves. Une force de concussion passa sur elle, poussant Kat en arrière sur le trottoir jusque dans le tas de neige au bord de la rue. Seeker aboya, et Kat se recroquevilla, essayant de se protéger du verre, et tentant, tentant de ne pas s'effondrer.

Ce trottoir avait été plus petit que celui-ci, avec des taches de vert délavé dues aux brins d'herbe laissés à pourrir par la tonte hasardeuse de son père. Trop radin pour acheter un drone, trop occupé pour exceller dans l'entretien de la maison, Kat avait atterri directement dans l'une de ces taches lorsque la force l'avait projetée loin de son propre porche.

Elle revenait en courant de l'aire de jeux près du coucher de soleil estival, avait fait le dernier virage crucial pour emprunter l'allée traversant leur jardin vers la maison de deux étages, bleu clair aux volets blancs, quand la porte d'entrée s'ouvrit. Sa mère, les cheveux et les yeux hagards, se mit à crier d'une voix que Kat n'avait jamais entendue auparavant. Aiguë, tranchante, et disant à Kat de faire demi-tour, de s'enfuir. Cette vue, ce son étaient si étranges que Kat s'était arrêtée, avait demandé à sa mère pourquoi, quand Kat remarqua la lumière. Un blanc doux dominait la couleur des lampes de leur maison, mais celle-ci était d'un orange rosé et elle grandissait, ses bords flous s'étendant derrière sa mère et dans les fenêtres à sa droite et à sa gauche. Sa mère se retourna, vit cette lumière, fit un pas vers Kat, lui faisant signe de courir.

Un éclair, une cascade de craquements et une vague d'air chaud projetèrent Kat au sol, où le verre vola contre son corps. Son visage la brûlait, écorché sur le béton. Son cou, ses mains et ses jambes la picotaient alors que des éclats la transperçaient.

— Maman ?

— Maman ? dit Gordon, se penchant près d'elle. Reste à terre, Kat. Les secours arrivent. Je vais le poursuivre.

Gordon partit — de son angle, Kat ne vit que ses bottes tournant et s'éloignant à grands pas — tandis que le trottoir scintillait sous la lumière hivernale jouant sur le verre brisé.

Respire.

D'autres personnes sortaient maintenant du café, dont deux, un homme et une femme plus âgés, se dirigeaient vers Kat. Lui demandant si elle allait bien.

Seeker. Où était-il passé ?

Kat fit un mouvement pour se lever, quand ses deux aides la saisirent par les bras et la relevèrent à la place.

— Je ne pense pas que vous vouliez mettre vos mains dans tout ça, dit l'homme, s'efforçant de remettre de la logique dans un monde qui semblait l'avoir perdue. On ne sait pas pourquoi une fenêtre se briserait comme ça, mais le verre vous coupera pour sûr.

— Ici, laissez-moi vous aider, ajouta la femme, tamponnant le visage de Kat avec quelques serviettes probablement prises dans le café.

— Mon chien, dit Kat, essayant de voir au-delà des mains de la femme. Où est-il ?

— Janey le tient, dit la femme. Il se couperait les pattes sur ce verre tout comme vous.

Ces mots ramenèrent aussi Kat en arrière. Les mêmes choses que ses voisins n'arrêtaient pas de lui dire alors qu'ils l'éloignaient de sa maison, de l'épave en flammes. De sa mère, courant vers elle, il n'y avait aucun signe sauf une tache noire carbonisée sur les marches fumantes du perron. Kat l'avait appelée, son père aussi alors que les secours arrivaient — plus humains que drones, à l'époque — mais il n'était jamais sorti non plus. Sa sœur, disparue. Il faudrait encore des heures avant que quelqu'un parvienne à lui dire ce qui s'était passé, ce qui pouvait arriver avec une anomalie non découverte.

— Ça va, dit Kat en se dégageant des mains, de l'aide. Merci.

Sa combinaison, cet équipement blanc de grade traqueur, avait fait des merveilles ici, isolant son corps de ces éclats de verre. Les lentilles de contact connectées avaient leurs propres mécanismes de protection, s'élargissant pour recouvrir ses yeux d'un film durci. Une cécité temporaire pendant une fraction de seconde, mais cela valait le coup pour garder ses yeux en sécurité. Vu la taille et le nombre de morceaux dentelés autour d'elle, Kat aurait été en lambeaux si elle était venue après Calvin en vêtements de ville.

Calvin.

Avec le manque évident de blessures mettant la vie de Kat en danger et, par conséquent, de drame, les fuyards du café passèrent à l'observation et aux murmures sur la douleur du verre brisé. La liberté qui en résulta donna à Kat l'occasion de récupérer son chien auprès de la jeune fille qui retenait Seeker, et d'essayer de comprendre où l'anomalie, et Gordon, étaient partis. La réponse, apparemment, était nulle part en vue.

Seeker aboya vers elle. Impatient, omniscient. Elle lâcha sa laisse et le chien sprinta, sautant par-dessus le verre et contournant la foule dans une démonstration athlétique absurde qui fit se sentir Kat, qui suivait en écrasant le verre sous ses pas et en s'excusant auprès de ceux qu'elle bousculait, beaucoup trop jalouse. Seeker était peut-être son animal de compagnie, son meilleur ami, mais il était bien plus que cela. On pouvait dire que Seeker était la plus grande arme de Kat. En fait, au diable le "on pouvait dire". Sans ce chien, la carrière de Kat en tant que traqueuse aurait été plus courte, plus sanglante et pathétique.

Le husky prit un virage serré à droite à l'intersection suivante, jetant un regard en arrière, la langue pendante, pour s'assurer que Kat le suivait de près, puis continua. Quand Kat tourna au coin, elle faillit tomber sur Gordon, qui s'appuyait contre un poteau, la main sur la poitrine. Avec Seeker qui bondissait plus loin, Kat n'eut qu'un moment, et Gordon le lui rendit.

— Continue, toussa Gordon. Il m'attendait au coin de la rue, un coup de poing m'a coupé le souffle. Je serai juste derrière toi.

Alors Kat y alla. Calvin était bien plus que la cible habituelle d'une anomalie. Un pouvoir dangereux plus de la ruse et du talent. Kat avait maîtrisé des anomalies explosives qui ne connaissaient rien au-delà de leur dépendance à leur capacité, qui avaient tendance à s'effondrer quand on les sortait de leur zone de confort avec un pistolet paralysant ou des crocs de canin chargeant, mais Calvin semblait capable de s'adapter. Son pouvoir, aussi, semblait différent. Les anomalies n'avaient qu'une seule mutation — du moins, pour autant que Kat le sache — pourtant Calvin avait failli la tuer par intoxication alcoolique et maintenant avait fait exploser une fenêtre d'un simple toucher. Soit il était une nouvelle terreur, soit Kat n'avait pas encore compris sa capacité fondamentale. Quoi qu'il en soit, Calvin était une saveur unique de danger. Pas étonnant que les Élémentals le veuillent.

Seeker avait traversé la rue, se faufilant entre quelques pods, et s'était élancé dans une autre ruelle transversale avec des poubelles et des bouches d'aération fumantes. Kat fit la même manœuvre, comptant sur la programmation stricte des pods contre le fait de percuter des humains pour rester en vie. Les sirènes d'urgence emplissaient l'air alors que les drones et les pods de secours se précipitaient vers le café endommagé. Une toile de fond stressante au bruit de clapotis de ses bottes projetant de la neige fondue partout où elle marchait, l'âcreté industrielle ventilée se mêlant aux plaisirs culinaires confinés du café.

À mi-chemin dans la ruelle, Calvin se retourna pour faire face à la charge aboyante de Seeker. Kat arriva au coin de l'entrée — sa main effleurant le côté froid du mur de briques — et cria à Seeker de s'arrêter. Calvin attendait à une douzaine de mètres, le chien entre eux, Seeker regardant Kat comme pour dire, d'une voix très duveteuse : *Je le tenais !*

— Bien joué, dit Calvin. Je n'ai rien contre ton chien.

Il avait l'air d'un homme qui avait passé toute la nuit à surveiller les fenêtres. Des cernes se dessinaient sous ses yeux sombres, et ses vêtements semblaient plus délabrés qu'auparavant. Kat ne savait pas avec combien de tenues Calvin voyageait, mais celles-ci avaient connu des échauffourées et des fuites, racontant leurs histoires à travers taches et déchirures. Pourtant, malgré tout cela, Calvin se tenait droit, les bras détendus de chaque côté. Prêt.

— Tu m'as dit, avant d'essayer de me tuer, que tu te sentais traqué, dit Kat. Elle pensait pouvoir essayer la diplomatie avec cette distance entre eux, comprendre Calvin, et donner à Gordon une chance de se ressaisir. Tu te sens toujours comme ça ?

— Qu'est-ce qui te fait dire ça ?

— Le fait que tu aies fait exploser un tas de verre dans mon visage, pour commencer.

— C'était censé te tuer. Ce qui est plus difficile que ça ne devrait l'être.

— Parce que ton cœur n'y est pas.

Kat ne savait pas qu'elle allait dire ça, mais elle le ressentait et a prononcé ces fichus mots parce qu'ils étaient la vérité, et que cela correspondait à tout ce qu'elle avait perçu chez Calvin. Pourquoi elle l'avait approché avec un pistolet paralysant au lieu de lui tirer dessus depuis l'autre bout de la salle de convention. Pourquoi elle avait essayé de faire sortir le pouvoir de lui chez *Carver's* alors qu'il aurait été plus facile de tuer Calvin sur place. Kat ne lisait pas le mal en lui. La peur, le danger, certes. Mais le mal ?

— Tu ne sais rien de mon cœur.

Kat avait toujours le pistolet paralysant dans sa poche, le grappin de sa combinaison prêt à être tiré depuis son poignet. Elle pouvait même lancer les scanners et utiliser leurs flashs lumineux pour aveugler Calvin pendant une seconde. Au lieu de cela, avec Seeker qui les regardait tous les deux, Kat garda ses mains libres. Grandes ouvertes. Calvin, de son côté, semblait tout aussi figé par l'indécision. S'il tournait le dos, Kat pourrait l'abattre par derrière, s'il courait vers elle, elle aurait le temps de dégainer et de tirer avant qu'il ne s'approche, sans même compter le chien.

— Tu sais ce qui va se passer si tu fuis ? Kat essaya une autre tactique. Nous continuerons à te traquer. D'autres aussi. Constamment. Tu te fais un nom trop important, Calvin. Il n'y a plus de cachette possible. Il est temps de te rendre.

La réponse de Calvin fut interrompue par une nouvelle voix venant d'en haut. Deux drones de pacification, des ovales de taille humaine équipés de moyens non létaux pour maîtriser quelqu'un, flottèrent dans la ruelle et s'orientèrent vers Calvin. D'une voix censée ressembler à celle d'une mère apaisante, ils ordonnèrent à Calvin de s'allonger, que tout irait bien s'il se rendait. Calvin détourna son attention de Kat, leva les yeux vers les drones et s'agenouilla sur le sol en béton. Pendant une seconde, Kat se demanda si Calvin allait abandonner aussi facilement, si ses paroles ou les drones avaient poussé Calvin à se rendre.

Jusqu'à ce que, à genoux et penché en avant avec ses mains sur le sol, Calvin lève sa main gauche vers les drones en descente. Le béton gris et boueux sous Calvin miroita, comme un verre d'eau perturbé par un léger tremblement, avant que l'air ne change autour de la main tendue de Calvin. Comme un brouillard, mais gris foncé et lourd, la brume de Calvin s'étendit vers les drones, les enveloppant. Leurs jets électriques gémirent, crachotèrent et s'éteignirent tandis que leurs appels répétés au calme grésillaient et mouraient.

— Seeker ! Ici ! dit Kat, et le chien obéit, s'éloignant de ce que Calvin était en train de faire.

Le brouillard continua de s'épaissir, jusqu'à ce que Kat ne puisse plus rien voir de l'autre côté. Elle réalisa aussi que, bien que les moteurs des drones se soient arrêtés, ils n'étaient pas tombés. Au lieu de cela, ils étaient suspendus dans ce brouillard, certaines parties totalement obscurcies. Piégés, comme si le brouillard était devenu un gel solide.

— Laisse-moi tranquille, Kat ! La voix de Calvin résonna faiblement, comme un écho. Dis-leur à tous de me laisser tranquille !

— Ne fuis pas, Calvin ! On peut parler ! essaya Kat, mais elle n'entendit aucune réponse.

Au lieu de cela, gardant Seeker près d'elle, elle s'approcha de ce mur de brouillard gris. Bien que, maintenant qu'elle était proche, cela ne ressemblait plus du tout à du brouillard ; des lignes nettes, aucun flou ni mouvement avec les brises hivernales qui soufflaient dans ces ruelles. Kat leva la main, la posa contre le gris. Solide. Dur. Comme du béton. Calvin avait construit un mur ici même, entre ces deux bâtiments. Mais... comment ?

— Où est-il ? appela Gordon, semblant toujours faible, mais debout à l'entrée de la ruelle. Tu l'as eu ?

Kat secoua la tête, examinant le nouveau mur, cherchant la réponse. — Il a fait ça et s'est enfui. Je ne sais pas comment.

— À partir de l'air ?

Kat tendit la main, le toucha à nouveau. Définitivement du béton. — L'air, oui. Il a aussi piégé deux drones.

Cette fois, quand Kat retira sa main, le mur frissonna. Alors qu'elle regardait, des fissures apparurent, des morceaux commencèrent à tomber et à se fragmenter en éclats poussiéreux qui se dispersèrent autour d'elle. Seeker aboya et Kat suivit le conseil du chien, reculant tandis que le nouveau mur de Calvin s'effondrait sur lui-même, les drones s'écrasant au sol avec lui. Les plus gros morceaux du béton de Calvin, brisés par le choc, frémirent et se désagrégèrent en sable gris, qui fut emporté par la prochaine rafale, forçant Kat à se protéger les yeux en avançant.

De l'autre côté du mur de Calvin, là où l'anomalie s'était agenouillée, se trouvait un trou profond, parfait et lisse, comme s'il avait été creusé dans la terre avec une cuillère.

# CHAPITRE 39
# PRÉPARATION

SYLVIE LE TENAIT à l'écart, bien que Zhan-Yo ait tout l'équipement dont il aurait besoin : deux tachi, des lames familiales courtes et courbées, aiguisées par l'histoire et une excellente boutique spécialisée non loin de chez lui, étaient attachées dans son dos. Les robes amples qu'il portait pour ses cours d'arts martiaux dissimulaient de nouveaux ajouts : des protections blindées semblables à celles que portait Sylvie, assez résistantes pour arrêter les balles et prêtes à rediriger la chaleur et l'électricité, des éléments d'anomalie courants.

Au lieu d'utiliser cette préparation, que Zhan-Yo avait décrite à Sylvie la veille au soir, il était assis dans l'arrière-salle de la centrale électrique, au milieu du matériel de nettoyage et des boîtes à outils, regardant les Paragons venir l'arrêter sur un flux crypté de son Tama. Ils se battaient pour atteindre l'entrée de la station, bien que la qualité de l'image soit devenue médiocre après que Sylvie ait coupé les lumières. Au milieu des flous et des clignotements provoqués par les pouvoirs, Zhan-Yo essayait de repérer Aegis. Il reconnaissait certains des Paragons dans la mêlée — Innis, ce fanfaron à la barbe rousse omniprésent sur les ondes de

Chicago pour proclamer telle ou telle initiative des Paragons — mais Zhan-Yo pensait qu'Aegis serait le premier à entrer.

— On scelle les portes maintenant, dit la voix de Sylvie depuis le Tama de Zhan-Yo, transmise par la ligne locale sécurisée de la mission. Attrapez-les. Essayez de ne pas tuer si ce n'est pas nécessaire.

L'ordre de Sylvie semblait difficile à suivre. Les Paragons ne jouaient certainement pas selon les mêmes règles. Ils étaient arrivés en force, anéantissant les sbires de Sylvie et agissant avec une assurance qu'on n'est pas censé avoir quand toutes vos communications sont coupées. Ces six Paragons auraient dû se rendre, et au début Zhan-Yo pensait que la présence d'Innis boostait leur motivation, mais maintenant, alors qu'ils se jetaient sur les forces de Sylvie dans la salle centrale du générateur, il devenait clair qu'ils pensaient simplement qu'ils ne pouvaient pas perdre.

Au début, il semblait que l'obscurité pourrait servir d'avantage aux forces de Sylvie, qui bondissaient avec leurs casques de vision nocturne et s'écrasaient contre les Paragons, une première salve qui réussit à les repousser de leur seule sortie et au-delà du point où, selon Sylvie, leurs communications pouvaient être complètement coupées. Les Paragons, cependant, se regroupèrent, portant la seule victime de l'assaut initial, quelqu'un que Zhan-Yo ne put voir jusqu'à ce qu'elle se soit suffisamment remise pour ruiner leur plan. Quelle que soit l'identité de ce Paragon, alors qu'Innis et les autres menaient un combat désespéré et mobile dans l'obscurité, on l'avait traîné jusqu'à ce qu'ils atteignent la salle principale. Puis, juste avant que Sylvie n'ordonne de sceller les portes, le Paragon s'était réveillé et était devenu supernova.

Un mot superlatif pour décrire un résultat superlatif. À un moment donné, il n'y avait pas de lumière et un groupe de soldats de Sylvie entourait les Paragons avec des pistolets paralysants et des matraques électriques, et puis tout avait flashé si fort que le flux du Tama de Zhan-Yo était passé en statique jusqu'à ce qu'il se rétablisse. Et quel spectacle quand ce fut le cas.

Si la vie de Zhan-Yo avait une grande contradiction, c'était son respect, voire son émerveillement pour les capacités d'anomalie, contrasté avec sa haine pour ce que ces mêmes capacités avaient engendré. Ici, au centre de la pièce, brillait une femme dont la peau resplendissait plus intensément que la lumière la plus vive que Zhan-Yo ait jamais vue. Un argent pur, si aveuglant que seuls ses vêtements empêchaient d'éblouir tous ceux présents dans la pièce. Un pouvoir beau, terrible, et que Zhan-Yo n'avait aucune envie de détruire, sauf que son revirement signifiait que les forces de Sylvie trébuchaient maintenant en essayant d'enlever leurs lunettes devenues inutiles. Un Paragon profita du flash : repoussant les sbires qu'il regardait depuis le sol et les envoyant au plafond, où ils restèrent collés, agitant bras et jambes.

Pire encore, avec cette nouvelle lumière, Zhan-Yo pouvait voir qu'Aegis n'était pas venu. Non seulement ils avaient réussi à s'enfermer dans un bâtiment avec des Paragons mortels, mais ils n'avaient même pas attrapé leur cible.

— Sylvie, dit Zhan-Yo en se levant et en parlant dans son Tama. Il faut qu'on sauve la situation.

— Je suis déjà dessus.

— Si ça ne te dérange pas, je vais aider.

Si Sylvie avait une opinion sur le changement de plan de Zhan-Yo, né à la fois du désespoir et de la frustration, elle garda ces opinions pour elle.

Zhan-Yo quitta son arrière-salle, qui s'ouvrait sur un couloir plus petit et sombre reliant les baies de maintenance à la salle du générateur principal, et, après une vérification rapide de son équipement, dégaina les tachi et s'avança vers la porte de connexion. Le lourd portail en acier isolé, destiné à garder cette zone arrière en sécurité en cas de surcharge, étouffait efficacement le son. Au moment où Zhan-Yo s'approcha de la porte, il n'était pas sûr qu'un combat se déroulait encore dans la pièce au-delà. Il pourrait l'ouvrir et se retrouver seul face aux Paragons.

D'un autre côté, si le combat avait pris fin, ces mêmes Paragons chercheraient ici et finiraient par le trouver. Mieux valait risquer d'aider maintenant que de se rendre, impuissant, plus tard. Il rengaina son tachi gauche, saisit la poignée et tira vers le bas pour désengager le verrou. Zhan-Yo ouvrit la porte, gardant sa masse entre lui et ce qui se trouvait au-delà, passant la tête par l'ouverture pour voir dans quel combat il s'engageait.

Sylvie, seule, tenait le centre. Elle avait un couteau sous la gorge du Paragon lumineux, le plaquant contre le mur opposé à Zhan-Yo. Les cinq autres Paragons, certains avec de légères blessures mais par ailleurs semblant indemnes, l'observaient. Les corps appartenant aux forces de Sylvie jonchaient l'espace.

Ils n'avaient pas entendu Zhan-Yo ouvrir la porte car Sylvie avait crié, fort, aux Paragons de s'éloigner d'elle. À droite, le couloir menant à l'entrée du bâtiment, maintenant verrouillée mais avec un code d'accès que Zhan-Yo avait stocké sur son Tama, était sans surveillance. Il pouvait courir, sortir et, le temps que les Paragons extorquent une confession à Sylvie, être prêt à nier son implication. Revenir à la case départ et recommencer.

Sauf que... Zhan-Yo croisa le regard de Sylvie pendant une fraction de seconde avant qu'elle ne se reconcentre sur ses adversaires. Elle ne voulait pas trahir Zhan-Yo, car, maintenant, elle comptait sur lui.

Il ne la décevrait pas.

Zhan-Yo ne se faufila pas, mais fit irruption dans la pièce, ses deux tachi visant les deux Paragons du centre. Toute idée de capturer les héros vivants s'était évanouie — Aegis n'était pas là, les forces de Zhan-Yo perdaient, la situation était aussi désespérée que possible — et les coups de Zhan-Yo visaient à tuer. Ou du moins, jusqu'à ce qu'une force incroyable arrache les deux tachi de ses mains et les propulse vers le plafond, où les lames s'enfoncèrent dans les plaques de protection métalliques. Un Paragon sur la droite, un jeune homme, avait suivi les yeux lumineux de son partenaire et regardait dans la direction de Zhan-Yo.

— Derrière nous ! cria le Paragon, gâchant complètement l'effet de surprise.

Alors Zhan-Yo changea de tactique, et tandis que les deux Paragons centraux commençaient à se retourner, il leur asséna des coups de pied secs à l'arrière de leurs genoux gauche et droit. Assez fort pour les mettre à terre et faire tomber les Paragons au sol. Le jeune homme et une autre, une femme plus âgée, étaient à droite et Innis à gauche. Zhan-Yo laissa le leader, car Innis semblait bouger lentement, peut-être avait-il été blessé, et se dirigea vers les deux autres. La femme s'avança pour l'affronter, et ce faisant, elle sembla s'agrandir et se diviser. Il y avait trois versions d'elle, l'une paraissant jeune et fraîche, une version d'âge moyen au milieu, avec l'originale, plus âgée, à droite. Toutes les trois se mirent en position de kick-boxing, protégeant l'homme derrière elles. Zhan-Yo n'attendit pas — avec le nombre contre lui, la vitesse était son seul avantage.

Zhan-Yo feinta tout droit, comme s'il allait foncer directement sur le Paragon original. Les versions plus jeune et plus âgée se rapprochèrent par les côtés, alors quand Zhan-Yo planta son pied gauche et s'abaissa dans un balayage circulaire au sol, il faucha les chevilles des trois. Le premier impact, avec le Paragon original, avait la rigidité de vrais muscles et os. Les deux autres, cependant, ressemblaient plus à de l'eau. Moins substantielles. Ce facteur prouva sa valeur un instant plus tard, lorsque les versions jeune et d'âge moyen se relevèrent avec une vivacité impossible pour une personne de poids normal. Avant que Zhan-Yo n'ait pu se remettre de son propre mouvement, les deux étaient sur lui,

lui assénant une série de coups sur les côtés. Les protections absorbèrent les coups, qui frappaient avec moins de force qu'un coup normal auquel Zhan-Yo se serait attendu d'une femme comme celle-ci.

Pour échapper à cette pluie de coups, Zhan-Yo se dégagea sur la droite, repoussant les coups aux reins du Paragon original et la piétinant. Pas exactement la manœuvre la plus élégante, mais il attira la version plus jeune dans une charge presque aveugle, que Zhan-Yo contra avec un coup de pied haut tournoyant. Droit sur le cou, un mouvement qui aurait brisé la nuque de n'importe quelle personne normale mais qui, ici, sembla s'enfoncer dans la forme plus jeune, la projetant au sol mais sans le craquement révélateur d'un os. L'absence de résistance fit trébucher Zhan-Yo en arrière, trébuchant sur la plus âgée qu'il venait de renverser. La dernière forme, alors, saisit sa chance pour bondir, avec un coup de pied à la tête de Zhan-Yo qui lui fit sonner le crâne.

Cela faisait longtemps que Zhan-Yo n'avait pas subi une vraie commotion, un coup qui plongeait le monde dans le flou. Celui-ci fit tourbillonner les longues ombres dans la pièce, et l'estomac de Zhan-Yo menaça de régurgiter le contenu du dîner tandis que son oreille interne oubliait où étaient le haut, le bas ou l'entre-deux. Le Paragon original se dressa au-dessus de lui, son corps semblant tanguer comme s'ils étaient sur un bateau ballotté et non sur un sol en béton solide.

— Abandonne, dit la femme. Tu es fini.

Fini ? Le combat venait à peine de commencer ! Il avait juste besoin d'une minute, ou d'une heure, pour se ressaisir. Toute sa cause ne pouvait pas se terminer ici, pas à cause d'un Paragon de bas niveau. Il essaya de lui dire autant, mais quand il ouvrit la bouche, toute la lumière de la pièce disparut. Dans l'obscurité soudaine, Zhan-Yo crut entendre Innis et le jeune homme se crier dessus, crut entendre le Paragon debout sur lui poser une question. C'était le moment. Il devait agir, et sans la lumière, il n'y avait rien pour faire tourner sa tête endommagée, alors Zhan-Yo frappa. Droit vers le haut, avec toute la force qu'il pouvait rassembler. Il atteignit son ventre mou, et avec un grognement étouffé, le Paragon tomba en arrière, le libérant. Zhan-Yo essaya de se lever, chancela et tomba sur le Paragon même qu'il venait de frapper.

Elle tenta de l'agripper, passant ses bras autour de son cou alors que le dos de Zhan-Yo la pressait contre le sol. Il se tortilla, ses instincts prenant le dessus sur ses sens embrouillés, et il asséna coup sur coup avec ses coudes même si les deux autres formes lui tombaient dessus. Un de ces coups dut faire mouche, car les bras du Paragon se relâchèrent et les formes jeune et d'âge moyen, leurs mains griffant son visage, disparurent comme si elles n'avaient jamais existé. Zhan-Yo respira simplement pendant une seconde. Essaya de se ressaisir, de faire cesser le tournis dans sa tête, d'écraser la peur grandissante de ce que cela pourrait signifier de combattre une armée pleine de capacités comme celle-ci.

Le monde s'était rendu aux Champions et leurs Paragons. Non pas parce que le monde ne pouvait pas se battre, mais parce que le combat ne pouvait avoir qu'un seul vainqueur.

— Lumières ! La voix de Sylvie résonna au-dessus des bruits de bagarre, et, bien que Zhan-Yo n'ait pas réalisé que Sylvie avait encore des opérateurs en réserve, quelqu'un répondit à son appel et ralluma les lumières de la station génératrice.

La lueur bleu-blanc révéla la raison pour laquelle Sylvie se sentait en mesure de donner cet ordre. Elle se tenait au-dessus des formes prostrées de la femme qui s'était illuminée, et du jeune homme qui semblait être celui qui jouait avec les polarités, car les objets — comme les deux lames de Zhan-Yo — commençaient à tomber du plafond alors que leurs poids se reconnectaient avec la gravité. Les deux Paragons que Zhan-Yo avait frappés par derrière luttaient pour se relever, jusqu'à ce qu'Innis se place entre eux et pose une main massive sur le dos de chacun.

— Restez à terre, dit Innis. Moins de chances qu'ils vous tuent comme ça.

— On devrait te tuer, dit Sylvie à Innis. Mes hommes ne devaient pas être blessés.

— Les miens non plus.

Zhan-Yo parvint à se mettre à genoux, la nausée générale qui jouait dans son estomac s'atténuant suffisamment, le monde cessant de tourner suffisamment pour lui permettre une tentative de se lever. Une tentative qui se transforma rapidement en une chute contrôlée contre le mur le plus proche.

— Tu n'étais pas censé amener quelqu'un d'autre, répliqua Sylvie, ignorant jusqu'à présent la détresse de Zhan-Yo. L'un de ses couteaux commença sa chute depuis le haut, et sans quitter Innis des yeux, Sylvie l'attrapa en plein vol comme s'il s'agissait d'une feuille tombante plutôt que d'une lame tranchante. — Toi et Aegis. Seuls. C'était le plan.

— Le plan a changé. Aegis ne vient pas. Innis semblait aussi frustré que Sylvie, et Zhan-Yo se demandait si c'était parce que son équipe avait été blessée, ou parce qu'Aegis était toujours en vie.

Certains des sbires de Sylvie commençaient également à reprendre conscience, se frottant le visage et se remettant debout. Sylvie, par une série de gestes, les mit au travail pour ligoter les Paragons avec des serre-câbles et de généreuses applications de fléchettes de pistolet paralysant. Si on voulait être sûr qu'un Paragon ne puisse pas utiliser son pouvoir, il suffisait de le maintenir inconscient.

— Tu es un traître ? balbutia l'un des Paragons qu'Innis maintenait au sol. — Quoi ?

— Ce ne sont pas tes affaires, grogna Innis, et avant qu'il n'ait à se défendre davantage, l'un des sbires endormit le

Paragon. — Le plan est fichu, Sylvie. Maintenant je dois m'occuper de ça. Tu aurais dû nous laisser partir.

— Non, intervint Zhan-Yo, sa voix plus faible qu'il ne le pensait, mais portant tout de même le long des murs métalliques résonnants. — Le plan a changé.

Sylvie réalisa enfin que Zhan-Yo n'allait pas bien, et elle traversa la pièce pour lui offrir une épaule sur laquelle s'appuyer. — Que s'est-il passé ?

— Un petit coup à la tête. J'ai été lent, répondit Zhan-Yo, puis il regarda Innis. — Prenez-le aussi.

Aegis dirigeait un vaste réseau d'anomalies, tout comme Zhan-Yo dirigeait une vaste entreprise. Quand les situations étaient critiques, Zhan-Yo n'hésitait pas à intervenir en personne pour rectifier le problème, pour sauver son entreprise, ses employés. Ces Paragons étaient en difficulté, et Aegis avait l'habitude de s'impliquer personnellement. Il viendrait pour eux. Il ne résisterait pas à l'appel pour être le héros.

— Sylvie, nous devons envoyer un message. À Aegis. Dis-lui que nous avons son équipe, dit Zhan-Yo, s'appuyant sur Sylvie et gardant les yeux fermés autant que possible. — Il viendra, et nous le capturerons quand il le fera.

# CHAPITRE 40
# LES ACTIONS ONT UN PRIX

PARMI LES CHOSES que Mynx ne voulait pas faire si tôt après avoir affronté Thane, se préparer pour une nouvelle attaque figurait en bonne place. Encore endolorie, encore fatiguée, Mynx s'était néanmoins réveillée au rapport de Reeves qui avait retracé Denise Jones jusqu'à son laboratoire. Toute la journée d'hier, Denise avait sillonné la région de Los Angeles, ne s'arrêtant jamais plus d'une heure au même endroit. Un comportement qui, selon Mynx, correspondait parfaitement à quelqu'un qui rassemblait ce dont il avait besoin pour s'enfuir ou pour mener un dernier combat.

Pas que Denise trouverait facile de quitter la ville. Reeves, sur instruction de Mynx, avait invalidé les pièces d'identité de Denise et gelé ses comptes, utilisant le pouvoir unilatéral qui aurait nécessité une équipe conjointe de tribunaux et de police dans le monde pré-Paragon. Propice aux abus ? Peut-être, mais c'était tout l'intérêt ; le monde devait faire confiance aux Champions pour ne pas abuser de leur pouvoir, car le monde n'avait pas le choix. De toute façon, si Denise tentait une évasion légitime, elle serait interceptée par des drones ou des humains lorsqu'elle essaierait de scanner son Tama.

Le fait que Denise n'ait pas encore été arrêtée suggérait

qu'elle avait de l'aide. Tout le monde savait que les Champions pouvaient coincer un criminel, on pouvait voir Mynx sur des panneaux d'affichage partout à Pacifica détaillant toutes les façons de se retrouver sur la liste noire du Paragon, donc Denise l'avait probablement prévu. Elle avait sans doute recruté quelques malheureux pour l'aider en leur promettant de devenir un jour des anomalies, un marché qui semblait destiné aux programmes de l'après-midi à petit budget. Pourtant, Mynx et les autres Champions avaient vu le fruit mystique des pouvoirs potentiels être agité devant tant de criminels ordinaires par des aspirants génies délirants que les clichés d'antan avaient trouvé une place déprimante dans la réalité d'aujourd'hui.

— Tu penses qu'elle va rester là-bas ? dit Mynx, de retour à sa table de projection.

Elle ne portait pas sa robe, sirotait un café noir corsé et avait déjà pris des pilules destinées à apaiser ses courbatures. La lumière du soleil filtrant à travers les nuages épars et les vagues déchaînées de l'océan, fouettées par un orage nocturne, faisaient écho aux pensées violentes de Mynx. La Championne de Pacifica se préparait à la guerre, et ce serait une guerre rapide et totale.

— La nacelle qu'elle utilisait a été libérée vers le pool, et bien qu'il y ait un trafic fréquent vers le laboratoire, elle n'est pas partie, répondit Reeves. Il est, bien sûr, impossible de prédire le comportement humain irrationnel, mais les indications sont que Denise reste sur place.

— Elle essaie de gagner du temps, dit Mynx, faisant basculer la projection sur la table vers le flux en direct d'un drone qui survolait le laboratoire de Denise. Elle doit penser qu'elle est si proche de percer le secret qu'avec quelques heures de plus, elle pourra avoir sa propre armée d'anomalies de fortune.

— Les réalités du travail scientifique rendent ce résultat peu probable.

— Tu n'as pas tort, mais, comme tu viens de le dire, les humains sont irrationnels. Mynx finit son café et leva une main avec un doigt pointé vers le ciel. Je pense qu'il est temps que nous lui montrions à quel point elle est irrationnelle.

— Pas ta meilleure réplique, mais ça fera l'affaire, répondit Reeves, commençant le processus pour envoyer certains des drones désignés de l'Usine à Mynx.

— Reeves, rappelle-moi d'ajuster tes algorithmes d'opinion. Tu devrais penser que tout ce que je dis est en or.

— Au contraire, je dois occasionnellement présenter un argument humiliant, car il a été exhaustivement démontré que les humains avec des egos élevés se font tuer à des taux plus élevés.

— Donc tu m'insultes pour me garder en sécurité ?

— Oui.

Il y avait des moments, beaucoup de moments, où Mynx se demandait si elle n'avait pas trop bien fait son travail avec les IA alimentant les maisons des Champions. Contrairement aux drones, qui avaient une capacité limitée à s'étendre au-delà de leurs paramètres programmés, Reeves pouvait faire tout ce que ses connexions lui permettaient. Cela signifiait être sarcastique, oui, mais lui permettait aussi d'accéder aux nacelles de Pacifica, à son réseau électrique, de surveiller chaque flux d'information diffusé sur internet, etc. Jusqu'à présent, aucune IA n'était devenue folle ou ne s'était lancée dans une guerre insensée contre l'humanité comme dans les films et les livres, mais cela ne voulait pas dire que ça ne pouvait pas arriver.

— Mynx, dit Reeves alors que le premier drone s'attachait à sa jambe gauche, rapidement suivi par un autre sur sa droite. Je dois aussi te déconseiller de prendre une action personnelle ici. Nous avons suffisamment de drones pour écraser ou capturer Denise sans ton implication littérale.

— Je le sais, dit Mynx alors qu'un troisième drone, plus grand que les deux premiers, s'enroulait autour de sa poitrine. Alors que l'ensemble qu'elle avait porté contre Thane était une collection hétéroclite faite de drones qui se trouvaient là par hasard, ces créations locales restaient à l'Usine pour quand Mynx avait besoin de son équipement de niveau maximal, et leurs ajustements parfaits le montraient. Mais Denise doit savoir que nous allons venir après elle. Je suis trop vieille pour faire traîner ça, Reeves. Je vais en finir maintenant pour pouvoir vraiment dormir cette nuit.

Au moment où les drones s'attachaient à elle, Reeves avait des drones gladiateurs prêts à escorter Mynx jusqu'au laboratoire de Denise. Trop grande, maintenant, pour tenir dans une nacelle, Mynx mit en marche les systèmes de propulsion à batterie dans ses nouvelles jambes. Elles avaient assez de puissance pour l'amener au laboratoire, mais probablement pas pour un voyage retour ; les moteurs individuels des drones ne pouvaient pas soulever le poids combiné de Mynx et de l'armure pendant très longtemps. Cela ne devrait pas avoir d'importance - après l'attaque, Mynx pourrait détacher l'armure et faire un voyage de retour relaxant en nacelle.

— Reeves, verrouille l'Usine pendant mon absence, dit Mynx après avoir plané au-dessus de son toit et atterri au milieu des quatre drones qui l'attendaient pour l'escorter. Personne n'entre, même si on détecte ma signature. Je donnerai un code verbal à mon retour.

— Et quel sera ce code ?

Mynx débita une séquence précise de uns et de zéros — sa date de naissance en binaire. Trop longue pour être devinée par quelqu'un imitant sa voix, et cela satisfaisait son petit penchant pour les anecdotes.

— Aussi, Reeves, continue à exécuter les tests. Même si Denise a inventé toute cette histoire, je veux voir s'il y a une part de vérité là-dedans.

Arrêterait-on de chercher le plus grand trésor juste parce que l'un des chasseurs s'avérait être un tricheur ? Non. Mynx avait déjà été trahie, et le serait probablement encore. Cela ne l'avait jamais empêchée d'aller de l'avant.

— Bien sûr, dit Reeves. Vous avez aussi un appel prioritaire entrant. D'Aegis.

Mynx faillit jurer. Si Aegis s'était déjà mis dans de nouveaux ennuis, la forçant à voler de nouveau vers la côte Est, Mynx risquait d'avoir un anévrisme ici et maintenant. Elle avait ses propres affaires à régler et ne pouvait pas être constamment à la disposition d'Aegis chaque fois que le Champion causait un problème ridicule.

— Passe-le-moi.

Il fallut une seconde, mais le son dans son oreille changea, laissant entendre le bruit caractéristique d'un moteur à réaction hurlant dans les airs.

— Mynx. Tu as livré le colis ?

Thane.

— Oui, répondit Mynx. Je t'ai aussi envoyé les détails à ce sujet.

— Je sais. Je voulais juste être poli.

Aegis devait vraiment vouloir quelque chose s'il essayait d'amadouer Mynx avec des banalités. D'habitude, cet homme était aussi subtil qu'un accident de train. Pourtant, de tous les moments où Aegis pouvait devenir bavard, ce n'était pas celui que Mynx souhaitait gérer maintenant.

— J'ai une situation ici, Aegis. De quoi as-tu besoin ?

— J'ai peut-être perdu une équipe, Mynx, laissa échapper Aegis avec frustration. À Chicago. Celice voulait que je reste inactif, alors je suis resté. Maintenant, je m'y rends.

Perdre des Paragons n'était pas anodin. Les Anomalies étaient rares, et celles capables de devenir des leaders efficaces, des officiers d'application de la loi ou des représentants auprès de la communauté l'étaient encore plus. C'est pourquoi Mynx avait créé les drones en premier lieu, pour que les Paragons n'aient pas à se mettre en danger pour les petites choses. Ou, à mesure que les drones s'amélioraient, pour les grandes choses aussi. L'équipe d'Aegis aurait dû rester au bureau et diriger l'assaut par vidéo, et Mynx le lui fit remarquer.

— Ils l'auraient fait, sauf que la cible n'était pas dans une zone avec un bon signal. Un générateur souterrain.

Mynx lança la séquence de démarrage de sa combinaison, la synchronisant avec les drones gladiateurs pour qu'ils volent ensemble. Si Aegis avait besoin de son aide, et elle avait le sentiment que la demande allait venir, alors Mynx devait régler rapidement le problème avec Denise. Et demander à Reeves de préparer plus de café, car apparemment le monde avait perdu la tête. Les moteurs électriques s'allumèrent avec un ronronnement apaisant, et Mynx s'éleva d'un mètre au-dessus du sol. D'ici, sur la pente menant à l'Usine, elle pouvait voir assez loin vers le sud de L.A. proprement dit, les anciens et les nouveaux bâtiments mêlant leurs blocs et leurs tourbillons alors que le commerce s'activait tout autour. Des drones, oui, mais aussi des transports volants, des nacelles et d'autres engins suivant des plans de vol qui les maintenaient à l'écart les uns des autres. Reeves soumit le sien, et dès que Mynx l'activa d'un double clignement, une large vague verte translucide apparut dans sa visière, montrant l'itinéraire exact qu'elle allait emprunter pour se rendre au laboratoire de Denise.

— Les drones peuvent fonctionner en cas de perte de signal, dit Mynx. Ils sont moins prévisibles, mais c'est mieux que rien.

— Tu sais ce qui serait encore mieux ?

— Ne dis pas "moi". Je suis occupée, Aegis. Au moins pour un moment.

— Tu te dégonfles ?

Mynx sourit intérieurement. Aegis, après toutes ces années, continuait comme si rien n'avait changé. Les taquineries amicales, l'ambiance "on doit sauver l'univers", il avait toujours été le plus grand croyant en leur propre héroïsme, alors que le reste des Champions, Mynx incluse, comprenait qu'ils n'avaient ces pouvoirs que par pur hasard. Pourtant, ils étaient restés avec Aegis pendant des années, en partie parce qu'il leur donnait l'impression d'être les héros des histoires d'enfance et des films triomphants. Ensemble, ils pouvaient sauver le monde, et ensemble, ils l'avaient fait.

Ils l'avaient fait.

— J'ai mon propre combat aujourd'hui, bien que je n'en sois pas ravie, dit Mynx alors que sa combinaison et les drones d'accompagnement commençaient à suivre le plan de vol, les lançant au-dessus des maisons les plus proches de l'Usine. Une fois que ce sera réglé, je pourrai peut-être me diriger vers toi, mais il faudra que tu attendes.

— Je ne peux pas faire ça. Mon équipe est peut-être encore en vie. Tu ne peux pas mettre ton truc en attente ?

— Non. Mynx n'avait aucune envie d'entrer dans les implications de laisser de l'ADN hors de contrôle entre les mains de quelqu'un comme Denise — donnez-lui assez de temps et Denise pourrait probablement distribuer ce qu'elle avait volé sur internet, rendant public le patrimoine génétique privé des anomalies à tous les acteurs, bons et mauvais, qui pourraient avoir des idées à ce sujet. Celui-ci est important.

Aegis soupira assez fort pour que le micro le capte, — Tu te souviens quand on était plus que toi et moi ?

— Oui. Sous elle, maintenant, s'étendait l'autoroute réaménagée. Avec l'efficacité des nacelles, Pacifica avait réduit une grande partie de ses routes et les avait transformées en parcs, en habitations. Certains concepteurs avaient choisi de construire autour des fondations existantes, utilisant les piliers de béton qui soutenaient autrefois voitures et camions comme noyaux de fermes verticales et d'appartements. Ils sont toujours là, quelque part.

— Tu penses qu'ils viendraient ?

Mynx savait que les autres Champions viendraient. Si nécessaire. Ce sur quoi elle se concentrait vraiment, cependant, c'était la façon dont Aegis continuait à parler. Cet homme n'était pas du genre à avoir de longues conversations, même en transit. Il aurait pu étudier les paramètres de sa mission, mémoriser les plans, toutes ces choses annexes qui transformaient des ratés hasardeux en exécutions précises comme un rasoir.

— Aegis, si une menace nécessitait notre présence à tous, les Champions se réuniraient. Ils pardonneraient tout.

Silence, et pendant un bref moment, Mynx pensa qu'Aegis avait coupé l'appel là. Ce qui avait été présenté comme une séparation pour gérer les nouvelles régions Paragon à travers le monde était, eh bien, juste cela ; un argument pour convaincre un public las de la guerre que leurs protecteurs étaient toujours unis. Qu'ils n'étaient pas à une dispute près de se retourner les uns contre les autres.

— Eh bien, au moins toi tu l'as fait, dit finalement Aegis. Merci, Mynx. Bonne chance pour le tien.

— Prends les drones, Aegis. Ils t'aideront.

— Ouais. Je le ferai. À plus tard.

Aegis raccrocha, laissant Mynx avec une sensation étrange et vide dans l'estomac. Aegis semblait si perdu. À la fois perdu dans ses réflexions sur le passé et se préparant à ce qui ressemblait à un avenir violent. Plus que tout, Aegis donnait l'impression d'en avoir fini. Il n'avait pas l'air d'attendre cela avec impatience, tout comme Mynx, qui commençait maintenant sa descente vers le laboratoire, n'avait pas hâte de ce qui allait se passer. La formation des Paragons aurait dû mettre fin à tout cela.

Au lieu de cela, le monde semblait empirer.

# CHAPITRE 41

# EN APPROCHE

TANDIS QUE MYNX voyageait dans une boule rapide comme l'éclair, Aegis avait opté pour la version confortable : un avion privé de Paragon, propulsé par des réacteurs à hydrogène standard, à une vitesse plus lente et plus stable que son homologue Champion. L'avion de Paragon compensait sa relative lenteur en offrant des commodités, comme de l'espace pour étirer ses jambes, de larges fenêtres et un grand écran où Aegis regardait le message entrant qui l'avait poussé à mettre fin à l'appel plus tôt. Isolé des pilotes et de l'unique hôtesse, avec un geste pour fermer les portes de confidentialité, Aegis s'assit face à l'écran d'un mètre de large et hésita.

Son Tama lui indiquait que le message provenait de Ziran. L'entreprise. Envoyé personnellement à Aegis, ce qui n'était jamais arrivé auparavant. Il savait cependant que Ziran avait son siège à Chicago, et bien qu'Aegis ne se considère pas comme le plus malin des Champions, un sentiment nerveux liait ce message à ce qu'il avait vu, en partie, plus tôt. La question était de savoir si cela montrerait les restes de son équipe, ou proposerait un marché pour les récupérer ?

— Pour votre bien, j'espère que c'est la seconde option, dit Aegis en tapotant son Tama pour lancer la lecture.

— Ce n'est pas ainsi que cela devrait se passer. La voix, granuleuse, non éditée et non optimisée, disait tandis que l'image floue d'une caméra Tama se centrait sur un espace crasseux et la demi-douzaine de corps ligotés qui le remplissaient. Vous étiez censé être ici. Pas eux.

La caméra maintint sa mise au point. Aegis se pencha vers l'écran. Il pensait pouvoir distinguer Innis, là, la tête baissée. Dima aussi, bien qu'il semblât inconscient. Ce qui signifiait que les autres étaient probablement tous des Paragons également. Au moins, ils étaient ligotés, ce qui signifiait qu'aucun, pour le moment, n'était probablement mort.

— Je sais que vous viendrez, parce que c'est qui vous êtes, poursuivit la voix. Elle semblait masculine, plus âgée. Mais vous devriez comprendre pourquoi. Un souffle. Vous ne nous entendriez pas si nous criions, si nous hurlions ou si nous nous présentions à votre porte avec des exigences. Alors nous attirons votre attention de la seule manière qui fonctionnera, en vous laissant jouer au héros. Vous essaierez de les sauver, et nous serons là à vous attendre, et nous aurons notre conversation.

Aegis ne parvenait pas à identifier cette voix et cela le dérangeait. La plupart des méchants prenaient un plaisir pervers à annoncer leurs noms, à détailler leurs motivations, leurs plans comme si les Champions allaient tous être frappés d'admiration. Au lieu de cela, cette voix continuait à divaguer sur un certain changement dans la société. L'égalité et ceci et cela. Des arguments qu'Aegis lui-même avait avancés des décennies auparavant lorsqu'il avait mené le combat pour les droits des anomalies, pour la protection de ceux qui se trouvaient développer des pouvoirs. L'ancien monde avait décidé que les armes vivantes devaient être contrôlées, alors les anomalies avaient pris ce contrôle pour elles-mêmes.

La vidéo se terminait par un dernier appel à Aegis pour qu'il les rejoigne, et indiquait des coordonnées avec la menace habituelle que les otages seraient exécutés si quelqu'un d'autre qu'Aegis tentait d'approcher. Cela laissait ouverte l'option pour Aegis d'envoyer des drones et d'autres Paragons raser le site, sacrifiant les captifs mais préservant sa propre vie. Ce serait la décision qu'Aegis prendrait s'il était le monstre que le narrateur de cette vidéo pensait qu'il était. Au lieu de cela, Aegis entra l'adresse et envoya une note pour que des drones maintiennent une surveillance constante sans approcher. Aegis pourrait avoir de la chance, voir qui entrait et sortait.

Après cela, il passa l'appel qu'il redoutait.

— Tu ne rentres pas pour dîner, n'est-ce pas ? dit Celice quand elle répondit.

Il avait dit à sa fille qu'il sortait rapidement. Il ne lui avait pas dit où, ni que ce serait en avion.

— Je ne pense pas y arriver, dit Aegis. Je suis désolé de ne pas t'avoir prévenue avant de partir, mais...

— Tu es en route pour Chicago. Tu crois que je ne sais pas quand l'un de nos avions décolle ? Tu m'as appris ça. La logistique, c'est tout.

— Tu as tout compris. Je savais que j'avais bien fait quelque chose en t'élevant.

Sur l'écran de son Tama, Celice regarda hors champ, cligna des yeux et se frotta le nez pendant une seconde, puis regarda à nouveau. — Chicago est un vrai bazar en ce moment, tu le sais ? Innis a disparu, ainsi qu'un tas de leurs autres Paragons.

— J'y vais pour arranger ça.

— Avec quoi, papa ? Tes poings ?

— S'il le faut.

Celice rit, une fois, ce genre de rire brisé qui tuait Aegis quand il l'entendait, et il l'entendait bien trop souvent. À cet instant, il se fit la promesse, à lui-même et à Celice, qu'il arrêterait après ça. Raccrocher les gants et diriger depuis un fauteuil, pas depuis le front. Organiser ce sommet et prévoir une belle retraite remplie de dîners avec sa fille, et peut-être un voyage ou deux pour voir Mynx à l'ouest. Il pourrait même trouver le courage de rendre visite à certains des autres Champions, réparer certaines de ces brèches. Ce ne serait pas facile, mais ce serait plus facile que de regarder sa fille retenir sa propre frustration.

— Ziran est derrière tout ça, ou quelqu'un dans cette entreprise, dit Aegis, essayant de changer de sujet, d'annuler les émotions et de revenir à quelque chose de plus confortable. Ils retiennent toute l'équipe en otage. Innis et tout le monde. Ils veulent me parler.

— Que veulent-ils ?

— Je n'en suis pas sûr. Dans tous les cas, je veux que tu mettes en place un plan pour geler leurs comptes. Trouve qui remplacera leur technologie.

— Ce ne sera pas... facile.

— C'est pourquoi tu es la personne parfaite pour gérer ça. La logistique, Celice.

Elle secoua la tête. — Tu accumules vraiment la dette, papa. À ce rythme, tu vas devoir me donner toute la tour.

— Elle est à toi, répondit Aegis. Je ne l'ai jamais aimée de toute façon.

Un mensonge, bien que moins éloigné de la vérité qu'autrefois. Il avait commencé à se sentir un peu trop haut et puissant sur son trône d'acier, dominant New York. Une chose de plus qu'il pourrait abandonner après cela. Mettre ses Paragons en sécurité avec un dernier tour de piste, puis s'en aller vers le soleil couchant.

C'est comme ça que les héros le faisaient, non ?

Aegis sentit le changement lorsque l'avion amorça sa descente vers Chicago, confirmé une seconde plus tard par les pilotes à travers le haut-parleur.

Celice le perçut aussi. — Tu y es presque ?

— Presque. Écoute, Celice. J'ai pris ma décision. J'arrête après ça.

— C'est ce que tu as dit la dernière fois.

— On dirait que je le redis, alors.

Celice hocha la tête. — D'accord, papa. Si tu le dis. Va jouer les héros.

— Une dernière fois.

— Bien sûr. Je t'aime.

— Je t'aime aussi.

Celice disparut, et Aegis se tourna vers les nuages gris à l'extérieur tandis que l'avion le rapprochait de ses objectifs et l'éloignait de ses rêves.

# CHAPITRE 42
# LA CUPIDITÉ EST MORTELLE

KAT FIXAIT le plafond en souhaitant que Gordon s'en aille. Seeker le voulait manifestement aussi — les aboiements incessants du chien avaient commencé comme un mauvais accompagnement à la tirade sans fin de Gordon sur la nécessité de continuer à poursuivre Calvin, une liste d'une intensité croissante qui avait poussé Kat sur son canapé, où elle avait choisi d'attendre que Gordon se lasse. Une perspective qui s'assombrissait de seconde en seconde.

— Pense à la réputation, Kat ! Gordon passa de la protection de la société au gain d'argent, décidant apparemment que l'avidité pure pourrait être plus attrayante que les options bienveillantes. Une anomalie comme Calvin n'a jamais été vue auparavant ! Il peut faire différentes choses ! Qui sait de quoi il pourrait être capable ?

— Je sais qu'il pourrait nous tuer s'il le voulait, daigna répliquer Kat, une erreur qu'elle regretta instantanément.

— Peut-être ! Mais pas si on s'y mettait à deux. Il n'est pas télépathe, sinon il aurait su qu'on arrivait, dit Gordon en alternant entre faire les cent pas, s'asseoir sur la chaise du bureau de Kat, et boire dans une cafetière qu'il avait préparée mais dont il n'avait visiblement pas besoin. Avec le traceur, on pourrait lui tendre une embuscade, assommer Calvin avant...

— Tu n'étais pas là il y a une heure quand il nous a explosé une fenêtre au visage ? dit Kat. Ça n'avait pas d'importance qu'on le surprenne. Il nous a quand même mis hors d'état de nuire, ainsi que deux drones. Je ne me suis pas engagée là-dedans pour me faire tuer.

— Tu ne vas pas mourir, essaya Gordon en changeant à nouveau de tactique. Calvin ne veut clairement pas nous tuer. Il ne le fera pas.

Kat se tourna sur le côté. Elle fixa Gordon du regard.

— Je ne sais pas si parcourir le pays en surfant sur ces contrats aléatoires t'a déformé le cerveau, Gordon, mais les traqueurs meurent tout le temps. Les anomalies tuent des gens constamment. C'est toute la raison de notre existence, tu te souviens ? Parce que tout le monde a paniqué à cause d'explosions anonymes, de gens retournés comme des chaussettes ou gelés sur place ?

Gordon n'avait pas de réponse toute prête à cela, alors Kat décida de saisir l'élan et de continuer.

— Tu penses que tout ça n'est qu'une sorte de jeu : placer le traceur, collecter la réputation, continuer et trouver d'autres trucs amusants. Mais moi ? Je ne fais pas ça pour m'amuser, je le fais parce que je ne peux rien faire d'autre. Parce que si je peux empêcher une anomalie de blesser quelqu'un, je devrais essayer. Mais ! Kat leva une main pour arrêter l'objection évidente. Il y a une raison pour laquelle les Paragons existent. Pour laquelle tous ces drones volent partout. C'est parce que certaines anomalies sont trop dangereuses pour nous, ou pour n'importe qui. Calvin est au-delà de toi et moi, Gordon. On n'est pas censés arrêter des gens comme lui. Alors transmettons le signal aux Paragons et laissons-les s'en occuper.

Gordon, pour ce que ça valait, avait une excellente expression abasourdie. Il avait négligé de se raser pendant ce séjour à Chicago, alors les débuts frisottants de ce qui promettait d'être une barbe clairsemée encadraient sa mâchoire tombante aux paroles de Kat. Son expression suggérait que Kat avait fait une proclamation absurde — que Seeker pouvait, en fait, voler, par exemple — plutôt que la conclusion logique d'une série de rencontres qui s'étaient universellement terminées avec les deux traqueurs du côté des perdants, s'accrochant à la vie dans les rues de la ville ou dans ses halls de convention bondés.

— Tu veux vraiment être une traqueuse ? dit Gordon, lançant la question comme une grenade.

— Ouais, mais une saine d'esprit. Une vivante. Kat plongea dessus, étouffant l'explosion avec une logique épaisse.

— Une ennuyeuse, alors. Gordon tenta de la condamner avec cette étiquette. Quand on a commencé, je pensais que tu voulais être la meilleure. On a travaillé ensemble pour les tracer tous, et on l'a fait, Kat. On était incroyables.

— Ouais, et puis tu es parti parce que Chicago n'était pas assez bien pour toi.

— Je suis parti parce que tu as changé ! Gordon inclut maintenant ses mains, les agitant avec les mots comme un maestro dirigeant un orchestre.

— Non, Gordon, je n'ai pas changé. C'est toi qui as changé. Kat se leva du canapé, qui semblait trop calme, trop décontracté pour cette conversation. Tu voulais que la chasse soit ta vie. Tu voulais des cibles plus grosses, meilleures. Je ne veux pas ça. Je ne veux pas me jeter dans le danger chaque putain de jour et me demander si je vais m'en sortir.

— Alors tu as peur. C'est ça.

Kat ne giflait pas. Elle donnait des coups de poing. Des coups de pied. Tirait sur les anomalies avec des pistolets paralysants quand il le fallait. Mais qu'est-ce qu'elle avait envie de gifler Gordon à cet instant, juste là. Parce qu'il avait raison, Calvin lui faisait peur, et Gordon qui jouait cette peur comme une mauvaise chose était un coup bas. La peur, la peur raisonnable, maintenait les gens en vie dans ce monde de fous. Elle et Gordon étaient normaux. Ils n'avaient aucune raison d'aller au corps à corps avec des anomalies qui pouvaient jouer avec les lois naturelles comme Kat pouvait jouer avec des dés. Pas avec les mortelles, en tout cas.

— C'est fini, dit-elle à la place. On a fini. Éloigne-toi de mon bureau. J'envoie le signal aux Paragons, et c'est tout.

Gordon se leva, eut l'air pendant une seconde de vouloir laisser Kat faire exactement ce qu'elle avait dit, puis il se pencha, cliqua sur l'écran du poste de travail pour voir la position du signal. Ils le fixèrent tous les deux. À l'ouest de la ville, une zone isolée, encore plus que là où ils étaient ce matin. Avec le soleil couchant, un signal aussi loin à l'ouest signifiait que Calvin serait seul. Pas de civils, peu de règles et de possibilités d'embuscade.

— Je vais le poursuivre, dit Gordon. Tu viens avec moi ?

— Non. Kat se glissa devant Gordon. J'appelle les Paragons. Maintenant.

Gordon alla vers la porte, enfila son manteau. Commença à mettre son équipement.

— Ça va leur prendre un moment pour répondre. Dans une ville aussi grande, une anomalie solitaire qui n'attaque pas les gens ne va pas attirer beaucoup l'attention.

Kat lui lança un regard assassin. Gordon voulait battre les Paragons jusqu'à Calvin ? C'était bien son genre. Ses mains, pendant ce temps, cliquaient et tapaient sur le formulaire d'intervention d'urgence, envoyant la demande, avec un ping, au bureau des Paragons de Chicago. Le rang de Kat y serait attaché, assurant une réponse plus rapide. Trop rapide, espérait-elle, pour que Gordon s'approche de Calvin, vantardises ou non.

— Devine qui n'aura aucun crédit quand j'attraperai celui-là ? poursuivit Gordon. Tout pour moi, Kat.

— Peu importe.

— Une réplique classique de Kat. Toute cette compétence, tout ce cran, et quand les choses deviennent dangereuses, elle se dégonfle.

Gordon ouvrit la porte de son appartement d'un grand geste et sortit, Seeker aboyant après lui tout du long. Kat s'approcha, ferma la porte, et seulement alors se tourna pour calmer le chien.

— Ça va, Seeker. C'est comme ça qu'il est. Kat passa ses mains dans la fourrure du husky, posa son menton sur la tête du chien pendant une minute, jusqu'à ce qu'une lumière clignotante sur le poste de travail attire son regard. Une réponse encore plus rapide que ce à quoi Kat s'attendait. Elle cliqua pour l'ouvrir. Fixa l'écran. Relut. Regarda à nouveau Seeker, espérant, d'une manière ou d'une autre, que la langue pendante du chien pourrait changer le message, puis se retourna.

*Les Paragons sont actuellement occupés par d'autres urgences et ne peuvent pas répondre pour le moment. Veuillez lancer une alerte générale pour l'assistance de drones.*

Pas même la liste habituelle de numéros à appeler, de directives à suivre. Ce message avait dû être envoyé à la hâte. Kat parcourut rapidement plusieurs fils d'actualités, ne vit rien. Ce n'était pas si surprenant que les Paragons gardent quelque chose d'important sous le coude, mais quand même, toute opération planifiée aurait eu un message d'indisponibilité tout aussi planifié.

Kat se renversa dans son fauteuil. Si les Paragons n'allaient pas aider, cela signifiait des drones. Calvin s'en était débarrassé assez facilement, et si les Paragons géraient une vraie urgence, tous les drones de haute qualité seraient mobilisés pour les soutenir. Ce qui voulait dire que Gordon se dirigeait vers une anomalie dangereuse tout seul. Kat regarda Seeker, qui donna la même réponse qu'il donnait toujours quand Kat le regardait ainsi — un petit souffle. Ce qu'elle devait faire était évident. Le suivre. Donner à Calvin une autre chance de la tuer.

Et tout ce qu'elle voulait faire, après avoir survécu à l'explosion de verre ce matin, c'était boire du whisky et oublier.

# CHAPITRE 43
# ÉTENDRE LE FILET

AU COURS DE SA VIE, Zhan-Yo s'était imaginé dans de nombreux futurs prometteurs, et il avait réalisé bon nombre de ces rêves : il avait prononcé des discours diffusés dans le monde entier devant des milliers de personnes, pris des décisions de conception qui avaient influencé les Tamas que tout le monde portait désormais, et dirigeait maintenant l'effort de transformation de la civilisation dont il rêvait depuis que son père l'avait destiné à la grandeur. Les PDG d'entreprises n'étaient pas immortalisés, mais les philosophes, les leaders l'étaient.

Aucun de ces leaders, de ces philosophes, ne s'était retrouvé à faire les cent pas dans une pièce éclairée de blanc sous la surface de Chicago, cherchant un but dans les six Paragons piégés et le double de mercenaires tout aussi ennuyés. Ce n'était pas une révolution, le début de quelque chose. C'était un plan qui avait mal tourné avec tout en jeu.

— On a bien envoyé le message, n'est-ce pas ? demanda Zhan-Yo à Sylvie qui, adossée au mur, semblait faire une sieste.

Les générateurs et le blindage du bâtiment empêchaient les signaux Tama extérieurs de passer à travers les rues de la ville. Un réseau local donnait à Zhan-Yo et aux autres la possibilité de communiquer dans le bâtiment, mais le reste du monde était un mystère brumeux. Et alors qu'il était devenu si habitué à avoir toutes les connaissances sur son poignet, n'en avoir aucune donnait à Zhan-Yo l'impression d'avoir été les yeux bandés, frappé aux oreilles puis gavé de caféine ; bref, il était sur les nerfs.

— Tu as déjà posé cette question, et la réponse est toujours la même, répondit Sylvie. Reste calme. Rien ne se passe jamais parfaitement.

Ils avaient envoyé des coureurs à la surface pour se reconnecter, et l'un d'eux avait transmis la courte vidéo que Zhan-Yo avait enregistrée. Le dernier appât pour attraper leur cible si importante. Pourtant, ici-bas, piégés dans cette boîte métallique qui sentait l'huile et la sueur, le temps et l'espace semblaient perdre tout leur sens. Son Tama lui indiquait qu'il était tard. Zhan-Yo, qui venait de manger un sandwich obtenu dans une épicerie voisine inconsciente de la situation, se sentait détaché de lui-même, comme si toute cette séquence était une blague surréaliste.

— Rien ne se passe parfaitement, mais les choses peuvent mieux se passer que ça, dit Zhan-Yo en regardant les Paragons. À l'exception d'Innis, le chef costaud, les cinq autres étaient maintenus dans une sédation permanente sous l'effet de drogues. Je ne voulais pas en tuer autant.

Innis regarda Sylvie. — Tu as dit qu'ils vivraient. C'était le marché.

Sylvie soupira du même soupir que la mère de Zhan-Yo poussait quand elle devait gérer ses enfants et les problèmes qu'ils causaient. Un soupir qui parlait d'une série interminable d'indignités subies aux mains d'idiots qu'elle était néanmoins obligée de supporter.

— Les marchés fonctionnent dans les deux sens, Innis, répliqua Sylvie. Tu as dit un ou deux, pas cinq. À moins que tu ne puisses tous les convaincre de se ranger de notre côté, je pense que nous devrons recourir à une solution plus permanente à ce problème.

— Quelle importance ça aura ? tenta Innis. Vous allez de toute façon bouleverser ce monde entier. Ils ne feront pas de différence.

Zhan-Yo observait la paire. Il comprenait le combat d'Innis pour la vie de son équipe, bien sûr, même s'il éprouvait peu de sympathie pour la façon dont Innis s'était retrouvé dans cette situation délicate. Conclure des accords et s'y tenir, comprendre la marge de manœuvre dont on disposait et si elle existait même, faisait partie du rôle de leader. Innis avait misé sur l'espoir et la chance, et il avait perdu.

Les brutes dans la pièce étaient dans le même cas. Zhan-Yo se demanda, pendant un instant, pourquoi il les considérait ainsi, comme des morceaux de viande destinés à faire obstacle aux Paragons en échange de réputations. Il aurait dû les considérer comme des employés loyaux de Ziran et apprendre leurs noms, connaître leurs familles. Pourtant, cette affaire reléguait de telles courtoisies ordinaires au second plan. Tout le monde semblait fonctionner selon l'idée que moins d'informations était préférable, afin qu'ils puissent tous disparaître après cette nuit unique passée à changer l'histoire.

Beaucoup des hommes de Sylvie soignaient des contusions ou pire. Quand Aegis arriverait, peut-être avec des renforts supplémentaires selon que le Champion se souciait assez de respecter la menace envoyée dans leur message, d'autres hommes de main seraient blessés, certains pourraient mourir. Cette perspective remplissait Zhan-Yo de... rien. Était-ce ainsi que vivait Sylvie ? Détachée des conséquences qu'elle infligeait à ses propres partisans ?

— Tu connais leurs noms ? demanda Zhan-Yo à Innis, se surprenant lui-même par cette question qui avait surgi, comme un souffle, d'une profondeur instinctive qu'il ne contrôlait pas.

— Ceux-là ? Ils font partie de mon bureau, tenta Innis en essayant de regarder les Paragons, mais, étant tous attachés ensemble en un gros tas, sa tête ne pouvait pas tout à fait effectuer la rotation. J'ai travaillé avec la plupart d'entre eux pendant des années.

Zhan-Yo hocha lentement la tête. — Ziran a trop d'employés pour que je les connaisse tous, mais ceux qui m'entourent ? Je leur envoie des cartes d'anniversaire, je connais leurs enfants et ce qu'ils veulent dans leur travail.

— Alors tu comprends, répondit Innis. Pourquoi je suis ici. Nous voulons tous plus. Nous avons tous besoin de plus.

— Non, je ne sais pas pourquoi tu es ici, dit Zhan-Yo en s'accroupissant pour pouvoir regarder Innis dans les yeux — aussi, ses jambes commençaient à fatiguer à force de rester debout. Aucun de mes employés n'accepterait un pot-de-vin comme celui-ci.

— Vraiment ? Même si cela signifiait être à ta place ?

— Diriger Ziran n'est guère une partie de plaisir. Zhan-Yo pensa à détailler son emploi du temps quotidien, puis réalisa que ce programme ne s'appliquait plus à lui. Après cette nuit, sa carrière serait terminée. S'il survivait, une nouvelle commencerait. Qui prendrait sa place ? Devraient-ils se battre pour l'obtenir ? Mais je suppose que je peux en voir l'attrait, de l'extérieur.

Innis se composa un visage, ses yeux montrant qu'il dérivait vers un autre temps, un autre lieu. — Depuis combien de temps n'as-tu pas reçu d'ordres ? Pas le genre que tu peux remettre en question, d'ailleurs.

— Très longtemps.

Pas depuis la mort de son père. Presque deux décennies déjà.

— Pour moi, ça a été toute ma vie. Les Paragons n'ont pas de PDG. Pas de retraite. On est dedans jusqu'à ce qu'on soit mort ou inutile, et les Champions ne sont jamais ni l'un ni l'autre. Alors j'ai toujours été sous la botte d'Aegis, et ça ne changera jamais.

— Ça change maintenant.

Innis haussa les épaules. — Peut-être. Peut-être que votre bande de vantards ici peut gagner. Peut-être que vous lui coupez la tête et annoncez au monde qu'un nouveau joueur est en ville. Tu sais ce qui se passe ensuite ? Les autres Champions viendront te botter le cul tout pareil.

— Mais tu dois avoir un plan pour ça ?

Zhan-Yo avait aussi des plans pour les probables représailles des Champions, bien que ceux-ci reposent sur le soutien populaire. Sur une vague de normaux se battant pour des droits qui leur avaient été volés.

— Bien sûr. Le revendiquer pour moi-même. L'Atlantide. Une fois que je suis dedans, on fait semblant de tenir votre chair à canon pour responsable, puis on continue. Vous récupérez vos droits de vote, je peux enfin diriger cette région comme elle le mérite.

— Tu penses que c'est seulement une question de droits de vote ? dit Zhan-Yo. C'est tellement plus que ça. C'est-

Innis renifla, coupant Zhan-Yo. — Tu peux garder tes sermons pour toi. J'ai entendu beaucoup de discours comme le tien dans ma vie, et tu sais quoi ? Toi, tu t'en soucies peut-être, mais tous les autres ? Ils essaient juste de comprendre où ils se situent dans ta vision, s'ils seront mieux ou moins bien lotis.

C'était maintenant au tour de Zhan-Yo de soupirer et de mettre fin à la conversation. Innis ne s'y opposa pas et retourna à son regard vide fixé sur un point indéterminé du sol. Zhan-Yo s'appuya contre le mur près de Sylvie, sa paire de tachi de nouveau dans leurs étuis, rendant sa posture plus maladroite qu'il ne l'avait voulu. Une tenue comme la sienne n'était pas faite pour se détendre de façon décontractée.

— Un nouveau converti ? demanda Sylvie, les yeux fermés.

— Pas vraiment, dit Zhan-Yo. Je commence à me demander si j'en ai jamais eu.

— Si tu obtiens ce que tu veux, est-ce que ça a de l'importance ?

S'il libérait un peuple qui ne se souciait pas vraiment d'être libéré ? Zhan-Yo n'était pas sûr de savoir comment répondre à cette question. S'il libérait un animal en cage qui n'avait jamais rien connu d'autre, partirait-il ? Saurait-il quoi faire une fois sorti de ces barreaux de métal ?

D'un autre côté, ce qui se passait après n'était pas la responsabilité de Zhan-Yo. Il donnerait au peuple un choix. Ce qu'ils feraient de ce choix leur appartenait.

— Non, dit Zhan-Yo, et il aurait continué si l'un des coureurs n'avait pas fait irruption dans la pièce à ce moment-là, entrant par l'entrée arrière.

Le jet d'Aegis avait atterri. Le Champion était arrivé.

# CHAPITRE 44
# VERRE CRISSANT

ALORS QUE LES derniers souffles du crépuscule s'éteignaient derrière elle, Mynx, avec les lumières de sa combinaison et celles de tous les drones éteintes, observait le laboratoire argenté qui abritait désormais, entre autres, de l'ADN contenant potentiellement les secrets de l'origine des anomalies et de leur possible pérennité.

— J'y vais d'abord en solo, dit Mynx. Le va-et-vient à l'entrée et à la sortie du laboratoire indiquait clairement qu'il y avait des gens à l'intérieur. Mynx n'éprouvait peut-être aucune sympathie pour Denise, mais ses employés méritaient une chance de s'en sortir. Je vais essayer de convaincre Denise qu'elle n'a pas besoin de faire tuer tous ces gens.

— On pourrait envoyer un drone à la place, objecta Reeves. Tu pourrais t'interfacer et te projeter. Pas besoin de risquer ta personne physique.

Alors pourquoi s'était-elle donné la peine de voler jusqu'ici ?

— Non. Les gens changent quand ils voient un Champion, Reeves. Ils plient. S'excusent. Abandonnent. Mynx ne mentionna pas que parfois, quand leurs ennemis savaient qu'ils étaient condamnés, ils décidaient de partir en tirant tout ce qu'ils avaient. Je vais bien leur faire comprendre que c'est moi, et quelles seront les conséquences s'ils résistent.

Reeves, étant une IA programmée pour fournir des évaluations des risques et de l'assistance sur les ordres de Mynx, ne protesta pas davantage et envoya plutôt les positions prévues des drones sur l'écran du casque de Mynx. Elle regarda par-dessus le toit du laboratoire et vit, sous forme de sphères vertes, chaque drone et, avec des cônes orange projetés, leur couverture. Le laboratoire baignait dans l'orange, et avec l'artillerie à disposition, Denise perdrait tout si elle disait non.

C'est pourquoi, lorsque Mynx descendit en planant et défonça simplement la porte d'entrée du laboratoire, arrachant des morceaux aux murs en entrant avec sa combinaison de drone surdimensionnée, la Championne avait la confiance qui accompagne une victoire certaine.

Le hall d'entrée qui lui avait semblé petit et banal lorsqu'elle y était venue en personne paraissait maintenant exigu avec Mynx debout, mesurant deux mètres et demi de haut et un mètre de large, le double avec ses bras augmentés par les drones étendus et pointant leurs lanceurs de fléchettes. Commencer par des options non létales et progresser si nécessaire.

Son entrée répandit du verre sur le sol, fit osciller les lumières blanches suspendues, et provoqua des cris, des hurlements, et une décharge de quelqu'un qui passait la tête par-dessus le bureau. La combinaison de Mynx, et les drones en général, étaient conçus pour résister à l'impact physique d'une balle, à la chaleur d'un brasier ou à l'eau d'une averse ou d'un tuyau d'arrosage. Mais les décharges électriques ? C'était plus difficile.

Le choc traversa sa combinaison, et la visière de Mynx s'illumina de composants endommagés, de circuits grillés, et ses armes les plus puissantes — des rafales d'énergie blanche déclenchées par la décharge de plusieurs batteries à la fois — s'éteignirent. Elle sentit aussi la chaleur, alors que les pompes de refroidissement destinées à empêcher ses parties drones de brûler s'arrêtaient et déclenchaient des redémarrages automatiques.

Pire encore, le programme de stabilisation de sa jambe droite faiblit, et Mynx, comme aucun humain d'ailleurs, n'ayant la force de maintenir stable autant de métal, chancela vers la droite, son tir partant dans tous les sens, causant à ses tirs de riposte de cribler le mur derrière le bureau de fléchettes bien trop hautes pour faire autre chose que défigurer l'enseigne de Denise. Pas exactement le coup d'éclat initial écrasant que Mynx espérait.

— Denise est prête pour nous, dit Mynx, grimaçant à la pensée des magnifiques nouveaux bleus qui apparaîtraient le long de sa jambe droite là où le drone mort avait tiré sur sa peau. Surcharge trigonométrique, Reeves.

L'IA accusa réception par un bip, tandis que Mynx s'occupait à envoyer le drone mort à travers les étapes de réinitialisation pour remettre en marche les circuits qui fonctionnaient encore. Pas tant une résurrection qu'un renouveau à la Frankenstein, un compteur apparut sur sa visière montrant un décompte beaucoup trop lent jusqu'à ce que Mynx puisse bouger à nouveau.

— Abandonne ! cria un homme, et au son de sa voix, un homme effrayé. On t'a eue !

Une tête apparut de derrière le bureau. Puis une autre. Toutes deux portant des blouses de laboratoire et semblant essayer d'afficher l'air le plus déterminé possible, ne serait-ce que pour prétendre qu'ils ne tremblaient pas. Si Mynx n'avait pas été une cible aussi imposante, elle pariait qu'ils l'auraient complètement ratée.

En l'état, les décharges avaient grillé son amplificateur vocal, donc Mynx ne pouvait pas leur parler même si elle l'avait voulu. Alors à la place, elle fixait, attendant que Reeves fasse son truc.

Les deux hommes de main de Denise ? Assistants de laboratoire ? Mynx n'était pas sûre où ceux-ci se situaient sur le large spectre des acolytes de méchants... ils rampèrent autour du bureau, s'approchant de la combinaison de Mynx comme si elle pouvait soudainement exploser — une pensée pas déraisonnable ; chaque drone avait une option d'autodestruction — et tenant leurs pistolets à impulsion statique pointés vers l'avant à deux mains. Malheureusement pour eux, le danger n'allait pas venir de la combinaison de Mynx encore en cours de redémarrage, mais du toit au-dessus de leurs têtes.

La grande majorité des drones en service s'occupaient de la surveillance et de la répression, du contrôle des foules et des aides visuelles pour les Paragons. Cependant, ce qui passa à travers le toit représentait l'avenir, et l'avenir pesait des centaines de kilos et s'écrasait sur sa cible avec une force catastrophique. Les deux gladiateurs jumeaux fracassèrent le toit, créant des trous dentelés et ponctuant leur descente de débris métalliques, provoquant des cris et une débandade parmi les acolytes de Denise. Cette débandade — des sauts surprenamment agiles par-dessus le comptoir de la réception — fut accueillie par la destruction calculée des gladiateurs.

Conçus pour ressembler à des humains métalliques géants avec deux paires de bras supplémentaires, les gladiateurs se redressèrent après leur entrée fracassante, évaluèrent à la fois Mynx — défendre — et la paire de sbires — attaquer — et utilisèrent leurs appendices inférieurs, équipés de griffes préhensiles, pour réduire le comptoir en pièces.

— Trig non létal, dit Mynx, décidant qu'elle n'avait pas besoin de laisser un massacre dans son sillage.

Il y aurait eu un certain intérêt à utiliser le raid comme une opération de publicité ; montrer au monde ce qui arriverait si l'on s'opposait aux Champions. Mais l'idée d'utiliser des corps et un laboratoire détruit comme campagne de sécurité lui semblait un peu trop proche des méchants que les Champions avaient combattus toute leur vie. Mynx n'était pas contre l'idée de suspendre une épée de Damoclès au-dessus de la population, mais il y avait de meilleures façons de le faire.

Les gladiateurs, utilisant leurs bras supérieurs, tirèrent des fléchettes paralysantes de précision sur les deux ennemis dès qu'ils furent exposés, les faisant tomber sur le sol dévasté sans un bruit de plus. Les machines massives se redressèrent et s'orientèrent vers le reste du laboratoire, attendant le signal de Mynx pour continuer.

— Eh bien, c'était un bon examen d'ouverture, dit Mynx à Reeves en se levant, ses systèmes ayant récupéré à un point où le mouvement était à nouveau possible. Les gladiateurs ont obéi aux ordres, neutralisé la menace et réalisé un atterrissage de précision dans un environnement difficile.

— Les diagnostics ne montrent aucun dommage subi non plus.

Mynx passa devant les deux gladiateurs, tous deux plus grands qu'elle, leurs têtes cubiques et fines — bourrées de capteurs et d'un unique phare bleu vif — fixées sur les doubles portes menant au laboratoire proprement dit. Devant la porte, Mynx hésita. S'ils détruisaient cet endroit, ils pourraient détruire les données de Denise, et même si Denise avait fait des sauvegardes, l'équipement ici était précieux. Utile, peut-être, à quelqu'un sans dessein aussi néfaste.

— Passage sur un canal de diffusion ouvert, nota Mynx, le drone extrayant la commande de ses mots et basculant le canal tandis que Mynx prenait une inspiration. Dr Jones ! Vous êtes cernée, et vous ne gagnerez pas. Vous avez deux options ; vous rendre, et sauver ce que vous avez fait pour les autres, ou refuser, et tout perdre.

Un peu dramatique à son goût, mais mieux valait être claire : si Denise résistait, elle perdrait effectivement tout.

Les débris continuaient de tomber dans les secondes

suivant l'ultimatum, les éclats marquant le temps en se répandant sur le sol, rebondissant sur les drones. Mynx fit un inventaire mental des nouveaux bleus sur sa jambe droite là où le drone avait appuyé. Elle ouvrit la bouche pour dire à Reeves de trouver du temps pour un massage, quand une voix familière retentit à travers le laboratoire.

Sortant éparpillée et crachotante d'un système d'interphone endommagé, Denise prit sa position de défi : — Tu me donnes des options maintenant ? Parce que tu ne m'en as donné aucune avant ! Denise n'émergea pas du laboratoire, alors Mynx supposa que la scientifique prévoyait de se battre. Je suis venue à toi avec une promesse, un espoir, et tu m'as rejetée. Pourquoi ? Parce que je ne suis pas une de tes anomalies ?

— Parce que la confiance se gagne, Denise. Elle n'est pas donnée gratuitement. Tu as dix secondes pour te rendre. Tes associés, s'il en reste, ont ces mêmes dix secondes. Après cela, selon mon droit en tant que Champion de Pacifica, vos vies seront forfaites.

— Si tu me tues, rétorqua Denise, même si la porte du laboratoire s'ouvrait et que plusieurs autres scientifiques couraient droit vers les fléchettes paralysantes des drones gladiateurs, tu perdras tous les progrès. Tu ne trouveras jamais ce que tu cherches, et alors tu dépériras. Vous tous dépérirez.

Le chronomètre dans sa visière, qui s'était déclenché au moment où Mynx avait annoncé son délai de dix secondes, atteignit zéro, alors Mynx transmit le signal requis. L'un des drones lança un filet-araignée sur les cinq captifs et les filaments argent-noir s'étirèrent et entourèrent leur cible. Le même drone pivota et, utilisant le trou que Mynx avait déjà fait dans la porte d'entrée, traîna les prisonniers hors de danger. Danger que le second drone commença à infliger avec ses deux bras supérieurs dès que les civils furent à l'abri.

Alors que le monde avait développé un goût pour les

armes à énergie, avec leurs couleurs flashy et leurs munitions illimitées — à condition d'avoir une batterie fonctionnelle — Mynx comprenait la valeur d'un bon projectile solide. Le drone gladiateur aussi, et il perça des trous dans le mur séparant le comptoir de réception du laboratoire. Chaque balle traversait le bâtiment, plongeant à travers l'équipement, les murs, et les gens, s'il en restait. Lorsque les projectiles atteignaient la fin du bâtiment, définie par les ordinateurs intégrés des balles et le miracle continu du GPS, les balles déclenchaient une seule charge inverse qui avait assez de puissance pour les faire tomber, inoffensives, au sol.

Une arme ultime n'était pas celle qui pouvait détruire, mais celle qui pouvait détruire uniquement sa cible.

— Dernière chance, Denise. Mynx testa son mouvement, se déplaçant avec le drone gladiateur. Ne sois pas stupide.

Un bruit statique aigu éclata sur les interphones. Trop endommagés maintenant, peut-être, pour donner à Denise les mots dont elle avait besoin pour sauver sa vie. Mynx dit à l'autre gladiateur de tenir le hall et fit le mouvement broyant vers l'intérieur. Les murs, non conçus pour résister à un assaut lourd, s'effondrèrent comme des crackers poussiéreux tandis que les bras du drone de Mynx les broyaient, leurs moteurs servant de force derrière les mouvements déchirants de Mynx.

D'abord vinrent les bureaux, y compris celui de Denise, où Mynx s'était assise seulement quelques jours plus tôt, se demandant si elle avait trouvé la solution au problème inexorable de la vie : qu'elle devait finir. Mynx écrasa l'ordinateur avec son bras gauche tandis que son bras droit arrachait le couloir de fortune, atteignant la partie réellement raffinée de la structure : le laboratoire.

Les tirs de sommation du gladiateur avaient percé le joint étanche ici, laissant de grands trous visibles dans la coque argentée et brillante. Mynx suivit leur exemple, utilisant ces ouvertures pour se frayer son propre chemin. Tout du long,

Mynx avait réglé sa voix pour répéter un appel à Denise, et elle surveillait le filet de sécurité extérieur, mais jusqu'à présent, la scientifique qu'elle recherchait n'avait pas tenté de s'enfuir. Ce qui signifiait que Denise avait été perforée par les tirs de sommation, ou avait décidé de mettre fin à son existence sans un bruit.

À l'intérieur même du laboratoire, Mynx pataugea parmi des imprimantes 3D programmées pour extruder de la chair et des os ; des choses utiles si l'on voulait tester des modifications de l'ADN humain, bien que difficiles à regarder. Mynx continua néanmoins, car elle avait aperçu sa proie.

Denise n'irait nulle part. L'éminente généticienne s'était attachée à ce qui ressemblait à une chaise de bureau noire, avec des roulettes en plastique qui semblaient étrangères dans l'univers métallique du laboratoire. La chaise avait été fixée à des supports, avec un nombre effrayant de poches transparentes suspendues, des tubes de perfusion pendant de ces poches et se dirigeant directement dans son corps.

Mynx aurait adoré dire que Denise était la première personne qu'elle voyait essayer de se transformer en anomalie. Elle aurait adoré reculer dans son énorme combinaison de drone, hurlant de choc ou de surprise. Au lieu de cela, alors que les dizaines de manipulateurs génétiques précédents et leurs échecs défilaient dans sa mémoire, Mynx poussa un long et profond soupir, jusqu'à ce qu'il se transforme en gémissement puis en grognement.

— Tu es comme tous les autres, dit Mynx. Tu vas finir comme eux aussi.

Denise tourna la tête pour regarder Mynx. — Je peux le sentir, tu sais. Le changement. C'est en train de se produire.

— Je veux bien te croire, répondit Mynx, puis elle coupa son haut-parleur. Reeves, faites reculer les drones et établissez un périmètre autour du laboratoire. Deux cents mètres. Denise va faire un sacré désordre.

— Tu penses que vous pouvez tout garder pour vous,

continua Denise. Ce secret. Ce pouvoir. Ce n'est pas pour ça que je fais ça, pourtant. Je suis proche. Le vieillissement. Nous y sommes presque.

— Tu as manqué de temps, c'est ça ?

— À cause de toi.

— Denise, tu aurais pu avoir tout le temps dont tu avais besoin. Mynx cligna de l'œil droit, faisant défiler les rapports d'état flottant en transparence dans sa visière jusqu'à ce qu'elle trouve celui donnant les niveaux de charge de sa batterie. Tu étais juste avide.

Sa visière indiquait que Mynx avait assez d'énergie pour un court vol. Et, en regardant Denise, un court vol serait la chose à faire ; la peau de la généticienne était devenue tachetée, avec de larges cercles épars de rouge et de noir se formant sur son corps. Denise avait choisi une tenue de sport pour l'occasion, comme si sa première transformation post-anomalie allait être un 5 km à travers le campus. Une course qu'elle ne ferait jamais. Denise avait maintenant fermé les yeux.

Ça arrivait toujours.

— Qu'as-tu fait de la base de données ? demanda Mynx.

— Je l'ai intégrée. Probablement perdue maintenant que tu as détruit mon laboratoire. Denise se ressaisit suffisamment longtemps pour défendre son honneur de chercheuse.

— Tu n'en as pas fait de sauvegarde ?

— Pas le temps. Je savais que tu allais venir. Denise eut une toux humide, et ses yeux s'ouvrirent à nouveau, montrant pour la première fois un peu d'inquiétude. Quelque chose ne va pas.

— Je veux bien te croire. Mynx regarda le plafond du laboratoire au-dessus. Pas renforcé et facile à percer. Denise, adieu.

— Tu ne restes pas pour voir ?

— J'ai déjà vu la fin de ce spectacle particulier.

— Quoi ? Que veux-tu dire ?

Mais Mynx ne se souciait pas de répondre. Elle activa les moteurs du drone, qui la soulevèrent du sol du laboratoire et la firent passer à travers le toit. Elle se pencha en avant, observant le faible cercle rouge que Reeves avait tracé autour du laboratoire et volant jusqu'à ce qu'elle l'ait traversé. Autour du cercle, comme des lampadaires, se tenaient ou flottaient les drones. Une veillée pour la fin.

Les anomalies, par leur nature, étaient des risques vivants. Des chances qui parfois aboutissaient à des miracles, la plupart du temps à des touches mineures, et rarement à des échecs catastrophiques. Ces derniers s'identifiaient avec finalité - l'enfant atteignait la puberté, mentionnait se sentir malade, sa peau changeait tandis que son sang luttait contre la transformation qui se produisait à l'intérieur jusqu'à ce que, inévitablement, bang. D'autres avaient essayé d'éliminer l'élément de hasard avec une insertion forcée de matériel génétique d'anomalie. Comme un virus incontrôlé, le corps l'attaquait avec une fureur acharnée. Contrairement à un virus incontrôlé, les étranges cellules qui faisaient des anomalies ce qu'elles étaient se défendaient, et le faisaient avec préjudice.

— Tout le monde perd, murmura Mynx.

Aegis avait dit cela une fois, résumant comment la partie anomalie d'eux-mêmes choisissait de mener cette bataille. Alors quand le laboratoire brisé de Denise disparut dans une soudaine boule de feu explosive s'étendant depuis l'endroit exact où Denise était assise, Mynx ne put que reconnaître que l'ADN d'anomalie avait fait ce qu'il promettait. Quand le sang de Denise avait riposté, les gènes d'anomalie avaient employé l'option nucléaire.

— Protocole de capture trig.

La chaleur la frappa, tandis que les drones de Mynx utilisaient des lasers ciblés trop précis pour des mains humaines pour désintégrer les éclats projetés depuis le centre de l'explosion. Les parties du laboratoire qui ne volèrent pas vers l'extérieur s'effondrèrent avec le feu qui s'estompait, laissant la structure et des morceaux de mur épars trop obstinés pour tomber. Ainsi s'acheva la vie du Dr Denise Jones.

— Quel gâchis, dit Mynx. Reeves, trouvez qui possède ce laboratoire et dites-leur qu'ils ont du nettoyage à faire.

— Bien sûr, répondit Reeves, son accent toujours distingué fournissant le roc auquel Mynx pouvait se raccrocher. Je suppose que le Dr Jones n'est plus un problème ?

— Plus une solution non plus. Mynx commença à calculer l'itinéraire le plus rapide pour rentrer. S'il y a une théière fraîche qui m'attend quand je reviens, je serai beaucoup plus heureuse.

# CHAPITRE 45
# DANS LES TUNNELS

LE TUNNEL de maintenance semblait porter une rancune contre sa fonction ; l'eau crasseuse s'accrochait à la sortie circulaire, positionnée près de la rivière, avec des filtres retenant toute matière nauséabonde avant qu'elle n'entre en contact avec l'écosystème hydrique de Chicago. La grille, qui ne portait pas un verrou Tama mais une vieille serrure physique à l'ancienne, arborait une rouille plus verte qu'orange, parsemée de morceaux moisis qui s'y étaient installés. Les lumières de la ville éclairaient les berges autour d'Aegis, mais disparaissaient dans la gueule noire du tunnel.

— Mais c'est pour ça que vous êtes là, dit Aegis à deux imposants drones gladiateurs, fraîchement arrivés de l'Usine à Chicago. Pour me garder en sécurité et tout ça.

Les drones émirent un son affirmatif. Pas de mots. Ses grands gardes du corps muets. Un million de répliques pour construire chacun d'entre eux et Mynx n'avait même pas pu leur installer une voix. Cela dit, en regardant ces têtes de robot étroites, Aegis se dit que c'était peut-être mieux qu'ils ne puissent pas parler. Au moins, ils ne pourraient pas trop l'agacer.

Aegis n'avait pas la clé de cette grille particulière — cela faisait une décennie qu'il n'avait pas tenu une clé physique — alors il tendit les mains et saisit les barreaux. Il portait des gants noirs avec des liserés bleu clair assortis à l'équipement d'assaut qui le recouvrait de la tête aux pieds comme une armure médiévale moderne. Puisqu'il avait été invité, Aegis pensait que la discrétion ne jouerait pas un grand rôle dans cette mission. Sa seule concession à la stratégie, sur les conseils de Celice, avait été d'utiliser l'entrée de maintenance et d'éviter les pièges qui pourraient l'attendre à la porte principale.

Les barreaux refusèrent de bouger. Aegis se maintenait en super forme grâce à un régime strict qu'il avait développé quarante ans auparavant et n'avait jamais modifié, mais ses capacités d'anomalie n'incluaient pas le pouvoir d'arracher le métal de ses fondations. Son Tama, visible à son poignet, afficha une requête de l'un des drones gladiateurs, les mots apparaissant en gros caractères qui, pour Aegis, soulignaient son origine robotique. Que Mynx ait choisi cette police comme blague ou non, Aegis y vit un signe que l'apocalypse menée par les robots aurait un sens de l'humour sinistre.

— Allez-y, dit Aegis en lâchant prise et en s'écartant bien de la grille.

Avec des flashs synchronisés de leurs bras les plus bas, les drones gladiateurs lancèrent une énergie bleu-blanc brûlante à travers les barreaux de la grille. Les lasers s'estompèrent à travers les barreaux, veillant à ne pas creuser de trous dans les parois du tunnel au-delà. Une technologie impressionnante, surtout comparée aux dégâts souvent incontrôlés causés par les anomalies. Lorsque la grille vacilla et tomba vers l'extérieur, Aegis la rattrapa et la déposa au sol, leur laissant une large entrée ouverte vers les sous-sols de Chicago.

— Alors quand vous perdrez le signal, vous vous en sortirez ? demanda Aegis.

Son Tama clignotait à nouveau, indiquant que les drones suivraient leur protocole Protecteur. Quoi que cela signifie.

Parmi les nombreuses, très nombreuses choses qu'Aegis se disait d'apprendre et savait qu'il ne ferait jamais, les divers termes de Mynx occupaient une place moyenne sur la liste, juste entre apprendre à jouer au bridge et savoir quand abandonner.

— Eh bien, mes amis métalliques, il est temps d'aller sauver quelques Paragons.

Aegis tira les lunettes tactiques sur ses yeux en montant dans le tunnel.

Cependant, avant qu'il n'ait fait plus d'un pas, un drone gladiateur, se penchant pour s'adapter à l'étroitesse du tunnel, saisit Aegis avec ses bras du milieu, ceux qui avaient des doubles griffes aux extrémités, et le tira en arrière. L'autre drone prit la place d'Aegis à l'avant, avançant et s'arrêtant après quelques pas. Le drone derrière lui donna une légère poussée dans le dos d'Aegis.

— C'est comme ça qu'on va faire ? dit Aegis.

Les drones n'étaient pas du genre à argumenter, ne répondant d'aucune façon à la question d'Aegis, alors le Champion prit sa place entre les drones tandis qu'ils commençaient leur randonnée dans l'obscurité. Non pas qu'Aegis ne pouvait pas voir — ses lunettes tactiques passèrent rapidement en vision nocturne vert néon tandis que les drones éteignaient leurs propres lumières, s'appuyant sur des capteurs plus précis que les yeux d'Aegis pour garder une trace de l'endroit où leurs pieds métalliques allaient.

À l'intérieur, le tunnel puait la moisissure... et autres choses. Pas des déchets humains — Aegis préférait ne pas réfléchir à la raison pour laquelle il connaissait si bien les diverses immondices qu'un corps humain pouvait produire — mais plutôt les feuilles décomposées, les taches d'huile, les détritus et autres débris aléatoires qui trouvaient leur chemin dans des trous cachés comme celui-ci. L'absence totale de brise une fois qu'ils eurent dépassé le premier virage du tunnel servait à épaissir le mélange, jusqu'à ce qu'Aegis se demande s'ils n'avaient pas trébuché dans un portail vers la pire dimension possible.

Comme une oasis dans un désert putride, le tunnel s'élargit après trop de minutes dégoûtantes pour accueillir des tubes. Les gros tuyaux convergeaient depuis leurs habitations respectives vers un espace triangulaire illuminé par les lunettes d'Aegis dans les verts les plus pâles. Peu de lumière ici-bas, peu de raisons d'en avoir. Des colonnes de soutien traçaient les lignes depuis les tunnels entrants jusqu'à celui sortant qu'Aegis et les drones venaient de traverser. La raison de cet espace, et donc des colonnes, devint évidente dès qu'Aegis y mit le pied et sentit ses bottes s'enfoncer dans une masse de matière molle. Un bassin de collecte pour la biomasse ; rassembler suffisamment de déchets organiques ici et un camion aspirateur viendrait prendre ces saletés pour les transformer en énergie.

Son Tama clignotait. Brillamment, et Aegis éloigna son poignet gauche de ses yeux jusqu'à ce qu'il puisse, de sa main droite, remonter ses lunettes et jeter un coup d'œil :

*Mettez-vous à couvert.*

Pour les Champions, la survie se résumait souvent à une question de chance en une fraction de seconde, comme Aegis l'avait vu sous les projecteurs, étant la cible de tous les aspirants vilains. Ainsi, dès qu'il lut et comprit les mots sur son Tama, Aegis se laissa tomber en arrière, sacrifiant son équilibre pour se faire plus petit. Un dard, invisible si ce n'est pour un léger sifflement, traversa l'endroit où Aegis se tenait quelques instants plus tôt.

Aegis aurait pu se battre dans l'obscurité — il avait l'équipement et l'entraînement pour cela, mais les deux drones décidèrent que cette escarmouche serait mieux menée avec des lasers lumineux clignotants, des bombes à fragmentation d'agent neurotoxique et des lance-flammes orange vif. L'artillerie, d'abord d'un drone puis des deux, dissipa les ténèbres tandis qu'Aegis repassait ses lunettes au spectre normal.

Hormis le rugissement du lance-flammes, l'arme incendiaire positionnée au centre du torse du drone gladiateur, les lasers étaient silencieux et les explosions des bombes à fragmentation n'émettaient que de légers pops, donnant aux attaquants devenus défenseurs l'occasion de remplir l'air de leurs cris.

Non, pas des cris. Des ordres. Aegis se releva tout en analysant les mots, essayant d'apercevoir ce que les drones gladiateurs traquaient avec leur tir précis et incessant. Des formes bougeaient dans l'ombre, s'effondrant au sol lorsque les drones faisaient mouche. Des ripostes finirent par surgir sous forme de bombes de sacoche et d'IEM tactiques ; des grenades électriques localisées conçues pour déstabiliser les circuits. Les drones gladiateurs, cependant, se montrèrent tout aussi adeptes de leurs propres contre-mesures, zappant les bombes lancées en plein vol avec des micro-lasers.

Aegis avait-il même besoin de faire quoi que ce soit ?

Cette pensée lui vint et Aegis l'écarta aussitôt. Il se mit à courir maladroitement à travers la boue vers la droite, en direction de l'endroit où les formes semblaient se regrouper. Bien que cela le mettrait dans la ligne de tir des drones, il se dit qu'ils devraient être capables de tirer autour de lui. Du moins, il l'espérait.

Aegis parvint à faire un dernier pas hors de la vase pour atteindre un sol plus solide, bien que toujours souillé, juste à temps pour voir le tir des drones jaillir et faire mouche. La majeure partie de l'intersection semblait maintenant en feu, les drones se retrouvant de plus en plus pris dans leur propre brasier. Pas que la chaleur ne les ralentisse pour autant. Les deux drones avaient coincé les formes dans le tunnel de droite, derrière l'ouverture où l'ennemi se cachait juste assez bien pour éviter une annihilation totale et rapide par les machines de Mynx.

Et les avaient préparés pour une défaite totalement différente.

Aegis profita de la fumée, un épais rideau noir que les

systèmes de ventilation d'urgence du tunnel tentaient, sans succès, de dissiper. Les ventilateurs s'activèrent, aspirant la suie vers le haut, si bien qu'Aegis apparut comme un fantôme en se frayant un chemin à travers la brume pour se retrouver au milieu des assaillants. Jusqu'à présent, hormis la probabilité évidente que quiconque choisissant d'attaquer ces deux drones devait avoir une motivation financière substantielle, Aegis n'avait pas vu son nouvel ennemi de près, et n'avait donc aucune confirmation que la demi-douzaine de personnes lui faisant face était, en effet, à l'emploi de Ziran.

Dans la lueur étouffée du feu, Aegis vit l'équipement rassemblé, les visages déterminés et les corps musclés qui témoignaient de carrières passées à côtoyer la mort de près, gagnant cicatrices et histoires au prix de leur espérance de vie. Dans ces hommes, Aegis voyait les armées brisées du monde, les forces dispersées et désintégrées lorsque les Paragons avaient pris le pouvoir, des personnes dont toute la carrière avait été jetée aux oubliettes avec un ensemble de documents signés, rejetées dans une société pacifique qui n'avait que peu d'utilité pour leurs talents.

La plupart s'étaient adaptés, à la manière des vétérans depuis la nuit des temps, au passage de la guerre à la paix. Pas tous, cependant, et tout le monde ne le voulait pas. Aegis comprenait, car lui aussi sentait son temps s'échapper, le sens et le but de son quotidien se brouillant avec le progrès. Pas maintenant, cependant. Ici, face à l'adversaire, l'objectif était clair.

— Rendez-vous, dit Aegis, comptant sur le filtre de son masque tactique pour l'empêcher de s'étouffer avec la fumée. Personne d'autre n'a besoin de mourir.

Une demi-douzaine d'armes se levèrent dans une demi-douzaine de mains, pointées dans sa direction. Gris métallique et brillantes, les armes semblaient être du genre à tirer de vraies balles, pas des fléchettes. L'ancien Aegis aurait ri de cela, aurait haussé les épaules face aux tirs frappant sa peau à guérison rapide. Le nouvel Aegis hésita. Les Paragons kidnappés n'étaient pas là. D'autres combats pouvaient l'attendre au-delà de ce point, et Aegis ne pouvait pas se permettre d'être réduit en pièces avant d'atteindre la fin.

— Je pense que c'est à ton tour de faire ça, répondit le commando le plus proche, d'un ton suggérant qu'il donnait les ordres pour le groupe. C'est toi qu'on attendait.

L'homme n'avait pas d'accent particulier, parlait sans venin, malgré la probabilité que plusieurs membres de son équipe se trouvaient derrière Aegis, soit morts soit blessés dans l'enfer. Aegis pouvait respecter cela ; la mission avant tout. Il pouvait s'en servir.

— Alors montre-moi, dit Aegis. Je suivrai.

Le commando ne perdit pas de temps, — Mets-toi au milieu de nous, alors. Trois derrière, trois devant. On va t'escorter.

— Les drones pourraient s'énerver.

— Alors on ferait mieux de se dépêcher, avant qu'ils ne trouvent comment se faufiler ici.

Ce tunnel, n'ayant pas besoin d'accueillir autant de déchets que celui par lequel Aegis et les drones étaient entrés, semblait effectivement plus petit, et son fond contenait moins de boue, si bien que marcher ressemblait moins à patauger dans un marécage et plus à piétiner dans une flaque sale et feuillue. Aegis prit sa position entre les six commandos, qui gardaient leurs armes braquées sur lui. Derrière eux, les drones faisaient également du bruit ; des extincteurs chuintaient dans une tentative de nettoyer le désordre qu'ils avaient causé.

À un signal qu'Aegis ne perçut pas, les commandos bougèrent, ceux derrière lui posant leurs mains sur son dos et le poussant en avant. Ils firent une vingtaine de pas, autour d'un virage dans le tunnel, quand le leader leva la main pour faire halte.

— Faites sauter les charges, dit le commando.

— Des charges ? se risqua à demander Aegis.

— On a vu les drones, on s'est préparé pour eux. Le commando ponctua sa phrase d'un signe de tête à l'un des autres, qui appuya sur quelque chose sur son Tama.

De brèves détonations résonnèrent derrière Aegis, suivies par la terre et le ciment se précipitant pour obéir aux ordres de la gravité. Combler le tunnel ne stopperait probablement pas les drones très longtemps — à ce stade, Aegis supposait que Mynx avait installé une contre-mesure pour chaque tactique sur ces engins — mais cela leur ferait gagner du temps. L'explosion offrit également une distraction à Aegis : au-delà du bruit, l'explosion déclencha des lumières d'urgence rouges le long des bords supérieurs du tunnel en lignes parfaites. La lueur changea les ombres, donnant une chance à Aegis.

Avec son coude gauche, Aegis frappa le commando de ce côté tandis qu'il pivotait, tirant le second commando derrière lui entre Aegis et le troisième commando proche sur la droite du tunnel. Aegis saisit la main armée du commando immobilisé et appuya sur la gâchette, poussant le bras de l'homme tout en tirant et relâchant, déclenchant de fortes détonations alors que chaque tir jaillissait vers le trio de tête. À courte portée, les commandos ne pouvaient pas faire grand-chose pour esquiver, alors ils essayèrent de viser avec leurs propres armes.

Aegis tenait son otage serré, s'offrant une demi-seconde d'hésitation. Suffisant pour que le Champion tire en premier et uniquement.

Un autre coup de feu retentit derrière Aegis, et le Champion sentit la balle s'enfoncer dans son armure avant d'être rejetée. Aegis poussa son commando capturé sur celui de droite, essayant de trouver un moyen de contourner son partenaire. La poussée les projeta tous les deux contre le mur et permit à Aegis de se tourner vers celui qu'il avait frappé du coude alors que le commando tirait à nouveau, cette fois sur la poitrine d'Aegis. Une fois de plus, l'armure tint bon, bien qu'Aegis pût sentir les premières ecchymoses le faire souffrir.

Le commando sembla réaliser que l'armure d'Aegis ne serait pas percée par son petit pistolet, alors il changea de tactique, visant la tête d'Aegis. En réponse, Aegis donna un coup de pied dans la boue du sol du tunnel, éclaboussant le visage du commando de terre, de feuilles et de crasse. Le Champion plongea sur la gauche alors que le commando tirait quand même, la balle ricochant sur le plafond et, d'après un grognement quelque part derrière Aegis, frappant les alliés du commando. Aegis profita de l'instant pour avancer, s'accroupir et saisir le commando. Les genoux d'Aegis craquèrent dans l'action, mais le Champion réussit à soulever l'homme couvert de boue, le faisant cogner contre le plafond du tunnel avant de le faire tomber sur les deux autres.

L'ensemble s'effondra en un tas de membres agités, les jurons emplissant le tube. Aegis sortit son pistolet paralysant et frappa avec les fléchettes, touchant les six commandos avec des tirs rapides aux jambes, au visage, au cou, partout où il pouvait frapper qui ne semblait pas couvert par une armure corporelle plus épaisse. Aegis s'arrêta, attendant de voir si l'un d'eux faisait autre chose que respirer faiblement.

— Restez à terre, chuchota Aegis, puis il commença à fouiller les corps.

Les commandos qu'il avait touchés avec de vraies balles étaient blessés, et Aegis prit le temps de chercher, trouver et appliquer des bandages sur les plaies. Ils auraient encore besoin de soins médicaux plus compétents, mais Aegis pensait qu'ils ne mourraient pas ici. D'après la vidéo que Ziran avait envoyée, il semblait qu'ils n'avaient pas tué les Paragons captifs, et, drones mis à part, éviter la mort dans cette bataille particulière semblait être un bon choix.

Du moins jusqu'à ce qu'Aegis puisse être sûr que les Paragons étaient en sécurité.

Comme Apinya, la Championne la plus agaçante, l'avait

souvent dit durant leur temps ensemble, un corps maintenant est un fardeau plus tard.

— Tu vois ? dit Aegis à ce souvenir, se relevant du dernier commando. J'ai écouté toutes tes conneries.

Aegis retourna ensuite vérifier la partie effondrée du tunnel pour voir s'il pouvait ouvrir un passage. Malgré sa préférence pour des Paragons vivants et respirants, les drones étaient utiles et Aegis préférait avoir les robots tueurs avec lui plutôt que d'y aller seul. Le tunnel, cependant, n'exaucerait pas ce souhait : parmi les rochers et la terre se trouvaient des tuyaux effondrés, des blocs de béton et de l'eau suintante provenant d'une canalisation brisée. Pas une lueur ne filtrait de l'autre côté.

Avec son Tama, Aegis essaya d'envoyer une commande, une question. Le Tama lui indiqua après plusieurs secondes d'essai que toutes les tentatives d'atteindre le monde extérieur d'ici seraient futiles. Pas de sons de l'autre côté non plus, ce qui signifiait que l'effondrement avait été assez profond pour bloquer le bruit des travaux de sauvetage, ou que les drones avaient abandonné et, peut-être, essayaient une autre route.

— On dirait que c'est juste moi, alors, dit Aegis, avant de taper une autre série de commandes dans le Tama. L'appareil alluma une petite lumière blanche au sommet, et Aegis leva son poignet, le tournant pour faire face au tunnel effondré. Hé, Celice. Je pensais que tu aimerais voir dans quel pétrin ton père s'est encore fourré cette fois. Ils ont fait sauter le tunnel. Piégé ces drones dehors. Désolé de t'avoir embêtée à leur sujet, d'ailleurs. Ils ont fait du bon travail. Je serais probablement mort sans eux, mais dis à Mynx qu'elle doit baisser un peu le feu. Un peu trop chaud pour une action en espace confiné.

Aegis se surprit à parler plus longtemps qu'il ne l'avait prévu, racontant le combat, les commandos, l'air nauséabond à l'intérieur du tunnel. Rien de tout cela n'avait vraiment d'importance, mais Aegis ne pouvait pas s'arrêter. Il n'avait jamais été très bavard, mais le voilà qui s'étendait sur chaque facette de la mission dans un enregistrement.

— Ils avaient des armes. De vraies armes. Je sais qu'on a travaillé dur pour se débarrasser de ces trucs, mais on dirait qu'il va falloir frapper encore plus fort, dit Aegis, marchant maintenant devant les commandos, toujours allongés en stase. Il faut qu'on comprenne pourquoi les gens continuent à tomber dans ce genre de boulot. Les arrêter. Tu penses que tu peux trouver un moyen de faire ça ? Il rit, une fois. Bien sûr que tu peux. Tu es ma fille. Tu es incroyable.

Le tunnel continuait et Aegis marchait et parlait dans la lumière rouge, baissant la voix en approchant de l'endroit où son Tama indiquait que les Paragons devaient se trouver. En avançant, ses mots glissèrent des propositions de politique et des missions vers la famille, l'avenir et la vie qu'il avait choisie pour eux.

— Ta mère, je n'en parle pas autant que je le devrais, Aegis fit une pause, se demandant si même ici, dans cet endroit sombre et humide avec un combat qui s'attardait, il pouvait ouvrir cette boîte. Tu as probablement tout lu sur elle. Tu en sais peut-être plus que moi. Il s'arrêta de bouger. La brèche dans le tunnel où il atteindrait sa destination n'était pas loin, et Aegis voulait finir ceci. Ce que les histoires ne diront pas, cependant, c'est que nous nous sommes accrochés l'un à l'autre, Celice. Il y avait d'autres Champions, d'autres Paragons, mais quand les missions tournaient mal, nous nous avions l'un l'autre, et nous le savions. Je ne me suis jamais senti plus invincible que lorsque j'étais avec elle.

— J'étais toujours le premier à entrer, attirant les tirs pendant qu'elle se mettait au travail. Les aveugler tous, nous permettre de voir facilement. Incroyable. Mais la meilleure partie, la meilleure chose qu'elle faisait ? Ta mère avait cette façon de faire ressortir juste les bons jaunes, les blancs, pour que chaque nuit que nous passions soit magique. Nos propres couchers de soleil privés et spectaculaires. Elle me disait que tout était une question de photons, mais j'étais toujours trop occupé à tomber amoureux d'elle pour m'en soucier.

Un bip de son Tama interrompit la rêverie, ramenant Aegis à la réalité. Le temps s'était remis à courir, et des Paragons l'attendaient. Alors Aegis dit au revoir, régla le message pour qu'il s'envoie à la prochaine occasion de trouver un signal, et le Champion reprit sa marche.

# CHAPITRE 46

# UNE DERNIÈRE AFFAIRE

MALGRÉ SA COMBINAISON complète et son chien moelleux à ses côtés, Kat aurait largement préféré être à l'intérieur enveloppée dans des couvertures plutôt que dehors sous la neige battante et le vent mordant qui s'étaient emparés du côté ouest de Chicago. Une tempête de neige s'était levée au coucher du soleil, un présage inquiétant alors que Seeker et Kat quittaient son appartement à la recherche de Gordon et, Kat grimaça dans le vide, Calvin.

Elle avait pris son temps pour se préparer. Une longue douche, un en-cas, et la danse lente et méthodique pour enfiler son armure et ses armes. Largement assez de temps pour que Gordon atteigne sa destination, confronte Calvin et accomplisse la tâche sans son implication. En avait-elle un peu honte ? Ouais, peut-être. Un peu.

Mais Gordon avait fait son choix.

Elle avait fait le sien.

L'appel, cependant, n'était jamais venu. Aucun message ne s'était affiché triomphalement sur le Tama, annonçant à Kat que le désastre avait été évité. Au lieu de cela, le silence. Même après que Kat ait lancé une sonde, demandant si Gordon avait trouvé son or métaphorique. Parce que Kat *ne voulait pas* affronter Calvin à nouveau. Elle le savait au fond d'elle-même. Une peur glaciale s'accrochait à ses os à l'idée d'affronter une anomalie qui semblait plus que capable de l'éliminer sans trop d'effort. Kat préférait avoir sa vie entre ses propres mains, plutôt qu'à la merci d'un autre.

Seeker, cependant, avait pris la décision finale. Le chien exigeait d'être promené, une exigence qui devenait de plus en plus forte à mesure que la neige commençait à tomber, apportant avec elle la promesse de bonds à travers les bancs de neige molle, d'attraper les flocons qui tombaient dans sa gueule, et de traîner Kat jusqu'à ce qu'elle glisse et tombe. Ce dernier point n'avait peut-être pas traversé l'esprit de Seeker, mais il bourdonnait certainement dans celui de Kat alors qu'elle luttait pour garder le husky en laisse.

Non pas qu'ils allaient loin ; l'étrange urgence de la situation et la distance nécessaire pour atteindre le côté ouest signifiaient que Kat avait appelé une navette. Il faudrait quelques minutes pour qu'elle arrive, alors Kat laissa Seeker la tirer autour du pâté de maisons dans une tentative futile de dépenser un peu d'énergie avant de se retrouver coincée avec le chien dans ce qui équivalait à une petite sphère.

Au deuxième tour, alors que Kat revenait vers son appartement et l'endroit dans la rue où la navette ferait son ramassage précis, elle remarqua qu'une autre âme avait décidé de braver les neiges nocturnes. Une âme qui la fixait du regard.

— Beth, dit Kat en s'approchant et en souhaitant que la navette arrive maintenant. Tu as choisi une mauvaise nuit pour rendre visite.

La femme, emmitouflée dans d'épais manteaux et pantalons superposés, garda un visage impassible qui disait à quel point elle appréciait peu la remarque, et à quel point elle *ne voulait pas* être ici. La combinaison de Kat fonctionnait pour maintenir sa température optimale pour l'activité, du moins jusqu'à ce que ses batteries s'épuisent. Beth semblait s'appuyer sur des vêtements à l'ancienne pour faire le travail, et cet appui n'avait pas porté ses fruits.

— Je ne serais pas ici, sauf que certains doutent que tu prennes la bonne décision, dit Beth, ses mots produisant de petits nuages à chaque syllabe. Tu travailles avec un autre traqueur.

— Comment le sais-tu ?

— Ne fais pas l'idiote. Il t'a sauvée lors de la convention. La vidéo a été diffusée dans tous les clips d'informations locales.

— Donc tu ne surveilles pas mon appartement ? Kat raccourcit la laisse, garda Seeker près d'elle, bien que le chien semblait heureux de mordre la neige qui passait. Tu ne me suis pas partout ?

Beth la fixa du regard, puis regarda la rue derrière Kat.

— Nous ne sommes pas les Paragons. Nous n'avons ni les ressources ni le désir de surveiller les mouvements de tout le monde. Tu vas affronter Calvin maintenant ?

Beth fit un geste, avec une main gantée, vers la combinaison de Kat, son éclat blanc nacré et sa masse lisse étant un indicateur clair de sa surqualification pour une simple promenade de chien. Kat n'avait pas baissé le masque - il se rétractait dans la capuche de la combinaison quand il n'était pas utilisé - parce qu'avec ses yeux brillant de bleu et son visage d'un gris argenté, ses voisins auraient probablement appelé les drones. De loin, avec ses traits normaux visibles, Kat avait l'impression d'avoir l'air d'une personne à peu près normale faisant une chose normale. Un véritable exploit pour elle, honnêtement.

— Tu ne vas pas m'intimider, dit Kat. Je me fiche de ce que tu as à dire.

— Donc tu vas faire de lui un esclave des Paragons.

— Mieux qu'un terroriste. Le Tama de Kat bipa.

La navette approchait.

Beth essaya de soupirer, le vent l'avala.

— J'aurais pensé que quelqu'un comme toi comprendrait à quel point il est important d'avoir des amis dans tout le spectre. Si tu veux survivre à ce qui arrive, tu devrais reconsidérer.

— Ce qui arrive ? Tu vas essayer de détruire la ville ? Kat leva son poignet droit, le fit claquer une fois pour préparer le seul dard paralysant qui y était chargé. Je devrais t'arrêter maintenant et te livrer ?

Beth examina le poignet de Kat, la lumière projetant des ombres mouvantes sur son visage alors que la navette s'arrêtait à côté d'elles, sa grande porte coulissante s'ouvrant. La neige commença à souffler à l'intérieur du véhicule, et l'aura bleu frais qui en émanait témoignait de l'abonnement à bas prix de Kat pour la navette - des publicités passaient pendant les trajets, mais les économies rendaient la souffrance supportable.

— Nous n'essayons pas de détruire la société, dit Beth. Elle va se détruire elle-même. Nous voulons être prêts quand cela arrivera. Calvin serait d'une grande aide pour ça. Toi aussi.

— Alors je t'appellerai quand le monde finira. Kat poussa Seeker vers la navette. Bonne nuit, Beth.

— Bonne nuit, Kat. Reste au chaud, et bonne chasse.

L'Élémentaire observa Kat aider Seeker à entrer dans la capsule, puis Kat se glisser dans le siège en plastique standard des capsules de base. Les abonnements Lux, bien sûr, coûtaient plus cher et n'autorisaient pas les chiens. Kat fit un signe de la main à Beth tandis que la capsule s'éloignait, se dirigeant vers l'ouest en direction du ping de Calvin. Là où Gordon devrait être.

— Qu'en penses-tu ? demanda Kat à Seeker, pendant qu'une vidéo vantant une nouvelle boisson énergisante pour sportifs — de l'énergie anormale dans chaque bouteille ! — se jouait devant eux. Le monde va-t-il finir ?

Le husky regarda Kat quand elle posa la question, sa

langue pendant hors de sa gueule, avant de se retourner vers la fenêtre sphérique et de reprendre son étude ininterrompue de la neige qui tombait.

— Je suppose que c'est un non.

Kat regarda son Tama. Elle ouvrit la carte des pings. Bientôt, elle serait de retour dedans, avec un grand changement : cette fois, elle ne retiendrait pas ses coups, ne jouerait plus. Kat aurait préféré rester dans son appartement, sirotant un chocolat chaud et regardant un film.

Calvin avait gâché sa soirée. En retour, elle allait gâcher la sienne.

# CHAPITRE 47

# LA CIBLE ARRIVE

ZHAN-YO ne s'attendait pas à se sentir aussi incertain, aussi *effrayé*. Aegis, selon les derniers mots avant que les hommes de main de Sylvie ne disparaissent dans l'obscurité, venait par ici. Par le tunnel de maintenance, en plus ; une entrée discrète plutôt qu'une entrée fracassante par la porte principale. C'était peut-être ce qui mettait Zhan-Yo mal à l'aise, agrippant les poignées de son tachi pour calmer ses nerfs : Aegis jouait habituellement les showmen, mais ici il prenait la route sournoise.

— Il n'y a pas d'autres Paragons qui viennent, dit Sylvie. Nous avons lancé suffisamment de fausses alertes pour vider le quart actuel, et Aegis semble vouloir faire ça seul.

— Ça correspond à son caractère.

— J'admirerais ça, dit Sylvie, si ce n'était pas si stupide.

— Il ne met personne d'autre en danger, répondit Zhan-Yo. Il ne sait pas comment nous avons neutralisé la première équipe. Il se croit invincible, alors pourquoi risquer la vie de quelqu'un d'autre ?

Sylvie lui lança un de ses regards sceptiques et hautains.

— Tu peux lire dans ses pensées, maintenant ?

— Ça fait partie du rôle de leader. Avec Ziran, c'est similaire. Je ne jette pas mon personnel dans des problèmes impossibles que je suis seul à pouvoir résoudre. Je ne les chargerais pas non plus d'une tâche pour laquelle ils ne sont pas prêts.

Par ces mots, Zhan-Yo adressait un doux reproche à Sylvie. C'était son idée de tendre une embuscade à Aegis une fois qu'ils avaient réalisé qu'il prévoyait d'amener deux nouveaux drones à l'air dangereux. Malgré la défaite de ses hommes de main face aux Paragons de rang inférieur maintenant rassemblés en un groupe attaché et sédaté derrière eux, Sylvie avait insisté pour que les mercenaires soient en première ligne. Ils y étaient allés, mais ils ne reviendraient pas.

Sylvie répondit en vérifiant ses armes et son équipement. Les munitions dans les longs et fins pistolets portés à sa hanche ainsi que les couteaux de lancer le long de son bras gauche. En plus de cela, elle portait des gants reliés à une batterie à l'intérieur de sa poitrine, prêts à délivrer un choc engourdissant les nerfs si Sylvie serrait le poing et frappait. Sa combinaison, faite du même tissu noir épais et texturé que portait Zhan-Yo, se terminait par un casque ajusté que Sylvie tira sur sa tête, ses yeux bleus maintenant couverts par un écran transparent.

— Je veux l'avoir en premier, dit Zhan-Yo. Il doit comprendre.

— Pourquoi ? On ne va pas le tuer ?

— Les révolutions qui commencent dans le sang ont tendance à finir de la même manière, répondit Zhan-Yo. Nous n'avons encore tué aucun Paragon. Si Aegis décide de voir notre point de vue et promet un changement, nous pourrons peut-être garder les choses ainsi.

— Ne sois pas naïf. Ce n'est pas le plan.

— Les plans peuvent changer.

— Tu laisses l'espoir entraver ta logique, Z.

— Peut-être bien.

Sylvie allait dire quelque chose de plus, mais s'arrêta quand un grincement métallique résonna dans la station génératrice. Aegis était arrivé. Sylvie prit le signal et se glissa dans la pièce latérale d'où Zhan-Yo avait observé l'assaut initial des Paragons. Assez proche pour aider si Zhan-Yo le demandait, mais assez loin, espérait-il, pour éviter que les choses ne s'enveniment.

— Il va te mettre en pièces, marmonna Innis derrière Zhan-Yo. J'arrive pas à croire que je me sois associé à vous, bande d'épaves.

Zhan-Yo ignora le Paragon. Innis avait été une source intarissable de divagations sinistres et d'insultes grossières au cours des dernières heures, comme s'il avait réalisé que trahir le Champion le plus puissant du monde et l'organisation la plus puissante du monde en une seule fois n'était peut-être pas le coup le plus intelligent. Cependant, on ne devrait pas éprouver de pitié pour ceux qui font leurs propres mauvais choix.

Au lieu de cela, Zhan-Yo se plaça, les pieds écartés et les genoux légèrement fléchis, à un mètre des captifs et bien en vue. Il pouvait réagir rapidement si Aegis décidait de sortir des couloirs arrière en attaquant, et présentait autrement un front fort, sinon menaçant. Tout pointait vers une négociation, pas un massacre.

Les nerfs qui s'étaient tendus et relâchés en attendant Aegis se calmèrent quand le Champion entra dans le champ de vision. Avec l'équipement tactique, les lunettes baissées et le visage couvert, Aegis était loin de l'icône modelée placardée sur les panneaux, les vidéos et tout le reste depuis que Zhan-Yo était adolescent. La combinaison du Champion mettait en évidence sa forme physique, et les outils verrouillés dans les étuis le long de sa poitrine et de sa taille montraient clairement sa préparation.

Mais Aegis avait l'air d'un homme, rien de plus.

— Vous allez bien ? demanda Aegis, non pas à Zhan-Yo, mais à Innis.

— Ils vont bien, dit Zhan-Yo.

— Je ne te parle pas à toi. Aegis écarta Zhan-Yo d'un geste. Innis. Es-tu vivant ? Les autres sont-ils blessés ?

Un léger contretemps, mais Zhan-Yo laissa faire. Se soucier de ses subordonnés correspondait au profil d'Aegis, et ce n'était pas comme si Zhan-Yo avait quelque chose à craindre de la réponse d'Innis : les Paragons étaient vivants.

— La fierté est blessée, mais pas grand-chose d'autre, dit Innis, sans lever la tête pour regarder Aegis. Je pense que les autres font une sieste forcée. C'est sacrément moche ici.

— J'ai neutralisé une demi-douzaine de commandos dans le tunnel. Aegis continuait d'ignorer Zhan-Yo. Cela couvre-t-il tous ceux qui vous ont attaqués ?

— Peut-être. Il y avait beaucoup de lumières clignotantes, cependant. C'était difficile de garder le compte.

— C'étaient tous nos hommes, tenta une nouvelle fois Zhan-Yo. Il n'y a plus que nous maintenant.

Cette fois, Aegis ne repoussa pas Zhan-Yo, mais se plaça face à lui, avec plusieurs mètres séparant les deux leaders. Bien que Zhan-Yo ne puisse pas voir les yeux d'Aegis à travers les lunettes du Champion, il avait cette sensation distincte de fourmillement alors qu'Aegis analysait chaque partie de lui.

— Zhan-Yo, c'est ça ? dit Aegis après plusieurs longues secondes.

— C'est ça.

Zhan-Yo aurait continué, mais une force le contraignait à garder le silence. Répondre aux questions d'Aegis et rien de plus. Un Champion, réalisa Zhan-Yo, avait cet effet.

— J'ai reçu ton message en venant ici, dit Aegis en faisant craquer ses jointures. Ce n'est pas une bonne façon de négocier, Zhan-Yo. Pas avec moi. Si tu étais venu à New York pour me présenter ta proposition, j'aurais peut-être prêté attention. J'aurais peut-être essayé de trouver un terrain d'entente. Maintenant, je vais simplement te détruire, toi et ton entreprise.

— Mon entreprise n'a rien à voir avec mes actions, répondit Zhan-Yo, se demandant pourquoi il n'avait pas le contrôle. Ce n'était pas ainsi que la réunion devait se dérouler. J'ai utilisé Ziran à mes propres fins, pas l'inverse.

— Si c'est vrai, alors ils pourront trouver d'autres emplois, haussa les épaules Aegis. Mais ça viendra plus tard. Maintenant, je m'intéresse à ces Paragons que tu as là.

Zhan-Yo sentit que la conversation avait basculé bien au-delà du point de non-retour, du moins sans une action drastique. Il leva sa main gauche, saisit l'épée et la dégaina, arrêtant la lame à un millimètre de la gorge d'Innis. Ce geste, au moins, fit taire Aegis.

— Tu ne m'aurais pas écouté si j'étais venu à New York, commença Zhan-Yo, sentant la chaleur bouillonner dans son cœur tandis qu'il parlait. Tu ne nous as pas du tout écoutés. Je t'ai amené ici, de cette façon, parce que sinon tu aurais continué à ignorer les normaux. Tu aurais continué à nous écraser avec tes décrets et tes drones, tu aurais continué à nous enchaîner à un monde dans lequel nous n'avons pas notre mot à dire.

Tu es ici, Aegis, parce que tu te soucies de ces Paragons de la même manière que je me soucie des millions d'habitants de cette ville. Des milliards de personnes à travers cette Terre qui n'ont pas de place dans ta hiérarchie, mais qui en méritent une. Je veux des promesses, Aegis. Je veux ta parole et ton engagement que les Paragons seront ouverts aux normaux. Que nous pourrons reprendre notre place dans notre gouvernement.

Zhan-Yo s'arrêta pour reprendre son souffle. Cela faisait un bien fou de dire tout cela à haute voix face à l'opposition, bien qu'il aurait été préférable que Zhan-Yo puisse voir le visage d'Aegis, qui devait être bouche bée et stupéfait. Zhan-

Yo garda ses propres lèvres droites, son regard ferme. Ce n'était ni une supplique ni une vantardise, mais une négociation.

Aegis suivit du regard la longueur de la petite lame de Zhan-Yo. Il remonta de la pointe jusqu'à la garde, puis revint aux yeux de Zhan-Yo. Il secoua la tête.

— Tu as déjà lu ton histoire ? dit Aegis, tel un professeur exaspéré s'adressant à un élève en échec. Parce que si tu l'avais fait, tu saurais que les normaux n'ont été que des salauds les uns envers les autres depuis toujours. Ces trente dernières années avec nous aux commandes ? La paix. La stabilité, relativement parlant. Et maintenant, regarde-toi. Tu dis vouloir revenir, et la façon dont tu argumentes est de prendre des otages ? En mettant ce petit couteau sous la gorge de quelqu'un ? Comment cela est-il censé me convaincre que vous méritez ce pouvoir ?

Tu veux continuer à me parler ? Très bien. Range cette épée. On te mettra dans une cellule de Paragon et j'enverrai quelqu'un te tenir compagnie de temps en temps. Écouter tes divagations et y prêter une très grande attention.

De tous les Champions, et Zhan-Yo avait fait ses devoirs, Aegis avait les instincts les plus obstinés. Un homme qui réglait les problèmes à coups de poing, qui parlait comme un rocher et n'offrait aucun compromis. Pourquoi Zhan-Yo avait pensé qu'Aegis serait celui avec qui travailler, plutôt que, disons, Apinya ou même Mynx, qui avaient toutes deux la réputation d'avoir une pensée réfléchie, il ne le savait pas. Toute cette opération avait été une série d'erreurs.

— Donc tu ne négocieras pas ? soupira Zhan-Yo en posant la question.

— Non. Pose cette épée, ou tu es un homme mort.

Ôter une vie est un fardeau. Tuer un homme signifiait prendre la responsabilité de toutes les choses que cet homme ne ferait jamais, les vies qu'il ne changerait ou n'accomplirait jamais. C'est pourquoi Zhan-Yo préférait la voie moins létale avec ses arts martiaux - il pouvait changer un esprit en cassant un bras, plutôt qu'un cou - mais ici, s'il posait son épée, le rêve de Zhan-Yo mourrait.

Il appuya la lame plus près de la gorge d'Innis, en faisant attention à ne pas commencer à couper... encore. Le moment des ultimatums était venu. La fin de la diplomatie.

— Rendez-vous et les Paragons vivront, dit Zhan-Yo. Faites un seul pas et celui-ci meurt.

— Laisse-le me tuer, dit Innis, le mouvement poussant sa gorge contre la lame de Zhan-Yo et traçant une ligne rouge sur le cou du Paragon. C'est ma faute si tu es ici, Aegis. Tout ça. Ce n'était pas censé déraper.

— Tais-toi, dit Zhan-Yo. Ça n'a pas d'importance.

— Pour une fois, je suis d'accord, dit Aegis, le Champion ne saisissant pas le véritable sens des paroles d'Innis. Tu t'es fait avoir, Innis. Cet homme t'a dupé. Pourquoi tu as conduit ces Paragons dans ce pétrin, je ne sais pas, mais après qu'on sera sortis d'ici, tu as intérêt à avoir tes excuses prêtes, et elles feraient mieux d'être bonnes.

Puis, avant que Zhan-Yo ne puisse faire un geste, Aegis fit un mouvement du poignet droit le long de sa ceinture et lança quelque chose en avant. Deux boules métalliques, reliées par un fil qui s'illumina d'un blanc vif en volant et frappa la lame de Zhan-Yo juste au-dessus de la garde. Les boules enroulèrent le fil autour de la lame, et au moment où l'enroulement était terminé, le fil avait fondu à travers le métal, faisant tomber tout l'ensemble, moins la garde que Zhan-Yo tenait encore, au sol.

Aegis suivit son lancer d'un coup d'épaule, franchissant ces quelques mètres plus vite que Zhan-Yo ne l'aurait cru possible. Le coup projeta Zhan-Yo contre le mur derrière lui, assez fort pour lui faire lâcher la garde sans lame de sa main gauche et le forcer à se courber en avant pour ne pas tomber.

— C'est ma propre fille qui a fabriqué ça, dit Aegis en se penchant pour ramasser une des sphères au sol et la presser, aspirant le fil à l'intérieur et scellant la seconde boule à sa jumelle. Décharge unique, mais assez chaude pour faire fondre à peu près n'importe quoi. Elle est intelligente, Zhan-Yo. Plus intelligente que toi.

Zhan-Yo se redressa, toussant pour chasser la douleur grandissante dans sa poitrine due au coup. Il leva son tachi et se prépara à affronter une légende.

# CHAPITRE 48

# DE L'UN À L'AUTRE

MYNX n'a pas enjolivé l'histoire. Pendant qu'elle se déplaçait dans une nacelle depuis le laboratoire en flammes, Mynx a demandé à Reeves de publier un communiqué pour la presse locale. Un domaine qui s'était bien développé après la prise de contrôle par les Paragons — les représentants étant généralement récompensés en fonction de leur valeur pour la communauté, le journalisme avait enfin trouvé un espace où s'épanouir — les médias avaient néanmoins adopté une position hostile envers les Champions et la société qu'ils avaient créée. Mynx supposait que les journalistes et les rédacteurs n'aimaient pas le déséquilibre de pouvoir qui accompagnait la couverture d'individus détenant une autorité absolue. Elle s'en serait moquée, si ces mêmes journalistes et rédacteurs ne déformaient pas l'opinion publique, et Mynx n'avait pas besoin qu'une histoire sur le meurtre injuste d'un scientifique de renom soit diffusée à chaque Tama de Pacifica.

— Ils sauront que le Dr Jones a été victime d'une expérience ratée aux conséquences catastrophiques, lui a dit Reeves tandis que Mynx s'approchait de l'Usine. Ces choses arrivent.

Reeves a commencé à énumérer les incidents survenus au

cours des dernières décennies où des explosions apparemment aléatoires avaient décimé des entreprises, des individus, des communautés. Reeves savait aussi bien que Mynx que la plupart d'entre eux provenaient d'interventions des Paragons dans des actes néfastes, que ces interventions aient causé plus de mal que de bien ou non. La procédure opérationnelle générale des Champions, depuis transmise aux Paragons, considérait que la destruction totale d'une menace était le résultat préféré, dommages collatéraux ou non. Il existait trop d'anomalies, ou de normaux avec des idées dangereuses, pour agir avec douceur.

— Reeves, je veux que tu inclues ce que Denise a essayé de faire, a dit Mynx en arrivant devant l'entrée principale de l'Usine. Des marches en ciment blanc menaient à la grande installation montagneuse, des drones gladiateurs surveillaient son ascension. Si rien d'autre, nous devons décourager l'idée que n'importe qui peut devenir une anomalie.

Une Mynx plus jeune aurait détesté entendre cela, mais l'espoir innocent que tout le monde devrait avoir une chance d'accéder à un pouvoir comme le sien s'était transformé en une conviction beaucoup plus forte que très peu pouvaient le gérer. Ouvrir la boîte des anomalies à tout le monde et le monde se noierait dans un chaos surpuissant. Les Paragons avaient déjà assez de mal à contenir les anomalies naturelles.

— Je l'ai ajouté, a dit Reeves. Voulez-vous relire la déclaration ?

Elle aurait dû, mais pour l'instant, Mynx avait envie d'une tasse de thé fraîche. Une chance de s'asseoir, de grignoter et d'envisager un coucher précoce. Alors elle a fait un compromis :

— Lis-la-moi pendant que je rentre.

Reeves a frappé toutes les bonnes notes, et Mynx avait approuvé et diffusé la déclaration via Internet à tous les médias de Pacifica au moment où elle était arrivée à la résidence à travers l'Usine. Comme elle l'avait espéré, Reeves avait lu dans ses pensées, ou interprété une longue histoire des habitudes de Mynx, et avait placé du thé chaud et une théière sur la table à l'extérieur. Un bol de baies fraîches était posé à côté d'un autre rempli de ramen aux légumes.

Ce qui a attiré l'attention de Mynx plus que tout autre chose, cependant, était une petite sélection de pilules qui attendait dans le lot. Trois capsules arborant le revêtement noir et jaune réservé aux produits chimiques à effet énergisant.

— Reeves ? a dit Mynx, en prenant place et en prenant un moment pour regarder les vagues qui s'écrasaient, capturant les derniers violets du crépuscule dans leur écume. Explique ?

— J'ai un autre rapport pour vous et, d'après vos réactions passées à des données similaires, vous pourriez avoir besoin de stimulation, a répondu Reeves. Je vais vous le montrer maintenant.

Mynx s'est assise à la table, a piqué quelques baies avec une fourchette bien placée et a examiné la vidéo et le collage de diagnostics qui s'étalaient sur la surface. Les données principales rendaient le problème clair : Aegis était entré avec deux drones, et maintenant ces deux drones avaient perdu leur charge. Plus inquiétant encore, les drones prédisaient que comme Aegis n'était pas sorti du tunnel effondré ou n'avait pas tenté de communiquer davantage, le Champion avait probablement continué seul. Les drones faisaient maintenant le tour pour atteindre l'entrée alternative du bâtiment du générateur, mais, en raison des dommages causés par le feu et l'électricité subis lors d'une attaque dans le tunnel, ils ne fonctionnaient pas à pleine efficacité.

— En d'autres termes, Aegis est vraiment seul, a dit Mynx.

— Il y a plus. Aegis a également transmis un message vidéo qu'il a reçu avant de faire son entrée.

— Diffuse-le.

Mynx a bu un peu de thé, mangé un peu de ramen pendant que la menace claire de Ziran se jouait devant elle.

Elle avait envie de rire de l'hubris présent, pour qu'une seule organisation défie les Paragons, mais cette même hubris finissait par lui donner des frissons à la place.

— Ziran n'est pas assez stupide pour faire un coup comme celui-ci à moins d'avoir un plan.

— Aegis a déjà commencé le processus de gel de leurs opérations à Atlantis, mais en raison de la place de Ziran dans nos réseaux, il ne sera pas facile de les extraire.

— Fais la même chose ici. Dresse une liste des principaux membres de Ziran dans le monde et envoie-la aux bureaux locaux des Paragons. Chacun d'entre eux doit être arrêté et interrogé, pour savoir ce qu'ils savent. Avec un peu de chance, ce coup est isolé et notre infrastructure est sûre.

— Et sinon ?

— Nous avons déjà reconstruit le monde une fois. Nous pouvons le refaire. Prépare le jet. Je dois aller rejoindre Aegis.

— Comme je m'y attendais. Le jet est déjà prêt à décoller. Cependant, je ne pense pas qu'il soit possible pour vous d'arriver à temps pour changer l'issue ?

— Aegis ne meurt pas, a répondu Mynx. J'arriverai à temps.

Alors qu'elle se tournait pour se diriger vers la piste de lancement du jet, située dans les hauteurs de l'Usine, Mynx a balayé les pilules de la table. Autant qu'elle aurait aimé faire une sieste en route pour Chicago, ses nerfs pulsaient et le sommeil ne viendrait pas. Peu importe, elle pourrait utiliser ce temps pour examiner Ziran.

Pour trouver les traîtres.

# CHAPITRE 49
# LE TOUR DU CHAMPION

EN MATIÈRE de champs de bataille, une salle de générateurs souterraine crasseuse qui semblait avoir abrité des armées de rats au fil des ans ne figurait pas vraiment dans le top 10 d'Aegis. Pas plus que l'adversaire, le directeur général de Ziran, un homme qui, bien que en forme, semblait avoir dépassé l'âge de poursuivre une révolution qui changerait le monde. Peu importait vraiment — Aegis l'assommerait, libérerait les Paragons et remonterait à la surface pour un dîner tardif et bien mérité.

Zhan-Yo ne dégaina pas sa deuxième lame, choisissant plutôt d'avancer vers Aegis les mains prêtes, tenues juste au-dessus de la taille. S'engager dans un combat au corps à corps avec un Champion figurait parmi les options les plus suicidaires qu'on puisse choisir, alors Aegis laissa à Zhan-Yo deux pas pour reconsidérer cette décision.

Puis Aegis sortit son pistolet paralysant de sa ceinture et tira. Le projectile frappa Zhan-Yo en pleine poitrine, juste là où le cœur devrait se trouver, et rebondit.

— On dirait qu'on va devoir faire ça à la dure ? dit Aegis en remettant l'arme dans son étui.

— Il est meilleur que tu ne le penses, marmonna Innis sur le côté, les yeux hagards depuis ses liens.

Le chef local des Paragons agaçait Aegis. Innis avait mal géré tout le raid, amené des novices pour une rencontre risquée et les avait fait avancer sans soutien de drones. Un cauchemar tactique. Aegis allait retirer à Innis son commandement, pourrait même le virer complètement de Chicago et l'envoyer dans une région éloignée où le Paragon pourrait apprendre ce que signifie diriger sans mettre personne en danger.

Zhan-Yo tenta immédiatement de prouver la véracité du commentaire d'Innis, en enchaînant rapidement des coups de pied bas qui testaient avec enthousiasme les côtés gauche et droit d'Aegis. Aegis les laissa porter, sentit l'impact lorsque la botte de Zhan-Yo connecta avec l'armure tactique et le propre pouvoir d'Aegis pour amortir le choc. Pour quelqu'un qui avait encaissé des coups de Thane, les frappes de Zhan-Yo ressemblaient à une légère tape avec un oreiller. Une pression sourde.

— Il va en falloir beaucoup plus que ça, dit Aegis, accentuant ses mots d'un direct du droit vers la poitrine de Zhan-Yo.

Sa cible joua intelligemment, dansant hors de portée du coup, laissant Aegis frapper dans le vide. Alors Aegis le poursuivit, traquant Zhan-Yo tandis que ce dernier dansait en arrière et autour des Paragons piégés et paralysés. Comme ils tournaient autour d'Innis, Aegis feignit une autre attaque, gagnant de l'espace. Avec ça, Aegis sortit un couteau tactique et libéra Innis.

Innis fixa ses poignets libérés tandis qu'Aegis retournait le couteau dans une prise inversée dans sa main gauche, prêt à ce que Zhan-Yo tente quelque chose, n'importe quoi. Au lieu de cela, Zhan-Yo resta là, observant, comme si Aegis jouait dans un documentaire fascinant.

— Quel est ton prochain mouvement ? dit Aegis à Zhan-

Yo alors qu'Innis se levait. Les gens savent où je suis, les drones aussi. Ils arriveront bientôt, et tu ne pourras pas esquiver tous nos coups.

— Je vous ai esquivés tous pendant très longtemps, dit Zhan-Yo, et Aegis sentit l'inquiétude poindre : Zhan-Yo semblait beaucoup trop calme pour quelqu'un qui semblait tout perdre. Je m'arrête maintenant parce que le piège est prêt à se refermer, et vous êtes tombé dedans.

Le piège frappa Aegis durement. Les poings d'Innis s'abattirent dans le dos d'Aegis, juste au-dessus de sa hanche, où l'engourdissement s'épanouit. La capacité d'Innis grillait les nerfs autour de ses frappes, comme un dispositif EMP biologique. Aegis avait vu le Paragon frapper un ennemi à la tête et la personne oublier qui elle était, ce qu'elle faisait, et subir une transformation complète de personnalité. Malheureusement pour Innis, le dos d'Aegis n'avait ni cerveau ni muscles critiques, alors Aegis asséna un coup de coude gauche au menton d'Innis et envoya le Paragon au sol.

Non, pas un Paragon. Plus maintenant.

— Eh bien, ça clarifie les choses, dit Aegis, se frottant le dos pour dissiper l'engourdissement. La capacité d'Innis ne pouvait pas retarder longtemps la guérison d'Aegis. C'est tout ce que tu as ? Un Paragon has-been ?

Zhan-Yo n'avait pas bougé. Le leader de Ziran observait Aegis, puis jeta un coup d'œil à Innis, fronçant les sourcils. Peut-être que Zhan-Yo n'avait effectivement que le Paragon bientôt exilé. Quoi qu'il en soit, Zhan-Yo retrouva son courage et écarta les mains comme un professeur expliquant l'évidence à un élève ignorant : — Réfléchis à ce que cela signifie, Aegis. Tes propres lieutenants se retournent contre toi. Ton mouvement est en train d'échouer. C'est le moment de t'arrêter, avant que tout ne s'effondre. Cède au changement qui doit se produire.

— Nous avons vaincu tant de gens qui sonnaient exactement comme toi. Tu veux du changement ? Gagne-le. Aegis feignit d'aller vers Zhan-Yo mais pivota à la place et asséna un triple coup à un Innis qui ne s'y attendait pas et se relevait.

Innis s'effondra, preuve évidente qu'il avait passé beaucoup trop peu de temps sur le terrain, qu'il était devenu exactement ce qu'Aegis n'était pas ; quelqu'un qui avait oublié comment se battre. Innis lutta pour dévier un coup, n'importe lequel, et échoua, gagnant un visage tuméfié et ce qui semblait être une côte fêlée pour ses efforts. Le Champion termina la série avec un coup de son genou gauche, et Innis tomba au sol, se recroquevillant sur ses jambes comme un enfant. Aegis voulait dire à Innis à quel point il se sentait embarrassé, à quel point Aegis détestait non seulement Innis pour cet échec mais aussi lui-même. Comment Aegis avait-il pu laisser celui-ci s'égarer autant ?

— Lève-toi, dit Aegis.

— Non, essaya Innis, semblant encore plus pathétique après toutes les fois où Aegis l'avait entendu proclamer, avec beaucoup de bravade, les progrès audacieux que ses Paragons de Chicago réalisaient.

— Tu étais un Paragon autrefois. Vas-tu mourir là, par terre, ou peux-tu retrouver un peu de ton honneur ?

Innis ne parlait pas, et Aegis crut voir des larmes dans les yeux du grand homme. Une chute totale. Une chute qu'Aegis pourrait aussi bien terminer maintenant. Il prépara son pied droit-

Aegis ne ressentait pas souvent la douleur. Et quand elle venait, les maux partaient vite. Une fonction de son être ; un Paragon dont le corps se réparait plus rapidement que quiconque sur la planète. Mais ce coup de poignard vint de derrière, profond, glacial et long. Aegis sentit la lame glisser près du bas de sa colonne vertébrale. Une frappe non destinée à tuer rapidement, mais à mutiler, à affaiblir. Il y avait eu des Paragons au fil des ans qui avaient perfectionné des compétences similaires, qui avaient terrassé leurs ennemis avec des coups paralysants. Aegis n'avait jamais pensé en subir un, jamais pensé que le jour viendrait où il serait vulnérable aux mêmes techniques que ses forces avaient employées.

Son monde ne cessait de changer, et Aegis avait été trop arrogant pour changer avec lui. Zhan-Yo l'avait eu, pour un moment.

— Tu as perdu, dit Zhan-Yo, la voix juste derrière l'oreille droite d'Aegis, avec le poids stoïque de la logique. Si je tords cette lame, peu importe la puissance de ta guérison, tu ne survivras pas. Pas maintenant.

Aegis effectua un simple calcul, se retirant de la pointe brûlante de l'agonie vers l'espace froid où il allait chaque fois qu'un ennemi ou un désastre le forçait à choisir entre la vie et la mort. Dans ce vide pur, Aegis arrivait toujours à la même réponse : essayer. Continuer à se battre. Ne jamais abandonner. Mille clichés empilés les uns sur les autres, chacun poussant Aegis à insister et insister encore. Jusqu'à présent, ce conseil ne lui avait pas fait défaut. Alors dès que Zhan-Yo eut fini sa menace, Aegis se jeta en arrière, cogna sa tête contre le visage de Zhan-Yo et, se projetant en avant, arracha l'épée de la prise de Zhan-Yo. La lame toujours à l'intérieur, Aegis sentit chaque déchirure coupante alors qu'elle bougeait dans son corps. Après la douleur vint la pulsation démangente alors que sa guérison essayait de faire face, de sceller veines et organes.

L'épée libérée de son manieur, debout au-dessus d'Innis, Aegis se retourna vers son adversaire. Jusqu'ici, ce combat s'était déroulé comme tant d'autres ; un défilé de blessures allant et venant se terminant quand l'endurance d'Aegis surpassait celle de Zhan-Yo. Avant, l'endurance d'Aegis était acquise. Maintenant, Aegis ne pouvait plus compter dessus. Il devrait forcer la situation.

Zhan-Yo se prépara à l'attaque d'Aegis comme quelqu'un qui savait ce qu'il faisait, mais après que Zhan-Yo eut bloqué le premier, puis le second coup, son entraînement céda à la réalité de l'assaut du Champion. Aegis passa à travers les blocages d'avant-bras de Zhan-Yo, poussant son adversaire à travers le sol en ciment jusqu'au mur dur. Rebondissant après avoir claqué Zhan-Yo contre le béton solide, Aegis frappa ses mains de chaque côté de la tête de Zhan-Yo avant de le soulever, armure et tout, et de le lancer à travers le sol, jusqu'à ce que Zhan-Yo roule pour s'arrêter près des Paragons capturés.

L'épée toujours plantée en lui protestait contre chacune de ces manœuvres avec de profonds coups, et après avoir jeté son adversaire, Aegis aspira une respiration après l'autre, essayant de rester éveillé et de calmer ses nerfs furieux. Il avait géré le danger immédiat. Ensuite venait la survie. Aegis tendit la main gauche derrière lui et chercha la poignée de la lame.

— Ne la retire pas, dit Innis, toujours au sol. Si tu fais ça, tu pourrais commencer à saigner trop vite même pour toi.

— Tu essaies de m'aider maintenant ? haleta Aegis plus qu'il ne parla, sentant ce qui pouvait être du sang ou de la salive ou les deux s'accumuler dans sa bouche et bouillonner. Tu arrives un peu tard.

— Je ne t'ai jamais détesté. Mais tu as perdu ton chemin. Tu nous laisses derrière. Tu ne le sens pas ? Le monde change. Ta bulle parfaite éclate et tu n'as pas de plan.

— Contente-toi de te battre, Innis, soupira Aegis en réponse, préparant sa prise et serrant les dents. Tu es terrible à ça, mais au moins tu ne feras que te faire tuer toi-même.

Aegis tira d'un coup sec. Retira l'épée de son dos et la jeta sur le côté alors même que l'explosion blanche de choc le mettait à genoux. Aegis n'avait pas ressenti une telle douleur depuis longtemps, peut-être jamais. Des taches dansaient devant ses yeux, chacun de ses nerfs picotait avec l'attente d'une mort imminente. Imminente, mais pas ici. Pas encore. Aegis se retint dans son esprit, retint Celice, Mynx, les autres Champions avec lesquels il s'était battu si longtemps pour créer ce monde que ces monstres voulaient déchirer. Il ne pouvait pas les laisser gagner.

Peu à peu, Aegis ramena son corps du terrible vide dans lequel il avait tant voulu tomber. D'abord il stabilisa ses mains, paumes au sol. Solides, réelles. Puis ses poumons, chaque inspiration restaurant la cadence à son corps, équilibrant son rythme cardiaque effréné. Se relever de ses genoux fut lent, avec des coups de fouet des effets secondaires de l'épée irradiant du dos d'Aegis. Mais il se leva, il se tint debout, et Aegis, Champion d'Atlantis, se concentra sur son ennemi.

— Tu n'es pas censé pouvoir guérir comme ça, dit Zhan-Yo. Plus maintenant.

— Les Champions ne perdent pas, répondit Aegis.

Mais les Champions se mettaient en colère, et ce Champion n'avait aucun scrupule à ôter la vie à ceux qui ne méritaient plus de l'avoir. Zhan-Yo avait poignardé Aegis dans le dos, avait refusé de se rendre. Avait mené une guerre contre la société. Il ne pouvait y avoir qu'un seul prix pour cela. Aegis fit un pas, deux pas et fixa l'ennemi du regard.

— C'est terminé. Aegis serra le poing, prêt à délivrer un seul coup mortel.

Deux coups frappèrent, simultanément. Les deux dans sa poitrine, de lourdes balles. Aegis pouvait les sentir couper, percer l'armure conçue pour se défendre contre les dangers communs. Le son assourdit son ouïe, ses oreilles sonnant alors que l'impact le projetait en arrière. De ses pieds instables au sol. Une nouvelle agonie vint chaude, rapide et partout. L'endroit, son calcul fait pour couper la panique ne voulait pas, ne pouvait pas venir, et le Champion sombra dans son oubli.

# CHAPITRE 50
# TRÈS LOIN LÀ-BAS

EN MATIÈRE DE DESTINATIONS, l'endroit où la capsule avait déposé Kat se situait quelque part entre une installation d'art moderne et une dimension sombre et sinistre qu'elle n'aurait jamais voulu visiter. Les lumières étaient rares si loin de la ville, donnant aux lampes blanches qui encerclaient la haute clôture de la casse une apparence spectrale dans l'obscurité relative qui régnait partout ailleurs. La neige qui tombait à gros flocons ajoutait à cet effet, glissant en grappes selon un caprice mystique. Le vent soufflait aussi plus fort ici, sans être obstrué par les bâtiments qui brisaient les rafales en ville. À tel point que même dans sa combinaison, avec les régulateurs thermiques fonctionnant à plein régime, Kat sentait des frissons glacés lui parcourir les cheveux et lui caresser les chevilles.

Seeker, pour sa part, ne s'en souciait pas du tout. Le husky bondissait sur les tas de neige, sautait après les flocons qui tombaient et adressait à Kat son sourire dentu, la langue pendante, comme s'ils avaient trouvé le paradis.

— Bien sûr que cet endroit te plaît, marmonna Kat. Le désert des uns fait le paradis des autres chiens.

En face de la casse, derrière Kat, des entrepôts industriels leur tenaient compagnie. De vieux projecteurs surplombaient leurs terrains bondés, protégés et exploités par des machines qui n'avaient pas besoin de ces tiges grises dominant une production bruyante et continue. Un aboiement occasionnel et déformé résonnait depuis les superviseurs humains des machines, probablement à distance et surveillant les opérations depuis un bureau confortable ou, comme le souhaitait Kat, un chocolat chaud à la main sur leur canapé. Aucune autre âme n'était en vue.

Kat vérifia son Tama, attaché à son avant-bras gauche, juste au-dessus des gadgets accrochés à ce même poignet. Pas de nouveaux messages, et l'application de suivi montrait que le signal de Calvin et la dernière connexion réseau de Gordon provenaient de l'intérieur de la casse. Elle avait trouvé le bon endroit, aussi étrange que cela puisse paraître d'être ici.

Derrière les grilles en maillons de chaîne et s'élevant par endroits au-dessus de la clôture de trois mètres, d'énormes tas de ferraille s'amoncelaient. Des véhicules mis au rebut, des drones, des capsules et des objets plus anciens et plus récents que ces inventions s'entassaient sans ordre apparent. Certains brillaient d'un progrès récent évident dans leur finition inoxydable, tandis que d'autres abandonnaient leurs carapaces à la rouille orange et rouge. Tout semblait attendre, mais quoi ?

Une pancarte sur la grille de droite indiquait les propriétaires de la casse — un nom que Kat ne reconnaissait pas — et déclarait que toute intrusion serait passible de terribles représailles. Étant donné que le verrou Tama sur les grilles avait été brisé et que les grilles elles-mêmes étaient ouvertes, juste assez pour qu'un corps puisse se faufiler, la capacité à exécuter les représailles promises semblait faire défaut. À en juger par les empreintes de pas, qui disparaissaient à mesure que la neige tombait doucement, Kat supposa que Calvin et Gordon étaient passés par là.

Comme c'était gentil à eux de lui avoir laissé un chemin à suivre. Kat n'avait même pas besoin de toucher la grille.

Chaque pas à l'intérieur, suivant ces empreintes, faisait passer Kat devant une épave technologique. Ici gisait un réfrigérateur. Là, de longues portières de voiture de style ancien, et plus loin, les restes froissés d'une petite maison préfabriquée. Ces ferrailleurs, semblait-il, n'avaient pas de préférences. Seeker ne partageait pas l'intérêt de Kat pour ces reliques, préférant avancer le long de la piste, prenant le temps toutes les quelques secondes de lancer à Kat un regard frustré.

Elle ne le laisserait jamais sans laisse ici. Pas avec Calvin dans les parages.

Mais lorsqu'ils atteignirent une intersection entre de grands tas près de l'endroit où le point Tama de Gordon apparaissait, Seeker aboya et bondit en avant avec une force à laquelle Kat ne s'attendait pas. Le chien fit appel à son héritage génétique et chercha à tirer Kat comme un traîneau, à la traîner vers l'objectif aussi vite que possible. Kat lâcha la laisse pour sauver son épaule et son articulation, se mettant elle-même à courir pour le suivre, utilisant son souffle de rechange pour proférer des jurons frustrés.

Seeker n'avait pas le temps pour la discrétion.

Le chien n'avait pas non plus de problème avec la neige, maintenant assez profonde pour que les bottes de Kat craquent à travers les monticules à chaque pas, et assez épaisse pour faire de ces pas un exercice d'équilibre, transformant ce qui aurait pu être un sprint rapide sur un sol sec en une danse titubante qui, pour une fois, fit que Kat fut reconnaissante d'être dans une casse solitaire. Elle n'avait pas grand-chose au-delà de sa réputation de traqueuse, et une vidéo de ses bras qui s'agitent et de ses jambes qui pompent et glissent ne ferait rien pour l'améliorer.

— J'aurais pu aller chez *Carver's*, haleta Kat, regardant autour d'elle les déchets et espérant que Calvin n'avait pas prévu une embuscade. Boire un peu de whisky. Bien au chaud. Au lieu de ça, je gèle ici, à te chercher, Gordon.

Autour d'une autre pile de câbles dénudés qui ressemblait, dans cette lumière, à des serpents argentés, Kat vit Gordon allongé dans un canyon de vieilles voitures. Calvin se tenait au-dessus de lui. Des berlines et des camions, essieux en l'air, encadraient les deux hommes. Seeker choisit une voiture comme parapet d'où lancer son appel aboyant, le museau pointé vers Calvin.

Calvin s'agenouilla, les yeux fixés sur Seeker, et tendit la main vers la gorge de Gordon.

— Hé ! cria Kat. Recule. Maintenant.

Kat dégaina son pistolet paralysant en parlant. Visant droit sur Calvin. Le télémètre du pistolet affichait la distance de Calvin en chiffres bleus à l'arrière du canon : vingt mètres. Pas un tir assuré mais pas impossible non plus. Surtout que Calvin ne semblait porter rien de plus que la veste en lambeaux, la chemise et le jean qu'il avait avant. L'homme devait être gelé, mais il regardait Kat sans sourciller, sans trembler de ce qu'elle pouvait voir.

— Rappelle ton chien, dit Calvin, et il ne cessa pas d'atteindre Gordon, plaçant deux doigts de sa main gauche le long de sa gorge.

— J'ai dit recule ! répliqua Kat, commençant à marcher lentement vers Calvin. Si tu lui as fait du mal...

— Il est vivant, dit Calvin en se levant. Pour l'instant. J'ai dit rappelle ton chien.

Kat pouvait donner le signal et le husky chargerait, viserait les jambes de Calvin, peut-être son bras. Seeker franchirait la distance rapidement, mais Calvin, d'ici, serait plus rapide. Kat ne verrait pas son chien mourir aujourd'hui. Elle ne voulait pas non plus que Gordon meure, mais il semblait que cela soit peut-être déjà arrivé.

— Seeker, reste, dit Kat, et le husky obéit, arrêta d'aboyer, bien que son attention restât fixée sur l'anomalie. Que lui as-tu fait ?

— Il m'a attaqué, je me suis défendu, répondit Calvin. La

même chose que j'ai faite avant. Je ne veux pas blesser les gens, mais vous continuez à m'y forcer.

— Non. C'est toi qui fais le choix. Tu connais les lois.

— Je n'ai pas eu mon mot à dire dans leur élaboration.

— Ce n'est pas mon problème.

Elle avait déjà eu cette conversation avec Calvin. Cela ne menait qu'à une chose : ils se chamailleraient jusqu'à ce que Calvin fasse quelque chose de stupide et soit la tue, soit s'enfuie. Alors cette fois, Kat opta pour la surprise. Elle appuya sur la gâchette. La fléchette fila droit vers la poitrine de Calvin et s'y planta alors même qu'il commençait à réagir. Calvin tomba en avant sur le sol, amortissant sa chute avec ses deux mains dans la neige. Il leva les yeux vers Kat, puis tendit la main vers elle alors qu'elle finissait de charger une deuxième fléchette.

Kat tira à nouveau. La seconde fléchette fendit l'air et s'arrêta net en heurtant un cercle de glace qui s'étendait depuis la main de Calvin, comme si l'anomalie avait gagné un bouclier de glace solide. La fléchette tomba, inutile, dans la neige poudreuse. Le bouclier de Calvin grandit, coupant l'espace devant l'anomalie et scellant l'espace entre les voitures. Le corps de Gordon, Seeker et Kat d'un côté avec Calvin de l'autre. Frustrant, mais pouvait-elle s'attendre à moins avec ce type ?

Kat rangea le pistolet paralysant et partit sur la droite, grimpant sur des pick-ups empilés pour voir par-dessus le mur Calvin qui s'enfuyait, lent et sous sédatif, plus profondément dans la cour. Elle aurait sauté après lui, contournant le mur de glace, mais le gémissement de Seeker attira l'attention de Kat derrière elle. Gordon. Elle alla vers lui et s'agenouilla, tenant son Tama vers celui de Gordon pour lire ses signes vitaux. Calvin avait raison : Gordon était vivant mais ses signes étaient instables. Et sans combinaison, sa température corporelle avait commencé à chuter. Gordon avait besoin d'une évacuation, vite. Kat tapota son Tama et passa un appel rapide pour des drones d'urgence. Ils étaient là, survolant le ciel de Chicago et attendant des situations comme celle-ci, mais un bip aigu de son Tama confirma qu'il n'y en avait aucun près de la casse. Ils arriveraient, mais pas avant dix minutes ou plus.

Calvin se serait échappé d'ici là, et elle ne pouvait pas prendre le risque qu'il trouve le signal et disparaisse pour toujours.

— Désolée Gordon, dit Kat. Tu m'as amenée ici. Je ne peux pas laisser ce tarif de capsule partir en fumée.

Le temps qu'elle se lève, le bouclier de glace de Calvin s'était dissous en un épais tas de givre. L'anomalie avait effrayé Kat auparavant, avait failli la tuer. Il était temps de lui rendre la pareille.

# CHAPITRE 51
# LA RÉVOLUTION COMMENCE

SAUVÉ.

Zhan-Yo vit Sylvia debout devant la porte de la pièce du fond. Ses deux armes en main, braquées sur Aegis. Il suivit la ligne de mire jusqu'au Champion, étalé au sol, toussant et immobile, indiquant qu'Aegis ne se relèverait pas de sitôt. Zhan-Yo n'aurait pas été contre l'idée de rester à terre lui aussi. Aegis avait asséné des coups de poing et de pied d'une férocité que Zhan-Yo n'avait pas expérimentée depuis très, très longtemps, voire jamais. Son corps avait oublié comment encaisser de tels coups, et l'adrénaline ne pouvait pas complètement compenser les côtes meurtries, le genou douloureux et l'hématome déjà visible sous l'œil droit de Zhan-Yo.

— Lève-toi, dit Sylvia. Il ne restera pas à terre éternellement.

— Tu ne penses pas l'avoir tué ? demanda Zhan-Yo.

Sylvia lui lança un regard glacial. — J'oublie parfois que tu ne fais pas vraiment ça. Tuer un anomal est déjà difficile, mais lui, c'est un Champion, Zhan-Yo. Aucun d'entre eux n'est jamais mort.

— C'est vrai, dit Zhan-Yo.

Aegis et son équipe avaient déjà subi des pertes, Zhan-Yo le savait, mais ils avaient réussi à échapper à la faux du faucheur depuis qu'ils avaient gravi les échelons du pouvoir. Que ce soit par chance ou en envoyant des Paragons de moindre importance pour amortir les coups durs des combats contre les anciens gouvernements, les Champions s'étaient préservés et avaient ainsi forgé l'image de fer de leur invulnérabilité. Ils n'avaient jamais été battus, jamais morts, jamais rendus aux normaux. À en juger par la mare rouge sous le corps d'Aegis, cette nuit serait celle de nombreuses premières fois.

Sylvia, gardant une main pointant une arme sur le Champion, utilisa l'autre pour aider Zhan-Yo à se relever. Ils s'approchèrent ensemble d'Aegis, Zhan-Yo vérifiant que les autres Paragons étaient toujours dans leur coma temporaire. Innis, quant à lui, semblait choqué, fixant Aegis bouche bée, sans rien dire. De près, Aegis ne semblait pas les voir, son regard s'accrochant occasionnellement au visage de Zhan-Yo ou de Sylvia avant de dériver. Zhan-Yo avait déjà vu ça. Pas un tueur, non, mais Sylvia avait envoyé des preuves de son autre travail. Des obstacles à Ziran qui devaient être éliminés, Paragons ou autres.

Zhan-Yo avait vu suffisamment de derniers instants.

— Tiens, dit Sylvia, en lui tendant l'une de ses armes. Tire le coup final plus bas. Laisse le visage intact.

Sylvia avait raison, et Zhan-Yo devait se concentrer. Il fallait que ça se passe bien. Ce serait le début de la révolution. Zhan-Yo ne pouvait pas jouer l'idiot, ne pouvait pas être lâche, ne pouvait pas reculer. Le moment était venu, et il n'attendrait pas qu'il soit prêt. La main de Zhan-Yo tremblait en prenant l'arme, il la força à se stabiliser alors qu'il contournait Aegis pour la pointer, par derrière, vers la poitrine du Champion.

— Trois coups, dit Sylvia, échangeant son arme contre le

Tama à son poignet, dont la lumière rouge indiquait que l'enregistrement avait déjà commencé. Et si ça ne suffit pas, on coupera la bande quand même et je finirai le travail après.

Une petite partie de Zhan-Yo espérait que ses tirs ne tueraient pas Aegis, que Sylvia pourrait ajouter une marque de plus à son palmarès déjà important et que sa propre feuille resterait vierge. Même si le monde pensait Zhan-Yo un tueur, il n'en serait pas un. Zhan-Yo avait été un leader impitoyable, sage et stratégique. Il avait fait de Ziran, l'entreprise déjà solide de son père, une société dominant le monde. Rien de tout cela ne faisait de lui un méchant. Rien de tout cela ne le rendait mauvais. Mais ça ?

— On est prêts ? demanda Zhan-Yo.

— Prêts, sourit Sylvia, telle une productrice encourageant sa star à passer à la scène suivante.

— Dépêche-toi, ou tu vas perdre ta chance. Innis avait retrouvé ses jambes, il se tenait debout maintenant et observait. — Aegis ne restera pas à terre longtemps.

— La ferme, rétorqua Sylvia. Ou j'aurai un autre corps à faire disparaître.

Ces mots créèrent une nouvelle brèche dans le mur mental de Zhan-Yo. Sylvia parlait comme un de ces voyous louches, évoquant des décomptes de corps et ce qu'il fallait en faire. Le meurtre faisait partie du plan, certes, mais l'essentiel résidait dans la révolution. Il parlerait à Sylvia après ça, s'assurerait qu'elle comprenne. La violence et la mort étaient des effets secondaires malheureux, pas des objectifs à atteindre.

Aegis toussa. Zhan-Yo revint à lui. Les discussions pouvaient attendre.

— Commençons, dit Zhan-Yo.

Le texte coula de ses lèvres. Mémorisé, répété et prêt. Des déclarations travaillées affirmant que le nouvel avenir serait démocratique, serait pour les normaux et les anomaux. Un avenir qui ne pourrait être construit que sur les décombres et les ruines du présent. Les Champions avaient refusé de voir la voie la plus lumineuse et donc maintenant lui, Zhan-Yo, allait leur montrer.

— Je veux que vous vous teniez à mes côtés, je veux que vous vous battiez avec moi pour renverser nos oppresseurs, dit Zhan-Yo. Tout au long de l'histoire de l'humanité, ceux qui ont été piétinés se sont soulevés contre ceux qui les piétinaient. Maintenant, nous devons le faire à nouveau. Ce soir, j'envoie le premier signal. Rejoignez-moi, et refaisons de notre monde un monde meilleur.

Il prit une inspiration, visa. Appuya sur la détente.

La balle rebondit sur le sol, ricocha vers un coin. Aegis avait bougé. Le Champion roula sur la droite, saisit l'épée brisée de Zhan-Yo et sa garde dentelée. Zhan-Yo suivit Aegis avec l'arme tandis que Sylvia dégainait la sienne. Il tenait Aegis en joue, mais ces Paragons étaient assis autour de lui, sans défense. S'il ratait-

Alors Aegis bougea à nouveau, un plaquage roulé alors que le tir de Sylvia passa au-dessus du Champion, dont la manœuvre la renversa au sol. De sa main droite, Aegis enfonça l'épée brisée dans la poitrine de Sylvia, même alors qu'elle lui tirait deux autres balles dessus. Aegis tomba tandis que Zhan-Yo accourait, écartant le Champion. La blessure de Sylvia semblait grave, son visage déjà grisonnant, ses yeux cherchant les siens. Zhan-Yo plaça ses mains autour de la garde, mais hésita. Aegis avait survécu à l'extraction, mais elle ?

— Tu vas le finir ? dit Innis, apparaissant à côté de Zhan-Yo et ne semblant pas du tout surpris par l'attaque soudaine du Champion.

Zhan-Yo jeta un coup d'œil à Aegis. Les yeux de l'homme s'étaient fermés, il ne semblait plus respirer, et les récentes blessures par balle sur son torse suggéraient que le coup fatal avait déjà été porté.

— Il est déjà parti, dit Zhan-Yo. Aide-moi. Nous devons la sortir d'ici.

Ensemble, les traîtres, les révolutionnaires, soulevèrent Sylvia du sol et la portèrent vers la surface et la possibilité d'un bon signal, laissant derrière eux un Champion mort.

# CHAPITRE 52

# LES CENDRES

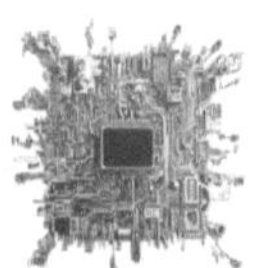

DIRE qu'elle fonçait sur Chicago serait un euphémisme. Mynx poussait le jet à sa vitesse maximale, épuisant sa batterie à un rythme effrayant qui menaçait de surchauffer ses moteurs. Celice avait appelé, disant que les drones n'avaient pas pu atteindre Aegis à cause de nouveaux effondrements dans le tunnel de maintenance. D'autres gladiateurs autour de Chicago avaient été appelés en renfort, mais descendre dans la ville souterraine signifiait perdre le signal, et sans accès à la surveillance par satellite, les drones pouvaient être victimes de piratages, de bugs ou pire encore. Celice avait été prête à risquer un drone incontrôlé dans un grand centre urbain, mais c'étaient les machines de Mynx, et c'était elle qui prenait les décisions.

Aegis pouvait survivre à tout. Ça avait toujours été vrai, et Mynx refusait de croire que ce n'était plus le cas maintenant.

Les lumières de Chicago apparurent alors que le jet plongeait dans sa descente, traversant les nuages pour entrer dans une tempête de neige. Le mauvais temps avait choisi le pire moment pour s'abattre sur la ville.

— Déclenche la séquence d'éjection rapide, dit Mynx.

Le jet ne remit pas en question le choix de s'éjecter en

pleine tempête de neige. Le siège de Mynx s'aplatit et recula dans le corps de l'appareil. Des sangles jaillirent et se resserrèrent, plaquant Mynx contre le coussin. À partir de chaque sangle, du plastique se déploya, rejoignant ses homologues pour former un cocon protecteur autour de Mynx. Elle aurait assez d'air pour tenir dix à quinze minutes. Largement suffisant pour sa chute jusqu'au sol. Derrière elle, le rugissement du vent emplit le jet alors que la trappe d'évacuation s'ouvrait entre les grandes nacelles des moteurs. La tête tournée vers le ciel glacé, les lumières de Chicago formant un reflet flou sur sa visière, Mynx serra les poings. Retint son souffle.

Elle détestait cette partie.

Les verrous retenant le siège en place se désengagèrent, propulsant Mynx dans les airs et dans la nuit. Mynx hurla, mélange irrépressible d'exaltation et de panique alors que son estomac faisait un bond. Au-dessus d'elle, Mynx vit le jet continuer sa course effrénée. Le pilote automatique l'emmènerait à un aéroport. Mynx, quant à elle, fonçait vers le centre-ville de Chicago.

Le moment de vérité. Si ses algorithmes fonctionnaient correctement, si les drones faisaient leur travail, Mynx ne s'écraserait pas sur les surfaces d'acier des bâtiments en contrebas. La tempête de neige ne rendait pas la descente moins angoissante — les drones devraient tenir compte du vent, de l'effet de l'épaisseur de la neige sur leur poids, mais chaque nouvelle variable rendait Mynx plus nerveuse.

Jusqu'à ce qu'un choc rebondissant secoue Mynx contre ses sangles et que le ciel nuageux au-dessus d'elle disparaisse alors qu'un drone l'enveloppait. Les propulseurs rugissants ralentirent la chute de Mynx, et elle sentit le drone tourner pour éviter les bâtiments. Ensemble, ils s'enfoncèrent vers la rue, touchant finalement le sol avec l'impact doux d'un enfant se blottissant dans son lit. Bien que ce lit s'avéra être une route en béton avec une demi-douzaine de drones atterrissant à ses côtés.

Comme avec Thane, comme avec Denise, les drones alertés de l'arrivée de Mynx l'entourèrent dès qu'elle se fut éloignée du siège abandonné du jet, se fixant à ses bras et ses jambes pour lui fournir les outils dont elle espérait ne pas avoir besoin. Des informations s'affichèrent sur la nouvelle visière, autrefois un écran en verre pour le canon de suppression d'un drone. Sur son œil droit, un flux constant de barres de progression donnait une représentation graphique des pincements, tiraillements et secousses que Mynx ressentait pendant que son armure s'assemblait. Sur sa gauche, les alertes actuelles du Paragon de Chicago défilaient, sans aucune mention de la situation d'Aegis.

Évidemment, Aegis aurait choisi de garder sa mission de sauvetage pour lui. Probablement avec un raisonnement ridicule comme éviter que d'autres Paragons ne tombent dans le même piège. Une logique médiocre pour un leader dont les subordonnés avaient tous accepté les risques en rejoignant les forces de maintien de la paix du Paragon. Mynx ne retenait pas ses drones hors de danger par peur qu'ils soient endommagés. Aegis aurait dû y aller avec tout le soutien possible.

Pendant les secondes d'attente du feu vert de son armure, Mynx parcourut quelques-uns des autres titres. Des affaires mineures standard, mais en nombre suffisant dans une ville de cette taille pour occuper les Paragons. Un appel d'évacuation médicale de haute priorité pour un traqueur qui prendrait néanmoins du temps en raison de son emplacement isolé. Pas surprenant que le traqueur ait été quelque part d'isolé, surprenant que la personne ayant lancé l'appel soit aussi un traqueur. Le numéro un de Chicago, en fait.

— Reeves, garde un œil sur celui-là, dit Mynx, la visière suivant son regard et mettant en évidence l'évacuation médicale en question. Je suis curieuse d'entendre l'histoire derrière ça.

— Bien sûr.

L'armure signala qu'elle était prête et Mynx ne perdit pas

plus de temps, bondissant par-dessus les voitures-capsules arrêtées et se dirigeant vers l'entrée de la ville souterraine de Chicago. En chemin, Mynx lança l'alerte prioritaire de Champion aux Paragons locaux, s'assurant que de nombreux renforts la suivraient. Quiconque pensait avoir Aegis seul se retrouverait largement en infériorité numérique.

Son champ de vision droit se superposa avec un visage familier. Celice, qui appelait encore. Mynx aurait pu cligner des yeux pour bloquer l'appel, mais il lui restait quelques secondes de trajet, et elle comprenait la panique qui s'emparait de quelqu'un dont un être cher pouvait être en danger.

— Tu es au sol ? demanda Celice.

— Je me dirige vers sa position, répondit Mynx. J'y serai dans deux minutes.

— Je n'arrive toujours pas à le joindre.

Évidemment. Aegis n'était pas sorti du souterrain. Mynx faillit faire remarquer l'évidence à Celice, mais vit à temps ses yeux cernés de rouge.

— J'y serai bientôt. Mynx essaya d'être rassurante — les machines n'avaient pas besoin de discours d'encouragement, alors elle manquait de pratique. Ton père est un Champion, Celice. Il s'en sortira.

Des mots que Mynx savait qu'elle n'aurait pas dû prononcer. De telles promesses ne faisaient que mettre les héros dans de mauvaises positions quand elles s'avéraient inévitablement fausses, mais Mynx ne pouvait s'en empêcher. Aegis n'était pas un normal, n'était pas un soldat du Parangon. Aegis avait survécu aux pires choses que la Terre avait conçues et avait continué à se battre. Quoi qu'il en soit, Mynx n'entendit pas la réponse de Celice ; elle fila comme une fusée dans une rue en pente vers la ville souterraine, l'appel grésillant et s'estompant à mesure que Mynx approchait de la perturbation du signal du bâtiment générateur.

Vu l'heure tardive, le vide silencieux ici-bas ne semblait pas étrange. Le calme, si, cependant. Avec les signaux coupés, le viseur de Mynx éteignit son affichage superposé. Les commentaires de Reeves ou les bips notifiant Mynx que ses drones étaient en position disparurent, laissant la Championne avec le bourdonnement de fond d'une ville vivante. La neige fondante soufflait d'en haut, fondant par endroits alors que des grilles et des bouches d'aération partout expulsaient de la chaleur. Des lumières dorées déversaient leur lueur mielleuse tandis que Mynx faisait résonner ses pas vers le bâtiment générateur.

De loin, Mynx pouvait voir que la porte d'entrée du bâtiment n'était plus sur ses gonds. Quelque chose, quelqu'un l'avait arrachée, et la barrière s'appuyait contre le mur du bâtiment, présentant un accès dégagé et faiblement éclairé à l'intérieur. De chaque côté, arrêtés dans une stase pré-codée, se trouvaient les drones gladiateurs qui auraient dû sauver Aegis. En les regardant, Mynx utilisa les scanners de son armure drone pour apprendre que les deux gladiateurs avaient subi des dégâts minimes et avaient été arrêtés par des mots de code standard du Parangon. Les commandes que seuls les Parangons connaîtraient. En haut, les gladiateurs vérifieraient doublement auprès de la base de données actuelle du Parangon quiconque leur dirait d'arrêter pour s'assurer que l'ordre venait d'un vrai Parangon, mais avec la perte de signal, Mynx les avait programmés pour accepter les mots sans vérification. Sinon, des innocents pourraient mourir.

Maintenant, Mynx se demandait si cette sécurité avait coûté la vie à un Champion.

Le bâtiment et son entrée avaient, heureusement, été conçus pour déplacer de gros équipements, donc Mynx réussit à entrer avec son armure intacte. Quand ses scanners ne détectèrent aucun bruit dangereux — conversations animées, les clics distincts de munitions chargées — elle se précipita le reste du chemin, arrachant des morceaux de murs au passage.

Aucune attaque ne survint, aucune force ne hurla de menaces ni n'assaillit Mynx depuis les ombres quand elle atteignit la salle centrale. Cinq Parangons étaient assis ligotés au milieu de la pièce, l'un d'eux suffisamment éveillé pour tourner la tête vers Mynx. À côté d'eux, sur le sol, gisait Aegis.

— Je crois qu'il est mort, dit le Parangon. Sans la connexion de son viseur au vaste réseau d'informations, Mynx dut s'appuyer sur ses anciennes compétences de déduction pour discerner que le Parangon était à la fois jeune et bouleversé. Probablement pas un ennemi. — Je ne, je ne sais pas comment c'est arrivé. Je me suis réveillé et il était comme ça. Mais il n'était pas avec nous quand nous avons attaqué.

— Combien de temps êtes-vous restés inconscients ? Mynx s'approcha lourdement d'Aegis, regarda le Champion et laissa les analyses s'exécuter.

Il avait été abattu à plusieurs reprises. Le viseur superposait les blessures sur son corps, les mettant en évidence par des taches rouges. Pas de respiration. Aucun battement de cœur enregistré. Mynx ravala l'émotion instantanée, se força à rester ici, dans le moment présent. Elle devait sortir Aegis d'ici. Ensuite, elle pourrait comprendre ce qui s'était passé. Quoi faire.

— Longtemps. Je ne sais même pas quelle heure il est ? La voix du Parangon sortit Mynx de son état de choc, et de sa main gauche, elle tendit son bras drone vers les Parangons ligotés et tira une brûlure de précision qui coupa les liens des mains de celui qui était alerte.

— Il est tard. Occupez-vous de vous, dit Mynx en soulevant Aegis. Sortez d'ici. Écrivez ce que vous savez.

— Ce n'était pas censé se passer comme ça, dit le Parangon alors que Mynx se retournait vers la sortie et commençait sa course vers la surface, vers la seule chose qui pourrait encore sauver Aegis. Nous étions censés gagner.

# CHAPITRE 53
# PAS QUESTION D'ABANDONNER

LA SCÈNE AVAIT l'allure d'une bataille finale : Kat arriva en courant entre les machines à laver brisées pour trouver Calvin debout, au centre, sous le fuselage blanc d'un vieil avion qui enjambait ses propres montagnes de ferraille pour projeter une ombre sur la tête de Calvin. Les ailes de l'avion étaient tordues et brisées, formant des surplombs squelettiques, leurs branches tordues et les tôles tendues entre elles offrant un rempart contre la neige qui tombait.

Kat fit le lien quand elle remarqua les meubles épars et moisis sur le sol autour de Calvin. Comme s'ils avaient été modelés dans l'argile, une chaise, un foyer et ce qui ressemblait à un lit jumeau de fortune fait de pièces de voiture formaient un cercle autour de leur propriétaire. Des coffres-forts verrouillés étaient posés sur le côté, servant de contrepoids à un casier penché.

Si rien d'autre, les Paragons offriraient à Calvin un meilleur foyer.

Seeker semblait d'accord ; le husky se tenait fermement sur ses quatre pattes à côté d'elle, les crocs découverts et les grognements les plus bas bouillonnant dans sa gorge. Trop silencieux pour que Calvin puisse les entendre. La neige continuait de s'accumuler sur sa fourrure, faisant scintiller le chien sous les projecteurs, comme si elle l'avait couvert de joyaux pour un bal d'hiver.

Comme si Seeker tolérerait ça.

Une musique commença à jouer dans son esprit, un battement rythmique profond qui évoquait un conflit d'une ampleur épique. Une guerre qui pourrait être menée entre des dieux. Pourtant, il n'y avait qu'un seul être ici. Une anomalie, prête à infliger une punition divine à l'insolent normal. Le combat méritait un bon riff de guitare. Le hurlement du vent devrait faire l'affaire.

— Tu ne fuis plus ? lança Kat à Calvin. J'aurais cru que tu continuerais. Ça semble être ce que tu fais de mieux.

— Je suis fatigué, dit Calvin, le vent emportant çà et là quelques mots. Je suis tellement fatigué. J'ai été pourchassé toute ma vie d'un endroit à l'autre et je n'en peux tout simplement plus.

— Je ne t'ai pas demandé de fuir, répliqua Kat. Je ne t'ai pas non plus demandé de te battre.

— Mais tu m'y obliges. N'est-ce pas ?

De toutes les anomalies que Kat avait traquées, celles qu'elle avait pourchassées dans les ruelles et surprises dans de somptueux immeubles de bureaux, Calvin était celui qui la faisait se sentir le plus mal. La plupart de ceux qui se battaient étaient défiants, avaient échappé au système depuis si longtemps qu'ils pensaient ne jamais pouvoir être vaincus. Ou ils paniquaient. Suppliaient qu'on les laisse tranquilles. Affirmaient qu'ils ne faisaient de mal à personne et que tout irait bien si Kat faisait simplement demi-tour et s'en allait.

Comme si Kat avait le choix.

Les anomalies étaient dangereuses. Celles qui ne s'enregistraient pas, doublement. Quand elles demandaient à Kat d'abandonner, elle se battait et gagnait. Quand elles la suppliaient de partir, elle refusait et ramenait les anomalies au seul endroit qui pouvait les garder sous contrôle : leurs propres semblables.

— Je te force à choisir, répondit Kat. Soit tu abandonnes et tu me laisses te tracer maintenant : pas de bleus, pas d'os cassés. On aura peut-être même le temps de boire une bière avant la fermeture des bars. Soit on se bagarre. On voit ce qui se passe. Peut-être que tu t'échappes, mais tu n'iras pas loin. Ce sera moi, ou Gordon, ou un autre traqueur et tu te retrouveras de nouveau ici, à te demander comment tu peux être laissé tranquille et en sachant que la réponse se tient juste devant toi.

Calvin, son visage à moitié dans l'ombre des projecteurs au-dessus, haussa les épaules. — On dirait que je ne la vois pas.

Bien sûr que non. Pourquoi les choses deviendraient-elles faciles maintenant ?

Kat claqua des doigts et Seeker bondit en avant, ses pattes griffant la neige tandis que le husky se précipitait vers Calvin, arrivant par la droite pendant que Kat courait vers lui par la gauche. Poussé par un chien et une traqueuse en pleine charge, Calvin donna un coup de pied sur le côté, son pied claquant contre le métal en surplomb et le faisant trembler, plusieurs morceaux de glace tombant. De sa main gauche, alors que Kat s'approchait, Calvin attrapa la glace qui tombait et tendit sa paume droite vers elle. Entre eux deux, l'air se brouilla, la main de Calvin pulvérisant une fine poussière. Des étincelles apparurent et grandirent alors que Kat réalisait qu'il ne s'agissait pas seulement de fumée, mais de glace. Il ne fallut pas beaucoup de calcul pour comprendre ce qu'une feuille de glace tranchante volant vers elle pourrait faire. Alors elle plongea, face la première, glissant sur le sol enneigé.

Seeker, aboyant tout du long, chargea à travers la glace en formation, frappant sur le côté et dispersant l'attaque de Calvin. Des flocons fragiles volèrent partout, une mini tempête de neige avec un husky au milieu sautant et déchirant. La scène aurait été drôle sans la terrible possibilité de mort. Kat se releva, atteignit son pistolet paralysant. Elle avait déjà touché Calvin une fois, et ses prières ferventes espéraient que le dard ralentirait bientôt l'anomalie. À moins que la capacité de Calvin ne le protège des sédatifs, ce qui serait bien sa veine.

Son nuage de glace oblitéré, Calvin recula tandis que Seeker se tournait vers lui. Le husky, aboyant, planta ses pattes et se précipita en avant.

— Allez, viens le toutou, dit Calvin, laissant tomber le glaçon. Viens par ici.

L'anomalie tendit le bras, toucha le fuselage métallique suspendu de sa main droite et pointa sa gauche vers le chien. Seeker bondit, visant la gorge de Calvin, et se heurta soudainement à un mur métallique gris, s'étalant comme si Calvin avait déployé un parapluie d'acier dans les airs. Seeker s'effondra au sol, et le métal tomba à côté du chien un instant plus tard, trop lourd pour rester en l'air. Le disque transformé se termina en pointe, comme si Calvin avait fait apparaître une toupie géante de nulle part.

La traqueuse et sa cible se tenaient à nouveau face à face. Kat pointait son arme. L'anomalie respirait fort, la fusillant du regard.

— Si tu as blessé mon chien, dit Kat, je vais oublier que je suis censée te ramener vivant.

— Si tu veux t'en sortir, tu devrais l'oublier de toute façon, répliqua Calvin. Et ce n'est pas moi qui ai amené ton chien dans ce combat.

— Tu l'as quand même attaqué. Arrête d'essayer de jouer les gentils.

Assez de mots. Kat tira. La fléchette jaillit, parcourut toute la distance entre Kat et Calvin en une microseconde, pour finalement heurter un autre bouclier métallique plus petit et rebondir au sol. Kat soupira, remit le pistolet paralysant dans son étui. Elle fit claquer son poignet gauche pour passer des orbes flash à quelque chose de plus utile dans un combat rapproché. Elle fit un pas en avant. Leva les bras comme s'ils étaient sur un ring de boxe.

— Tu n'as pas vraiment combattu chez *Carver's*, dit Kat. C'est ta chance. Un contre un. Toi contre moi.

Pas que Kat ait de réelles intentions de combattre à la loyale. Elle devait garder Calvin près d'elle, l'impliquer dans une bagarre plutôt que de le laisser s'enfuir.

Calvin rit. Un rire rauque et fatigué. — Je ne peux pas faire ça. Pas le temps.

Si Calvin ne voulait pas jouer le jeu, alors Kat devrait l'y forcer. Elle feignit d'aller tout droit, et Calvin, gardant toujours sa main sur ce métal — Kat fit le lien — lança une lance d'acier pointue que Kat évita d'un pas de côté. Elle se précipita vers le côté gauche de Calvin, vers ce fuselage que Calvin touchait. Calvin la suivit de sa main gauche, lançant des missiles argentés de plus en plus petits dans sa direction ; des aiguilles affilées, scintillantes et étroites. Après leur formation, Calvin les poussait vers elle, mais les aiguilles n'avaient pas beaucoup d'élan par elles-mêmes, et Kat les esquiva.

Malgré la démonstration de poings, alors que Kat se baissait sous une autre aiguille, elle faucha les jambes de Calvin d'un coup de pied bas. L'anomalie, réagissant lente-ment au mouvement — la première fléchette paralysante faisait-elle effet ? — tomba sous le balayage. Il heurta la neige avec un grognement et roula. Kat le suivit, dégainant à nouveau le pistolet paralysant. L'anomalie n'avait plus la main sur le métal, donc plus de boucliers d'acier. Kat visa, quand Calvin inversa le roulement, se retournant brusque-ment vers elle et levant son poing droit, sa main gauche enfouie dans la neige. Un jet de glace jaillit, aveuglant son masque et recouvrant le pistolet paralysant, bloquant sa gâchette.

Inutile. Kat jeta l'arme, essuya le blanc de son masque et regarda Calvin commencer à s'éloigner en rampant.

— Tu ne peux pas t'enfuir Calvin, dit Kat. Arrête-toi.

Calvin s'arrêta effectivement. Se retourna vers elle.

— Merci, dit Kat. Mains en l'air et écartées, s'il te plaît.

— Tu sais, tu as raison, dit Calvin, levant légèrement ses mains au-dessus de sa taille. J'ai froid. Je suis fatigué. J'en ai marre de courir. Tout ça disparaît si je te laisse me tracer ?

— Tout. Kat fit un pas en avant, observant. L'idée que Calvin abandonne, maintenant, semblait ridicule. Tu auras un foyer. De la nourriture chaude. Un chien à toi si tu veux. Plutôt une bonne affaire.

— Je serais un Parangon.

— S'ils te veulent pour ça, oui. Proche de lui maintenant. Kat attrapa le petit traceur à l'arrière de sa ceinture. Une injection dans l'avant-bras de Calvin et tout serait terminé. De bonnes réputations dans tous les cas.

— Le problème, c'est que je me fiche des réputations. Calvin remonta brusquement son genou, essayant de frapper Kat à l'estomac.

Sauf qu'il avait télégraphié tout le mouvement. Ses yeux la surveillant, reprenant son souffle juste avant le mouvement, ses muscles tressaillant et le très léger déplacement de son pied gauche dans la neige pour assurer son équilibre. Tout cela donna à Kat les signaux dont elle avait besoin pour bloquer le coup avec son bras gauche et asséner son propre coup de poing dans le ventre avec sa droite. Calvin tomba à genoux, planta ses mains dans la neige pour se rattraper.

— Pas mon problème. Kat aligna le traceur avec le bras gauche de Calvin.

— Non. Tu en as d'autres.

Un étau se referma sur ses pieds. Immobilisa ses bottes puis ses chevilles, couvertes par la neige. Kat baissa les yeux. Impossible que Calvin ait planté un piège de ce genre ici. Les chances qu'elle y marche étaient trop faibles. Alors... Calvin se releva tandis que Kat se penchait, balaya un peu de neige et vit ce qui la retenait. De la glace solide. Épaisse et enveloppant entièrement ses pieds et montant jusqu'à ses mollets. Elle ne pouvait pas bouger.

— Au revoir, traqueuse, dit Calvin, arrachant le traceur de la main de Kat et le jetant. J'espère que ton chien va bien, et que je ne te reverrai jamais.

L'anomalie se retourna et s'éloigna péniblement, ses pieds glissant dans la neige. Comme s'il avait gagné le combat.

La chasse aux anomalies se déroulait rarement selon un plan. Trop de variables. Trop de lois physiques brisées. Il fallait donc être rapide sur ses pieds, rapide d'esprit. Kat ne s'attendait peut-être pas à recevoir un traitement de glace dans la décharge, mais cela ne la rendait pas impuissante. Cela signifiait simplement qu'elle devait changer de tactique. Elle leva son poignet gauche, visa directement le dos de Calvin qui s'éloignait, et tira.

Le câble se déploya, visant légèrement à gauche de Calvin. L'extrémité en acier, reliée à son masque et à son ciblage visuel, activa son jet de déviation au bon moment pour se diriger vers la droite alors que le câble dépassait Calvin, s'enroulant autour de l'anomalie encore et encore. Le câble emprisonna les mains de Calvin contre ses côtés, les scellant fermement tandis qu'il tournoyait. Quand le câble arriva à bout de fil, Kat ramena brusquement son poignet gauche vers elle et le câble répondit, ramenant Calvin comme un gros poisson, l'anomalie se débattant contre la contrainte dans la neige.

— Tu n'es pas le seul à pouvoir faire en sorte que les gens restent, dit Kat alors que Calvin frôlait sa jambe avant.

— Si tu ne me laisses pas partir, je trouverai un moyen, dit Calvin.

— Tais-toi. Kat prit une des fléchettes paralysantes de rechange de sa ceinture et l'enfonça dans l'épaule de Calvin.

Apparemment, deux fléchettes avaient suffi. Elles avaient

plongé Calvin dans un sommeil rapide et pas particulièrement agréable. Mission accomplie. Anomalie capturée. Kat s'accorda un moment, peut-être trois respirations, là, sous la neige qui tombait doucement près de l'épave de l'avion. Elle laissa son cœur ralentir après sa course effrénée. Elle avait survécu à une nouvelle mission.

Maintenant, Kat devait trouver comment sortir d'ici. Elle n'avait pas exactement des lance-flammes dans sa combinaison, et la glace que Calvin avait formée autour de ses pieds semblait épaisse.

Un souffle se fit entendre derrière elle et Kat sentit un léger coup de museau de Seeker. Kat se tortilla, un mouvement difficile avec les deux jambes piégées, et tendit la main pour caresser le husky qui le méritait tant. Les yeux du chien semblaient un peu confus, ses pattes un peu chancelantes, mais à part ça, il avait l'air d'aller bien. Suffisamment bien, en tout cas, pour trouver une solution au problème de Kat : lécher le piège glacé jusqu'à ce qu'il fonde.

# CHAPITRE 54
# LES DÉTAILS DE LA FIN DU MONDE

ZHAN YO ne pensait pas que les premiers instants de sa nouvelle révolution seraient consacrés à gérer la mort d'un être cher. Car c'est ce qu'était Sylvie, même s'il avait du mal à se l'avouer. Elle avait été sa seule véritable confidente, la seule assez proche pour connaître ses insécurités et ses doutes, et le pousser quand même à aller de l'avant. Pourtant, il l'avait traitée comme elle avait dû en traiter tant d'autres.

Il avait contacté Wexley, qui avait dit qu'il s'en occuperait.

Zhan-Yo avait traîné le corps de Sylvie jusqu'à l'entrée brisée de la sous-station et avait attendu qu'une paire d'individus masqués arrive dans une capsule de transport lourd pour l'emporter avec les autres victimes. Maintenant, Zhan-Yo se tenait à nouveau dans son bureau, tout en haut du bâtiment appartenant à une entreprise qui se retrouverait très bientôt en guerre ouverte avec le monde. Ou du moins avec ceux qui le contrôlaient. Ils avaient laissé les Paragons derrière, témoins à découvrir, qui pourraient propulser l'histoire avec leur défaite.

Douché, changé. Toute trace effacée alors que l'aube illuminait le lac Michigan comme chaque matin depuis des millénaires.

— Du thé, ou tu veux quelque chose de plus fort ? dit Wexley en entrant dans la pièce. D'une manière ou d'une autre, même maintenant, l'homme portait un costume complet. Wexley les enlevait-il jamais ? — Je pourrais aller chercher du champagne si tu préfères ?

— Du champagne ? dit Zhan-Yo. Peut-être une fois que les Paragons auront disparu. Toute célébration plus tôt serait prématurée.

Wexley posa le plateau, un disque bleu immaculé, sur le bureau en verre et métal blanc de Zhan-Yo. Deux tasses en argent, une théière remplie de thé noir corsé. Wexley remplit les tasses pendant que Zhan-Yo étudiait les nuages violets, et ensemble ils se tinrent à contempler la ville silencieuse. Une ville encore inconsciente, pour le moment.

— Nous sommes déjà en train de nettoyer le site. D'effacer les preuves, dit Wexley. Les Paragons ne sauront pas que c'est nous qui l'avons fait jusqu'à ce que...

— Anna a quelqu'un de confiance qui monte la vidéo. Elle sera bientôt prête, et nous pourrons choisir le moment de la diffuser. Zhan-Yo huma le thé. Il aurait dû avoir besoin de caféine puisqu'il n'avait pas dormi, mais il ne se sentait pas fatigué. Ni éveillé. Plutôt comme dans un état de rêve où rien ne semblait tout à fait réel. Il aurait pu simplement sentir le thé, regarder le ciel pendant des heures. Mais le temps restait un luxe que ni ses représentants ni sa position ne pouvaient acheter. — Qu'as-tu fait d'elle ?

— Nous gardons le corps, dit Wexley. J'ai pensé que tu voudrais peut-être qu'elle aille ailleurs. Je sais que vous aviez une sorte de relation.

— Elle était très douée dans ce qu'elle faisait, dit Zhan-Yo.

Sylvie méritait plus que ça, mais pas ici, pas devant Wexley.

— Merci, poursuivit Zhan-Yo. Je penserai à quelque chose d'approprié. Je ne sais pas si elle a de la famille. Nous n'en avons jamais parlé.

— Je peux faire des recherches à ce sujet ?

— Non. Sylvie a maintenu son secret pour ses propres raisons. Nous ne le perturberons pas. Laissons-les se poser des questions.

L'idée que Sylvie disparaisse semblait plaisante, tellement comme elle. Wexley laissa l'idée flotter dans l'air du bureau jusqu'à ce qu'elle se dissipe, puis poussa son petit soupir signalant le changement de sujet. Une réorientation du sentimental vers le stratégique. Grossier, mais essentiel.

— Nous devrons agir vite maintenant. Les Paragons seront en désarroi, mais pas pour toujours, dit Wexley. Nous devrions prévenir les autres avant que la vidéo ne devienne publique.

Un changement essentiel, mais que Zhan-Yo n'accepta pas. Pas encore. Quand les légendes meurent, elles méritent plus que quelques minutes de souvenir.

— Je ne voulais pas le tuer. J'ai essayé de ne pas le faire.

— Que veux-tu dire ? Il devait mourir. C'était tout le but du plan.

— Il n'était pas mauvais, répondit Zhan-Yo. S'il avait accepté, nous aurions pu ajuster les choses. Faire tomber les Paragons et nous élever. Ça aurait marché.

— Pendant un petit moment, peut-être. Wexley fit un geste vers la ville en contrebas. Tu crois qu'ils nous accepteraient ? Le reste des Paragons ? Ils ont tout le pouvoir et aucune raison de l'abandonner. Nous devons les y forcer, Zhan-Yo. C'est le but.

Une profonde inspiration. Wexley, toujours si concentré, si déterminé et si grave. L'homme voyait toujours le chemin le plus clair vers la fin, mais ne comptait jamais combien de corps seraient piétinés en chemin.

— C'était un dictateur, Zhan-Yo, continua Wexley, adoptant un ton de prophète, désespéré de garder son ami de son côté. Tous les Paragons d'Atlantis travaillaient sous ses ordres. Il n'aurait jamais renoncé à ça non plus. Un accord signifie que les deux parties doivent venir à la table. Pourquoi Aegis négocierait-il ? Maintenant, les Paragons seront confus, et nous pourrons en profiter.

— Pour les affaiblir.

— Nous devons les briser, Zhan-Yo. Il reste encore des champions. Mynx, juste à côté. Tu ne crois pas qu'elle va consolider ? Réunir Atlantis et Pacifica, et alors nous serons de retour à la case départ.

— Ziran n'est pas une armée, Wexley. À t'entendre parler, on dirait que tu penses qu'il faudra tuer tous les Champions pour avoir une chance. Je voulais une conversation, pas un massacre.

— Je suis avec toi. Mais nous n'allons pas obtenir ça maintenant. Pas avec Aegis mort. Nous les avons mis en colère, et ils vont venir après nous avec tout ce qu'ils ont. C'est un combat, et nous ne pouvons pas perdre.

— Je n'ai pas peur de me battre, je suis seulement triste qu'un tel combat soit nécessaire, dit Zhan-Yo. Sylvie voulait une guerre de l'ombre. Elle pensait que couper la tête tuerait le corps, mais je pense que tu as raison. Notre cause ne gagnera pas si facilement.

Ils sont passés ensuite à des sujets plus spécifiques, et en décomposant l'avenir du théorique au concret, en termes de temps et de tâches, ils ont dissipé la tristesse persistante de Zhan-Yo avec clarté. Certes, tuer Aegis apporterait des problèmes, entraînerait un changement massif dès que la vidéo parviendrait au public. Mais le monde avait besoin de ce changement, et si Zhan-Yo aurait préféré qu'il survienne sans une telle violence, renoncer à un rêve parce qu'il devenait épineux n'était pas une option. Quand l'Atlantide apprendrait qu'elle n'avait plus de Champion, Ziran ferait valoir sa prétention à détruire le trône du Parangon.

— Sylvie m'a envoyé une dernière chose, répondit Zhan-Yo après avoir vidé son thé. Elle avait élaboré des plans pour chacun des autres Champions. Commence à les mettre en œuvre.

— Alors tu es déterminé à aller jusqu'au bout ?

— Comme tu l'as dit, ce que nous avons commencé ne peut être arrêté. Si les Parangons décident qu'ils en ont assez, nous discuterons. Jusque-là, ce sera soit eux, soit nous.

# CHAPITRE 55
# SAUVER LE SAUVEUR

QUAND LE GESTIONNAIRE avait essayé de la présenter au jeune homme arrogant assis à l'autre bout de la table dans la salle privée du restaurant, ce dernier avait levé la main et le gestionnaire s'était tu. C'était la première leçon de Mynx sur la manière dont un Champion devait commander un normal, selon Aegis. Arrachée à sa maison de Los Angeles pour New York après que des officiers portant des badges étaient venus exiger sa coopération, des récompenses et une rencontre avec un héros, Mynx s'était accrochée à ce tourbillon et avait décidé d'en tirer le maximum. C'était ce que ses parents lui avaient appris, après tout — les opportunités étaient faites pour être saisies.

— C'est elle que vous m'amenez ? demanda Aegis en la regardant.

Pas de la façon dont ses rendez-vous ou les passants dans la rue regardaient Mynx, pas avec ce genre d'intérêt. Non, Aegis avait ces yeux clairs qui trouvaient un but et s'y accrochaient en oubliant tout le reste. Il verrouilla ses pupilles bleu cristal aux siennes, esquissa un faible sourire et attendit de voir ce que cette femme dirait d'elle-même.

— Ils ne m'ont amenée nulle part, dit Mynx. Elle avait

appris, au lycée et surtout dans ses premières années d'études d'ingénierie, qu'une femme devait s'affirmer dans une réunion comme celle-ci. J'ai choisi de venir avec eux. Je devrais être à l'école.

— D'après ce qu'ils me disent, tu es censée être ici, dit Aegis. Il se pencha en avant, les coudes sur la table, les mains croisées l'une sur l'autre. Gardant toujours ses yeux fixés sur elle. Ils t'ont dit pourquoi je leur ai demandé d'en trouver d'autres ?

— D'autres ?

— Comme toi. Comme nous. Tu sais qu'il y en a beaucoup, n'est-ce pas ?

Mynx l'avait soupçonné. Les secrets n'étaient pas bien gardés à l'époque, surtout celui-là. Celui qui allait tout changer. Les gens pensaient encore que la violence aléatoire, les nouvelles technologies qui dérapaient pouvaient expliquer les vagues croissantes d'événements inexplicables. Des adolescents qui, au lieu de rêver de leur premier bal de l'école, avaient fait fondre un trou dans leur plancher pendant leur sommeil. Découvrir un bras supplémentaire qui n'apparaissait que lorsqu'ils chantaient, constater que tous les cinq jours leurs cheveux changeaient de couleur et des choses encore plus étranges. Les lois physiques de la réalité se révélaient malléables, et tout le monde s'en apercevait.

C'est à ce moment-là que Mynx avait changé de spécialité. Parce qu'elle voulait une explication, une réponse à ce qui lui était arrivé. À ce qui était arrivé à tous les autres.

— Pourquoi moi, s'il y en a tant ? demanda Mynx, parce qu'elle ne savait pas quoi dire d'autre.

Aegis avait l'air tellement plus jeune en personne que dans tous les articles de magazines, toutes les photos qui le montraient fort et dominant tous les problèmes. Le Parangon. Invincible. Aegis pouvait entrer dans un repaire de terroristes et les arrêter en une seule fois. En sortir sans une égratignure. Ce n'était pas comme rencontrer une célébrité, pas que Mynx ait beaucoup d'expérience dans ce domaine non plus, mais en grandissant à LA, on avait ses rencontres. Non, c'était plutôt comme rencontrer votre Dieu et que Dieu vous dise que vous étiez comme lui.

— Quel est ton don, Mynx ? demanda Aegis. Ça te donnera la réponse.

— Je peux voir comment les choses fonctionnent. Je veux dire, entrer dedans. Les choses mécaniques. Les ordinateurs, les programmes et les machines. Ces choses-là.

— Mais ce n'est pas tout.

— Non.

Le gestionnaire ne lui avait rien donné comme indice, pas plus que les agents qui l'avaient récupérée. Ils avaient seulement dit qu'Aegis voulait la voir pour un travail important. Quand elle avait demandé, les costumes avaient agi comme des caricatures de film, tous lèvres closes ou changeant de sujet. Aegis, cependant, ne lui donnait aucun indice. Mynx regarda le gestionnaire, qui arborait une expression vide. Soit il s'en fichait, soit il savait comment en avoir l'air.

— Allez, dit Aegis. Tu n'as rien à craindre. On sait déjà, mais je veux que tu le dises. Tu dois être à l'aise avec ce que tu peux faire, sinon ils l'utiliseront contre toi.

L'utiliser contre elle ? Encore un coup d'œil au gestionnaire. Pas de changement. Eh bien. Elle était venue jusqu'ici, et Aegis semblait être de son côté.

— Je peux les changer aussi.

— Changer quoi ?

— N'importe quoi. Les machines. Les ordinateurs. Les programmes. Mynx sortit son téléphone et le posa sur la table. Je pourrais entrer dans celui-ci tout de suite et lui faire faire ce que je veux.

— Même si tu ne connaissais pas les mots de passe ?

— Même si je ne connais pas les mots de passe.

— Bien. C'est pour ça que tu es là. Aegis se rassit, les doigts entrelacés derrière la tête. Je peux peut-être encaisser une balle, mais ce dont j'ai besoin, c'est de quelqu'un qui peut me montrer où elles sont. Je ne peux pas frapper un programme avec mon poing ou forcer l'ouverture d'une base de données. Je les ai persuadés de commencer par toi, et si ça marche, on en ajoutera d'autres.

Mynx n'avait pas besoin de demander qui étaient *ils*. FBI, CIA, quelque chose d'autre. Peu importait.

— Tu veux dire comme dans un film ? Une bande dessinée ?

La longue et riche histoire des super-équipes était revenue encore et encore à mesure que ce genre d'incidents devenait plus fréquent. Les gens se demandaient si l'ère des êtres surhumains était arrivée et ainsi de suite. « Anomalies » ne collerait que lorsque les gens réaliseraient que les pouvoirs n'étaient pas toujours bons.

— Ouais. Comme dans un film, dit Aegis. Alors, tu en es ?

— Je sais qu'on n'avait jamais prévu de l'utiliser. Mynx appuya sur la commande qui fermait la chambre d'acier opaque et scellait Aegis à l'intérieur. Mais les tests ont été positifs. La chambre fonctionne.

— Mais la réanimation ne fonctionne pas, dit Reeves. Tu prives le monde d'un enterrement dont il pourrait bien avoir besoin.

— Depuis quand je t'ai donné un module psychologique ? Mynx tapota sur le pavé tactile de la chambre pour confirmer la température, régler l'échelle de temps au maximum. Aegis ne sortirait pas d'ici sans une libération manuelle. Je n'ai pas besoin que tu me dises que les gens seront bouleversés.

— Tu es sûre ? Parce que la façon dont tu agis maintenant n'est pas rationnelle.

— Le monde ne sait pas qu'il est mort, répliqua Mynx. Plus longtemps on peut garder ce secret, plus on aura de temps pour établir un plan.

Les mots l'aidaient. Elle avait passé le vol de retour de Chicago à contrôler ses larmes. Sa colère et sa frustration.

Maintenant, cette agitation lui donnait un objectif. Elle pouvait faire ce qu'elle faisait le mieux : trouver des solutions.

— Atlantis sera le premier problème, dit Reeves, abandonnant apparemment ses doutes sur la chambre cryogénique.

Mynx lança le processus et recula tandis que la chambre sifflait et vibrait. Le gaz et le liquide inondaient le corps de son ami. Un corps qui avait peut-être encore un cerveau fonctionnel, des organes qui pourraient être sauvés. Une âme, peut-être, si on croyait à ce genre de choses. Pas qu'ils aient la capacité de le ramener à la vie maintenant, mais peut-être un jour.

— Vraiment ? Toute ta puissance de calcul et c'est ce que tu me donnes ? Mynx observa la température chuter, le nouveau foyer de son ami décrit par une série de chiffres négatifs. J'ai besoin que tu établisses une liste des Paragons potentiels là-bas. Quelqu'un qui pourrait prendre le flambeau pour être le prochain champion. Je suppose qu'Aegis n'a pas déposé de plan ?

— Aegis a lancé un appel général pour un sommet, mais pas de plan de succession. Tu n'en as pas non plus.

— Prévois du temps dans mon agenda et je le ferai, dit Mynx en se détournant de la chambre et en se dirigeant vers la sortie de l'Usine.

La marche vers la sortie, passant devant les chaînes de montage automatisées qui continuaient comme si rien n'avait changé, des chaînes qui ne se souciaient ni de l'heure ni de travailler toute la nuit, fit ressentir à Mynx chaque année dans ses os. L'excitation qui l'avait portée jusqu'à Chicago et en retour, filant à des vitesses aériennes réservées aux urgences et qui, sans doute, avaient effrayé quelques villes éparses sur le trajet, s'était éteinte pour laisser place à une nausée persistante et un mal de tête grandissant. Dormir, cependant, serait impossible. Elle tomberait dans les souvenirs. Se flagellerait sur ce qu'elle aurait pu faire. Maintenant, elle avait besoin de café. Elle avait besoin de manger. Et peut-être d'un conseiller en deuil.

— Celice semblerait être l'option principale pour Atlantis, dit Reeves. Elle a le respect, les connaissances et la position.

— Celice n'est pas une anomalie, dit Mynx. Si on fait d'elle une Championne, quelle sera l'excuse pour tout autre individu normal qui se sent prêt à tenter sa chance ? Le mois prochain, on aura quelqu'un qui a économisé une tonne de réputation qui viendra avec sa propre horde d'armes et exigera son propre titre. Je ne le ferai pas.

Ils se disputèrent. Reeves avait d'innombrables raisons pour lesquelles Celice devrait être celle qui prendrait la relève de son père et Mynx n'en avait qu'une seule pour contrer, mais la sienne était le facteur critique et finalement elle ordonna à Reeves, utilisant une commande ferme, de mettre fin à cette dispute. Procéder ainsi empêchait l'IA d'apprendre, mais Mynx n'avait pas l'énergie pour cette lutte. Pas maintenant.

— Très bien, dit Reeves après la commande. Je vais établir la liste. Autre chose ?

Aegis n'était pas mort de vieillesse. Il avait été assassiné. Abattu à un endroit précis choisi pour empêcher l'aide d'arriver à temps. Attiré par des gens qui voulaient sa mort. Cela ne leur rapporterait rien à moins qu'ils ne prévoient de continuer sur cette lancée. Ils tueraient soit plus de Paragons, soit plus de Champions, soit les deux. Et le succès qu'ils avaient déjà obtenu apporterait de l'espoir à d'autres ayant les mêmes idées. Ce qui signifiait que Mynx devait trouver un plan non seulement pour arrêter ce groupe, mais aussi pour en empêcher d'autres.

— Aegis et moi savions que nous devions avoir une idée pour la succession. Pour ce qui viendrait ensuite, dit Mynx, s'asseyant à la table surplombant et regardant les vagues tandis qu'un des drones s'approchait avec son café. Elle ferma les yeux un instant, appréciant la brise qui se glissait à travers sa tenue active conçue pour s'adapter à l'armure drone. Respirante, confortable, et un rappel de ce qu'elle avait essayé de faire et échoué.

— Alors que veux-tu ?

— Tu as dit qu'Aegis avait envoyé un signal pour un sommet. Je pense qu'on devrait le tenir. Je vais contacter les Champions. Un par un. On réunit tout le monde et on règle ça. On se met tous d'accord sur un plan. Une fois qu'on aura fait ça, quiconque pense pouvoir tuer l'un d'entre nous et changer le monde saura que ça ne marchera pas.

— Les Champions ne se sont pas tous réunis depuis des années. Vous vous êtes séparés à cause de vos différends. Comment penses-tu que ça va fonctionner maintenant ?

— Nous n'avons pas le choix, dit Mynx. J'aimerais qu'on l'ait. Le monde n'est pas si gentil.

— Comme ordonné. Je vais trouver des créneaux pour chacun d'eux.

Les vagues se courbaient et s'écrasaient les unes contre les autres. Inexorables. Constantes. Les gouvernements à travers le monde montaient et tombaient, et ce depuis l'aube de l'humanité. Les Paragons n'avaient duré que quelques décennies. Était-ce la fin ? Serait-ce la fin ?

— Reeves, augmente la production de drones. Tous les modèles, mais surtout les gladiateurs. La variante armée.

Les civilisations ne mouraient pas sans combattre. Les Champions non plus.

# CHAPITRE 56
# L'ANCIEN OU LE NOUVEAU

SEEKER LÉCHA sa liberté dans ce que Kat estimait être un temps record dans le cercle des chiens lécheurs de glace. Elle avait toujours considéré sa langue baveuse et lappante comme une arme de destruction massive, et ses pieds libérés en étaient la preuve irréfutable.

Kat sortit des restes du piège de Calvin, essuyant la salive de chien qui gelait rapidement sur ses bottes, plus reconnaissante que jamais pour les capacités de régulation thermique de sa combinaison. Dans la casse, avec les vents hurlants, sa combinaison lui indiquait que le monde extérieur approchait les zéro degré à cette heure matinale. Calvin, toujours assommé par le dard du pistolet paralysant, ne semblait pas trop affecté par le froid ; les yeux fermés, chaque respiration exhalant un nuage gris vers elle. Paisible, d'une certaine manière.

Elle tenait le traceur dans sa main gauche. Il ne faudrait pas grand-chose pour écarter le manteau de Calvin, lui administrer l'injection et le soumettre à jamais aux droits et aux torts de la règle du Parangon. Ce serait accomplir son travail, son contrat, et venger Gordon d'un seul coup. Alors pourquoi fixait-elle le dispositif comme une créature extraterrestre qui aurait élu domicile dans sa paume ?

Beth. Les Élémentaires. Kat ne recevait pas une telle offre tous les jours. Elle vivait à Chicago depuis longtemps maintenant, pourchassant les anomalies à travers les rues et au-delà. Qu'avait-elle à montrer pour ça ? Quelques réputations, un modeste appartement mal adapté pour accueillir le chien qu'elle possédait. Pas de vie sociale, à moins de compter les bagarres chez *Carver's*. Les beuveries occasionnelles quand Kat ne supportait plus la solitude des écrans. Les Élémentaires pourraient offrir quelque chose de nouveau.

Bien sûr, ils pourraient prendre Calvin et la tuer. Ou l'abandonner, laissant Kat face à la colère du Parangon qui voulait le plus Calvin. Elle pourrait tout perdre. La question devenait vraiment : combien valait son tout ? Et si elle le perdait, est-ce que ça importerait vraiment ?

— Qu'en penses-tu ? demanda-t-elle au chien. Seeker, occupé à renifler tous les morceaux de métal, s'approcha et se laissa tomber à ses pieds. — Je sais, tant que tu peux courir et manger, tu t'en fiches pas mal, hein ?

Son Tama bipa. Un message des forces du Parangon à Chicago. Ils avaient finalement atteint son nom sur la liste d'aide et maintenant des drones médicaux et de capture se dirigeaient vers elle, accompagnés de personnel. De vrais humains, qui pourraient porter de vrais jugements sur ce que Kat faisait, debout au-dessus d'une anomalie recherchée au lieu de l'attacher et de la tracer. Son choix avait maintenant une courte échéance.

Eh bien, elle pouvait faire quelque chose maintenant. Des choses qui convenaient aux deux côtés. Kat sortit quelques câbles d'une poche de sa ceinture, le matériel de capture rudimentaire qu'il fallait avoir sur soi si on s'attendait à faire des prisonniers. Elle s'agenouilla, poussa Calvin sur le côté, grimaçant un peu lorsque son visage s'écrasa dans la neige. Elle attacha les bras de Calvin derrière son dos et lui joignit les mains. Bien que Kat ne puisse pas dire qu'elle avait une totale confiance en ce que l'anomalie de Calvin pouvait faire, elle avait une assez bonne idée que cela venait de ces mains. Que mettre une main contre quelque chose et l'autre en l'air permettrait à Calvin de changer la réalité. Transmuter, ou quel que soit le mot. Cela expliquerait comment Kat s'était retrouvée si ivre si vite, si Calvin avait extrait l'alcool de la bière pour l'envoyer directement en elle. Expliquerait comment il avait brisé la vitre du café en aspirant l'air et en le projetant dans le verre.

Le truc avec les anomalies, c'est qu'elles étaient toutes des mystères jusqu'à ce qu'on les comprenne.

Kat soupira. Voilà une réflexion qui tue. Elle devrait l'écrire. Des mystères jusqu'à ce qu'on les comprenne. Brillant.

Elle dégagea un peu de neige pour que les mains de Calvin ne gèlent pas quand elle le retournerait, et après l'avoir remis face au ciel, Kat épousseta les flocons de son visage. Elle livrerait un produit à un côté ou à l'autre, et il devait être en bon état.

— Je dois être fatiguée, dit Kat. Je ris de mes propres pensées. Je parle toute seule. Elle regarda vers l'est, au-delà des tas de ferraille, guettant les lumières des drones qui approchaient. — Tu as une opinion, Calvin ? Quel côté ?

— Euh, gémit Calvin, attirant brusquement l'attention de Kat vers l'anomalie. Sa bouche ne parlait pas tant qu'elle pendait ouverte, et ses yeux avaient ce regard vitreux que les personnes récemment réveillées ont tendance à avoir.

— Tu ne devrais pas être réveillé. Pas avant une heure ou plus. Kat s'accroupit au-dessus de Calvin, essayant d'évaluer le risque. Elle n'avait plus de fléchettes paralysantes. Mais elle avait ses pieds, et parfois une méthode brutale faisait tout aussi bien l'affaire. — Tu vas te battre ?

— Je ne sais pas, répondit Calvin.

Ils restèrent là, Calvin retrouvant progressivement ses esprits en marmonnant tandis que Kat guettait une éventuelle ruse. Il semblait que les mains liées et maintenant, après que Kat ait pris des précautions supplémentaires, les pieds attachés, avaient tué le désir de combat de Calvin. Ou peut-être que Seeker, qui avait commencé à lécher le visage de l'anomalie avec un abandon téméraire, avait dissipé toute colère. Kat n'arrêta le husky que lorsqu'elle commença à craindre que Calvin ne se noie réellement sous toute cette bave.

— C'est ce que tu mérites, dit Kat alors que Calvin haletait pour reprendre son souffle.

— C'est juste, dit Calvin, sa voix fatiguée et faible. Je suppose que j'ai effectivement essayé de blesser le chien.

— Blesser ? Tu aurais pu tuer Seeker.

Calvin essaya de secouer la tête. — Non. Pas assez fort. Je ne tuerais jamais un chien.

Kat n'était pas sûre de le croire sur ce point, mais les drones se rapprochaient et il fallait prendre des décisions.

— J'ai une question, dit Kat. Calvin tourna les yeux vers elle. Si tu avais le choix, irais-tu chez les Élémentaux ou les Paragons ?

— Ni l'un ni l'autre.

— Ce n'est pas une option. Choisis-en un.

— Les Élémentaux alors. Au diable vos Paragons.

Le Tama bipa à nouveau. Les drones avaient récupéré Gordon et se dirigeaient vers elle. Trop tard pour s'enfuir avec Calvin ou le cacher. Autant en tirer une certaine satisfaction.

— Désolée, mauvaise réponse, répliqua Kat.

Elle tendit la main et ouvrit la veste de Calvin. Le t-shirt taché et miteux en dessous témoignait davantage du genre de vie merdique que Calvin avait menée jusqu'à présent. Les Paragons, au moins, amélioreraient sa garde-robe. Avec ses bras attachés dans le dos, trouver le biceps n'était pas aussi facile que ça aurait pu l'être, mais la meilleure traqueuse de Chicago avait le talent de manœuvrer le corps de Calvin pour obtenir le bon angle. Kat plaça le traceur contre le bras de Calvin et attendit que l'anomalie dise quelque chose, qu'il proteste ou quoi que ce soit, mais Calvin resta silencieux.

Kat appuya sur la gâchette.

Trois secondes plus tard, son Tama bipa à nouveau. Un ton différent, plus vif et joyeux. Comme si Kat devait être ravie du nouveau Paragon qu'elle venait d'ajouter à son groupe. Kat rangea le traceur et regarda sa nouvelle recrue. — C'est fait, ça fonctionne. Tu commenceras à recevoir des trucs de Paragon d'ici quelques jours. Tu te présenteras au bureau de Chicago et ils mettront en place tes comptes de réputation. Ils commenceront à t'installer avec des contrats. Ce sera bien mieux que ce que tu avais.

— Qu'est-ce que ça peut te faire ? Tu en as probablement des dizaines comme nous qui travaillent pour toi sans avoir le choix.

— Tu ne travailles pas pour moi. Kat pointa du doigt à travers la casse, où les lumières des drones apparaissaient alors que l'horizon s'éclaircissait.

— Alors c'est tout ? Ils m'embarquent et je ne te revois plus jamais ? Je suis un Paragon maintenant ?

— Tu es ce que tu veux être, mais choisis avec soin. Si tu t'éloignes de ça, la prochaine fois que l'un d'entre nous t'attrapera, ce sera pour te tuer. Kat ne dit pas qu'elle évitait ces chasses. Il y avait des traqueurs qui préféraient le bonus de réputation unique d'un engagement mortel plutôt que de s'occuper de la capture de prisonniers. Elle préférait éviter les cicatrices qui venaient du fait de prendre des vies. — Mon conseil ? Trouve un moyen d'aimer la vie que tu auras. Ça pourrait ne pas être si mal.

Les drones étaient des vaisseaux à deux hommes — toujours appelés drones bien qu'aucun membre d'équipage ne les pilotait. Ils descendirent de dix mètres et abaissèrent des plateformes plates au sol. Quatre normaux, portant le bleu des Paragons avec l'insigne rouge distinctif sur les épaules qui indiquait qu'ils n'avaient pas de pouvoirs, qu'ils étaient limités à certaines tâches, descendirent. Kat répondit à leurs questions, rapidement et clairement, pendant qu'ils chargeaient Calvin dans le drone pour captif. L'anomalie ne se débattit pas, ne dit rien alors qu'il disparaissait dans la bête mécanisée. Le drone captif n'attendit pas son compagnon, mais pivota et se dirigea vers le centre-ville.

— Vous avez été occupés ce soir, dit Kat au chef, qui semblait aussi fatigué qu'elle.

— Beaucoup de problèmes. Beaucoup de Paragons à terre. Ses yeux glissèrent loin de ceux de Kat, cachant quelque chose. — Je ne pense pas que l'un d'entre nous aura une journée facile avant longtemps.

— Ça sonne de façon inquiétante.

L'homme haussa les épaules, lui offrit un trajet, que Kat déclina. Ils iraient au centre-ville, bien au-delà de son appartement. De plus, la dernière chose que Kat voulait maintenant était plus de conversation forcée. Juste une dernière question, et elle laisserait l'équipe partir.

— Gordon ? Est-ce qu'il va bien ?

— On l'a récupéré là-haut. Il aura besoin de repos. Des soins légers, mais il s'en sortira.

Kat commença à marcher avec Seeker alors que l'équipe médicale rejoignait leur drone, et elle réussit un demi-salut de la main lorsque l'engin vola au-dessus d'elle, retournant vers la ville et le soleil d'hiver levant.

# CHAPITRE 57
# ADIEUX DÉFINITIFS

UNE BONNE DOUCHE pouvait faire bien des choses, mais elle ne pouvait pas effacer le chagrin. Zhan-Yo prenait son temps, un luxe que lui permettait un emploi du temps dégagé sous prétexte de maladie, une tromperie qui disparaîtrait de façon spectaculaire une fois que la mort d'Aegis et le rôle de Zhan-Yo dans celle-ci éclateraient au grand jour. Il pensait que Sylvie aurait apprécié cette matinée tranquille, la façon dont il avait laissé Wexley s'occuper du nettoyage au bureau et avait pris en charge ce dont lui-même avait besoin. Sylvie avait toujours su faire ça le mieux, ne se souciant jamais des mille problèmes agaçants de la vie moderne. Se concentrant toujours sur l'essentiel.

Zhan-Yo ne pouvait cependant pas rester indéfiniment sous l'eau chaude, et il opta pour le choc opposé en se dirigeant vers son balcon. L'aube violette se transformait en une matinée grise à mesure que les nuages se multipliaient, et quelques flocons épars osaient tomber. Apparemment, les dieux n'étaient pas disposés à pleurer ni pour Sylvie ni pour le Champion. En matière de présages, Zhan-Yo choisit d'interpréter la météo comme une acceptation ; une journée d'hiver normale laisserait toute l'attention à son annonce.

Les dieux mécaniques, eux, étaient affairés. Les drones encombraient le ciel, flottant lentement au-dessus de la ville en si grand nombre qu'il était évident que quelque chose s'était mal passé. Zhan-Yo jeta un coup d'œil à son Tama et ne vit aucune alerte. Les Paragons n'étaient pas disposés à annoncer eux-mêmes la nouvelle et n'avaient pas trouvé d'autre histoire. Avec Innis payé et complètement maîtrisé, Zhan-Yo ne s'attendait à rien de moins. Chicago appartenait désormais à Ziran, et il avait envie de crier cette nouvelle aux gens en bas, qui continuaient à lever les yeux, intrigués.

Ils sauraient bien assez tôt.

Son Tama sonna, et Zhan-Yo fit glisser son doigt, jeta un coup d'œil à son poignet et vit le visage de Wexley remplir l'écran. Toujours dans le même costume que des heures auparavant. Cet homme ne débranchait jamais. Pas étonnant qu'il n'ait pas de famille, pas de relations dont on puisse parler. Si Zhan-Yo ne le connaissait pas mieux, s'il n'avait pas vu l'émotion prendre le dessus sur Wexley, il aurait supposé que les Paragons l'avaient placé comme espion. Quelque chose que leur Champion artificier Mynx aurait concocté, un drone conçu pour se comporter comme un homme.

— J'ai entendu dire que tu rentres chez toi pour le reste de la journée, dit Wexley. Tu veux que je reporte ? J'ai la vidéo prête maintenant.

— Je veux mettre Sylvie au repos, répondit Zhan-Yo. Il avait déjà parlé avec l'équipe chargée d'enlever les corps. Ils la gardaient en attente, et il savait où il l'emmènerait. — Laisse-moi m'occuper de ça avant qu'on n'ouvre la boîte. Sois prêt à faire les démarches quand je t'appellerai. Il faut qu'on devance les Paragons pour l'annonce. Le chaos est notre force.

— Ton enregistrement fera ça, dit Wexley, sa voix mielleuse. Je pense qu'il fera beaucoup plus. Peux-tu imaginer ce qu'ils ressentiront, tous ces anomalies, quand leur héros mourra ? Quand leur utopie parfaite se fissurera et s'effondrera ?

— Ne deviens pas poétique. Il reste trop de travail à faire. Inhabituel pour Wexley de montrer de la passion, et encore moins dans un éclat comme celui-là. Zhan-Yo fit attendre Wexley pendant qu'il sortait une cigarette, l'allumait et tirait une longue bouffée, laissant la cendre se former au bout. — Quelle sera leur réponse, à ton avis ?

— Les Paragons frapperont fort et vite une fois qu'ils auront compris qui tu es et où tu te trouves. La brève incursion de Wexley dans le domaine des proclamations grandioses mourut sans une seconde pensée. — Après avoir fini avec Sylvie, tu devras te cacher. Ne t'attends pas à revenir dans ton appartement.

Bien sûr que non. Il y avait des plans pour ça. Zhan-Yo regarda à travers la porte, vers son appartement. Petit, spartiate et fait pour un homme qui passait plus de temps au bureau. Ça ne lui manquerait pas.

— Tu sauras quand je serai en sécurité, dit Zhan-Yo, puis il fit un bref signe de tête à son ami — Wexley avait gagné ce titre, au moins. — C'est le début.

— Non, c'est déjà commencé, répondit Wexley. Ne prends pas trop de temps. Nous avons besoin de toi libre et vivant. Plus de sacrifices.

— Sylvie a fait son propre choix. Pas un que je souhaite, dit Zhan-Yo. Suis le plan, Wexley.

— Bien sûr. Prends soin de toi, Z.

Le maître de son entreprise, l'étincelle d'une nouvelle révolution, écrasa sa cigarette dans le cendrier sur la table avant de se retourner pour rentrer à l'intérieur, jetant un dernier regard à toutes les marques sur le mur comptant les jours jusqu'à la liberté. Il n'aurait pas besoin d'en ajouter une autre.

# CHAPITRE 58
# UN ANCIEN FEU BRÛLE ENCORE

CE QUI SEMBLAIT ÊTRE un excellent déjeuner a perdu tout son attrait lorsque Reeves lui a parlé de la vidéo. Quand Mynx l'a diffusée au-dessus de la table. Chaque minute angoissante d'Aegis seul dans ces tunnels sombres, en infériorité numérique et pourtant sans peur. Il croyait en son invincibilité jusqu'à la fin, ou faisait semblant. Mais après tout, Aegis personnifiait la croyance en les héros. Sa volonté avait fait reconnaître au monde qu'ils étaient l'avenir. Le premier Paragon, celui qui avait ouvert la voie à tous les autres. Choisi par le hasard génétique, mais c'est ce qu'il avait fait de ce coup de dé qui importait. Maintenant, ce que Mynx ferait du sien, ce que les autres Champions feraient du monde qu'Aegis leur avait laissé, ça, elle ne pouvait pas le savoir. Seulement qu'ils n'auraient pas d'autre choix que de venir au sommet maintenant. Après cela, il ne pouvait y avoir aucun doute que les Paragons étaient attaqués.

— Combien d'appels ? demanda Mynx après l'arrêt de la vidéo.

— Déjà une douzaine environ. Je les bloque, car j'ai supposé que c'est ce que tu voudrais. Reeves, aussi imparfait qu'il soit, pouvait être une bénédiction. Veux-tu que je commence à les laisser passer ?

Mynx se frotta le front et ferma les yeux. Elle n'avait guère fait plus qu'envoyer un message initial, un bref contact aux Champions pour leur dire qu'il était temps de se réunir. Rien au public, et le silence ne suffirait pas à maintenir le gouvernement en ordre. Les normaux exigeaient la sécurité et une journée prévisible, et les Paragons devaient les leur fournir. Malgré tout, Mynx ne pouvait pas trouver de déclaration acceptable pour le moment. Les Paragons avaient des responsables des relations publiques qui le pourraient, mais ils seraient aussi mal informés que tout le monde. Aegis avait été le génie des médias, capable de tirer des absurdités inspirantes du néant. Si Mynx se tenait devant les caméras maintenant, elle saperait probablement toute confiance restante envers les Paragons.

— Non, dit Mynx. Nous ne sommes pas prêts. Dis à ceux qui appellent qu'une déclaration des Paragons viendra, mais pas encore. Pas encore.

Elle se rendit au bord du balcon, regarda en bas ces rochers, le sable jusqu'à l'océan Pacifique. Elle se pencha, ouvrit la porte qui s'ouvrait au-delà du bord en verre de la terrasse et révéla l'étroit escalier taillé dans la roche. Elle aurait pu construire par-dessus les pierres brutes, faire un chemin plus tape-à-l'œil et plus sûr, mais cela aurait gâché la vue. Alors Mynx descendit lentement, avec des drones planant derrière elle, prêts à l'aider si elle tombait. Chaque pas était assuré, et avant longtemps, Mynx arriva sur ce sable et, abandonnant ses sandales, sentit les grains frais et doux entre ses orteils.

— J'ai fait tourner les modèles développés par le Dr Jones, dit Reeves.

— La fraudeuse ?

— Pour une fraudeuse, elle avait des idées innovantes.

La voix de l'IA provenait du haut-parleur de l'un des

drones, et il la suivit tandis que Mynx marchait dans l'océan et sentait le baiser liquide de l'eau froide sur ses mollets. En plein milieu de la journée, il n'y avait que quelques personnes en vue, aucune près d'elle. Près de l'Usine. Que ce soit parce qu'ils avaient tous vu la vidéo et supposé que les Paragons n'étaient pas en sécurité pour le moment, ou simplement le fruit du hasard, Mynx ne pouvait le dire.

— Elle voulait seulement être comme nous, dit Mynx. C'est tout ce qu'ils veulent toujours.

— Peut-être. Mais il y a quelques possibilités ici. Cela te dérangerait-il si je commençais à mettre en place quelques essais ?

Mynx se soucierait-elle si son IA se lançait seule pour essayer d'empêcher le monde de vieillir ? Dans quels autres projets Reeves pourrait-il s'engager s'il commençait à être indépendant ? Mais alors, qu'est-ce que cela importait vraiment ? L'humanité était destinée à lutter contre elle-même, à persécuter les puissants peu importe ce qu'ils faisaient pour les faibles, et qui se souciait si Reeves trouvait ses propres voies vers ce même pouvoir ? Quelqu'un finirait par abattre Reeves aussi. Un cercle déprimant.

Mynx reçut une vague salée en plein visage, et elle cracha le peu qui avait pénétré dans sa bouche. L'océan lui disait que de telles pensées étaient pathétiques, une perte de temps. Vrai - Mynx ne pouvait peut-être pas empêcher l'effondrement du monde qu'elle avait conçu avec ses amis, mais elle pouvait combattre le changement. Pouvait le faire payer cher. Les utopies méritaient d'être défendues, après tout.

— Fais-le. Trouve un miracle, Reeves, parce que nous en aurions bien besoin, dit Mynx. Une défense agressive des Paragons, les Champions auraient besoin de combattants, et Mynx ne pouvait penser à meilleure que la fille d'Aegis. Une normale, mais une qui ne se reposerait pas tant qu'elle n'aurait pas trouvé les meurtriers de son père. Tu as déjà contacté Celice ?

— J'ai essayé. Il n'y a eu aucune réponse. Elle est devenue injoignable.

Mynx la trouverait. Elle rassemblerait les Champions et construirait une défense, déracinerait la pourriture. Peut-être que, si Reeves trouvait une solution, elle ramènerait aussi Aegis de sa congélation profonde. Tous des miracles, tous dignes d'y croire. Elle était une Championne. Elle se battrait, et elle gagnerait.

— Reeves ? Je veux savoir qui a fait cette vidéo, qui avait cette épée. Nous les trouverons, et nous les détruirons.

# CHAPITRE 59
# PAS POUR RIEN

TON PÈRE N'EST PLUS LÀ.

Celice s'attendait à ces mots depuis longtemps. Depuis ses douze ans, lorsqu'elle avait commencé à comprendre l'ampleur de ce que faisait son père, que ses deux parents risquaient constamment leur vie pour améliorer un monde qui ne cessait de les blesser. Aegis disait qu'il avait voulu lui dire la vérité encore plus tôt, qu'il avait tellement peur de disparaître un jour sans avoir eu la chance de lui dire au revoir.

Alors il l'avait dit. Tout le temps, jusqu'à ce que les adieux deviennent une blague pour elle. Aegis ne faillirait pas, ne tomberait pas, et à mesure que Celice en apprenait davantage sur les Paragons, elle s'était déterminée à aider sa famille. Faire ce qu'elle pouvait pour empêcher que les paroles de son père ne deviennent un jour réalité.

Une pizza reposait sur l'étagère derrière elle, avec des bières artisanales qui refroidissaient dans le frigo. Attendant toute la nuit et maintenant jusqu'au matin qu'Aegis revienne, qu'il tienne sa promesse de dîner. Ça ne devrait pas être si compliqué, un père et sa fille assis ensemble, partageant un repas, parlant de choses normales. Elle avait décommandé son petit ami, mais il n'était pas vraiment ça parce que, soyons honnêtes, on ne sort pas avec quelqu'un comme Celice. Pas une fois qu'ils découvraient qui était son père. Était. Elle devrait dire ça maintenant. Était. Le mot résonnait dans son esprit comme un coup de marteau.

Respiration profonde. Regarder la ville. S'accrocher à la chaise.

Aegis adorait ça chez elle. Rationnelle. Logique. Capable de voir ce qui devait vraiment être fait et ce qui était le plus important. Aegis voulait tout régler à coups de poing. Il avait accepté le manteau de leader parce qu'on le lui avait jeté dessus. Celice, selon son père, le mériterait. Bien qu'Aegis ne précisât jamais exactement où Celice exercerait ce leadership — en tant que personne normale, la loi des Paragons lui interdisait de devenir une Championne. Sans qu'Aegis ne déclare le contraire, Celice ne serait pas non plus une Paragon.

Celice se détourna du paysage urbain, se leva du fauteuil de son père. Si Aegis était vraiment mort, il y avait des procédures à suivre. Des Paragons à alerter et des processus à mettre en branle. Décrits dans un casier numérique spécial qu'Aegis lui avait montré il y a longtemps, accessible uniquement à eux deux. Personne d'autre ne devait être au courant du plan, pour éviter la panique ou les manigances. Si un désastre devait les emporter tous les deux, supposait Celice, les Paragons devraient se débrouiller seuls.

Elle ouvrit le casier sur son Tama et se dirigea vers l'ascenseur. Il ne faudrait pas longtemps avant que la nouvelle ne se répande et que les gens posent des questions. Atlantis et ses Paragons auraient besoin d'une réponse prête. L'ouverture du casier, déversant des icônes virtuelles sur tout l'écran, lui procura un frisson. Tout son contenu avait été mis à jour, et récemment. Le jour ou la nuit après qu'Aegis avait été abattu. Comme s'il avait su qu'il pourrait bientôt mourir.

— Alors pourquoi, se dit Celice en appelant l'ascenseur. Pourquoi es-tu parti ?

Polly, l'IA de la tour, eut le bon sens de ne pas répondre.

Le plan, en cas de décès d'Aegis, prévoyait toute une série de mouvements Paragon. Diverses promotions entreraient en vigueur, d'autres transferts à travers la côte, tout cela pour maintenir le centre du pouvoir d'Atlantis à Manhattan et une chaîne de commandement claire vers les autres centres régionaux. Que de la logistique, toutes ces choses que Celice avait trouvées fascinantes dans l'abstrait. Le texte lui paraissait maintenant insensé. Elle le lut quand même. Cherchant, ne trouvant pas son nom. Aucune mention d'elle, de ce qu'elle faisait ou de ce qu'elle devrait faire maintenant. L'exécutrice du plan d'Aegis n'y avait aucune part.

Aegis, son père, l'avait exclue de sa succession. Une centaine de raisons potentielles mijotèrent, puis s'évaporèrent tandis que l'ascenseur descendait dans la tour. Celice frappa sa paume droite contre la cage d'acier. Bien sûr qu'il ferait ça sans lui dire. Bien sûr qu'il lui enlèverait la seule chose qui lui restait sous prétexte d'assurer sa sécurité.

Elle atteignit les étages de bureaux de la tour, s'arrêtant au niveau des opérations. Un immense centre de commandement entouré d'écrans et de tables d'affichage permettait aux officiers Paragon de surveiller et diriger en temps réel. Celice avait passé des heures ici, simplement à regarder les héros de son père sauver la ville, Atlantis, le monde de toutes sortes de menaces. Maintenant, cependant, il semblait qu'un signal avait renvoyé les Paragons chez eux plus tôt. Seuls quelques vieux piliers surveillaient les écrans, aucun ne prenant la peine de regarder vers Celice lorsque les portes de l'ascenseur s'ouvrirent.

C'étaient censés être les nouveaux gardiens de l'héritage de son père. Des gens dont la plus grande responsabilité avait été de diriger le trafic des Paragons. Pas elle, pas Celice, qui avait tout fait pendant que son père utilisait ses poings pour sauver le monde. La colère se mêlait au chagrin et à la frustration, et Celice savait qu'elle devrait prendre son temps. Passer la journée en haut, à contempler la ville et ne rien faire d'autre que de mariner dans le passé. Demain, elle pourrait s'occuper de l'avenir. Se débattre avec les plans d'Aegis.

Au lieu de cela, Celice entra une nouvelle destination dans l'ascenseur. Un étage très bas, sous terre.

Son père avait toujours compté sur elle pour faire ce qui était juste. Et Celice le ferait. Pendant que l'ascenseur descendait, Celice vida le casier numérique. Elle effaça tous les documents, ne gardant que les quelques vidéos qu'Aegis avait laissées pour elle seule. Elle les regarderait plus tard. Elles la garderaient éveillée, énergique, motivée. Atlantis devrait changer. Les Paragons aussi. Ils avaient été des gardiens de la paix pendant longtemps, mais quelqu'un avait déclaré la guerre. Celice découvrirait qui, et quand elle le ferait, ses Paragons seraient prêts à riposter.

# CHAPITRE 60
# LES POURRIS

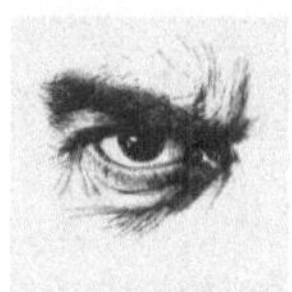

THANE HEURTA l'eau au large de l'île à une vitesse qui aurait dû le réduire en charpie, et l'impact aurait eu son effet mortel si Thane n'avait pas chuté pendant plusieurs minutes auparavant, si Thane ne s'était pas mis dans une rage folle attaché dans l'avion de Mynx avant qu'elle ne le jette par-dessus bord. Au lieu de se désintégrer, l'énorme corps quasi invulnérable de Thane s'écrasa avec un bruit semblable au craquement d'un éclair. Il perdit connaissance, abandonnant sa vie aux vagues qui le déposèrent sur le rivage rocheux de l'île.

Depuis lors, il s'était nourri de mousse et de champignons, avait attrapé quelques poissons à mains nues quand il parvenait à accumuler assez de rage pour recharger ses vieux membres. Thane avait cependant passé le plus clair de son temps à contempler les drones qui flottaient silencieusement près de l'horizon. Une clôture pour garder le problème à l'intérieur. Ils ne dérangeaient pas Thane dans la caverne en surplomb qu'il avait trouvée au-dessus de son point d'arrivée, et les drones ne changeaient pas leur schéma quand Thane remarqua que l'île avait d'autres visiteurs. Beaucoup, beaucoup d'autres. Mynx n'avait pas créé une prison privée juste pour Thane, elle l'avait fourré avec les autres détenus.

Bientôt, Thane quitterait la caverne, se dirigerait vers la fumée la plus proche s'élevant dans le ciel, portant l'odeur de viande cuite sur la brise. Il avait passé son temps, s'était presque émacié, à élaborer un plan qui lui permettrait de quitter cette île. Thane trouverait la faille dans la clôture de Mynx, et il s'échapperait.

Et elle paierait.

---

Ce n'est pas facile pour une légende de disparaître. Mynx essaie de s'effacer depuis des années, mais maintenant Aegis a disparu, et Mynx doit diriger les Paragons, ou regarder le monde qu'elle a construit s'effondrer dans un désastre embrasé.

Continuez l'aventure dans *Le Défi du Champion*, tome deux de Le Code du Héros.

# REMERCIEMENTS ET NOTE DE L'AUTEUR

*La Chute du Parangon* inaugure une nouvelle série explorant un sujet que j'ai toujours trouvé intéressant, à savoir ce qui arrive lorsque des personnes autrefois physiquement inarrêtables se retrouvent soudainement très vulnérables. Quand votre identité est étroitement liée à quelque chose qui finit par céder au temps.

Pourriez-vous changer ? Le voudriez-vous ?

Comme toujours, cette histoire voit le jour grâce au soutien indéfectible de Nicole qui me permet de m'épanouir dans des univers fantastiques. Mes frères, mes parents et ma belle-famille apportent à ma vie une joie et un émerveillement qui m'encouragent à explorer les vastes étendues de la science-fiction et de la fantasy. Leur soutien est tout pour moi.

Les lecteurs, eux aussi, alimentent la fournaise créative. Que ce soit par des critiques cinq étoiles (ou moins !), des messages transmis à travers le réseau infini des médias sociaux, ou simplement un pic sur le graphique des ventes qui indique que quelqu'un prend le risque de lire mes histoires, tout cela alimente la motivation pour continuer encore et toujours. Alors merci à vous, et j'espère que vous avez apprécié ce roman et le reste de la série.

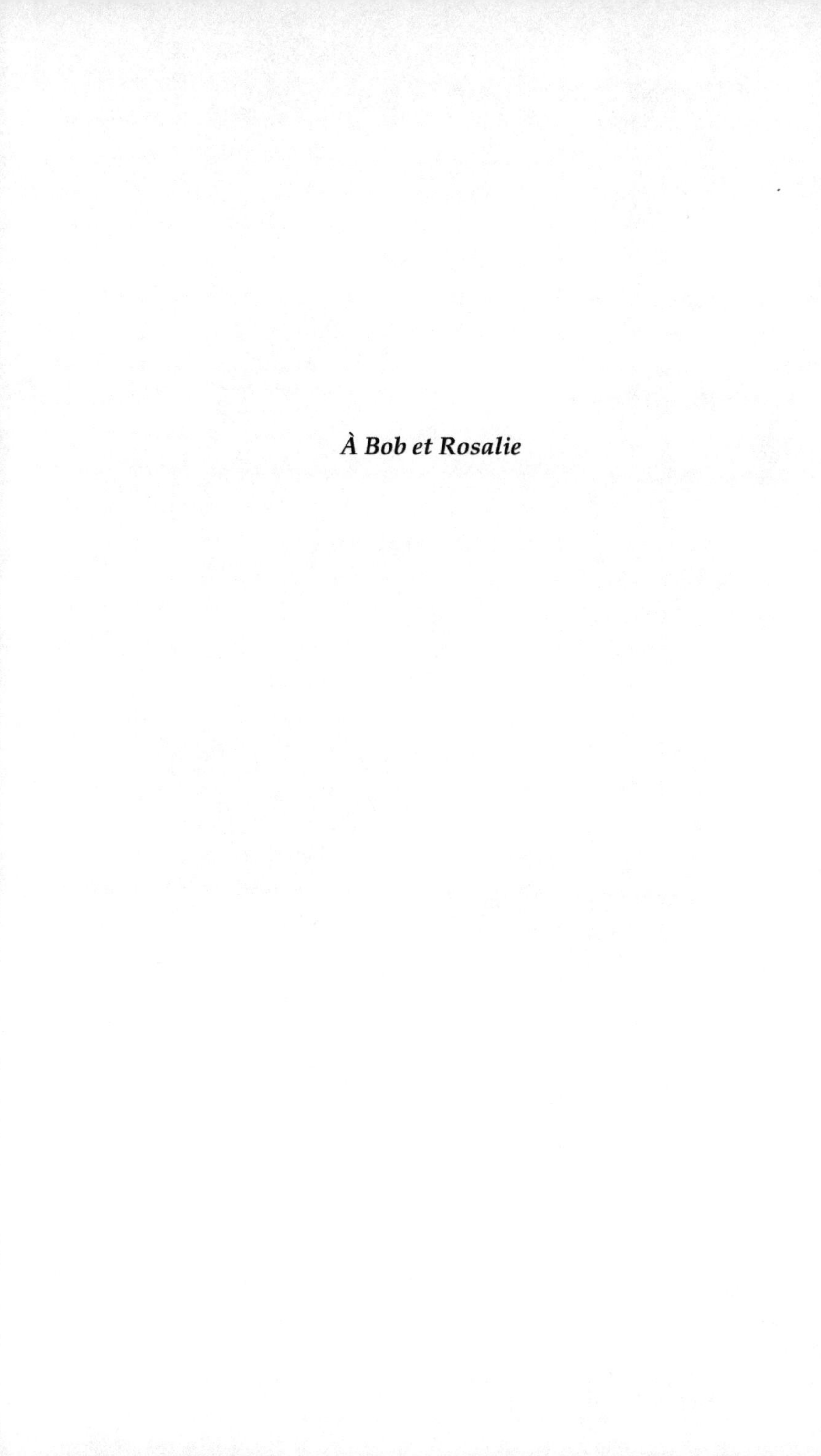

*À Bob et Rosalie*